Connie Brockway
Verliebt in die Sterne

amazon crossing

Das Buch

Die schöne, intelligente und unerschrockene Avery träumt davon, ein Mitglied der Royal Astronomical Society zu werden. Doch der einzige Weg, in diese Männerdomäne vorzudringen, besteht darin, sich als Junge zu verkleiden. Nachdem sie Giles, Lord Strand geholfen hat, einer katastrophalen Verlobung zu entkommen, ist sie davon überzeugt, dass er sie bei ihrer gewagten Maskerade unterstützen wird.

Keine wohlerzogene junge Dame käme je auf eine solch absurde Idee, und kein Gentleman würde sich darauf einlassen … aber zum Glück für Avery ist Lord Strand kein Gentleman. So werden sich die sternenverliebte Abenteurerin und der weltgewandte Lord schnell einig. Er nimmt sie unter seine Fittiche und führt sie überall als sein Schützling ein, während sie ihn im Gegenzug deckt, wenn er Londons finsterste Ecken nach einem vermissten Kollegen aus seiner dunklen Vergangenheit durchkämmt.

Aber immer wieder wird Giles bei dieser Aufgabe durch seine heftigen und höchst unklugen Gefühle für die reizende junge Frau abgelenkt, die zwar keine vornehme Abstammung vorzuweisen hat, aber am Ende die Einzige sein könnte, die die Geheimnisse seines Herzens lüften kann.

Die Autorin

Connie Brockway begann ihre Karriere als Autorin im Jahr 1992 und schon bald fanden sich ihre historischen Liebesromane auf der Bestsellerliste der New York Times. Die Autorin reist sehr gern und verbringt viel Zeit in ihrem Garten, den sie als ausgebildete Gärtnerin ständig verschönert.

Connie Brockway

Verliebt in die Sterne

Übersetzung: Ute-Christine Geiler, M.A., für Agentur Libelli

amazon crossing

Die Originalausgabe erschien 2013 unter dem Titel
»No Place for a Dame« bei Montlake Romance, Las Vegas.

Deutsche Erstveröffentlichung bei AmazonCrossing,
Luxemburg, August 2014

Printed in Germany
by Amazon Distribution GmbH, Leipzig

Umschlaggestaltung: bürosüd⁰ München, www.buerosued.de
Lektorat: Agentur Libelli
Satz: Monika Daimer, www.buch-macher.de

ISBN 978-1-47782304-0

www.amazon.com/crossing

Für Maureen Enger – danke, dass du etwas so Besonderes bist (und tolerant!)

Kapitel 1

November 1819

Es war ein Fehler gewesen, Sophia nach Killylea Castle zu bringen, musste Giles Dalton, Marquis of Strand, zugeben, während er in dem ehemaligen Rittersaal saß, grüblerisch in die Flammen im Kamin starrte und darauf wartete, dass seine Gäste sich zum Dinner zu ihm gesellten.

Bei ihrer Ankunft gestern am späten Abend hatte seine zukünftige Braut keine fünf Minuten benötigt, bevor sie begonnen hatte, sich über die unzureichende Beleuchtung in der Burg und die eisigen Temperaturen in den Räumen zu beschweren. Diese Kritik war beileibe nicht unbegründet. Killylea schien wirklich ungewöhnlich kalt und düster, ein Eindruck, der durch den Wintersturm nur noch verstärkt wurde, der gegen die der See zugewandten Mauern der uralten Festung wütete.

Während seiner Kindheit hier hatte er nichts schöner gefunden als einen heftigen Sturm. Er hatte sich auf den Wehrgang oben gestellt, der Wind hatte ihm um die Ohren gepfiffen, während er die Hände zum Himmel gehoben und so getan hatte, als wäre er ein Hexenmeister, der die Elemente beschwor. Sophia teilte seine Vorliebe nicht. Aber andererseits teilte sie ohnehin nichts mit ihm, weder Gesprächsthemen, Interessen oder Ziele noch Pläne. Nichts außer einige wenige Male ihren hübschen jungen Körper. Leider reizte ihn selbst diese schöne Hülle nicht länger.

Merkwürdig, aber wahr.

Als Sophia ihn letzte Nacht in ihr Zimmer eingeladen hatte, hatte er die Vorstellung befremdlich gefunden, ja sogar geschmacklos. Es war Wochen her, seit sie die einzige Form von Nähe mit ihm gesucht hatte, die sie je miteinander genossen hatten. Es war nicht mehr geschehen, seit sie das Kind verloren hatte, mit dem sie angeblich schwanger gewesen war. Angeblich.

Giles glaubte nicht, dass ihre Unaufrichtigkeit für sein Widerstreben verantwortlich war, die intime Beziehung wieder aufzunehmen. Er war sich die ganze Zeit über ziemlich sicher gewesen, dass sie log. Und selbst wenn nicht, hatte sie doch bereitwillig eingeräumt, dass es gut möglich war, dass das Kind, das sie zu tragen behauptete, gar nicht seines war.

Nein, es war nicht Ärger oder Enttäuschung, die ihn davon abhielten, ihre Einladung anzunehmen. Lug und Trug waren alte Bekannte. Solches Tun konnte ihn nicht mehr überraschen, und die Verursacher verfügten nicht länger über die Macht, ihn zu kränken oder gar zu verletzen.

Es war etwas anderes, was ihn davon Abstand nehmen ließ. Dies war sein Zuhause. Sein wahres Zuhause. Eine Welle heftigen Stolzes erfasste ihn. Seit zweihundert Jahren lebten Daltons hier, hatten hier gekämpft, geliebt und gelebt, waren hier gestorben. Es widerstrebte ihm, diese alten Mauern zu entehren, indem er sie für sein Vergnügen missbrauchte.

So kalt und dunkel wie es hier war, würde er allerdings mit solchem Vergnügen die Gesundheit jeder Frau aufs Spiel setzen, wie er mit einem ungeduldigen Blick durch den Raum zugeben musste. Was, zur Hölle, war mit den Lampen passiert? Obwohl es erst fünf Uhr war – Dinner wurde hier auf Killylea nach ländlicher Sitte früh serviert –, war die Sonne bereits hinter dem Horizont versunken, sodass der Raum in Dunkelheit gehüllt war, da nur in ein paar wenigen der Kerzenhalter an den Wänden und auf den Tischen Licht brannte.

Und wo steckte eigentlich die Dienerschaft? Statt wie von seinen unregelmäßigen Stippvisiten gewohnt von einem ganzen Spalier Bediensteter begrüßt zu werden, hatte ihn bei seiner Ankunft lediglich sein Verwalter Travers und ein Dienstmädchen sowie ein einzelner Lakai empfangen. Heute Morgen hatte genau dieses Dienstmädchen Feuer im Kamin seines Schlafzimmers gemacht und eben dieser Lakai hatte ihm das Frühstück serviert, während Sophia und ihr Vater Malcolm North, der auf dieser Reise nur im weitesten Sinne des Wortes als Hüter der Tugend seiner Tochter fungierte, auf ihren Zimmern gefrühstückt hatten.

Er wusste genau, dass er sechsundvierzig Dienstboten auf Killylea beschäftigte. Bislang hatte er aber nur drei zu Gesicht bekommen.

Und dann war da natürlich noch Avery Quinn, aber sie zählte schwerlich zur Dienerschaft. Sie war … nun, was eigentlich? Es war Jahre her, seit ihre Besuche und seine hier zeitlich zusammengefallen waren. Genau genommen war es gut möglich, dass er Avery Quinn nie wieder sehen würde, denn er konnte sich nicht vorstellen, dass Sophia hier als Burgherrin auf Killylea Castle leben wollte. Was er sich wiederum gut vorstellen konnte, war, dass Avery während der seltenen Aufenthalte von Sophia einfach untertauchen würde. Er konnte sich keine zwei Frauen vorstellen, die weniger gemein hatten. Seine kleine Gelehrte mochte die Einsamkeit von Killylea, während Sophia viel besser in der strahlenden, künstlichen Welt der Londoner Gesellschaft aufgehoben war.

Wie er selbst auch, rief er sich in Erinnerung.

»Strand? Bist du das? Ich kann gar nichts sehen. Es ist einfach zu dunkel«, verkündete eine Frauenstimme von der Tür. »Glaube nur nicht, dass ich solche Pfennigfuchserei dulden werde, wenn ich erst einmal Marchioness bin. Wir werden alles so hell erleuchten, dass die Burg es mit Carlton House aufnehmen kann!«

Strand blickte vom Feuer auf, erleichtert, dass seine Gedanken von der unbequemen Richtung, die sie genommen hatten, abgelenkt wurden. Seine zukünftige Braut war eingetroffen.

Sophia North zog verdrossen die Brauen zusammen, während sie sich umschaute. Die Halle sah genauso düster, trostlos und wenig einladend aus, wie der Rest dieser gottverlassenen Burg. Einzig das Heulen des Windes, der gegen die dicken Steinmauern anstürmte, durchbrach die unheimliche Stille. Am anderen Ende des Raums stand ein Ohrensessel vor einem gewaltigen Kamin, der so riesig war, dass ein Mann bequem darin stehen konnte. Das einzige andere Möbelstück war der monströse Tisch.

»Man könnte genauso gut in einem Beinhaus speisen«, bemerkte sie halblaut.

»Du solltest dich besser daran gewöhnen, Sophia«, riet ihr ihr Vater, der neben ihr stand. »Ist schließlich Strands Familiensitz.«

Familiensitz, pah. Wer würde schon freiwillig an so einem Ort wohnen wollen? Sie wusste wenig über Giles Daltons engere Familie. Das ging allen so. Sein Vater hatte den ihm angestammten Platz in der Gesellschaft nicht eingenommen, war offenkundig zufrieden gewesen, in dieser gottverlassenen Burg und bei seinen Büchern und Briefen zu bleiben. Strands Mutter, die zweite Ehefrau des Marquis, war schon lange, bevor Giles Erbe seines Vaters geworden war, mit Giles' Schwester nach Italien umgesiedelt. Die erste Marchioness war im Kindbett gestorben.

Sophia wusste nicht viel über Giles' älteren Bruder, dem ersten Erben, außer, dass der Knabe nicht lange gelebt hatte. Ihr war nie der Gedanke gekommen zu fragen, warum. Es interessierte sie nicht.

»Strand kann gerne hierbleiben, das ist mir gleich. Ich jedenfalls werde im Londoner Stadthaus wohnen, bis ich etwas Besseres finden kann.« Sie würde genauso wenig hier leben wie in Seven Dials. »Wo ist Strand? Warum ist er nicht hier?«

Ehe ihr Vater darauf antworten konnte, erklärte eine tiefe Männerstimme: »Wie glücklich sich der Bräutigam schätzen kann, dessen Braut die Stunden zählt, die sie nicht in seiner Gesellschaft verbringt.«

Sophia wirbelte herum, suchte nach Strand, dem Besitzer dieser tiefen, samtigen Stimme.

Ein dunkler Schatten bewegte sich auf dem Sessel vor dem Feuer. Plötzlich fiel ein Holzscheit um, und das auflodernde Licht beschien sein herrlich klassisches Profil, eine Hand mit starken, langen Fingern und ein muskulöses Bein, das er vor sich ausgestreckt hatte. Es spiegelte sich in seinen silbergrauen Augen und überzog den dunkelblonden Schopf mit einem Goldschimmer.

Giles Dalton, Marquis of Strand.

Er war der bestaussehende Mann, den Sophia je getroffen hatte, selbst jetzt, da er kurz vor seinem dreißigsten Geburtstag stand. Und wenn die tiefen Schatten unter seinen Augen und die Linien zu beiden Seiten seiner römischen Nase das beeinträchtigten, was man früher mal als apollinische Schönheit bezeichnet hatte, nun, sie hatte ihn damals nicht gekannt und konnte somit die heutige Version von Strand nicht mit einer früheren vergleichen. Diese Version von ihm enttäuschte zumindest in keiner Beziehung.

Er zögerte nur einen Moment, dann erhob er sich mit geschmeidiger Eleganz. Die fast barbarische Umgebung hätte ihn kleiner wirken lassen müssen und unbedeutend. Das war aber unmöglich. Er beherrschte diesen Raum so sicher, wie er jeden Salon in London beherrschte.

Der erlesene Schnitt seines kobaltblauen Rockes, sein makellos gebundenes Halstuch, die beigefarbenen Pantalons, die seine langen Beine eng umschlossen, waren nur Beiwerk. Selbst ohne sie würde er alle Blicke auf sich ziehen. Er sah nicht einfach nur gut aus, er war faszinierend.

Er schlenderte zu ihr und verbeugte sich. »Sophia, meine Liebe. Ich bezweifle, dass diese armseligen Mauern je deinesgleichen erblickt haben. Und Malcolm, ich hoffe, alles ist zu Ihrer Zufriedenheit?«

»Ich muss leider gestehen, nein, Strand«, antwortete Sophias Vater, der sich bemühte, Strands meisterhaft lässige Nonchalance nachzuahmen, aber kläglich versagte.

»Nein?« Strand hob die Brauen. Er fasste den älteren Mann am Ellbogen und führte ihn zum Tisch. »Gütiger Himmel, Sir, bitte nehmen Sie doch Platz und erzählen Sie mir alles, damit ich dafür sorgen kann, dass die Missstände umgehend behoben werden. Aber erst wollen wir uns für den vor uns liegenden Abend stärken … und für all die folgenden.«

Sophia lächelte, konnte nicht verhindern, dass sich ihr Triumph auf ihren Zügen zeigte. Sollte er doch so viel spotten, wie er wollte. Es war zu spät für ihn, seine Meinung zu ändern. Er hatte die Ankündigung ihrer Verlobung an die Zeitungen geschickt, der Ring war bereits gekauft und die Kapelle reserviert. Er würde sich nie wieder in Gesellschaft sehen lassen können, wenn er jetzt mit ihr brach. Und Strand lebte nun einmal für seine Stellung als Pferdekenner, Nonpareil und führender Dandy der Gesellschaft. Wenigstens hatte er das immer behauptet.

Nein, sie hatte nichts zu befürchten. Alles, was sie sich wünschte – Geld, Vergnügen, Berühmtheit – würde sie bald haben. Im Grunde genommen hatte sie es sogar jetzt schon.

Strand kümmerte sich darum, dass erst sie und dann ihr Vater Platz nahmen, ehe er zu seinem Stuhl zurückkehrte und Travers winkte, von dem sie annahm, dass er der Butler war, damit er ihnen einschenkte. Er leerte sein Glas zur Hälfte, rollte den Stiel zwischen seinen Fingern und betrachtete sie über die lange Tafel hinweg, als seien sie die Angeklagten und er der Richter.

Er bedeutete dem einen diensttuenden Lakaien, mit dem Auftragen der Speisen zu beginnen. Wenn sie erst einmal Marchioness wäre, hätten sie Dienerschaft, die es mit allen großen Häusern aufnehmen konnte. Selbst hier. Selbst wenn sie gar nicht hier weilte. Sie war fest entschlossen, Geld auszugeben, und das mit vollen Händen, ein Leben ins Saus und Braus zu führen, denn Strand konnte sich das problemlos leisten.

»Also gut«, sagte Strand, »verraten Sie mir, Malcolm, inwieweit hat Killylea Ihre Erwartungen enttäuscht? Denn nichts ist niederschmetternder, als dazu verleitet zu werden, etwas zu erwarten, nur um dann etwas anderes aufgenötigt zu bekommen.« Strands Stimme war so glatt wie Seide und so dunkel wie eine mondlose Nacht.

Sophia erstarrte, das Glas auf halbem Weg zu den Lippen. Die stark geäderten Wangen ihres Vaters röteten sich. Er war von Beginn an an ihrem Plan beteiligt gewesen, Strand in die Ehefalle zu locken. Unseligerweise verfügte er zwar über ihren Ehrgeiz, aber bei Weitem nicht über ihre Abgebrühtheit. »Nun, vor allem ist es kalt.«

»Kalt? Oje, das geht auf keinen Fall.« Strand schaute den Butler an, der reglos am unteren Ende des Tisches stand. »Lassen Sie stets die doppelte Menge Holzscheite im Kamin von Mr. Norths Zimmer brennen, Travers.«

»Ja, Sir.«

»Noch etwas?«

»Nun«, sagte Malcolm und spitzte die Lippen. »Es ist auch düster.«

»Düster. Was können wir dagegen unternehmen, Travers?«

»Da bin ich überfragt, Sir.«

»Wie ich auch. Hm …« Er schnippte mit den Fingern. »Ich weiß. Tauschen Sie die Vorhänge in Mr. Norths Schlafzimmer gegen etwas Heitereres aus. Gelb, könnte ich mir vorstellen. Gelb ist eine so aufmunternde Farbe, finden Sie nicht?«

Sophia kicherte über Strands Spott. Ein Fehler. Sein durchdringender Blick richtete sich auf sie.

»Und du, meine Liebe, hast du auch Klagen?«

»Nicht eine.« *Keine, die ich aussprechen würde. Wenigstens nicht vor der Hochzeit.*

»Ah, dann gefällt dir Killylea also. Was für eine Erleichterung.«

»Das habe ich nicht gesagt. Ich habe gesagt, ich hätte keine Klagen.«

»Das stimmt natürlich.« Strand ließ sich in seinen Stuhl zurücksinken. »Was für eine zuvorkommende Ehefrau du abgeben wirst.«

»Darauf würde ich mich nicht verlassen.« Malcolm gab dem Butler ein Zeichen, ihm nachzuschenken. »Sophia ist immer schon zu temperamentvoll und eigensinnig gewesen. Sie wird eine feste Hand brauchen.«

Sophia warf ihrem Vater einen giftigen Blick zu.

»Temperamentvoll.« Das Wort klang trocken, leicht ironisch. »Sie sind ein nachsichtigerer Vater, als die Gesellschaft Ihnen gemeinhin zugesteht, North.«

»Was meinen Sie damit?«

»Ich spiele auf ihre großzügige Formulierung an. Ich hätte ein anderes Adjektiv verwendet, um meine Braut zu beschreiben.«

Malcolm fuhr zusammen. »Was für ein Adjek...«

»Frag nicht, Vater«, fiel ihm Sophia scharf ins Wort. »Verstehst du nicht, was er zu erreichen versucht? Strand baut darauf, dass du ihn fragst, wie er mich beschreiben würde, sodass du gezwungen wärest, die Hochzeit abzusagen, nachdem du seine Antwort gehört hast.«

Strand riss in gespielter Verwunderung die Augen auf. »Gütiger Himmel, Sophia. Für wie teuflisch du mich hältst. Und ich muss protestieren, denn glaube mir, meine Liebe«, sein Tonfall wurde mit einem Mal unnachgiebig, »sollte ich dich loswerden wollen, wäre ich gewiss nicht darauf angewiesen, deinen Vater aufs Glatteis zu locken.«

So rasch, wie sie erschienen war, so rasch verschwand seine Strenge wieder. »Aber mach dir keine Sorgen, Sophia. Ich habe weiterhin vor, dich zu heiraten.«

»Heirat?«

Beim Klang des geflüsterten Wortes drehte Sophia sich um. Was sie sah, entlockte ihr ein Keuchen.

Eine kleine weibliche Gestalt stand schwankend auf der Türschwelle, hielt eine einzelne Kerze, die in ihrer Hand schwankte, sodass Wachs auf ihre Finger und den Boden kleckerte. Ein alter, viel zu weiter Schlafrock hüllte sie vom Hals bis zu den Füßen in mehrere Lagen schmutzigen Stoffes. Langes, stumpfes gelbes Haar fiel ihr auf die Schultern und ins Gesicht, verbarg ihre Züge. Sie zog die Schultern hoch und beugte den Kopf vor, wie ein Hund, der an verdorbenem Fleisch schnupperte.

Sophia bekam von ihrem Anblick Gänsehaut, musste an die Missgestalten und Irren denken, die sich um sie gedrängt hatten, als sie und ihre Freunde Bedlam besucht hatten. Sie hatten genau so wie das da ausgesehen. Widerlich. Falsch. »Wer ist das? Wer ist sie?«

»Es tut mir leid, Sir«, sagte Travers zu Strand. »Ich konnte nichts tun, um sie aufzuhalten, und war zudem der Ansicht, dass es auch nicht recht wäre, es zu versuchen.«

»Wer ist dieses Geschöpf?«

Der Butler blickte Sophia betrübt an. »Das, Miss, ist die Schwester Seiner Lordschaft.«

Kapitel 2

Julia Dalton? *Das* war Julia Dalton? Giles' Mutter war doch angeblich mit ihr nach Italien gereist und bislang nicht zurückgekehrt. Aber hier war der Beweis – der entsetzliche Beweis –, dass die Marchioness dieses geistig minderbemittelte Geschöpf hiergelassen hatte. Der Himmel allein wusste, wie lange sie schon da gestanden hatte.

Jetzt begriff Sophia, warum die Daltons die Gesellschaft gemieden hatten. Sie waren *verflucht*.

»*Meine* Heirat?«, säuselte das Mädchen in einem Singsang und kam mit ausgestreckter Hand auf Sophia zu. Die wich mit einem Aufschrei zurück. Die Beine ihres Stuhls scharrten laut über die Steinfliesen. Die Kreatur ließ die Hand wieder sinken.

»Ich wäre gerne verheiratet. Oder …« Die Stimme des Wesens wurde ein heiseres Flüstern. »… verführt. Verheiratet und verführt«, sang sie und begann sich mit ausgestreckten Armen langsam um die eigene Achse zu drehen, sodass die langen Ärmel aus dem dünnen Stoff wie Mottenflügel hinter ihr wehten. »Verführt.«

Sophia blickte entsetzt zu Strand, der seinerseits mit angespannter Miene das Geschöpf anstarrte. »Travers, was soll das?«

»Es tut mir leid, Sir.« Der Mann war sichtlich blass geworden. »Ich konnte sie leider nicht aufhalten. Und das wollte ich auch gar nicht. Ich habe nie für richtig gehalten, was Sie vorhaben.«

»Sie und Ihre verdammte Einmischerei, Travers.« Strand erhob sich und warf dem Mädchen einen Blick aus schmalen Augen zu. »Das reicht.«

Bei seinem scharfen Befehl brach das Mädchen zusammen und sank zu Boden wie eine Marionette, der man die Schnüre durchgeschnitten hatte. »*Neiiiin.* Zwing mich nicht, zurückzugehen.«

»Gütiger Gott«, flüsterte Sophia.

Sogleich riss das Mädchen den Kopf herum und sah Sophia an. Flink wie eine Ratte kroch sie auf sie zu. Mit einem Kreischen sprang Sophia vom Stuhl. Er fiel krachend zu Boden, was das Mädchen so erschreckte, dass es zurückwich und sich in die Schatten entlang der Wand flüchtete.

»Was für ein hässlicher Streich ist das, Strand?«, rief Sophia. »Hattest du vor, mich mit deiner verrückten Schwester nach der Hochzeit zu überraschen?«

Strand musterte sie mit verengten Augen eine Weile lang eindringlich, bevor er antwortete. »Eigentlich wollte ich dich überhaupt nicht mit ihr ›überraschen‹.«

»Wann wolltest du mir dann erzählen, dass diese … diese Missgeburt deine Schwester ist?«

In Strands Miene war nicht einmal ein Anflug von Verlegenheit oder Reue zu erkennen. »Gar nicht.«

Die Enormität seines Geständnisses, der Täuschung, die er geplant hatte, war unfassbar. »Du … du Schwein! Du unaussprechlicher Widerling! Was, wenn ich so etwas zur Welt brächte … sowas wie das da?« Sie deutete auf die in den Schatten kauernde Gestalt, die schrill kicherte. Entsetzt suchte Sophia hinter ihrem Vater Schutz, umklammerte seinen Arm und schob seine massige Gestalt zwischen sich und Strands entsetzliche Schwester. »Schaffen Sie sie weg!«, schrie sie den Butler an.

»Das würde ich lieber nicht versuchen, Miss North. Es würde nur zu einer hässlichen Szene führen«, erklärte Travers betrübt.

»Ah!«

Malcolm wirbelte herum und packte seine Tochter an den Oberarmen, drückte fest zu. »Hör auf, Sophia! Strand ist gesund und kräftig. Deine Kinder werden vollkommen gesund sein.«

»Aber was, wenn nicht?«, heulte sie, fast krank vor Wut und Entsetzen.

Wie konnte Strand es wagen, so eine Schwester zu haben? Wie konnte er nur? Er hatte alles ruiniert. Er stand einfach nur da, seine Augen hart und kalt, und brach den Stab über sie. Sie konnte seine Verachtung fast spüren.

»Dann gib sie einfach der Amme«, erwiderte Malcolm gepresst, »und danach einem Kindermädchen und dann«, er sah zu Strand, »dann schick sie fort. Was, Strand?«

Ein hässliches Lächeln spielte um Strands schön geformten Mund. »Sicher doch. Wir haben hier auf Killylea mehr als genug Räume für Ausgestoßene. Wir werden einfach dafür sorgen müssen, dass dein Bauch immer schön gerundet ist, bis du ein vielversprechend aussehendes Exemplar produzierst und dann vielleicht noch ein paar mehr für alle Fälle. Ich weiß, mein Vater hätte es vorgezogen, wenn er noch ein paar Erben in Reserve gehabt hätte. Unseligerweise ist meine Mutter geflohen, bevor er das Vorhaben in die Tat umsetzen konnte. Aber das würdest du ja sicher nicht tun, oder, Sophia?«

»Du … Monster. Das ist der Grund, warum du nie geheiratet hast. Du wusstest, dass deine Auserwählte, sobald sie erst einmal das da«, sie deutete auf die Kreatur, »gesehen hätte, dich nicht mehr hätte haben wollen. Himmel, wie musst du gelacht haben, als du dachtest, du hättest mich geschwängert.«

»Lass dir versichern, ich habe keine Miene verzogen.«

»Und was war mit diesem Halbbruder?« Sie wandte sich an ihren Vater. »Niemand hat ihn je gesehen, oder? War er so abstoßend wie sie?«

Etwas Gefährliches flackerte in Strands Blick auf. »Ich habe keinen Zweifel, dass du meinen Bruder abstoßend gefunden hättest.«

»Siehst du? Ich habe recht. Er wollte mich in die Falle locken, damit ich ihm als Zuchtstute diene. Aber das werde ich nicht zulassen. Ich werde deine verblödeten Kinder nicht auf die Welt bringen! Hörst du mich? Ich werde dich nicht heiraten, Strand!«

»Bitte. Du brichst mir das Herz.« Sein Spott war scharf wie eine Klinge.

»Du Bastard!« Tränen der Wut und hilfloser Erbitterung strömten ihr über die Wangen. Ihre Stimme bebte vor Feindseligkeit.

»Sei still, du dummes Ding!« Ihr Vater hob eine Hand, um ihr eine schallende Ohrfeige zu geben. »Du wirst …«

Strands seidenweiche Stimme klang mit einem Mal scharf wie ein Peitschenknall. »Das würde ich an Ihrer Stelle nicht tun, Malcolm.« Ihr Vater ließ die Hand sinken.

»Die Dame hat ihre Einstellung mehr als deutlich gemacht. Selbst wenn Sie sie kraft Ihrer … Überredungskunst umstimmen könnten, kann ich mir nicht vorstellen, dass die Ehe sich in irgendeiner Weise angenehm gestalten wird. Und meine Bequemlichkeit ist mir überaus wichtig.

Außerdem mögen Männer es, im Ehebett willkommen geheißen zu werden, statt mit Entsetzensschreien empfangen zu werden, nicht wahr? Das verstört nur die Dienstboten und, wollen wir ruhig ehrlich sein, es hat auch eine betrübliche Wirkung auf die eigene … äh, Konstitution.«

»Nein, nein, sie hat nur die Nerven verloren«, beharrte ihr Vater verzweifelt. »Sie beruhigt sich schon wieder, sobald sie Gelegenheit hatte, in Ruhe darüber nachzudenken. Es hat sie nur völlig unvorbereitet getroffen.«

Strand richtete seinen Blick wieder auf sie. »Sag mir, Sophia, und überlege es dir genau, meine Liebe, bevor du antwortet, weil ich nicht ein zweites Mal fragen werden: Denkst du, es besteht vielleicht die Chance, dass du dich ›wieder beruhigst‹, wie dein Vater es auszudrücken beliebt? Weil ich dich weiterhin heiraten werde, wenn du noch willst.«

Himmel, wie gerne würde sie Ja sagen! Sie wollte den Schmuck, die Häuser, den Titel und die Bewunderung ihrer Freundinnen, den Neid ihrer Feindinnen, den Einfluss, die Privilegien und alles andere, was es mit sich brachte, wenn man Marchioness of Strand war. Aber … Sie starrte auf die Missgeburt.

Das Mädchen war auf allen Vieren aus den Schatten gekrochen und lag nun ausgestreckt bäuchlings auf dem Boden, das Gesicht halb verdeckt von dem verfilzten Haar, den Lippen halb geöffnet, und Speichel tropfte ihr aus dem Mundwinkel. Sophias Magen verkrampfte sich, und die Galle stieg ihr hoch. Nein. Sie schluckte einen zornigen Schluchzer herunter. Sie konnte das nicht. Sie blickte in ohnmächtiger Wut zu Strand. »Ich hasse dich.«

»Ah ja. Dann wäre das geklärt«, sagte der, ließ sich auf seinen Stuhl sinken und schenkte Malcolm ein um Verzeihung heischendes Lächeln. »Ich hoffe, es verdirbt Ihnen nicht den Rest Ihres Aufenthaltes. Ich bin sicher, wir kommen gut miteinander aus. Und jetzt, da Sie von … ihr wissen«, er schaute auf das Mädchen, und seine silbrigen Augen glitzerten seltsam, »werde ich nicht mehr so streng über sie wachen müssen. Sie ist harmlos. Meistens. Dennoch würde ich nachts die Tür verschlossen halten. Man weiß nie, wo sie auftaucht.«

Gütiger Himmel. »Nein. Nein, ich bestehe darauf, dass wir unverzüglich abreisen. Heute Abend noch.«

»Heute Abend? Aber es ist schon dunkel … und kalt«, gab Strand mit ausdrucksloser Stimme zu bedenken. »Es wäre doch sicher weitaus bequemer …«

»Es kann nicht bequem sein, bis ich nicht weit genug von hier weg bin. Und von ihr. Ich bestehe darauf, dass wir sofort aufbrechen.«

»Also gut. Travers? Kann das binnen einer Stunde bewerkstelligt werden?«

»Ich bin sicher, wir können der jungen Dame ihren Wunsch erfüllen.«

Strand blickte zu Malcolm. »Sir, ich erkenne voll und ganz an, dass es keine Wiedergutmachung für ein solches Täuschungsmanöver geben kann. Dennoch wird sich mein Agent mit Ihnen in Verbindung setzen.«

Bei dem Hinweis darauf, dass es Geld geben würde, wich die dunkelrote Farbe aus dem Gesicht ihres Vaters. »Das will ich hoffen«, schnaufte er. »Wirklich, Strand, Sie haben uns übel mitgespielt.«

»Da stimme ich zu. Das alles ist sehr bedauerlich.«

»Glücklicherweise bin ich ein Ehrenmann. Sie können sich darauf verlassen, dass niemand ein Wort von dem hier«, er schaute zu dem Mädchen, das auf dem Boden lag und versonnen mit dem Finger die Fugen zwischen den Steinen nachfuhr, »über meine oder Sophias Lippen dringen wird. Wodurch Sie uns umso mehr zu Dank verpflichtet sind, denn ich zweifle nicht daran, dass sie irgendwann einem armen ahnungslosen Mädchen einen Antrag machen werden.«

»Nicht nur ein Ehrenmann, sondern auch ein Mann mit Takt«, sagte Strand. »Ich kann mir nicht vorstellen, wie ich je meiner Dankbarkeit angemessen Ausdruck verleihen soll. Aber ich bin überzeugt, mein Agent und Sie werden einen Weg finden.

Und nun, Travers, geleiten Sie bitte Mr. und Miss North zurück auf ihre Zimmer, und unterrichten Sie den Stallmeister, dass die Kutsche bereit gemacht wird.« Er hob eine elegante Augenbraue und sah Sophia an. »Das heißt, es sei denn, du hast deine Meinung bezüglich des Dinners geändert? Dorsch, glaube ich.«

Er war weltgewandt und brillant, schön und böse, und sie hasste ihn in diesem Augenblick mehr, als sie je irgendetwas in ihrem Leben gehasst hatte. Hasste ihn mit der Inbrunst einer Frau, die eine Zukunft voller Müßiggang und Ansehen in der Hand gehalten hatte und wusste, so etwas würde ihr nie wieder geboten werden.

»Zur Hölle mit dir, Strand.«

»Das ist aller Wahrscheinlichkeit nach längst beschlossene Sache, meine Liebe.«

Mit einem erstickten Wutschrei lief sie an dem Mädchen vorbei und aus dem Raum, gefolgt von Malcolm und Travers.

Strand blieb sitzen, und sein Blick wanderte über die zerlumpte Gestalt zu seinen Füßen. Beim Geräusch der verklingenden Schritte hob das Mädchen das schmutzige Gesicht und lauschte ein paar Sekunden länger, bevor sie leichtfüßig aufsprang. Sie blickte zur Uhr auf dem Kaminsims.

»Verflixt«, rief Avery Quinn. »Zwölf Minuten. Ich hatte mit Travers gewettet, dass ich sie in unter fünf Minuten in die Flucht schlagen kann.«

Kapitel 3

»Seien Sie doch bitte so freundlich und nehmen diese Monstrosität vom Kopf«, sagte Strand.

Avery zog sich die alte Perücke herunter, sodass ihre eigenen kastanienbraunen Locken darunter zum Vorschein kamen und ihr auf den Rücken fielen.

Strand klang nicht wütend, aber es war vier Jahre her, seit sie ihn das letzte Mal gesehen hatte, und sie hatte nie die Vermessenheit besessen zu glauben, sie wüsste, was er dachte. Die Male, an denen er nach Killylea gekommen war, erst von Eton, später dann von Oxford, war er ihr mehr wie ein junger Gott erschienen, der vom Olymp herabstieg, als ein Sohn, der nach Hause zu Besuch kam.

Sie hatte von Giles Dalton gehört, lange bevor sie ihn zu Gesicht bekommen hatte. Im Aufenthaltsraum der Dienstboten hatte es nur so geschwirrt vor Geschichten um den gutaussehenden Erben von Killylea. Er war schön und begabt, freundlich und charismatisch, in jeder Beziehung vom Schicksal begünstigt, angefangen bei seinem Äußeren über seine gesellschaftliche Stellung bis hin zu seinem Reichtum. Der Ausdruck »mit einem silbernen Löffel im Mund geboren« hätte auf ihn gemünzt sein können.

Auch wenn sie erst zehn Jahren alt gewesen war, hatte sie entschieden, dass niemand solch glühenden Vorhersagen gerecht werden konnte.

Nur dass er es getan hatte.

Sie war elf gewesen und hatte sich über die Zinnen gebeugt, als sie Giles zum ersten Mal gesehen hatte, auf seine bevorstehende Ankunft von der nervösen Aufregung im Dienstbotenbereich aufmerksam geworden. Er hatte die Kutsche, die seine Besitztümer aus Eton heimschaffte, verlassen und beschlossen, zu Pferd und vor den bewaffneten Begleitern auf Killylea einzutreffen.

Die Morgensonne hatte seinen goldenen Schopf in ihrem Schein aufleuchten lassen, als er die Auffahrt hinaufritt, elegant und schlank, und seine Freude über die Heimkehr zeigte sich deutlich auf seinen Zügen. Sein Blick war stolz über die alten Mauern von Killylea geglitten. Er musste ihre Musterung gespürt haben, denn er hatte hochgesehen und sie entdeckt. Sie war erstarrt, das Gesicht knallrot, weil sie beim Spionieren ertappt worden war, und hatte ihn finster angesehen, weil sie es hasste, verlegen zu sein. Dann hatte er alles nur noch schlimmer gemacht, indem er ihr zugezwinkert hatte. *Zugezwinkert.*

Es war Averys erste Erfahrung mit männlichem Charme gewesen, und sie war verheerend ausgefallen. Sie konnte es nicht erklären – es war unabänderlich, rätselhaft und verwirrend –, und selbst in diesem zarten Alter hatte sie allem misstraut, was sie sich nicht erklären konnte. Und es ärgerte sie auch. Er trug die unantastbare Gewissheit seiner eigenen Bedeutung so unbewusst selbstsicher wie ein anderer Schuhe und benutzte seine Anziehungskraft so mühelos, wie ein anderer atmete. Sie verachtete sich dafür, dass sie ihm mit einem einzigen Augenzwinkern zum Opfer gefallen war, so wie alle anderen. Es ärgerte sie, denn sie war nicht wie alle anderen.

Das war sie nie gewesen.

Das konnte sie niemals sein.

Im Alter von elf Jahren hatte sie sich nicht nur damit versöhnt, sondern hatte zudem begonnen, in gewisser Weise sogar ein bisschen stolz darauf zu sein. So unverhohlen vor Augen geführt zu bekommen, dass sie aus demselben Holz wie alle anderen geschnitzt war … Nun, es war ihr nicht fair erschienen, darauf so rüde aufmerksam gemacht zu werden, dass sie in dieser Beziehung nichts Besonderes war. Sie war genau genommen nur eine in einer ganzen Schar Bewunderer um Giles Dalton.

Nicht, dass es danach sonderlich viele Gelegenheiten für sie gegeben hätte, diese ungewollte Faszination, die Giles auf sie ausübte, zu verspüren. Sie und der zukünftige Marquis verbrachten wenig Zeit miteinander. Warum auch sollten der zukünftige Marquis of Strand und die Tochter eines Wildhüters, die durch einen dummen Zufall Protegé seines Vaters geworden war, Zeit miteinander verbringen? O sicher, es hatte ein paar gemeinsame Mahlzeiten gegeben, unbehaglich wegen der unübersehbaren Spannungen zwischen Giles und seinem Vater und der gereizten Stimmung, in die sie immer verfiel, wenn sie in seiner Gegenwart war, und die sie einfach nicht ablegen zu können schien. Aber ansonsten versuchte sie, ihm aus dem Weg zu gehen.

Nein, das stimmte nicht. Sie versuchte zu vermeiden, dass er sie sah. Sie fand reichlich Gelegenheit, seine Unterhaltungen zu belauschen oder ihn aus diskreter Entfernung zu beobachten … na gut, ihm nachzuspionieren. Sie war ein Mädchen und er ein gottgleicher junger Mann. Natürlich war sie fasziniert gewesen.

Wann immer Giles mit ihr sprach, war er unfehlbar höflich oder zog sie freundlich auf, so wie er alle Dienstboten behandelte. Aber während die Haushälterin bei seinen Schmeicheleien errötete und ihr eigener Vater sich bei einem Kompliment von ihm in die Brust warf, gab er Avery nur das Gefühl, dass er sich dazu herabließ zu erobern. Folgerichtig hatte sie sich die allergrößte Mühe gegeben, ein kleines Biest zu sein, wenn er dann tatsächlich mit ihr redete, einfach, damit er *sie* sah, nicht irgendein weiteres Mitglied der Dienerschaft, an dem er seine Gewandtheit schärfte.

Um ehrlich zu sein, sie war schrecklich gewesen, und Giles Dalton, Marquis of Strand, hatte keinen Grund, ihr gegenüber Großmut zu empfinden. Was der Grund dafür war, dass ihr jetzt nur die Hoffnung blieb, dass Strand wie sein Vater stets seine Schulden beglich.

»Irgendwann werden Sie sich mir stellen müssen«, erklärte er.

Sie holte einmal tief Luft, drehte sich um, bemerkte wieder, wie sehr die vergangenen Jahre ihn verändert hatten. Verschwunden war der strahlende sorglose junge Gott. An seine Stelle war ein Mann getreten, dessen goldene Schönheit im Feuer geschmiedet zu sein schien, statt vom Schicksal geschenkt.

Es waren nicht nur die Furchen zu beiden Seiten seines Mundes oder die Schatten unter seinen Augen. Ein berechnendes Funkeln hatte den offenen intelligenten Ausdruck ersetzt, der früher dort gewesen war. Schultern und Kinn verrieten Anspannung. Er wirkte grüblerisch und verrucht, um Mund und Augen lag ein fast grausamer Zug. Was war mit ihm geschehen …?

Sie drängte ihre Neugier zurück. Was auch immer es war, sie würde es nie erfahren. Und das musste sie auch nicht. Sobald er ihr erst einmal geholfen hatte, ihr Ziel zu erreichen, würde es keinen Grund mehr für ihn geben, je wieder mit ihr zu sprechen.

Falls er ihr half.

»Mich stellen? Das klingt ja so, als scheute ich davor zurück.« Sie hoffte nur, sie klang tapferer, als ihr zumute war. Sie hob das schmutzige Nachthemd hoch, tauchte einen Zipfel davon in das nächste Wasserglas auf dem Tisch und begann sich den Schmutz von den Wangen zu reiben.

»Verzeihen Sie mir.« Er klang belustigt. »Wo haben Sie den Fetzen her, den Sie da tragen? Und sagen Sie bitte nicht, dass es je irgendeinem Verwandten von mir gehört hat, egal ob schon gestorben oder noch am Leben. Ich weigere mich zu glauben, dass irgendeiner meiner Vorfahren jemals so tief gesunken wäre.«

Das war ebenfalls neu, dieser überhebliche Tonfall, dieser lässige Zynismus.

»Mrs. Bedling hat es aus einem alten Bettvorhang genäht.« Als sie das sagte, fiel ihr wieder ein, dass sie die anderen Dienstboten von jeglicher Komplizenschaft hierbei freisprechen musste. »Sie hatte keine Ahnung, was ich damit vorhatte. Und keiner der anderen Diener hatte irgendetwas mit der … Vorstellung heute Abend zu tun.«

»Welche anderen Diener?«, fragte er ironisch. »Das Haus scheint verlassen. Und warum ist es so düster hier? Hat die Dienerschaft heimlich Kerzen stibitzt?«

»Nein, selbstverständlich nicht. Mr. Travers hat allen die Woche freigegeben, weil … Nun, wir dachten, die Szene wäre überzeugender, wenn es nicht so viel Licht gäbe. Aber seien Sie versichert, Mr. Travers war kein williger Mitverschwörer.«

»Erpressung, was?« Er wirkte kein bisschen empört bei der Vorstellung.

»Nein! Nein. Ich habe gebettelt.«

Jetzt hoben sich seine Brauen. »Avery Quinn? Betteln? Das Mädchen, an das ich mich erinnere, wäre eher über glühende Kohlen geschritten, als um Hilfe zu bitten, geschweige denn darum zu betteln.«

»Die Frau, zu dem das Mädchen herangewachsen ist, weiß es besser.«

Er warf ihr einen raschen, unergründlichen Blick zu. »Ach ja? Wie schade.« Sein Blick war weicher geworden, aber dann setzte er sich auf dem Stuhl anders hin, als wollte er das Gefühl – was auch immer es war, das für diese Äußerung verantwortlich war – auch physisch ablegen. »Hatten Sie nie die Sorge, dass Sie mit all dem Dreck und so übertreiben?«

»Nein.« Sie wischte sich das Gesicht fertig ab und wandte sich dann ihren Händen zu. »Nicht wirklich. Der Plan musste entweder aufgehen oder nicht. Obwohl ich einräumen will, dass mir durchaus der Gedanke gekommen ist, dass jeder, der ein wenig genauer hinsieht, sich wundern müsste, warum es der Schwester eines Marquis – sei sie nun geistig umnachtet oder nicht – erlaubt werden sollte, ungekämmt und ungewaschen herumzulaufen.«

»Was für ein glücklicher Umstand für Sie, dass die Norths nicht für ihren Scharfsinn bekannt sind.«

»Genau.« Sie stürzte sich auf diese Worte von ihm. »Wie konnten Sie allen Ernstes auf die Idee kommen, ihr einen Heiratsantrag zu machen, einer sol…« Sie unterbrach sich, um sich hinter dem Ohr zu kratzen, und riss entsetzt die Augen auf. »Herrje. Ich fürchte fast, da waren Flöhe in der Perücke. Was Ihre Schuld mir gegenüber nur weiter wachsen lässt. Ich habe Sie immerhin davor gerettet, dieses abscheuliche Mädchen zu heiraten.«

»Mich gerettet?« Zum ersten Mal an diesem Abend wirkte er erstaunt. »Ging es dabei darum?«

»Ja.«

Ein seltsamer Ausdruck zeigte sich kurz auf seinen Zügen. »Wie rührend. Aber haben Sie auch daran gedacht, dass ich vielleicht gar nicht gerettet werden wollte?«

Jetzt war sie an der Reihe, Verblüffung zu empfinden. Um ehrlich zu sein, hatte sie das nicht. Aber das würde sie nicht zugeben. Sie würde sonst auf jeden Vorteil, den sie ihm gegenüber hatte, verzichten. »Sie hat Sie benutzt. Sie manipuliert.«

»Das mag sein, aber diese Vergehen sind schwerlich Sophias allein. Sicherlich haben auch andere schon ein ähnliches Schicksal erlitten. Manche sogar durch meine Hand. Sie eingeschlossen.« Seine grauen Augen verdunkelten sich. »Wie es so schön heißt: Es ist durchaus gerechtfertigt, den Spieß umzudrehen.«

»Nein«, widersprach sie. »Sie können sie nicht heiraten. Nicht, nachdem Sie wissen, wie sie ist. Nicht, nachdem Sie wissen, wie sie über ›Missgeburten und Minderbemittelte‹ denkt. Möge der Herrgott jedem Kind beistehen, das nicht ihren Maßstäben von Vollkommenheit gerecht wird. Wie Louis.«

Giles' älterer Bruder hatte sein kurzes Leben auf Killylea verbracht, abgeschirmt von der Welt und den Grausamkeiten von Leuten wie Sophia. Er war kleinwüchsig gewesen und hatte zudem unter einer angeborenen Herzschwäche gelitten. Obwohl er ein ganzes Jahr, bevor Avery und ihr Vater auf der Burg eingetroffen waren, gestorben war, hatte man seinen Verlust noch immer betrauert, war sein sanftmütiges gutes Wesen unvergessen.

Bald nach dem Tod ihres Stiefsohnes war Giles' Mutter, die zweite Marchioness, nach Italien gereist und hatte Giles' Schwester Julia mitgenommen. Giles, der bereits Eton besuchte, hatte darum gebeten, in England bleiben zu dürfen. Falls er sich je von seiner Mutter im Stich gelassen gefühlt hatte, so hatte er sich das nicht anmerken lassen. Er liebte Killylea. Sein Stolz auf seine Herkunft und sein Zuhause waren nicht zu verkennen. Aber das hatte sich bald nach Giles' achtzehntem Geburtstag geändert, als er nach London gegangen war und dort entdeckt hatte, wie angenehm es war, gefeiert und bewundert zu werden. Oder wenigstens hatte es so ausgesehen. Warum sonst würde jemand so verändert erscheinen?

Es hatte sie überrascht, dass er so ein verwegener Dandy geworden war. Trotz dem, was sie sagte, in ihrem Herzen hatte sie stets besser von ihm gedacht. Aber mit jedem Jahr nahm seine traurige Berühmtheit zu.

Doch obwohl sie sich in Giles' Charakter durchaus geirrt haben konnte, so irrte sie sich gewiss nicht in Bezug auf seine Liebe für Louis. Daran zweifelte sie nicht.

»Stimmt«, gab er zu. »Ich hätte nicht um Miss North angehalten, wenn ich von ihrem Abscheu gewusst hätte. Denn das habe ich nicht. Die Frage ist«, er musterte sie nachdenklich, »woher wussten Sie davon? Oder wollen Sie mir etwa weismachen, dass Ihre Maskerade nur ein Glücksgriff war? Was, wenn Sophia sich als weichherzig erwiesen hätte und Sie in die Arme geschlossen, Sie ›Schwester‹ genannt hätte?«

Sie lächelte spöttisch. »Killylea mag abgeschieden liegen, aber die Post kommt regelmäßig. Ich beziehe eine Reihe von Zeitschriften aus London, sowohl wissenschaftlichen Inhalts … als auch andere.«

»Sie meinen, Sie lesen diese Schundblätter?« Er wirkte höflich erstaunt.

»Gewissenhaft«, gestand sie fast ein wenig rechtfertigend. »Sie enthalten die erhellendsten Informationen. Zum Beispiel diese Operettentänzerin, mit der Sie letzten Sommer eine Affäre hatten? Sie entsprach nicht Ihrem gewohnten Standard.«

Er hob eine Augenbraue. »Meine Liebe, Sie haben keine Ahnung, nach welchen Maßstäben ich mir meine weibliche Begleitung aussuche.«

Sie spürte, wie sie rot wurde, weigerte sich aber, sich ablenken zu lassen. »Hätten Sie ab und zu einen Blick in diese Schundblätter geworfen«, erwiderte sie, »hätten Sie Dutzende Geschichten über Miss N.s Abneigung für ›Schwachsinnige und Missgeburten‹ lesen können. Letztes Frühjahr ist sie beim Anblick eines Gauklers ohne Arme, der engagiert worden war, um die Gäste von Lord Crabbe zu unterhalten, ohnmächtig geworden. Und eine Reihe von Zeitungen haben davon berichtet, wie die ›wunderschöne Miss N.‹ in Bedlam im vergangenen Frühjahr fast einen Aufstand entfesselt hat.«

Er beugte sich vor. »Auf welche Weise?«

»Sie und ihre Begleiter haben die Insassen bestaunt, als ein armer Wicht dem unseligen Impuls nachgegeben hat, sie anzufassen, so schön, wie sie nun einmal ist. Ihre jetzt glücklicherweise ehemalige Verlobte hat so laut und so lange geschrien, dass sie damit die ganze Abteilung in Aufruhr versetzt hat. Es hat drei Tage gedauert, bis wieder Ruhe eingekehrt war.

Also stehen Sie in meiner Schuld. Geben Sie es ruhig zu«, sagte sie und versuchte ihn mit Gedankenkraft dazu zu bringen, sie anzusehen. »Bekennen Sie, dass Sie mir schulden, worum auch immer ich Sie bitte.«

Er lehnte sich in seinem Stuhl zurück und betrachtete sie mit kaum verhohlener Belustigung. »Gütiger Gott, Mädchen, denken Sie, ich bin verrückt? Warum sollte ich Ihnen solche Macht über mich geben?«

»Weil Sie ein Gentleman sind. Wenn Sie diesem schrecklichen jungen Ding einen Antrag gemacht haben, weil Sie dachten, sie sei schwanger mit Ihrem Kind, und sogar mit ihr verlobt blieben, nachdem Sie herausgefunden hatten, dass sie das nicht war, dann erwarte ich, dass sie nicht minder ehrenwert handeln werden, dafür, dass ich sie und ihren widerlichen Vater von hier vertrieben habe.«

Bei einem solch intimen Wissen über seine Angelegenheiten verging ihm das Lächeln. »Der Klatsch der Dienerschaft, nehme ich an?«, fragte er nach einer kurzen Pause.

»Was sonst? Sie Lords und Ladys haben ja keine Ahnung, wie leicht zugänglich Ihr Leben für die von uns ist, die Sie kaum wahrnehmen.«

»Oh, ich habe Sie wahrgenommen«, murmelte er. »Und ich bin sicher, Sie haben recht. Aber darum geht es nicht, sondern vielmehr darum, dass ich nicht um Ihre Hilfe gebeten habe.«

»Das stimmt«, räumte sie ein. »Aber wenn jemand ertrinkt und ich ihn schlicht dadurch retten kann, dass ich ein Brett zu ihm schubse, würde ich das tun, ohne dass er erst um Hilfe rufen muss.«

»So sehr mich diese Selbstlosigkeit auch beeindruckt, muss ich doch protestieren. Ich rufe nie.«

»Ich habe doch gar nicht von Ihnen gesprochen«, entgegnete sie. »Ich meine Ihren Vater. Ich konnte förmlich hören, wie er sich seit dem Moment, in dem die kleine Kokotte Fuß in die Burg gesetzt hatte, im Grab umdreht. Es mag sein, dass Ihnen der Name Ihrer Familie nichts bedeutet, aber ihm schon. Daher bin ich aus Respekt und Dankbarkeit ihm gegenüber zur Tat geschritten.«

Bei der Erwähnung seines Vaters wurde Giles' Miene verschlossen.

»Ah. Ich hätte es mir denken sollen. Ihre graue Eminenz.«

Sie wurde rot, während seine Hand über dem Teller mit Zuckerwerk schwebte, die der Lakai gebracht hatte. Giles hatte das Verhältnis zwischen seinem Vater und ihr nie verstanden. Noch hatte sie das selbst, wenigstens nicht ganz. Zwischen ihnen hatte es Respekt gegeben, aber keine Herzlichkeit. Nie irgendetwas wie Freundschaft. Der alte Marquis war kein Mann, der herzliche Beziehungen zu irgendwem unterhielt, mit Ausnahme, so erzählte man sich, in dem einen Fall – der Liebe zu seinem erstgeborenen Sohn Louis.

»Er war mein Wohltäter. Ich bin ihm für das, was er mir ermöglicht hat, zutiefst verpflichtet.«

»Und was war das?«, erkundigte er sich fast barsch, was sie verwirrte. Dann, als er ihre Miene sah, glätteten sich seine Züge wieder. »Trotz dem, was Sie denken, bin ich mir meiner familiären Verpflichtungen bewusst, und dazu gehört auch, für einen Erben zu sorgen. Miss North entstammt einer vornehmen, sonst aber unbedeutenden Familie. Glauben Sie es mir oder nicht, auf meine eigene armselige Weise habe ich nur versucht, den Fortbestand der Familie zu sichern.« Er griff nach einer kandierten Feige.

»An Ihrer Stelle würde ich die nicht essen.«

»Warum nicht …« Er zog die Hand zurück. »Sie haben nicht allen Ernstes das Essen vergiftet?«

Sie bewegte sich unbehaglich. Vielleicht hatte sie ein wenig übertrieben. »Verdorben ist vielleicht zutreffender. Und nur die Feigen. Sie sah mir nach einer Feigenesserin aus. Ist sie das?«

»Gibt es irgendeine Grenze, die Sie nicht überschreiten würden? Sie hätten Wellington zur Seite stehen sollen. Er hätte eine so erbarmungslose Beraterin gut gebrauchen können. Der Krieg wäre wohl früher vorüber gewesen.«

Woher wollte er wissen, was Wellington gebraucht hätte? Der Marquis, besorgt wegen des Schicksals seines einzigen verbliebenen Erben, hatte sich geweigert, Giles ein Offizierspatent in dem von ihm ausgewählten Regiment zu kaufen. Avery hatte sich manchmal gefragt, ob es schlicht Zufall war, dass Giles sich kurz darauf dem Glücksspiel, Trinken und anderen Exzessen zugewandt hatte. Er war während des Krieges in London geblieben und Balletttänzerinnen nachgestiegen. Der Marquis war nicht erfreut gewesen.

Erst ganz gegen Ende des Lebens des Marquis hatte zwischen Vater und Sohn eine vorsichtige Annäherung stattgefunden. Giles war immerhin für die letzten Monate im Leben seines Vaters nach Hause gekommen.

»Verdorben«, wiederholte sie, »nicht vergiftet. Sie hätte höchstens Bauchschmerzen davon bekommen. Und wenn ich etwas für wichtig genug halte, würde ich alles, was ich als notwendig erachte, tun. Und dafür zu sorgen, dass Sie diese blöde kleine Schlampe nicht heiraten, fällt in diese Kategorie.«

Er schnalzte leise mit der Zunge. »Ts, ts. Was für eine böses Mundwerk Sie haben, Avery.«

»Ich bin die Tochter eines Wildhüters. Was haben Sie erwartet?« Sie raffte die Röcke und setzte sich mit einem kleinen Hüpfer auf die Tischkante, begann völlig ungehörig die Beine hin und her zu schwingen. »Die sauren Gurken sind sicher.«

Sein Blick fiel beiläufig auf ihre entblößten Unterschenkel, verweilte dort lang genug, dass ihre Haut zu prickeln begann.

Langsam hob sie den Blick zu seinem Gesicht. Er lächelte, und sie erinnerte sich zu spät daran, wie mühelos er stets ihre trotzige Darstellung des Benehmens der unteren Schichten gekontert hatte, sie einfach mit einem Blick oder einem Wort in die Flucht geschlagen hatte. Aber sie war nicht länger ein Mädchen. Sie würde nicht wieder weglaufen, wenn er den Lebemann spielte.

»Von jemandem mit Ihrer Ausbildung?«, fragte er. »Mit all den Vorteilen, die Sie genossen haben? Da erwarte ich einiges mehr.«

Dagegen verwahrte sie sich. Nicht, weil es nicht stimmte, sondern weil sie wusste, dass Giles das selbst nicht glaubte. Vor langer Zeit hatte sie einmal mit angehört, wie er seinem Vater gesagt hatte, dass die Erziehung, die er ihr angedeihen ließ, sie zu einer Ausgestoßenen in jeder Schicht der Gesellschaft machte. Danach hatte Avery entsetzliche Angst gehabt, der Marquis könnte ihre Ausbildung beenden. Diese Befürchtung war unbegründet. Wie der Marquis nun einmal war, blieb ihm nichts anderes übrig, als weiterzumachen. Er hatte sein Wort gegeben, und ein Dalton beglich immer seine Schuld.

Während des Überfalls eines Straßenräubers in der ersten Woche, die Averys Vater in den Diensten des Marquis of Strand stand, hatte Dermot Quinn sich vor seinen Herrn geworfen und mit seinem Körper die Kugel abgefangen, die auf seinen neuen Arbeitgeber abgefeuert worden war. Das hätte er beinahe mit dem Leben bezahlt. Nach seiner Genesung hatte ihn der alte Marquis gebeten, ihm das zu nennen, was er sich als Belohnung für seine Tat wünschte. Quinn hatte eine scheinbar einfache Bitte gehabt: dass der Marquis für die Schulbildung seiner zehnjährigen mutterlosen Tochter Avery sorgen möge, »bis sie aufhört, all diese verflixten Fragen zu stellen.«

In der Folge hatte der Marquis einen Lehrer für das Mädchen angestellt, zweifellos in dem Glauben, dass sie binnen weniger Monate das Unterrichtszimmer wieder leid wäre und dorthin zurückkehrte, wo auch immer sie vor dem Überfall gewesen war.

Aber sie hatte nie aufgehört, Fragen zu stellen. Die Fragen wurden nur schwieriger.

Und der Marquis, dessen Ehrgefühl so unfehlbar war wie sein Pflichtgefühl und der fest daran glaubte, dass etwas, was zugesagt war, auch erfüllt werden sollte, suchte weiter Lehrer und Tutoren, die mit ihrer Wissbegier mithalten konnten.

Aber Bildung und Intelligenz, die die der meisten erlauchteren Mitglieder der guten Gesellschaft, weiblich wie männlich gleichermaßen, weit überstiegen, machten sie nicht mehr zu einer feinen Dame, als Giles dadurch zu einem einfachen Tagelöhner wurde, dass er sich in Spitalfields herumtrieb. Daran hatte Giles keinen Zweifel gelassen. Es war eine Tatsache, die sie sich nicht zu vergessen erlaubte.

»Aber ich zieh die Sprache von Meinesgleichen nun einmal vor«, sagte sie mit dem breiten Akzent ihres Vater, bevor sie geziert wie eine eingebildete vornehme Dame weiterredete: »und nicht sie näselnde Sprechweise von Ihro Hochwohlgeboren.«

»Sie sind eine ausgezeichnete Schauspielerin, Avery. Sie sollten eine Laufbahn auf der Bühne in Betracht ziehen. Dort würden Sie sich sicher hervortun.«

Trotz allem spürte sie, wie ihr Hitze in die Wangen stieg. Obwohl sie noch Jungfrau war, war sie beileibe nicht unwissend. Die Bewohner von Cornwall, die kein Blatt vor den Mund nahmen, und die erfahreneren Dienstboten des Marquis, die ebenso erdverbunden waren wie die Landbevölkerung hier, hatten dafür gesorgt, dass sie auch auf diesem Gebiet über Wissen verfügte, das mindestens so erhellend war wie das, was ihr die vom Marquis bezahlten Lehrer beibrachten.

Sie wusste, es gab nur wenige Frauen auf der Bühne, die auch außerhalb des Theaters als Damen galten. Die meisten Schauspielerinnen waren ebenfalls Mätressen, die ihre besten Vorstellungen vor einem Publikum gaben, das aus einem Zuschauer bestand, und auf einer Bühne, die mit Seide bezogen war. Giles, so hieß es, war oft genug alleiniger Nutznießer einer eben solchen Aufführung gewesen.

Sie schaute weg, aber nicht rasch genug.

»Ich wollte damit nicht andeuten, dass Sie jemals …«

»Was? Eine Kurtisane werde?« Sie reckte das Kinn. »Vermutlich nicht. Ich gäbe eine äußerst unbequeme Mätresse ab, da ich aller Wahrscheinlichkeit nach erheblich intelligenter wäre als mein sogenannter Beschützer, und zudem lehne ich es kategorisch ab, diesen Umstand zu verbergen, nur um sein Selbstwertgefühl zu schonen.«

Er neigte den Kopf. »Erlauben Sie mir, mich für meine unselige Bemerkung zu entschuldigen.«

Seine ruhige Nonchalance sorgte dafür, dass sie verlegen wurde, und sie sprach, bevor sie die Worte zurückhalten konnte: »Ich kann mir vorstellen, Sie wären mich gerne los, und mir geht es umgekehrt ebenso.«

»Sie übertreiben.«

»Wirklich? Wäre es Ihnen nicht lieber, Sie könnten nach Killylea kommen, ohne sich darum sorgen zu müssen, mir zu begegnen?«

»Ich sorge mich nie.«

Sie wappnete sich gegen den unerwarteten Stich, den ihr seine Worte versetzten. Natürlich machte er sich keine Sorgen. Warum sollte er auch nur einen einzigen Gedanken an sie verschwenden?

»Und dies ist Ihr Zuhause«, fügte Giles hinzu.

»Nein. Es ist Ihr Heim, und es wird höchste Zeit, dass ich mir eine Zukunft anderswo aufbaue.«

»Seien Sie nicht albern.« Er klang kurz angebunden, und sie verspürte wieder die gleiche plötzliche Freude, die sie schon als Zwölfjährige ergriffen hatte, wenn sie ihn provozierte. Die Erkenntnis erschütterte sie. Würde sie, wenn es um ihn ging, jemals erwachsen werden?

»Wer wird sich um Ihren Vater kümmern, wenn Sie gehen? Und wo wollten Sie überhaupt hin?«

Seine Erwiderung erstaunte sie. »Aber … mein Vater arbeitet nicht länger für Sie. Er hat Madame Turcotte geheiratet. Sie sind vor sechs Monaten in ihre Heimatstadt in der Normandie zurückgezogen. Er hat Ihnen geschrieben …« Sie brach ab, kniff die Augen zusammen. »Der alte Fuchs. Er hat Ihnen nicht geschrieben, nicht wahr?«

»Er hat meine Köchin geheiratet?«

Ihr Ärger schwand ob der Komik der Situation. »Es tut mir leid.« Sie versuchte, nicht zu lächeln. Ihr Vater hatte stets getan, was auch immer er für nötig hielt, um das erwünschte Ergebnis zu erzielen. Sie vermutete, sie war in dieser Beziehung genau wie er. »Er hat Stein und Bein geschworen, dass er das tun würde, auch wenn er besorgt war, Sie könnten versuchen, Madame Turcotte zu bestechen, dass sie seinen Antrag ablehnt.«

»Verdammt richtig, das hätte ich getan.«

Sein Ton war so aufrichtig empört, dass sie sich ein leises Lachen nicht verkneifen konnte. »Vielleicht erklärt das sein Zögern, Sie zu unterrichten. Der arme Mann wusste genau, dass sein Charme gegen die Verlockung einer Verdopplung ihres Lohns durch Sie keine Chance hätte. Jetzt wissen Sie also, dass ich nicht länger einen Vorwand habe, hier zu leben.« So. Das war besser. Vernünftig. Sachlich. Umsichtig, nicht wie ein panisches kleines Mädchen, das Drohungen von sich gibt in der Hoffnung, man würde ihr sagen, sie solle nicht albern sein.

»Das ist lachhaft. Sie brauchen keinen Vorwand. Mein Vater …«

»Ihr Vater ist seit vier Jahren tot«, unterbrach sie ihn ruhig. »Und Sie haben mehr als erfüllt, was Sie an Verpflichtungen von ihm geerbt haben. Außerdem habe ich Pläne.«

»Oh? In irgendein ahnungsloses Fürstentum reisen und einen Aufstand anzetteln?«

»Sehr lustig.«

Sie hatte vierzehn Jahre von der Großzügigkeit des Marquis of Strand gelebt und hätte das vielleicht auch endlos weiter getan, hätte sie nicht seine Verlobungsanzeige in der Zeitung gelesen. Sie hatte auf die Seite gestarrt wie eine blinde Frau, die plötzlich sehen konnte, als ihr langsam klar wurde, dass Giles seine Ehefrau nach Killylea bringen würde. Dass er seine Kinder hier aufziehen würde. Ihre Kinder.

Sie hatte vorher keinen Gedanken daran verschwendet, dass Strand heiraten könnte, oder, wenn doch, dann höchstens irgendwann weit in der Zukunft. Eine entfernte Möglichkeit, die man zur Kenntnis nahm, auf die man sich aber nicht unbedingt freute. Wie die Pest.

Aber in dem Moment hatte sie erkannt, dass Giles natürlich heiraten würde – und zwar bald, allein zu dem Zweck, den Fortbestand der Familie zu sichern. Sie konnte nicht hierbleiben, wenn er das tat. Die neue Marchioness würde daran Anstoß nehmen, wenn eine unverheiratete Frau in einer schwer zu bestimmenden Stellung in ihrem neuen Zuhause lebte.

Oder, schlimmer noch, sie würde es nicht.

Und was wäre Avery dann? Ein lästiges Phantom im Niemandsland zwischen Untergeschoss und erster Etage? Ein Thema für die Konversation nach dem Dinner? Ein Mittel, um die neue Marchioness zu ihrer Nachsicht zu beglückwünschen oder um das seltsame Gefühl für Fairness von Giles' Vater zu rühmen?

Nein. Sie konnte nicht bleiben. Sie musste irgendwo eine Anstellung finden. Nicht als Gouvernante. Sie konnte sich nicht vorstellen, vom Wohlwollen aufsässiger Kinder abhängig zu sein. Aber sie hatte gehört, dass in London neue Schulen entstanden, die für ältere Schülerinnen gedacht waren, die sich für wissenschaftliche Themen interessierten. Vielleicht würde sie in einer davon unterkommen. Oder sie wandte sich an einen ihrer früheren Lehrer, um Hilfe bei der Produktion der neuen Linsen, die sie entworfen hatte, zu erhalten. Es war nicht das Gleiche wie Hutmacherin – Hüte waren augenscheinlich die eine Ware, die Damen herstellen durften, ohne dass sie sich gesellschaftlicher Ächtung aussetzten –, aber sie war nun einmal keine Dame.

Nein. Sie zweifelte nicht an ihrer Fähigkeit, sich ihren Lebensunterhalt verdienen zu können, aber sie erkannte auch, dass sie aller Wahrscheinlichkeit niemals wieder die Freiheit haben würde, zu lernen, zu forschen und zu entdecken, wenn sie Killylea verließ.

Das war jetzt unerheblich. Was geschehen musste, musste geschehen.

Aber erst gab es etwas, das zu tun war.

»Avery?« Strands Stimme riss sie aus ihren Gedanken.

»Es gibt da etwas, das ich sehr, sehr gerne haben möchte«, sagte sie. »Es wäre schön, wenn Sie mir dabei helfen könnten, es zu bekommen. Aber nicht wegen einer längst von Ihrem Vater beglichenen Schuld, sondern weil *Sie* es mir schuldig sind.« Aus irgendeinem Grund war ihr das wichtig. »Sind Sie einverstanden?«

Er streckte die Hand aus, füllte sein Glas mit Wein und betrachtete sie einen langen Moment, bevor er einen Schluck daraus nahm. »Was soll's?«, murmelte er schließlich. »Warum nicht?« Er hob das Glas, als toastete er ihr zu. »Ich stehe in Ihrer Schuld. Verlangen Sie, was Sie wollen.«

Sie schloss die Augen, plötzlich fast schwindelig von der jäh nachlassenden Anspannung. Sie hatte bislang gar nicht gewusst, wie wichtig ihr das hier war. Es wäre möglicherweise das Einzige, was sie jemals von ihren jahrelangen Studien haben würde, der greifbare Beweis, dass sie mit all ihrem Lernen etwas erreicht hatte. Dass ihre Bildung wichtig war. Dass sie jemand war. Dass sie etwas Besonderes war.

Sie atmete stockend aus und öffnete die Augen, sah, dass er sie neugierig anschaute.

»Was wollen Sie?«

Sie sprang vom Tisch, nahm die Perücke und klemmte sie sich unter den Arm. »Das würde ich Ihnen lieber zeigen.«

Er stellte sein Glas ab und stand auf. »Bitte. Gehen Sie vor.«

Kapitel 4

Avery führte ihn über den langen Mittelgang der Burg zu Killyleas Ostturm, wo der alte Marquis ihr in dem ehemaligen Raum für die Burgwachen ein Studierzimmer eingerichtet hatte. Da sie das Zimmer seit ihrer Rückkehr aus Gent vor mehreren Monaten wieder mit Beschlag belegt hatte, lagen nun überall auf den Tischen entlang der Wände Sternenkarten und Bücher, Prismen und Linsen, Navigationsinstrumente und Poliersteine.

Sie hörte Giles murmeln: »Was führen Sie jetzt wieder im Schilde?«

Sie bedeutete ihm, ihr über die Wendeltreppe ins obere Stockwerk des Turms zu folgen, wo sich ein kleines Zimmer für den Wachposten befand. In dem Kohlebecken, das sie früher am Nachmittag angezündet hatte, befand sich noch genug Glut, um die Kammer zu heizen, und es war warm hier. Auf einer drehbaren Plattform an der Wand stand ein großes Teleskop, ließ kaum noch Platz für irgendetwas anderes.

Sie öffnete die Tür nach draußen auf den Wehrgang, und sogleich drang ein eisiger Windstoß herein, wehte ihr die Haare ins Gesicht und presste ihr das Leinenkleid gegen den Körper. Sie bemerkte die Kälte kaum, war viel zu aufgeregt von der Aussicht, ihre Entdeckung jemandem zu zeigen.

Mit einem halblauten Fluch streifte sich Giles den Rock ab und legte ihn ihr um die Schultern.

Sie schenkte ihm ein geistesabwesendes Lächeln, ehe sie den Kopf in den Nacken legte und in den leicht bewölkten Himmel blickte.

»Wonach suchen Sie?«

Sie antwortete nicht, konzentrierte sich ganz auf das Firmament … Da! Sie wirbelte herum, drängte sich an ihm vorbei und wieder ins Turmzimmer, kehrte kurz darauf zurück, wobei sie das Teleskop vor sich herschob.

Sie brachte es an der Brüstung in Stellung und spähte durch das Okular. Sorgfältig begann sie durch Drehen der Ringe die verschiedenen Linsen zu justierten. Und dann mit einem Mal klarte der Nachthimmel auf, breitete sich vor ihren Augen aus, und sie hatte das Gefühl, durch die Sterne zu fallen, in einem Meer aus strahlenden Lichtpunkten zu schwimmen, in Weiß und Rosa, blassestem Blau und Grün gefärbt, während dazwischen wie silbrige Fischlein Dutzende und Aberdutzende Sternschnuppen zischten.

Es raubte ihr den Atem, jetzt genauso wie beim ersten Mal, als sie durch ein Teleskop geschaut hatte.

»Schauen Sie«, sagte sie. »Rasch, bevor die Wolken ihn wieder verdecken.«

Giles beugte sich zu dem Sucher vor. Sie beobachtete ihn, verfolgte jede seiner Bewegungen genau, versuchte ihn mit schierer Willenskraft dazu zu bringen, auch nur einen Teil ihrer Demut vor der Schöpfung zu empfinden. Als er nichts sagte, streckte sie ungeduldig eine Hand aus, um den Sucher zu justieren, aber er schob ihre Hand beiseite und beugte sich weiter vor.

Sie hörte ihn nach Luft schnappen. Er blickte auf.

»Was sehe ich da?«

Sie gab ihm die gleiche fast ehrfürchtige Antwort, die ihr eigener Lehrer ihr seinerzeit gegeben hatte, als sie die gleiche Frage gestellt hatte. »Gottes Spielplatz.«

Er warf ihr einen raschen zynischen Blick zu.

Sie räusperte sich, verlegen, beim Schwärmen ertappt worden zu sein. »Man nennt es auch Meteoritenschauer.«

Er wandte sich wieder dem Okular zu. »Beeindruckend.«

»Ja, aber das ist es nicht, was ich Ihnen zeigen wollte.« Sie beherrschte sich, ihn nicht aus dem Weg zu schubsen und selbst wieder durch das Teleskop zu schauen. Er war warm. Sie konnte die Hitze spüren, die sein großer, breitschultriger Körper ausstrahlte, versagte es sich aber, dem Drang nachzugeben näherzutreten. »Tun Sie so, als ob die Mitte des Sichtfeldes ein Ziffernblatt wäre. Jetzt richten Sie den Blick auf die Stelle, wo der Minutenzeiger wäre, wenn es nicht ganz zehn nach ist. Dieser imaginären Linie folgen Sie mit den Augen ungefähr bis zu einem Drittel der Strecke zur Mitte.

Sehen Sie es? Ein kaum zu erkennender Lichtball, nur ein klein wenig größer als die um ihn herum? Er ist auch ein wenig unschärfer als die anderen, und vielleicht können Sie sogar einen kleinen Schweif aus rosa Licht dahinter ausmachen.«

Er runzelte die Stirn und spähte konzentriert durch den Sucher, dann hielt er inne. Er hob nicht den Kopf, aber sie konnte von der Seite sehen, dass seine Lippen sich zu einem Lächeln verzogen.

»Ja. Ich sehe es. Was ist das?«

»Mein Komet«, antwortete sie schlicht.

Kapitel 5

Giles richtete sich auf, musterte sie, als sei sie tatsächlich Insassin von Bedlam.

»Es ist mein Komet, und ich werde ihn mir nicht nehmen lassen«, wiederholte Avery. »Und Sie werden mir dabei helfen.«

»Verstehe. Soll ich die Reisekutsche nehmen, oder passt er in den Phaeton?«

»Sie wissen, dass ich das nicht so meine.«

Er hob eine elegante Braue. »Ach, tue ich das?«

Mit einer halblauten Verwünschung schubste sie ihn aus dem Weg und beugte sich vor, um selbst noch einmal durch das Teleskop zu sehen. »Ich habe ihn entdeckt«, flüsterte sie. »Er gehört mir.«

»Sie haben den Kometen entdeckt? Sind Sie sich sicher?«

Avery blickte auf und merkte, dass er sie eindringlich betrachtete. Obwohl Giles vielleicht nicht viel über die Wissenschaft des Sternenguckens wusste, begriff er sehr wohl, dass unter Astronomen eine solche Behauptung beträchtliches Gewicht besitzen würde.

Sie richtete sich auf. »Ja, ich habe ihn vor drei Jahren in Österreich entdeckt, als ich bei Herrn Vanderwort studiert habe. Der Komet wird nicht vor 1821 wiederkehren.«

Sie schlang die Arme um sich, einerseits um ihr Selbstvertrauen zu stärken, andererseits um sich gegen den schneidenden Wind zu schützen. Er hob die Arme und zog den Kragen seines Rockes enger um sie. »Ihnen ist kalt. Wir sollten diese Unterhaltung drinnen fortsetzen. Gütiger Himmel, Sie sind ja barfuß! Wollen Sie sich absichtlich den Tod holen oder war das, was ich vorhin unten erleben durfte, nicht nur ein Vortäuschen von Wahnsinn, sondern am Ende echt?«

»Nein, ich habe nur …«

Ehe sie zu Ende sprechen konnte, hob er sie einfach auf die Arme. Sie schnappte erschreckt nach Luft und hielt sich an seinem Hals fest. »Lassen Sie mich herunter.«

Er blickte auf sie hinab, und in seinen Augen glitzerte etwas Hitziges und Elementares. Das musste sie sich einbilden. Giles hatte nicht mehr Interesse an ihr als an Mrs Bedling. Er hatte sie nur hochgehoben, weil er seit frühster Kindheit dazu erzogen war, es einfach nicht untätig mit ansehen zu können, wenn eine Frau Unannehmlichkeiten erlitt. Und die Intensität in seinen silbrigen Augen? Er war ein Lebemann, und so schauten Lebemänner eine Frau nun einmal an. Jede Frau.

»Gleich.« Er trug sie zurück ins Turmzimmer und trat die Tür hinter sich zu.

»Lassen Sie mich runter.«

»Natürlich.« Langsam tat er, was sie verlangte, unterbrach dabei aber den Blickkontakt nicht. Sie spürte jeden Zoll seines Körpers, während sie an ihm hinabglitt, und als sie unter ihren Zehen wieder festen Boden spürte, fürchtete sie eine Sekunde lang, ihre Beine würden sie nicht tragen. Aber sie taten es.

Sie wich zurück, hatte allerdings nicht viel Platz dazu. Das Zimmer war viel zu klein, bot ihr gerade einmal genug Raum, um sich umzudrehen, ohne ihn zu berühren. Das einzige Licht stammte von dem Becken mit der glühenden Kohle am Boden und dem Licht der Sterne am Himmel draußen, das immer wieder durch Wolken behindert in dem schmalen rechteckigen Fenster oben in der Mauer schimmerte. Sie tauchten sein Gesicht in Schatten und ließen seine Augen silbrig funkeln.

Er lehnte sich an die Wand, verschränkte die Arme und sah sie an. »Was meinen Sie damit, Sie wollen sich Ihren Kometen ›nicht nehmen lassen‹?«

Dankbar wandte sie ihre Aufmerksamkeit wieder der Angelegenheit zu. Jetzt war für sie der Moment gekommen, ihren Plan zu enthüllen. Danach lag es in seiner Hand. Er würde ihr entweder helfen oder sich weigern. Sie musste ihn unbedingt davon überzeugen, dass dies der einzige Weg war.

»Ich habe vor, meine Entdeckung der Royal Astronomical Society vorzustellen. In sechs Wochen findet die Winterversammlung statt, zu einem Zeitpunkt, wenn mein Komet zwar meinen Berechnungen zufolge seinen Zenit überschritten haben wird, aber immer noch sichtbar ist.«

Er nickte. »Verstehe. Und Sie brauchen mich, damit ich Sie zu der Veranstaltung begleite? Sie vielleicht für die Dauer Ihres Aufenthaltes irgendwo unterbringe?«

»Nein.«

»Selbstverständlich nicht. Das wäre ja viel zu einfach.« Er seufzte. »Was dann?«

»Ich beabsichtige, ein Mitglied der Gesellschaft zu werden und meine Entdeckung des Kometen dort anzuzeigen. Eine solche Leistung sollte mir die Hipparchus-Medaille der Gesellschaft zusammen mit dem damit verbundenen Preisgeld praktisch garantieren.« Sie lächelte. »Und dann werde ich meine Forschungen fortsetzen können.«

»Ich bin sicher, dass das alles überaus befriedigend sein wird. Aber mir erschließt sich nicht, was ich damit zu tun haben soll. Es sei denn … Denken Sie vielleicht, ich könnte die Mitglieder irgendwie beeinflussen?« Seine Lippen verzogen sich zu einem zynischen Lächeln. »Nun, sicher. So läuft das nun einmal. Sie müssen mir eine Liste mit Namen geben …«

»Nein«, unterbrach sie ihn entsetzt. »Nein! Das will ich bestimmt nicht. Ich würde Sie nie bitten, auf andere Einfluss zu nehmen, damit sie für mich stimmen. Das wäre moralisch nicht richtig.«

»Moralisch nicht richtig«, hörte sie ihn murmeln. Sie konnte seine Miene nicht länger erkennen. Wolken hatten sich vor den Sternenhimmel geschoben, und es war zu dunkel. »Mein Fehler.

Aber wie sonst sollte ich …« Er lachte leise. »Jetzt bin ich noch ratloser, was meine Rolle in dieser Angelegenheit betrifft. Wie genau soll ich Ihnen denn helfen?«

Sie holte tief Luft. »Die Hipparchus-Medaille ist eine jährliche Auszeichnung, die dem Mann verliehen wird, der sich im vergangenen Jahr am meisten um die Astronomie verdient gemacht hat.«

»Mann.« Er wiederholte das entscheidende Wort.

»Ja, nur Männern ist es gestattet, der Gesellschaft beizutreten.«

Er zögerte. »Dann möchten Sie also, dass ich an Ihrer Stelle gehe?«

Diese Idee entsetzte sie noch viel mehr als sein Vorschlag, seinen Einfluss geltend zu machen. »Um Himmels willen, nein. Sie würden keine fünf Minuten Befragung durch Männer mit solchem Fachwissen überstehen.«

Sie sah seine Zähne in der Dunkelheit schimmern. »Kommen Sie. Ich bin wirklich zuversichtlich, dass ich sechs schaffe.«

»Nein.«

»Dann sehe ich wirklich keine Möglichkeit, wie Sie Ihr Ziel erreichen können. Es sei denn, Sie wollen Ihr Geschlecht än…« Er brach ab. »Sie wollen sich als Mann ausgeben, richtig?«

»Ja.« Sie nickte. »Ja.«

»Und Sie wollen, dass ich Sie bei dieser hirnverbrannten Charade unterstütze? Selbst wenn das hieße, dass bei Entdeckung der Ausstoß aus der guten Gesellschaft drohte?«

Sie reckte das Kinn. »Ich bin nicht in der guten Gesellschaft.«

Er stieß sich von der Wand ab, und die Glut aus dem Kohlebecken beleuchtete sein Profil von unten, sodass er wie das Portrait eines gefallenen Engels aussah. »Ich aber.«

Hitze stieg ihr ins Gesicht. Natürlich hatte sie das in Betracht gezogen, als sie ihren Plan ersonnen hatte. Sie verstand, dass das, was sie von ihm verlangte, seinem Ruf schaden konnte, aber nachdem sie jahrelang seine Abenteuer in den Skandalblättchen verfolgt hatte, war sie sich ziemlich sicher, dass jeglicher Schaden vernachlässigbar wäre und dass er zu den Leuten gehörte, denen sämtliche Fehltritte und Missetaten von Göttern und Menschen gleichermaßen anstandslos vergeben wurden. Dennoch machte das ihre Bitte nicht weniger anmaßend. Es war unverzeihlich kühn, darum zu bitten, und sie wusste das.

Aber oh! Wie sehr sie es sich wünschte.

Was konnte sie sagen, dass er einwilligte? Welche Versprechen konnte sie machen? Was hatte sie, um es ihm im Gegenzug anzubieten? Nichts. Sie konnte ihm nur die Wahrheit sagen.

»Ich will das mehr als alles andere«, erklärte sie, während sie näher zu ihm trat. Sie legte den Kopf in den Nacken, um in seinen Zügen lesen zu können, wollte ihn zwingen, sie zu verstehen. »Meine Entdeckung wird für sich sprechen. Wenn irgendjemand anders größeren Anspruch auf die Auszeichnung hat als ich, dann bin ich die Erste, die demjenigen gratuliert.

Aber ich verdiene sie. Ich will das Geld nicht für Kutschen oder Kleider oder anderen Schnickschnack. Ich will es, damit ich meine Arbeit fortführen kann. Meine Arbeit. Und ja, ich weiß, dass Sie meine Forschung mühelos finanzieren könnten und es vermutlich auch täten. Und sei es nur, um mich damit zu nötigen, ein Dokument zu unterzeichnen, in dem ich schwöre, nie wieder auf Ihrer Türschwelle aufzutauchen.« Sie schenkte ihm ein schiefes Lächeln. »Aber es geht mir um mehr als das Preisgeld. Es ist mir wichtig, wofür es steht. Mir geht es um … Anerkennung.«

Sie war so darauf konzentriert, ihre Bitte vorzubringen, dass sie gar nicht bemerkt hatte, dass sie ihm eine Hand unbewusst flehentlich aufs Herz gelegt hatte. Sein unergründlicher Blick ruhte einen Moment darauf, dann schaute er sie an. Ihre Finger krümmten sich zur Faust. Sie konnte seinen Herzschlag fühlen, ruhig und gleichmäßig.

»Ich weiß, es muss so aussehen, als triebe mich nichts als übertriebener Stolz, aber können Sie vielleicht verstehen, was es für jemanden wie mich bedeuten würde, für das Anerkennung zu erhalten, was ich geleistet habe? Dass mein Name auf ewig mit der Entdeckung dieses Kometen verbunden wäre?«

»Jemand wie Sie?«, wiederholte er mit seltsamer Betonung.

»Ja, jemand der … ein Niemand ist.« Sie suchte in seinem Gesicht nach irgendeiner Form von Mitgefühl, einem Hinweis darauf, wie er darüber dachte. Er betrachtete sie mit zusammengezogenen Brauen und schwieg eine Weile. Sie konnte seinen Blick auf sich spüren, die Anspannung unter ihrer Hand, das Heben und Senken seiner Brust. Schließlich sprach er.

»Und wie genau, schlagen Sie vor, sollen wir es anstellen, die ganze Royal Astronomical Society und im Grunde ja auch jedes einzelne Mitglied der guten Gesellschaft, die dann in der Stadt sein werden, zu täuschen? Was, wie ich nur ungern zu bedenken gebe, vornehmlich Mitglieder des Parlaments sein werden, die gewöhnlich nicht die leichtgläubigsten Menschen sind.«

Er würde ihr helfen. Sie spürte, wie sich ein Lächeln auf ihrem Gesicht ausbreitete, und klopfte ihm ermutigend auf die Brust, ehe sie merkte, was sie da tat, und ihre Hand zurückriss. Er verkniff sich ein halbes Lächeln. »Ich habe einen Plan.«

»Warum überrascht mich das nicht?«

Sein sarkastischer Tonfall konnte ihr Glücksgefühl nicht trüben. »Ich werde mich als Ihr Protegé ausgeben.«

»Mein Protegé?«, wiederholte er ungläubig. »Niemand, der mich auch nur im Geringsten kennt, wird das je glauben.«

»Warum nicht?«

»Mein liebes Mädchen, ich bin kaum ein Mann, der Protegés hat.«

»Stimmt, das ist außer Mode gekommen, aber in der Vergangenheit haben die hochrangigsten Herren ganze Ställe voller Protegés gehabt: Künstler, Schriftsteller, Komponisten, Dichter. Es war«, fügte sie von oben herab hinzu, »eines der wenigen Dinge, wofür diese Adeligen gut waren, und ist eine Praxis, die wieder aufleben sollte.«

»Sie müssen wirklich versuchen, mit ihren Komplimenten nicht so freizügig umzugehen.«

Sie grinste. »Ich habe alles schon bis ins Detail ausgearbeitet. Sie waren auf Reisen durch die Niederlande, um sich von der Enttäuschung der beendeten Verlobung zu erholen.« Giles schnaubte. »Dort haben Sie Ihre Begeisterung für Himmel und Sterne entdeckt und den Wunsch gefasst, mehr darüber zu erfahren. Im Zuge dessen wurde Ihnen mit mir ein Student aus England vorgestellt, der die Universität von Gent besucht. Ich habe mich bereiterklärt, Sie zu unterrichten. Sie waren so beeindruckt, dass Sie beschlossen haben, ein derartiges Genie weiter zu fördern.« Sie lächelte ihn strahlend an. Es war der perfekte Plan.

»Das ist einer der idiotischsten Pläne, die ich je gehört habe.«

»Nein, ist es nicht«, widersprach sie sogleich, verblüfft, dass er so etwas denken konnte. »Er ist brillant.«

»Nein, er ist mitnichten brillant. Zunächst einmal wird niemand glauben, dass ich eine Reise unternehmen muss, um mich von der Enttäuschung zu erholen, Sophia zu verlieren. Zweitens wird mir niemand die plötzliche Faszination für Sterne abnehmen. Und schließlich wird niemand glauben, dass ich mich mit einem solch jungen Spund, für den man Sie aller Wahrscheinlichkeit halten wird, als Schüler belaste, falls es Ihnen überhaupt gelingt, irgendjemanden davon zu überzeugen, dass Sie ein Junge sind. Was ich im Übrigens stark bezweifle. Sehr stark.« Sein Blick wanderte über ihre Figur, die, wie sie wusste, kurviger war als die der meisten Frauen.

»Wenn irgendjemand tatsächlich glaubt, dass Sie männlichen Geschlechts sind, und ich versuche, Sie als mein Protegé auszugeben, wird man viel wahrscheinlicher annehmen, dass ich einen neuen Weg erkunden will, ... äh, Laster wider die Natur zu begehen.«

Sie war sich nicht restlos sicher, was er damit meinte, aber es klang verderbt, weswegen sie errötete. Als er das sah, entwich ihm ein heiserer Laut der Erbitterung. »Da. Sehen Sie? Sie sind ein Unschuldslamm. Sie wissen noch nicht einmal, worauf ich anspiele. Was Sie im Übrigen auch nicht sollten, aber wenn Sie als Mann in meinem Haus leben, würden Sie rasch eine ganze Reihe von Dingen lernen, die Sie besser nicht wüssten. Diese besondere Sünde brauche ich nicht auch noch auf meinem Gewissen, nachdem schon so viele auf mir lasten.«

»Nein«, widersprach sie. »Nein. Ich werde Sie überhaupt nicht stören. Ich verspreche, ich mische mich nicht ein. Sie werden nicht einmal wissen, dass ich da bin. Unsere Wege werden sich praktisch nicht kreuzen.«

»Meine Liebe. Sie mögen eine großartige Mimin sein, aber wir sollten offen miteinander sein, wenn schon nicht zu einander, dann wenigstens zu uns selbst. Sie können in etwa so gut unauffällig sein, wie ein Elefant zu fliegen imstande ist. Ich entsinne mich noch lebhaft, wie Sie durch Killylea gelaufen sind, lauthals mit Ihren Lehrern gestritten haben, vor den Dienern weggelaufen sind, wenn Sie den einen oder anderen Gegenstand bei einem Ihrer Experimente zerbrochen haben, und grundsätzlich den gesamten Haushalt terrorisiert haben.«

Sie hatte gedacht, davon habe er nichts bemerkt.

»Außerdem hängt der gesamte Plan davon ab, dass ich Sie überall einführe, Sie den richtigen Leuten vorstelle. Wie sollen wir das bewerkstelligen, wenn Sie stumm und unauffällig in meinem Empfangssalon herumsitzen?« Diese letzte Äußerung troff vor Sarkasmus.

»Bitte.« Sie spürte, wie ihr der Komet entglitt. Verzweiflung trieb ihr Tränen in die Augen. Tapfer versuchte sie, sie zurückzudrängen. »Bitte. Ich kann unaufdringlich sein. Ich habe jahrelang alleine gelebt. Denken Sie, ich sei in den Häusern der Männer, bei denen ich gelernt habe, als Familienmitglied willkommen gewesen?«

Sie sah, wie sich seine Lippen in unwilligem Mitgefühl zusammenpressten. Also war er in den Jahren, die er die feine Gesellschaft regierte, doch nicht vollkommen abgestumpft. Sie ließ nicht locker. »Ich bin an meine eigene Gesellschaft gewöhnt. Ich werde in meinem Zimmer bleiben, wenn wir unser Ziel nicht gerade aktiv verfolgen. Das schwöre ich.«

Er antwortete nicht, sondern schaute weg, die Muskeln um seinen Mund angespannt.

Sie hob die Hände, umklammerte flehentlich die Vorderseite seines Hemdes. »Ein paar Mittagsimbisse, ein Nachmittagstee oder so, ein paar Stunden hier und da, und den Rest der Zeit werden Sie sich überhaupt nicht mit mir abgeben müssen.

Ich weiß, dass es funktionieren wird! Wenn man den Leuten sagt, was sie sehen werden, und ihnen dann etwas zeigt, werden sie fast immer genau das sehen, was man sie zu erwarten verleitet hat. Genauso wie Ihre ehemalige Verlobte. Es liegt in der Natur des Menschen.

Es ist wie bei diesen Scherenschnittporträts, wo sich zwei Profile anschauen. Wenn ich Ihnen sage, es sind zwei Gesichter, die sich ansehen, dann werden Sie das sehen. Aber wenn ich Ihnen sage, dass es in Wahrheit nur eine Vase in der Mitte ist, dann ist es das, was Sie wahrnehmen. Bitte.«

»Verdammte Hölle«, murmelte er.

Sie konnte jetzt nicht verlieren. Nicht wenn sie so dicht davor stand.

Tränen quollen ihr aus den Augen. Tränen der Wut. Allen Anspruch auf vornehme Zurückhaltung in den Wind schlagend fasste sie seine Hemdbrust fester und zog seinen Kopf nach unten, sodass er sie ansehen musste. »Ist es wirklich zu viel verlangt dafür, dass ich Sie von der lebenslänglichen Strafe erlöst habe, die Sie sich mit diesem schrecklichen Mädchen mitsamt Vater aufgehalst hätten?«.

Sie wartete auf seine Antwort, atmete schwer, sicher, dass er entweder auch zornig reagieren oder ihren ganzen Plan einfach rundweg ablehnen würde.

»Gut.«

»Was?«

»Ich habe ›gut‹ gesagt.«

Sie stieß den Atem, den sie unwillkürlich angehalten hatte, abrupt aus.

»Offenbar habe ich keine andere Wahl, als einzuwilligen. Allerdings warne ich Sie, dieser wahnwitzige Plan ist zum Scheitern verurteilt und wird Ihnen gesellschaftliche Ächtung eintragen. Haben Sie das bedacht? Die Folgen?«, fragte er. »Welche Auswirkungen das auf Ihre Zukunft hätte?«

Das hatte sie. Wenn sie als Hochstaplerin entlarvt würde, würde sie niemand als Assistentin einstellen. Sie würde nicht länger an den Observatorien oder bei einem ihrer Mentoren willkommen sein. Aber andererseits hatte Giles ja selbst gesagt, das wäre sie ohnehin nicht. Daher ja, das hier war ein Risiko, das sie willens war, auf sich zu nehmen.

»Das habe ich«, erklärte sie. »Aber …« Sie zögerte, und ihr Gewissen rang mit ihrer praktischen Seite. »Aber was ist mit Ihnen? Was ist mit der Kritik, die Sie treffen wird?«

Sein schöner Mund verzog sich zu einem Lächeln, das zum ersten Mal kein bisschen Spott enthielt. »Ich wage zu behaupten, dass ich es überleben werde. Wenn sonst nichts, wird die Geschichte Ihres Täuschungsversuchs unzähligen meiner Standesgenossen unvergleichliche Unterhaltung bescheren. Da haben Sie es. Ich glaube, ich habe mich einverstanden erklärt, Ihnen zu helfen, Sie lästige kleine Erpresserin.«

»Danke. Oh, danke!« Sie fürchtete, ihr Lächeln glich mehr einem albernen Grinsen. Sie rang darum, es zu bezähmen, aber sie war so … so dankbar. Sie räusperte sich, lächelte breiter, musste sich noch einmal räuspern. »Wir sollten Pläne schmieden. Die Zeit drängt, und es gibt so vieles zu bedenken und …«

»Ja«, unterbrach er sie. »Und wir werden Pläne machen. Morgen. Für heute habe ich genug von Plänen.« Er hielt eine Hand hoch, als sie zu einem Widerspruch ansetzte. »Morgen.«

»Wie Sie wünschen.« Mit einem glücklichen Seufzen strich sie sich das Haar nach hinten, griff sich die alte Perücke, die sie vorhin ans Fenster gehängt hatte, und stülpte sich das Ungetüm wieder auf.

»Was soll das werden?«, erkundigte er sich, als sie sich das dunkelrote Haar darunter steckte.

»Ich gehe an Miss Norths Tür kratzen. Vielleicht auch schnüffeln. Und auf jeden Fall kichern. Wahnsinnig.« Sie grinste wieder. »Wir wollen schließlich nicht, dass sie es sich noch einmal anders überlegt.«

Kapitel 6

Giles beobachtete, wie Avery, umweht von dem fleckigen Leinenhemd, die Wendeltreppe hinunterlief und seinen Blicken entschwand. Er verschloss das Kohlebecken mit dem Deckel und folgte ihr, wobei er sich fragte, ob sie wohl tatsächlich vor Sophias Tür stöhnen würde.

Natürlich tat sie das.

Verdammt.

Im Laufe eines einzigen kurzen Abends war es ihr gelungen, die geordneten, wenn auch wenig ansprechenden Pläne, die er für seine Zukunft hatte, gründlich durcheinander zu bringen. Er war in der festen Absicht nach Hause gekommen, Sophia überglücklich zu machen. Und wenn zu ihrem Glück nicht gehörte, sein Bett zu teilen oder seine Gesellschaft, sondern vornehmlich darin bestand, seinen Namen und Zugriff auf sein Vermögen zu erlangen, dann konnte er sich damit arrangieren. Obwohl er sich früher einmal mehr von seiner Ehefrau erhofft hatte, so war er inzwischen älter und erwartete nichts anderes. Und er verdiente es auch nicht. Er hatte jede Chance auf etwas Besseres vertan.

Er wollte ein paar Tage hier bleiben, damit Sophia die Bediensteten und sein Zuhause kennenlernte, ihr ein paar ausgewählte Stücke vom Familienschmuck verehren, als Überbrückung bis nach der Hochzeit, sie dann weiterschicken dorthin, wo auch immer

North den Winter über wohnte. Er hatte vorgehabt, umgehend nach London zurückzukehren, um herauszufinden, was mit Jack Seward geschehen war, seinem Freund und wie er Agent für die Krone, der vor ein paar Wochen zusammen mit seiner Frau von der Bildfläche verschwunden war.

Aber jetzt hatte er irgendwie versprochen, sich an einer hirnverbrannten Charade zu beteiligen, die nicht die geringste Hoffnung auf Erfolg hatte. Und während er nicht guten Gewissens bedauern konnte, Sophias Hand verloren zu haben, tat es ihm um die Zeit leid, die ihn das Ganze kostete und die ihm somit nicht für seine Nachforschungen zur Verfügung stand. Es musste ihm irgendwie gelingen, beides zu tun, solange es nötig war. Was vermutlich nicht lang wäre.

Niemand würde Avery Quinn für einen jungen Mann halten, nicht bei ihrer Figur. Heute Abend, als der Wind das Leinennachthemd an ihren zierlichen Körper gepresst hatte, sodass ihre köstlich gerundete Figur so deutlich zu erkennen gewesen war, als wäre sie nackt gewesen, hatte er selbst unverzüglich und unmissverständlich hitzig darauf reagiert. Was seltsam war, da Sophias entschiedene und geschickte Berührung ihn in den letzten Monaten kalt gelassen hatte.

Jetzt hingegen konnte er Averys Bild nicht aus seinem Kopf vertreiben, die vollen festen Brüste, die schmale Taille und die sanft gerundeten Hüften. Nein, er konnte sich nicht vorstellen, dass Hemd und Hose diese weibliche Figur angemessen verbergen konnten. Und alles Einschnüren auf der Welt würde diese gut bestückte Brust nicht in eine maskuline Silhouette verwandeln können.

Und ihr Gesicht? Zugegeben, sie besaß kühne Züge, ein festes Kinn, leicht tief liegende Augen und einen breiten Mund. Aber ihre Stirn, ihr anmutiger Schwanenhals und die köstliche Reife ihrer Lippen …

Ein Mann müsste blind sein.

Er kam am Fuß der Treppe an und machte sich auf den Weg in die Bibliothek, hoffte dabei, dass Averys »Ausstaffierung des Bühnenbilds« sich nur auf die Räume beschränkt hatte, bei denen zu erwarten stand, dass Sophia sie betreten würde, und dass ihn ein warmes Feuer erwartete. Er nahm dankbar zur Kenntnis, dass er sich nicht getäuscht hatte, und begab sich in den warmen einladenden Raum mit dem Gefühl, nach Hause zu kommen. Hier hatte er zahllose Stunden damit verbracht, die gut bestückten Regale durchzusehen. Wie Avery Quinn auch. Manchmal hatte er Hinweise auf ihre kürzliche Anwesenheit hier gefunden: eine gekritzelte Notiz, eine halbleere Tasse Tee, ein auf dem Tisch gelassenes Buch. Er hatte immer das Gefühl gehabt, als teile er ein Zimmer mit einem freundlichen kleinen Gespenst.

Er ging zum Fenster und schaute hinaus. Die unumstößliche Wahrheit lautete: Er stand in Averys Schuld. Bis heute Abend hatte er keine Ahnung von Sophias hysterischem Entsetzen vor Menschen gehabt, deren Äußeres nicht so perfekt wie ihres war. Er hätte es wissen müssen. Es wäre peinlich, wäre es nicht so armselig. Weil er es nämlich darum nicht gewusst hatte, weil er sich nicht die Mühe gemacht hatte, irgendetwas über sie herauszufinden. Er hatte angenommen, dass Sophia mehr oder weniger so war, wie sie nach außen wirkte: ehrgeizig, gerissen, eitel und sinnlich. Und während er vielleicht der Ansicht war, dass er in ihr exakt das gefunden hatte, was er verdient hatte, war sie sicher nicht das, was seine Kinder verdienten. Besonders nicht, da in seiner Familie Zwergwuchs vorkam.

Er hatte nicht gründlich genug Erkundigungen über Sophia eingezogen, und für diese Nachlässigkeit hätten seine Kinder am Ende einen schrecklichen Preis zahlen müssen. Oh, er hatte viele Fragen bezüglich ihres Vaters gestellt. Er wusste alles über Norths Finanzen, sowohl, was er schuldete, als auch, was er besaß. Er kannte die Schwächen des Mannes, reichlich an der Zahl, und seine Stärken, von denen er nur einige wenige aufzuweisen hatte. Schließlich war Dinge über andere Leute herauszufinden das, was er in all den Jahren getan hatte, die England mit Frankreich Krieg geführt hatte.

Auch wenn er nie ein Offizierspatent besessen hatte, war er schon vor langer Zeit in einen anderen Dienst der Krone getreten, wo sein Scharfsinn und seine Gerissenheit Gewehr und Schwert ersetzte, eine Welt, in der Informationen im Austausch für dunkelste Geheimnissen gehandelt wurden, eine Welt voller Lug und Trug.

Er war sehr gut darin gewesen. Nicht nur darin, Informationen zu sammeln, sondern auch darin, Ereignisse herbeizuführen, Leute zur rechten Zeit an den rechten Ort zu bringen und dann mit genau dem richtigen Auslöser die gewünschten Reaktionen von ihnen zu erhalten. O ja. Er war darin überaus gut. Besser als selbst der Beste der anderen Agenten, Jack Seward.

Bei dem Gedanken an Jack zog Giles an der Klingelschnur und schenkte sich ein Glas Portwein ein. Nachdenklich ließ er sich auf einen Lehnstuhl sinken.

Es hatte ihn überrascht, als Seward ihn vor ein paar Monaten aufgesucht hatte und ihn um Hilfe gebeten hatte, eine hübsche Diebin zu finden, die ein wichtiges Regierungsdokument gestohlen hatte. Nach Kriegsende hatte sich Giles aus dem Dienst für die Krone zurückgezogen, da er der Ansicht war, dass es in Friedenszeiten wenig Verwendung für Spione geben würde. Dennoch waren in unregelmäßigen Abständen seine Talente gefragt gewesen, meist von Sir Robert Knowlton, der gemeinsam mit Sir Jameson den Geheimdienst leitete. Und noch unregelmäßiger hatte er sich auch bereiterklärt, das zu tun, was sie von ihm verlangten. Genau genommen hatte er Jacks Bitte ablehnen wollen, bis sein Freund ihm erklärt hatte, es handele sich um einen persönlichen Gefallen.

Es sollte ein einmaliges Arrangement sein. Er würde dafür sorgen, dass Jack Zutritt zur guten Gesellschaft erhielt, mehr nicht. Aber irgendetwas war furchtbar schief gegangen. Jack hatte etwas entdeckt, was eigentlich niemand je hatte erfahren sollen, und jetzt war Jack plötzlich verschwunden, zusammen mit seiner schönen jungen Frau Anne. Giles war beinahe sicher, dass Jameson dafür verantwortlich war.

Kurz vor seinem Verschwinden hatte Jack mit Sir Jameson gebrochen und Jamesons Rivalen Knowlton streng vertrauliche Informationen zukommen lassen. Jameson duldete Verrat nicht. Bald danach waren die Sewards wie vom Erdboden verschluckt.

Ein Teil von Giles, müde und erschöpft von dem düsteren Widerhall seiner Vergangenheit, wollte die Sache einfach auf sich beruhen lassen, aus Angst zu entdecken, dass sie umgebracht worden waren. Aber ein anderer Teil von ihm war nicht bereit, es einfach hinzunehmen, dass seine Freunde ermordet worden waren. Wenn Jameson sie getötet hatte, dann musste Giles das wissen und ihn seiner gerechten Strafe zuführen.

Wie drollig. Nach allem, was er gesehen und getan hatte, hatte er offenbar immer noch nicht den Glauben verloren, dass der Gerechtigkeit genüge getan werden würde. Er legte den Kopf in den Nacken und leerte sein Glas.

»Sir?« Travers war eingetreten.

»Spielen Sie immer noch den Butler, Sie Fuchs?« Jacob Travers war seit vor Giles' Geburt Gutsverwalter des alten Marquis gewesen. Nach dessen Tod war er als Giles' Faktotum geblieben. »Das war eine amüsante Szene, die zu präsentieren Sie heute Abend geholfen haben. Warum haben Sie sich dazu nur bereiterklärt?«

»Sie hat Sie aus einer schrecklichen Lage gerettet, aus der Sie sich nicht aus eigener Kraft befreien konnten.«

»Lassen Sie sich versichern, hätte ich es gewünscht, ich hätte …«

»Nein, Sir«, unterbrach Travers ihn bestimmt, »das hätten Sie nicht. Sie waren der Ehre wegen verpflichtet, diese junge Frau zu heiraten, und das hätten Sie auch getan. Wie Ihr Vater sind Sie ein Ehrenmann.«

Giles erwiderte darauf nichts, spürte die Last von Travers' Vertrauen so deutlich wie einen Mühlstein um den Hals.

»Miss Avery will das, Mylord. Sie hat hart dafür gearbeitet«, brach Travers sein Schweigen mit ruhiger Stimme. »Sie verdient es.«

Giles lehnte sich in seinem Stuhl zurück, trommelte mit den Fingern auf die Armlehne. Travers hatte Avery schon immer gemocht, auch wenn es ein Rätsel blieb, warum. Als Mädchen war Avery so stachelig wie ein Igel gewesen. Brillant, sicher, aber sie hatte ihn immer an die junge Krähe erinnert, die Travers nach einem Unwetter gefunden und behalten hatte. Er hatte sie Josephine genannt und ihr alle möglichen Tricks beigebracht. Dennoch konnte er den Vogel nie dazu bringen, eine Belohnung aus seiner Hand entgegenzunehmen, ohne dabei einen blutenden Kratzer zu erhalten.

So war es auch mit Avery, die Cicero zitierte und im übertragenen Sinn Kratzer austeilte, wo immer sie ging.

»Was ist eigentlich mit Ihrer Krähe geschehen, Travers?«

»Josephine?«, fragte Travers überrascht. »Nun, sie ist davongeflogen, Sir.«

»Sie müssen Sie doch ein Dutzend Jahre oder so gehabt haben. Was ist geschehen?«

»Eines Tages habe ich sie aus ihrem Käfig gelassen, und sie ist einfach aus dem Fenster geflogen. Das war das letzte Mal, dass ich sie gesehen habe.« Er klang eher verwundert als betrübt.

»Vielleicht war sie ihren Käfig einfach leid«, sagte Giles und dachte darüber nach, wie entsetzt er gewesen war, als Avery gesagt hatte, sie habe vor, Killylea zu verlassen. Ein Killylea ohne Avery war nicht denkbar, und obwohl er in den vergangenen Jahren kaum zur selben Zeit wie sie hier gewesen war, hatte er sie sich immer hier vorgestellt, in der Bibliothek beim Studium der Bücher und bei Streifzügen durch die Obstgärten, wie sie sich oben auf die Zinnen legte und in den Himmel blickte. Himmel, es hatte sogar eine Zeit gegeben … Aber das war lange her, als er noch ein junger Bursche gewesen war.

Der springende Punkt war, dass Giles Avery als Teil seiner Erbschaft übernommen hatte. Trotz dem, was er Avery für ihr rechtzeitiges Einschreiten bei Sophia schuldete, spürte er die Verpflichtung, die sein Vater übernommen hatte, doch wesentlich stärker. Etwas musste mit ihr passieren, und das hier war, was sie offenkundig wollte.

Er schenkte sich ein weiteres Glas Portwein ein, war sich Travers' erwartungsvollem Blick deutlich bewusst, der sich so deutlich von Averys herausforderndem unterschied.

Sie hatte unwahrscheinlich attraktiv ausgesehen, als sie heute Abend auf dem Turm oben gestanden hatte, ihre Augen so dunkel, dass es schien, als hätten sie das Mitternachtsblau des Himmels aufgesogen, und ihre kastanienbraunen Locken hatten hinter ihr im Wind getanzt.

»Wie, bei allen Heiligen, kann sie nur hoffen, irgendwen zu täuschen?«, fragte er halblaut. »Sie ist so … ihre Figur …«

»Sie hat sich Mrs Bedlings Hilfe versichert und mit ihr zusammen eine Garderobe gefertigt, die zu einem jungen Gentleman vom Land passt. Und sie hat einen Plan, was sie mit ihrer … äh … Silhouette macht.«

Giles lachte kurz auf. »Avery hat einen Plan. Na dann ist ja alles in bester Ordnung.« Er erhob sich. »Sie können gleich mit dem Packen beginnen.«

»Sir?«

»Sobald die Norths aufgebrochen sind, werden wir in halsbrecherischem Tempo zur Küste reiten und weiter in die Niederlande reisen. Dort ziehen wir eine Woche oder so umher, bevor wir in gebotener Eile nach London aufbrechen, um Mr Quinn zu treffen, auf dass ich alle Welt in Kenntnis setze, dass ich ihn während des erwähnten Umherziehens kennengelernt habe. Während dieser Zeit habe ich zufällig auch eine plötzliche Leidenschaft für die Sternguckerei entwickelt. O ja, niemand wird daran irgendetwas komisch vorkommen. Kein bisschen.«

Sein Sarkasmus war an Travers verloren. »Aber … *wir*, Sir?«

Giles war sich nicht zu schade, Travers' Unbehagen zu genießen. Schließlich ging es ihm nicht besser, dafür hatten er und Avery gesorgt. Er klopfte dem älteren Man auf die Schulter. »Ja. Wenn dieser hirnverbrannte Plan irgendeine Chance auf Erfolg haben soll, wird Avery einen Verbündeten im Haus benötigen. Jemanden in der Dienerschaft, der weiß, wer sie ist, und ihre wahre Identität vor den anderen verbergen helfen kann.« Er lächelte. »Sie, mein Freund, sind soeben degradiert worden.«

»Sir?«

»Sie sind Averys neuer Kammerdiener.«

Kapitel 7

Miss Avery war verschwunden. Sie war das letzte Mal beim Betreten ihres Zimmers in einer Poststation vierzig Meilen nördlich von London gesehen worden. Daraus war sie nicht wieder erschienen, um mit der Postkutsche das letzte Stück der Strecke nach London zu bewältigen. Aber da sie für das Zimmer im Voraus bezahlt und alles blitzsauber hinterlassen hatte und da zudem nichts darauf hinwies, dass irgendetwas Ungehöriges geschehen sei – vielleicht mit Ausnahme der abgeschnittenen kastanienbraunen Locken, die im Abfalleimer gefunden wurden –, beschloss der Wirt, der Sache nicht weiter nachzugehen. Himmel, junge Frauen liefen die ganze Zeit davon, und Miss Avery war entschieden jenseits der Zwanzig.

Dennoch gewann die Postkutsche einen neuen Passagier hinzu, der ihren Platz einnahm. Ein kleiner, dicker junger Mann, der früh am Morgen des nächsten Tages zitternd auf der Bank vor dem Gasthaus saß. Er gab seinen Namen mit Mr Quinn an, während er das eine Gepäckstück, mit dem er reiste, ein vollgestopfter Koffer, dem Kutscher hochreichte und dann einstieg.

Trotz seiner Jugend – denn er war jung, die Haut in seinem Gesicht war so glatt und weich wie bei einem Kind – schätzte die Matrone ihm gegenüber ihn als Gelehrten vom Land ein. Auf den Gelehrten kam sie aufgrund verschiedener Beobachtungen: die Brille auf seiner Nase, die Hände, die eindeutig niemals harte Arbeit verrichtet hatten, und die mit einem Ledergurt zusammengebundenen Bücher. Dass er vom Lande stammte, schloss sie aus seinem flachen breitkrempigen Hut, der nach der ländlichen Mode gefertigt war und seine Züge beschattete, sowie aus seinem Mantel, der zwar aus gutem Stoff gemacht, aber schlecht geschnitten und in aller Eile zusammengenäht war. Die Matrone hatte selbst genug Kleider geschneidert, um das beurteilen zu können.

Möglicherweise war er ein Hauslehrer auf dem Weg zu seiner ersten Anstellung, überlegte sie. Sie hoffte für ihn, dass sie sich irrte. Jungs konnten so grausam sein. Besonders zu jemanden, der … irgendwie anders war. Wie dieser junge Mann. Denn obwohl seine Arme und Beine dürr waren, wies sein Torso eine ausgeprägt gewölbte Form auf, die unter seinem Kinn begann und über seinen Beinen aufhörte, wodurch er an eine Melone erinnerte, der plötzlich Gliedmaßen gewachsen waren.

Eine Schande, dachte sie, denn sonst sah er nicht schlecht aus. Er besaß gleichmäßige Züge und dunkle Augen, soweit sie das hinter den Brillengläsern erkennen konnte – obwohl seine Augenbrauen oberhalb seiner Nase unseligerweise zusammengewachsen schienen –, und ein glattrasiertes Kinn. Seltsames Geschöpf. Er hatte während der ganzen Fahrt nicht ein Mal den Mund aufgemacht. Die letzte halbe Stunde hatte er seinen Mund und seine Nase mit einem Taschentuch bedeckt, und zudem tränten ihm die Augen.

Sie hatte Mitleid mit ihm. Sie erinnerte sich an ihren ersten Besuch in London und ihre eigene Reaktion auf den überwältigenden Gestank. »Sie sind noch nie zuvor in London gewesen, nicht wahr, Mr Quinn?«, erkundigte sie sich.

»Nein, Ma'am.« Er hatte eine leise, leicht heisere Stimme, als habe er irgendwann einmal eine Halsverletzung gehabt. Vielleicht in seiner Kindheit. Wenn er als Junge krank gewesen war, hatte er am Ende gar nicht die Möglichkeit gehabt, sich den Betätigungen hinzugeben, die bei Burschen aus Babyspeck Muskeln machten. Das würde auch seinen Mangel an Manieren erklären. Er hatte ihr nicht einmal seinen Platz angeboten, als sie eingestiegen war, und hatte auch seinen Hut nicht gezückt. Mütter neigten stets dazu, mit einem kränklichen Kind zu viel Nachsicht zu üben.

»Ich schon«, vertraute sie ihm mit der gelassenen Befriedigung des erfahrenen Reisenden an. »Oft genug und immer aus dem gleichen Grund, der darin besteht, dass ich mich um die Blagen meines Bruders kümmere, während seine Frau mehr von der Brut auf die Welt bringt. Man gewöhnt sich an den Gestank und an die dicke Luft. Werden Sie erwartet?«

Er nickte. Sie hielt ihn nicht für mürrisch, sondern eher für furchtbar schüchtern, und all ihre mütterlichen Instinkte erwachten mit Macht zum Leben bei dem Gedanken, dass dieser Grünschnabel dem Sodom und Gomorra von London ausgeliefert war. Die Postkutsche kam mit einem Ruck zum Stehen.

»Dann wartet hier eine Anstellung auf Sie, Mr Quinn?«

Er schüttelte den Kopf. »Nein, nicht in dem Sinn.«

Also war er in der Hoffnung auf eine bestimmte Stelle gekommen, aber hatte sie noch nicht fest. Sie musterte ihn mitleidig, da sie bezweifelte, dass er sie erhalten würde, es sei denn, er wäre der einzige Bewerber. Es gab nicht viel, was für ihn sprach.

Einer der Postjungen kletterte vom Kutschbock und riss die Tür auf, sodass in der Öffnung der gepflegte Hof des Gloucester Coffee House zu sehen war.

»Na dann, viel Glück, junger Mann«, sagte sie, während sie die Hand des Postjungen ergriff und ausstieg.

»Das werden Sie brauchen«, murmelte sie vor sich hin, aber dann war da ihr Bruder, und wenigstens ein halbes Dutzend ihrer Nichten und Neffen drängte sich um sie, und sie vergaß Mr Quinn mit der unglücklichen Gestalt.

Wie um alles auf der Welt lebten die Leute hier?

Avery, die als Letzte aus der Kutsche kletterte, zitterte heftig, stand wie gebannt auf dem Hof. Obwohl es erst kurz nach zwei Uhr mittags war, war es bereits dunkel. Nun, nicht wirklich dunkel, aber dämmerig, das Tageslicht gedämpft. In der Luft lag ein feiner eiskalter Nebel, und die Pfützen am Rand des Hofes zierte ein Eisrand. Sie zog ihren Umhang fester am Hals zusammen und legte den Kopf in den Nacken, um in fasziniertem Entsetzen zu dem Stück Himmel über ihr hochzuschauen. Es war düster und schien niedrig zu hängen, die erkennbare Scheibe der Sonne wie eine fleckige Münze am Boden einer Tasse milchigen Tees. Es wäre unmöglich, durch diese undurchdringliche Schicht die Sterne zu sehen.

Sie hatte während ihrer Studien andere Städte besucht, meist kleine Universitätsstädte, aber nie zuvor London. In ihrer Vorstellung war es wie der Quell all dessen gewesen, was in England großartig war: Künste, Musik, Mathematik und Wissenschaft. Aber hier war es schrecklich, es war kalt … und laut! Pferde wieherten, Hunde bellten, Hufe klapperten, und Achsen quietschten. Schwer beladene Karren rumpelten über das Kopfsteinpflaster, untermalt von den Rufen der Fuhrleute, den Flüchen der Kutscher und dem Geschrei der Händler.

Und erst der Gestank. Sie drückte sich wieder das Taschentuch vor den Mund und blickte sich um. Gewiss war doch nicht alles an dieser großartigen Stadt so schrecklich.

»He, Bursche!«

Sie drehte sich in die Richtung des Rufes, und der Fahrer warf ihr vom Dach der Postkutsche ihren Koffer zu, so schnell, dass sie ein paar Schritte rückwärts stolperte, als sie ihn auffing. Er grinste breit. »London wird dich bei lebendigem Leib verschlingen, Jungchen, wenn du dir nicht ein paar Muskeln zulegst unter all dem Fett.«

Sie wurde rot, umklammerte den Koffer vor der Brust. Ihr war bewusst gewesen, dass ihre Verkleidung sie Spott aussetzen würde, aber es hatte keine praktikable Alternative gegeben. Nach mehreren Stunden des Experimentierens waren Mrs Bedling und sie zu der Einsicht gekommen, dass sie unter der Menge Stoff, die nötig wäre, um ihren Busen flach zu binden, keine Luft mehr bekommen würde. Stattdessen hatten sie eine Methode ersonnen, ihn unter Unmengen Polstermaterial zu verstecken, das Mrs Bedling in eines ihrer Korsetts genäht hatte.

Würde sie zur Eitelkeit neigen, wäre ihre Erscheinung ihr peinlich gewesen. Aber das war sie nicht. Wenn die Leute glaubten, sie sei ein dicker junger Mann, dann kam ihr das sehr gelegen. Wenn sie ihren Umfang betrachteten, würden sie ihr nicht so leicht ins Gesicht schauen.

Sie und Strand hatten sich vor beinahe drei Wochen getrennt. Strand hatte ihr einen Beutel mit Geld gegeben und genaueste Anweisungen: In zwanzig Tagen sollte Miss Avery die Postkutsche nach Whitchurch nehmen, sich im letzten Gasthof auf der Reise ein Privatzimmer mieten und sich dort in Mr Quinn verwandeln. Vor Tagesanbruch müsse sie das Zimmer durch das Fenster verlassen und dann vor dem Gasthof warten, bis der Kutscher kam, um die anderen Passagiere zu wecken. Sobald sie in London eingetroffen war, sollte sie sich eine Droschke mieten und zu Strands Haus kommen. Dort werde sie erwartet.

»Wollen Sie dort den ganzen Tag herumstehen und den Verkehr behindern, junger Mann?«, fragte der Wirt aus der offenen Tür des Gasthofes. Sie blickte sich unsicher um und erspähte eine Droschke direkt neben dem Hof. Sie hievte den Koffer auf die Schulter und stapfte durch den eisigen Matsch dorthin. Der Fahrer lehnte sich von seinem Sitz herunter, musterte sie von oben bis unten. »Kannste zahlen?«

»Ja.« Sie nickte, versuchte im stärker werdenden Nieselregen seine Züge auszumachen.

Er musterte sie zweifelnd. »Zeig mir die Münzen.«

Sie griff in ihre Tasche und zog eine eng verschnürte Börse hervor, nestelte sie mit kalten Fingern auf. Dann holte sie zwei Schillinge heraus und hielt sie ihm hin, dass er sie sich ansehen konnte. Er grunzte kurz, lehnte sich vom Sitz und öffnete die Droschkentür.

»Wohin?«, fragte er, während sie den Koffer hineinschob.

Sie nannte ihm die Adresse in der Half Moon Street, und er pfiff leise anerkennend, während sie einstieg und die Tür schloss. »Ist es weit?«, rief sie, während sie Platz nahm.

»Weit?« Sie hörte ihn lachen. »Nee, weit isses nich. Aber in London geht es nich darum, wie weit es is, Jungchen, sondern wie lang man braucht, um hinzukommen.« Und mit einem Schnalzen seiner Peitsche setzte sich das Pferd in Bewegung, sodass die Droschke schaukelnd losfuhr.

Eine Stunde später begriff Avery, was der Kutscher damit gemeint hatte. Sie schienen mehr zu stehen, zurückzuweichen oder Dinge zu umfahren, als sich vorwärts zu bewegen. Gefährte aller Art verstopften jede Straße und jede Gasse. Hinter einem umgekippten Lastkarren staute sich der Verkehr um vier Häuserblocks, und über die Ladung, die auf der Straße lag, schwärmten in Lumpen gehüllte Kinder und duckten sich unter dem Knüppel des Fahrers hindurch, der verzweifelt versuchte, seine Waren zu schützen. Männer, die einen Wagen mit Ziegeln ausluden, verstopften eine weitere Kreuzung, und überall drängte sich im Schneckentempo ein zäher Strom Fußgänger vorwärts.

Gerade, als sie dachte, sie würden ihr Ziel nie erreichen und dass sie bis zum Ende ihrer Tage in dieser Kutsche bleiben müsste, löste sich der Stau binnen weniger Straßenzüge restlos auf. Die Droschke fuhr um einen Block hoher weißer Gebäude, die dicht nebeneinander um einen kleinen Park angeordnet waren, der unter einer dünnen Schneedecke lag und in dem eine vor dem ganzen Weiß leuchtend grün schimmernde Ilex-Hecke wuchs.

Jedes Haus glich dem daneben. Weiße griechische Säulen flankierten die Eingänge, und alle hatten in der ersten Etage hohe französische Fenster. Die wiederum gingen auf identische schmiedeeiserne Balkone hinaus. Mehr Fenster schimmerten in ordentlichen Reihen in den Stockwerken darüber.

Die Kutsche blieb etwa auf der Hälfte der Straße stehen, der Kutscher sprang von seinem Sitz und öffnete ihr die Tür. Sie zögerte nur eine Sekunde, ehe sie ausstieg.

»Das macht 'n Schilling und drei Kreuzer«, verlangte der Fahrer, während er den Koffer heraushob und vor ihr auf den Gehweg fallen ließ.

Sie fischte die Münzen aus ihrem Geldbeutel und reichte sie ihm. Er tippte sich mit einem Finger an die Hutkrempe, stieg wieder auf seinen Kutschbock und fuhr in schnellem Tempo davon.

Müde schleppte sich Avery die Stufen hoch, wobei ihr der Koffer bei jedem Schritt unangenehm gegen die Oberschenkel stieß. Oben angekommen stellte sie ihn ab und klopfte.

Sie wartete, verfroren und erschöpft, aber auch unleugbar stolz auf das Erreichte. Sie hatte es getan. Sie hatte ihren ersten Tag als Mann hinter sich gebracht, ohne enttarnt zu werden. Die ältere Dame in der Kutsche hatte ihr ein paar atemlose Augenblicke beschert, aber letztlich hatten die Leute genau das getan, was sie erwartet hatte: Sie hatten akzeptiert, was sie sahen, ohne es zu hinterfragen.

Am liebsten würde sie jetzt erst einmal ein Bad nehmen. Später konnte sie dann Strand treffen und herausfinden, welche Arrangements er getroffen hatte, um sie verschiedenen Mitgliedern der Royal Astronomical Society vorzustellen. Vielleicht konnten sie auch in ihrem Zimmer zusammen essen und sich von Travers – der eine Woche vor ihr in der Stadt angekommen war – bedienen lassen. Danach würde sie ihre Verkleidung endgültig ablegen. Obwohl ihr die Männerkleider eigentlich mehr Bewegungsfreiheit verschaffen sollten, machten die Baumwollwattierung und die Polster, unter denen sich ihre Vorderseite verbarg, mit jeglicher Bequemlichkeit kurzen Prozess. Sie musste sich wohl erst noch daran gewöhnen.

Die Tür schwang auf. Ein Lakai in Livree stand vor ihr. Er war groß, wenigstens einen Kopf größer als sie, sehr blond und überaus attraktiv – er sah fast so gut aus wie Strand. Er blickte sie mit sorgsam unbewegter Miene an.

»Mr Quinn?«

Wo war Travers? Travers sollte sie in Empfang nehmen. Oder wenigstens hatte sie das angenommen … Sie nickte, fand sich damit ab, ihre Scharade noch ein wenig länger zu spielen.

»Sie werden erwartet, Sir. Ich bin Burke«, sagte der Lakai, nahm ihr das Gepäck ab und trat zur Seite.

Sie blickte sich im Foyer um. Die Wände waren in blassem Himmelblau gestrichen und wurden von einer weißen Stuckdecke mit einem komplizierten griechischen Muster gekrönt. In der Mitte des Raums stand ein einzelner runder Tisch, den eine Silberschale mit gelben Gewächshausrosen und blauem Rittersporn zierte.

»Wenn Sie mir bitte folgen wollen, Sir.«

Sie nickte, und Burke ging vor ihr den Korridor entlang, blieb an der ersten Tür stehen, öffnete sie und trat ein. Sie runzelte die Stirn. Sie würde lieber erst ihr Zimmer aufsuchen und sich vom Schmutz der Reise befreien, ehe sie Strand gegenübertrat, aber sie nahm an, sie hatte keine Wahl.

»Mr Avery Quinn, Mylord«, verkündete Burke.

»Strand«, sagte sie leicht verärgert, starrte an dem Lakai vorbei, »wenn es Ihnen nichts ausmacht, würde ich diese Unterhaltung lieber auf später verschieben, nachdem ich mich umgezogen habe und …«

Ihre Stimme erstarb, als sie sich einem ganzen Zimmer voller Fremder gegenüber fand.

Kapitel 8

Beim Klang ihrer Stimme drehte Giles sich um und sagte: »Ah, das muss«, seine Augen weiteten sich, als er sie sah, »mein junges Genie sein.«

Wie sehr ihn auch Averys Erscheinung erstaunt haben mochte, er brauchte weniger als einen Herzschlag, um sich davon zu erholen. »Ich habe meinen Gästen gerade von Ihnen erzählt, und schon sind Sie da – wie Hamlets Vater und nicht minder blass.« Sein Blick wanderte über sie. »Allerdings wesentlich korpulenter. Wir werden Ihnen die Süßigkeiten streichen müssen, mein Junge, sonst brauchen Sie noch vor Ende der Woche eine neue Garderobe. Aber legen Sie erst einmal den Mantel ab, Sie tropfen uns ja alles voll.«

Er kam zu ihr, den Rücken der versammelten Gesellschaft zugewandt. »Und nehmen Sie Ihren Hut ab«, sagte er mit gesenkter Stimme, die nur für ihre Ohren bestimmt war. »Sie sind doch angeblich ein junger Gentleman, und es sind Damen anwesend.«

Sie wurde rot und riss sich den Hut vom Kopf, wobei sie die kurzen kastanienbraunen Locken darunter durcheinanderbrachte. Wie konnte er es wagen, sie zurechtzuweisen, obwohl er doch ein falsches Spiel getrieben hatte?

Er starrte auf ihre gestutzten Locken, und seine Hand zuckte kurz, als wollte er sie berühren, ehe er sie wieder sinken ließ.

Sie versuchte sich an einem Lächeln und erwiderte ebenso leise wie er, aber mit zusammengebissenen Zähnen: »Wenn Sie hoffen, dass ich mich verrate, indem Sie mich so überrumpeln und mich mitten in eine Gesellschaft platzen lassen, und Sie damit aus unserer Abmachung entlassen sind, steht Ihnen eine herbe Enttäuschung bevor. Ich bin aus härterem Holz geschnitzt.«

»Das will ich auch hoffen«, entgegnete er. »Denn anderenfalls ist unser Unterfangen zum Scheitern verurteilt.« Er musterte sie von Kopf bis Fuß. »Die Brille ist ein guter Einfall.«

Er wandte sich an den Lakai. »Burke, bringen Sie Mr Quinns Gepäck nach oben in das Gästezimmer, das zur Gartenseite liegt, und lassen Sie seinen Mantel trocknen.«

»Gütiger Himmel, Strand, wollen Sie ihn gar nicht vorstellen?« Eine vollschlanke Frau mittleren Alters, prächtig anzusehen in einem lila Samtturban, schlug ihren Fächer auf den Tisch neben sich.

»Ich hoffe doch, ich störe nicht, Lord Strand«, erklärte Avery mit dem heiseren Flüstern, auf das sie sich für sie geeinigt hatten. Wenn danach gefragt, konnte sie sagen, ihre Stimme habe bei einer Kinderkrankheit dauerhaft Schaden genommen.

»Aber gar nicht.« Er nahm sie beim Ellbogen und führte sie zu dem Sofa, auf dem die Dame wie eine fette Henne neben einem hoch aufgeschossenen jungen Mädchen mit krausem gelbem Haar und einem schüchternen Lächeln saß. Bei Strands Nahen wich es furchtsam zurück.

»Lady Demsforth und Lady Lucille Demsforth, darf ich Sie mit Mr Avery Quinn bekannt machen?«, fragte Strand. »Erweisen Sie Ihre Artigkeit, Avery.«

Avery schob die Brille auf ihrer Nase nach oben, unsicher, was sie unter »Artigkeit« zu verstehen hatte, während die Damen sie mit beleidigter Verwunderung anschauten.

Mit einem leisen Zungenschnalzen beugte sich Strand vertraulich zu Lady Demsforth hinunter. »Ein Genie«, erklärte er entschuldigend, »aber, wie es so oft der Fall bei intellektuell überentwickelten Menschen ist, leider mit Mängeln in den Umgangsformen.«

Avery, die plötzlich begriff, was von ihr erwartet wurde, knickte in der Taille ein und spürte, wie ihr das Blut in die Wangen stieg. »Es ist mir ein Vergnügen, Sie kennenzulernen, Madam, Miss.«

Lady Demsforth warf einen Blick auf den einfachen Schnitt von Averys Mantel, rümpfte die Nase und nickte herablassend. Lady Lucille hingegen schenkte ihr ein mitfühlendes Lächeln. »Wie geht es Ihnen, Mr Quinn?«

Ehe sie darauf antworten konnte, bemächtigte sich Strand wieder ihres Ellbogens und brachte sie zu zwei Herren, die am anderen Ende des Raumes standen, der eine groß und jung, der andere hochmütig wirkend und eher in Strands Alter.

»Vedder«, sprach Giles den älteren der beiden an, »mein Schützling, Avery Quinn. Avery, Lord Vedder.«

Lord Vedder war, dessen war sich Avery sicher, das, was die Klatschpresse als »Nonpareil« bezeichnete. Er sah gut aus, hatte schwerlidrige Augen und einen arroganten Gesichtsausdruck mit einer überspitzen Nase. Trüge er die nicht so hoch, wäre dieser kleine Makel jedoch gar nicht weiter aufgefallen.

Sein indigoblauer Rock saß wie angegossen, und die Falten seines schneeweißen Halstuches hielt eine Nadel mit rosa Saphiren unter seinem Kinn an Ort und Stelle. Rosa Stickerei zierte seine goldfarbene Weste, und Rosa fand sich auch auf dem Knauf seines Ebenholzstockes, den er lässig zwischen den Fingerspitzen drehte.

Er lächelte, und etwas in seinen Augen verriet ihr, dass er einen Scherz auf ihre Kosten machen wollte. Das bereitete ihr keine Sorgen, eigentlich war es sogar gewissermaßen tröstlich. Diesen Ausdruck hatte sie unzählige Male in den Augen junger Männer gesehen, die meinten, sie seien ihr intellektuell überlegen und könnten dies vor einem größeren Publikum demonstrieren.

Sie versagten dabei unweigerlich.

»Ich gestehe«, sagte der Nonpareil, »ich finde die Vorstellung, dass Strand plötzlich mit einem Protegé im Schlepptau auftaucht, höchst verwunderlich. Wie erklären Sie sich das, mein junger Herr?«

Mit Fragen wie dieser hatte sie gerechnet. »Lord Strand hatte kürzlich eine Offenbarung.«

»Ja«, erwiderte Lord Vedder gedehnt, »aber ich sprach nicht von seinen Erkenntnissen bezüglich Miss Norths.«

Seine Worte sollten offenkundig schockieren und taten das auch. Sie blickte Giles an. Obwohl seine Miene ausdruckslos blieb, konnte ihm die Andeutung nicht gefallen, dass er etwas an Sophia entdeckt hatte, was ihn dazu veranlasst hatte, die Verlobung zu beenden. Kein Gentleman brach eine Verlobung, aus keinem wie auch immer gearteten Grund. Das zu tun war unvorstellbar ehrenrührig. Und ohne Ehre war ein Gentleman nichts. Das hatte man Avery wenigstens so gesagt.

»Was meinen Sie nur damit, Lord Vedder?«, erkundigte sich Giles.

Vedder hob die Brauen. »Oh, nur, dass Sie die unselige Erkenntnis gewonnen haben, dass Miss North Sie nicht ehelichen will«, antwortete er unschuldsvoll. »Auf welche Offenbarung haben Sie angespielt, Master Quinn?«

Um Zeit zu gewinnen, schob sie sich die Brille auf der Nase nach oben. Sie fühlte sich außerhalb ihres Fahrwassers, und das gefiel ihr nicht. »Ich meinte Lord Strands Erkenntnis, dass er als Gönner von Intellektuellen der Gesellschaft einen Dienst erweist, statt ihr«, sie warf einen vielsagenden Blick auf Vedders Gehstock, »lediglich zur Zierde zu gereichen.«

Lord Vedders Kopf ruckte zurück. Avery verkniff es sich, zu Giles zu sehen. Sie vermutete, ihm sagte ihr Bonmot so wenig zu wie Vedders.

»Oje!«, murmelte Lord Vedder. »Es hat ja Zähne. Was für ein wildes Junges Sie da gefunden haben, Strand.«

Giles seufzte übertrieben. »Sie können sich vorstellen, wie schwer es dem Burschen gefallen ist, einen Gönner zu finden«, bemerkte er. »Ich glaube, ich bin einer der letzten Menschen in Europa, den zu beleidigen ihm noch nicht gelungen ist.«

»Wie haben Sie das angestellt?«, erkundigte sich Vedder.

Avery schäumte innerlich vor Wut. Sie hasste es, wenn man über sie sprach, als sei sie gar nicht da.

Giles lächelte milde. »Ich stehe darüber. Denn trotz all seiner Fehler – und Sie haben erst einen kleinen Teil davon gesehen – ist der Junge ein Genie.«

Sie konnte es nicht länger ertragen. »Der Junge ist anwesend.«

»In der Tat«, räumte Giles so nachsichtig wie ein Onkel ein, der mit einem verzogenen Kind sprach.

»Was Sie doch für ein Sammler von Merkwürdigkeiten geworden sind, Strand. Erst verschaffen Sie diesem zweifelhaften Colonel Seward Zutritt zu unseren Kreisen, und jetzt nehmen Sie diesen Jungen unter Ihre Fittiche.«

Giles antwortete darauf nicht. Obwohl er keine Miene verzog und sein Lächeln unverändert blieb, war in seinem Blick eine Wachsamkeit, die zuvor nicht dort gewesen war.

»Wo ist Ihr früherer Freund eigentlich, Strand? Ich habe ihn und seine reizende Frau seit Ewigkeiten nicht mehr gesehen.« Der anzügliche Unterton der Bemerkung führte dazu, dass Avery unbehaglich von einem Fuß auf den anderen trat.

Giles legte den Kopf schief. »Warum fragen Sie? Ich hatte den deutlichen Eindruck, dass Sie und Seward einander wenig Wertschätzung entgegengebracht haben.«

Vedder zuckte die Achseln. »Reine Neugier.« Er drehte sich zu Avery um. »Und jetzt haben Sie wieder einen völlig Unbekannten aus der Luft gezaubert. Sagen Sie mir, junger Mann, worin sind Sie ein Genie?«

»Ich bin Astronom, Sir.«

»Verstehe. Vielleicht können Sie mir meine Zukunft vorhersagen?«

»Astronom, Sir, nicht Astrologe. Das eine ist Wissenschaft, das andere Unsinn.«

Giles seufzte erneut. »Er hat entschiedene Ansichten.«

»Das merke ich.«

»Ich dulde sie nur, weil er in eben diesem Jahr erst eine Entdeck…« Er brach ab, als fiele ihm gerade etwas ein, hielt sich einen Finger an die Lippen und lächelte dahinter. »Aber ich spreche voreilig. Lassen Sie uns sagen, Averys mentale Fertigkeiten sind noch ausgeprägter als seine gesellschaftlichen Mängel. Ich bin jedoch nachlässig gewesen. Ich muss ihn Lord Neville vorstellen. Lord Neville, darf ich Sie mit Avery Quinn bekannt machen? Avery, Lord Neville Demsforth.«

»Wie geht es Ihnen?«, kam von dem jungen Mann, der neben ihnen gestanden und versucht hatte, so zu tun, als habe er nicht jedes rasiermesserscharfe Wort, das gewechselt wurde, mitangehört. Die Spitzen seiner Ohren glühten.

Er war ein sehr großer junger Mann, der in leicht gebeugter Haltung dastand, als sei ihm seine Körpergröße unangenehm. Avery nahm an, dass er Anfang zwanzig war, und dass ein verspäteter Wachstumsschub für seine Verlegenheit und sein sichtliches Unbehagen verantwortlich war. Er hatte ein nettes offenes Gesicht, eine kurze Nase und Sommersprossen. Sein Kinn war ein wenig zu ausgeprägt und sein sorgsam gekämmtes flachsfarbenes Haar wies auf der hohen Stirn schon erste Ausprägungen von Geheimratsecken auf.

»Kommen Sie, Vedder, lassen wir die beiden jungen Herren allein, dass sie ungestört Vertraulichkeiten austauschen können, wie wir es in ihrem Alter getan haben«, erklärte Giles und führte Vedder zu dem Sofa, auf dem Lady Demsforth und ihre Tochter saßen.

Einen Augenblick standen Avery und der junge Mann stumm da und betrachteten einander. Lord Neville schien auf etwas zu warten, aber sie konnte sich nicht vorstellen, was.

»Dann sind Sie an einer Universität, Mr Quinn?«, fragte er schließlich.

»Ich bin Wissenschaftler.«

»Ah, verstehe. Und was ist Ihr Interessensgebiet?«

»Die Sterne.«

»Mein Onkel mag Sterne.« Er schaute sie erwartungsvoll an, aber sie wusste nicht, was sie darauf erwidern sollte.

Sie mochte nicht einfach Sterne. Sie waren ihr Leben. Allerdings bezweifelte sie stark, dass Lord Neville von ihr etwas über die Fraunhofer'schen Linien hören wollte. Ihr Blick glitt auf der

Suche nach Inspiration durch den Salon, verweilte kurz auf dem marmornen Kaminsims, den weißlackierten Schnitzereien, den hellgrünen damastbezogenen Möbeln. Sollte sie eine Bemerkung darüber machen, wie kalt es im Raum war? Sagten Männer so etwas zueinander?

Lord Neville räusperte sich. »Sie müssen sehr klug sein, dass Sie Lord Strand in einem so jungen Alter aufgefallen sind.«

»Das bin ich.« Sie schob die Brille wieder hoch.

Wieder breitete sich Schweigen aus, und ihre Erbitterung nahm zu, während seine Miene immer mitfühlender wurde.

Warum schaute er sie so an? Als täte sie ihm leid. Warum sollte sie ihm leid tun? Sie hatte einen Kometen entdeckt. Was hatte er je erreicht? Sie starrte finster zu Giles. Er hatte sie in diese Klemme gebracht. Er fing ihren Blick auf und nickte kaum merklich in Nevilles Richtung. Na gut.

»Sie müssen ein guter Freund von Lord Strand sein«, sagte sie.

»Was? Nein.« Der Junge war ehrlich entsetzt. Was hatte sie jetzt denn gesagt? »Ich meine, nicht gut befreundet. Warum sagen Sie das?«

»Nun, er ist gerade erst ein paar Tage wieder in der Stadt und das, nachdem ihm seine Verlobte den Laufpass gegeben hat, und Sie sind hier. Man sollte doch meinen, dass nur ein langjähriger guter Freund in einem solchen Moment zu Besuch käme.«

Fasziniert beobachtete sie, wie sich Nevilles Ohrspitzen erneut rot färbten. Sie vermutete, ein Anatom hätte seine wahre Freude daran, sein Blutsystem zu untersuchen …

Neville räusperte sich, blickte sie an und räusperte sich noch einmal. Plötzlich verlor sie die Geduld mit allem. Sie bereute es, dass sie einem netten jungen Mann Unbehagen bereitet hatte, ohne es gewollt zu haben.

»Es tut mir leid«, sagte sie. »Ich habe es wieder getan, nicht wahr? Strand hat recht. Man sollte mich nicht auf die Gesellschaft loslassen.«

Er blickte ihr suchend ins Gesicht, und was immer er dort las, schien ihn zu beruhigen, denn er seufzte erleichtert, und seine ganze lange, gut gekleidete Gestalt entspannte sich. Er grinste reumütig. »Nein, nein, Sie haben ganz recht.« Er schaute sich um, ehe er ihr wieder ins Gesicht sah. »Aber da der alte Marquis und mein Vater Schulkameraden waren und mein Vater einmal erwähnt hat, wie nett es doch wäre, wenn ihre Kinder heirateten, worauf der alte Marquis sich nicht Mühe machte, zu widersprechen, meint meine Mutter, es sei so gut wie beschlossene Sache. Lassen Sie sich sagen, sie war nicht begeistert, als Miss North plötzlich Lucys Stelle einnahm. Jedenfalls gibt uns das ihrer Meinung nach das Recht, so knapp nach Strands Rückkehr nach London herzukommen und zu lange zu bleiben.«

Avery betrachtete ihn verwundert.

»Was ich sagen möchte, Mr Quinn, ist, dass wir unverzeihlich aufdringlich sind. Aber meine Mutter wollte unbedingt den anderen Müttern mit heiratsfähigen Töchtern aus der guten Gesellschaft zuvorkommen.«

Avery runzelte die Stirn.

»Jetzt, da Strand wieder auf der Suche nach einer Braut ist.«

Avery starrte ihn mit wachsendem Entsetzen an. »Sie meinen, wir können damit rechnen, dass noch mehr Damen mit ihren weiblichen Nachkommen im Schlepptau hier eintreffen?«, fragte sie. Das entsprach nicht ihrem Plan. Ganz und gar nicht.

»Ich vermute ja.«

Avery blickte mit neuem Interesse zu der infrage kommenden Braut, entschied aber nach ein paar Sekunden, dass sich dort nichts fand, was Strand zu fesseln vermochte. Einfach nur ein hübsches Mädchen in einem hübschen Rüschenkleid, das hübsch und artig dasaß.

»Und Sie sagen, diese Damen werden ihre Töchter Lord Strand vorführen wie Nutzvieh auf dem Markt, auf dass er eine von ihnen wähle?«

Neville musste laut lachen. Seine Mutter warf ihm durch den Raum einen strafenden Blick zu. Rasch zügelte er seine Belustigung, räusperte sich. »Nun, in gewisser Weise vermutlich schon.«

»Aber das ist barbarisch.«

»Sie haben bisher wirklich asketisch gelebt, nicht wahr?«, erkundigte sich Neville erstaunt. »Was haben sich Ihre Eltern nur dabei gedacht, Sie so unvorbereitet zu Strand zu lassen?«

Avery war überrascht und das ehrlich gesagt nicht, weil Neville Demsforth kaum besser gerüstet schien, mit der Gesellschaft fertig zu werden, als er es ihr zuzutrauen schien. Nein, vielmehr weil noch nie jemand so mit ihr gesprochen hatte, so als sei sie auf dem einen oder anderen Gebiet leicht unterdurchschnittlich. Das war ein neues Gefühl für sie. »Ich … äh … sie sind tot«, erklärte sie mit einer stummen Entschuldigung an ihren überaus lebendigen Vater.

Neville musterte sie einen Moment länger, bevor er zu einem Entschluss zu kommen schien. »Sie brauchen einen Führer, mein Freund. Jemand, der Ihnen alles erläutert.«

»Danke, aber Lord Strand …«

»Er gehört zu einer anderen Generation als Sie. Außerdem ist er … Nun, ich kann mir nicht vorstellen, dass Sie beide viel gemeinsam haben.«

Sie schaute zu Giles. Er war ein Muster an Eleganz, sein lässiges und ungezwungenes Auftreten nur mehr eine Ausweitung seiner Selbstsicherheit, seiner unangreifbaren Überlegenheit. Obwohl sie nur dreißig Fuß trennten, war sie sich der Entfernung zwischen ihnen nie mehr bewusst gewesen, nicht nur die physische Entfernung, sondern der Unterschied in ihrer Erfahrung und ihren Leben.

Und ihrer Zukunft.

Neville hatte recht. Giles gehörte in eine Welt, die sie nie wirklich begreifen würde, eine, die sie selbst in ihrer Verkleidung nur ganz am Rand erfahren konnte. Aber während sie hier war, wäre es doch interessant, Neues zu lernen. Wie ein Vergnügungsreisender in einem fremden Hafen.

»Ich biete meine Dienste als wesentlich geeignetere Alternative an«, sagte Neville mit einem beflissenen Lächeln. Es kränkte sie nicht, da seine Einschätzung keinerlei Kritik zu enthalten schien, nur ehrliche Sorge.

Sie konnte sich nicht erinnern, wann das letzte Mal jemand ihr gegenüber fürsorglich gewesen war. Unter der sanften Gleichgültigkeit ihres Vaters hatte sie sich frei bewegen können, und der alte Marquis hatte sie, ohne weiter darüber nachzudenken, zum nächsten berühmten Gelehrten schaffen lassen, der sie als Schülerin annehmen wollte. Sie wusste, wie sie für sich selbst sorgte.

»Und wie genau wollen Sie das anstellen?«, fragte sie.

»Wir können in meiner neuen Kutsche um den St. James' Park fahren oder durch die Innenstadt. Die Straßen sind nicht mehr annähernd so verstopft, nachdem die Saison vorbei ist.«

»Tut mir leid«, antwortete sie, als ihr wieder das Versprechen an Strand einfiel, in ihrem Zimmer zu bleiben. »Ich bin nach London gekommen, um die Sterne zu studieren, nicht die gute Gesellschaft.«

»Sie werden ja Sterne studieren. London hat seine eigenen Lichter, Mr Quinn, die heller strahlen als alle, die Sie bislang gesehen haben. Allerdings werden sie nun, da die Saison vorüber ist, wesentlich schwerer zu finden sein. Aber so macht das Spielchen auch viel mehr Spaß, was? Denn den werden wir haben, das verspreche ich.«

Spielchen? Spaß? Er zwinkerte ihr so gutmütig vertraulich zu, dass sie ihn nicht enttäuschen wollte. Es war lange her, dass jemand ihr vorgeschlagen hatte, etwas einfach zum Spaß zu tun.

»Wir werden sehen.«

»Ich komme Freitagnachmittag.«

Sie hatte nicht vor, mit ihm irgendwohin zu gehen, aber ebenso wenig wollte sie sich in irgendein dummes Hin und Her von wegen Nein und Doch verstricken lassen. Dies hier wies alle Anzeichen auf, sich genau dazu zu entwickeln. Neville sah so eifrig aus. So entschlossen. Es machte den Eindruck, entschied sie, dass er dringender einen Freund brauchte als sie.

Aber sie war immer schon sehr unabhängig gewesen und mit ihrer eigenen Gesellschaft zufrieden. Ja. Vollauf zufrieden.

Morgen oder übermorgen würde sie ihm eine Nachricht mit einer höflichen Absage schicken, und damit wäre die Sache erledigt.

»Sagen Sie Ja.«

»Vielleicht.«

Neville nickte wissend. »Gut. Und jetzt lassen Sie uns meine arme Schwester vor Strands Aufmerksamkeiten retten. Sie sieht aus, als würde sie sich jeden Moment unter den Kissen verkriechen.«

Kapitel 9

»Herrje! Wie kann es nur schon so spät sein?«

Erst als sie selbst bei großzügigster Auslegung der Regeln der Etikette mehr als eine Stunde zu lang geblieben waren, bemerkte Lady Demsforth die Uhrzeit, und das auch nur – davon war Strand überzeugt –, weil ihr Sohn ihr seine aufgeklappte Taschenuhr praktisch unter die Nase hielt. Vedder war vor einer halben Stunde gegangen.

»Wenn wir ein wenig zu lang geblieben sind, Lord Strand, dann können Sie die Schuld daran ganz allein sich selbst zuschreiben, da Sie ein so zuvorkommender Gastgeber sind«, flötete sie. »Was wirklich unartig von Ihnen ist. Aber die Zeit fliegt nun einmal dahin, wenn man in so angenehmer Gesellschaft weilt. Pflichten Sie mir nicht bei, Lord Strand?« Sie deutete mit dem Kopf unverhohlen auf ihre arme Tochter. Lucille wurde rot.

»Allerdings, Lady Demsforth«, antwortete Giles und verspürte Mitleid mit dem Mädchen. Sie litt so eindeutig unter ihrer peinlichen Mutter.

Normalerweise gelang es Giles recht gut, Lady Demsforth mitsamt ihrem zum Scheitern verurteilten Feldzug um seinen Titel aus dem Weg zu gehen, aber als Burke ihre Karte gebracht hatte, war ihm eingefallen, dass ihr Bruder der Vorsitzende eben jener

Gesellschaft war, der Avery beizutreten wünschte, weswegen er sie und ihre Sprösslinge empfangen hatte.

Aber warum hatte Vedder sie begleitet? Obwohl er und Vedder beide Mitglieder bei White's waren und sich in den gleichen Kreisen bewegten, konnte man sie schwerlich als Freunde bezeichnen. Um genau zu sein, hatte Vedder nie zuvor bei ihm vorgesprochen. Es war ein einzigartiges Vorkommnis, und Giles misstraute einzigartigen Vorkommnissen. Was hoffte Vedder damit zu erreichen?

»Sie müssen mir versprechen – *fest* versprechen –, dass Sie uns diese Woche Ihre Aufwartung machen. Wir sind jeden Tag zu Hause«, erklärte Lady Demsforth und unterbrach seine Überlegungen.

Nevilles Wangen färbten sich vor Scham tiefrot.

»Das will ich gerne versuchen, Ma'am, aber ich muss mich auch um meinen Schützling kümmern.«

Lady Demsforth warf einen flüchtigen Blick zu Avery, die wie ein übergroßes Ei auf der Stuhlkante saß und aussah, als würde sie jeden Moment vornüber kippen.

»Ja. Gut, bringen Sie ihn mit.« Sie streckte die Hand aus und gab ihm mit ihrem Fächer einen scharfen Klaps auf die Hand, wobei sie kokett lächelte. »Versprechen Sie es.«

»Ich werde mir größte Mühe geben«, antwortete er, da er befürchtete, anderenfalls noch die ganze nächste Stunde ihr ihren Wunsch abschlagen zu müssen. Glücklicherweise nahm ihr Sohn die Sache in die Hand – ganz buchstäblich – und fasste sie am Arm. Er zog sie auf die Füße, wobei es ihm gelang, es so aussehen zu lassen, als sei er bloß der pflichtbewusste Sohn, der seiner Mutter beim Aufstehen behilflich war. Der Junge hatte eindeutig ungeahntes Potenzial.

»So, Mutter. Wir gehen«, verkündete er mit aufgesetzter Fröhlichkeit. »Lucy?«

Mit etwas, das Giles als wenig schmeichelhafte Hast angesehen hätte, wenn es nicht so amüsant gewesen wäre, sprang Lucille auf und eilte nach einem raschen Knicks vor ihm aus dem Zimmer, überließ es ihrem Bruder, ihr mit ihrer Mutter zu folgen. Giles blickte ihnen grinsend hinterher, drehte sich dann um, um zu sehen, ob Avery seine Erheiterung teilte …

Das tat sie nicht.

Sie war aufgestanden, hatte die Hände in den Hüften gestemmt und die buschigen Augenbrauen finster zusammengezogen. Ihre Miene verriet eindeutig Unmut. Mit der Spitze ihres schlammverkrusteten Schuhs klopfte sie unheilvoll auf den Boden.

Er verkniff sich ein Lächeln, das sich Bahn zu brechen drohte, entschied, dass es unhöflich sei. Aber ehrlich, was um Himmels willen hatte sie getan, um so eine Figur zu bekommen? Sie sah aus wie ein riesiger Apfel. Jede weibliche Linie war unter dem verborgen, was auch immer sie verwendet hatte, um diese Form zu erhalten. Und offenbar hatte sie auch etwas zwischen ihre Brauen geklebt, damit es aussah, als wären sie über der Nasenwurzel zusammengewachsen war.

Die Brille fand er gut. In den Gläsern spiegelte sich ein Großteil des Lichts im Zimmer, sodass das ungewöhnliche Mitternachtsblau ihrer Augen und ihre langen Wimpern nicht zu erkennen waren. Noch besser wäre es allerdings, wenn sie sie nicht ständig hochschieben würde. Das lenkte die Aufmerksamkeit auf ihre Hände, die sowohl zu schmal als auch zu elegant waren, um männlich zu wirken.

Und obwohl es notwendig gewesen war, tat es ihm um ihre Haare leid. Sie waren so unbezähmbar weiblich gewesen, waren ihr in einer wilden Mähne schimmernder Korkenzieherlocken über die Schultern gefallen. Die übrig gebliebenen kastanienbraunen Löckchen sahen zwar durchaus nach Junge aus, blieben aber unzähmbar.

»Sie haben mir eine Falle gestellt, damit ich versage.« Die Worte sprudelten aus ihr heraus. »Sie wollten, dass ich auffliege. Aber das bin ich nicht, und ich werde es auch nicht.«

Ihre Anschuldigung versetzte ihm einen unerwarteten Stich. Wie seltsam. Was kümmerte es ihn, dass sie die Situation missverstanden und ihn falsch eingeschätzt hatte? Sie hätte ebenso gut recht haben können. Das gehörte zu genau den Dingen, die ihm zuzutrauen waren.

Nur dass es nicht stimmte.

Er hob beschwichtigend eine Hand. »Sie irren. So schwer es auch zu glauben sein mag, ich hatte die Demsforth nicht einfach aus Freude an ihrer Gesellschaft hier, sondern vielmehr um sie mit Ihnen bekannt zu machen und Ihnen den Weg zu ebnen.«

»Warum?«, fragte sie scharf. »Hatten Sie etwa vor, mich als Ersatzverehrer vorzuschlagen? Ich bezweifle, dass Lady Lucilles Mama das billigen wird.«

Er hob eine Braue, um nicht zu lächeln. »Was für eine pikante Vorstellung. Ich bin sicher, Lady Lucille würde Sie mir bei Weitem vorziehen.«

»Seien Sie nicht albern«, erklärte sie. »Sie müsste eine Idiotin sein. Sie sind … Sie.«

Er lachte leise. Er konnte es nicht verhindern. Nicht über das Bild, das sie von ihm hatte, sondern dass sie sich genötigt gesehen hatte, es auszusprechen. Sie war die offenherzigste und freimütigste Frau, die er kannte. Sein Lächeln wurde breiter, als er die Absurdität dieses Gedankens erkannte – schließlich waren sie dabei, die ehrenwerten Mitglieder der Royal Astronomical Society schamlos zu täuschen. Wenn sie der aufrichtigste Mensch war, den er kannte, musste er sich wohl wirklich respektablere Bekannte und Freunde suchen.

Nur dass er das nicht wollte.

Sie legte den Kopf zur Seite, musterte ihn finster, und er begriff, dass sie auf seine Antwort wartete.

Für eine Sekunde oder zwei spielte er mit dem Gedanken, alles abzustreiten, aber wie der Teufel es wollte, machte es ihm Spaß, sie in ihrem Glauben von ihm zu bestärken. Wann war das letzte Mal gewesen, dass ihm etwas *Spaß* gemacht hatte?

»Das bin ich wohl in der Tat«, pflichtete er ihr freundlich bei.

Sie schnaubte abfällig.

»Allerdings habe ich gar nicht auf meine vielfältigen Vorzüge als Verehrer angespielt, sondern auf Ihren Plan. Wissen Sie, Avery, Lady Demsforths Bruder ist Samuel Isbill.« Er verfolgte befriedigt, wie ihre Augen hinter den Brillengläsern rund wurden.

»Sir Samuel Isbill?«, flüsterte sie ehrfürchtig.

»Ja, der Vorsitzende Ihres Sternenvereins, glaube ich.«

»Neville sagte, sein Onkel möge Sterne, aber ich hätte mir nie träumen lassen, dass er damit meinte …«, murmelte sie vor sich hin. »Meine Güte.«

»Neville?«

»Ja. Er hat mich eingeladen, gegen Ende der Woche mit ihm eine Ausfahrt zu machen.«

»Ach ja?« Giles wusste nicht viel über den Jungen. Ein schlaksiger harmlos wirkender Bursche, frisch aus Cambridge, der zweite Sohn des steinreichen Earl of Demsforth.

»Ja.« Avery verzog das Gesicht. »Er denkt, ich bräuchte einen Begleiter, der … nun, sagen wir weniger Schliff hat als Sie.«

Was für eine Unverschämtheit von dem Grünschnabel. Aber man konnte an seinem Urteilsvermögen nichts auszusetzen finden. »Nun, dann volle Punktzahl für den Scharfsinn des jungen Mannes. Und wenn Sie ihn wiedersehen, seien Sie um Himmels willen freundlich zu ihm. Er könnte sich als nützlich erweisen.«

Sie betrachtete ihn mit zusammengezogenen Brauen. »Beurteilen Sie den Wert von allen nach ihrer Nützlichkeit?«

Er vergaß immer, wie wenig sie ihn kannte. »Was Ihr Ziel angeht, ja.«

Er beobachtete, wie sie darüber nachdachte, verstimmt die Stirn kraus zog. Sie war nicht für Intrigen gemacht. »Was ist mit Lord Vedder?«, erkundigte sie sich schließlich. »Warum war *er* hier? Und versuchen Sie nicht, mir weiszumachen, dass er Mitglied der Royal Astronomical Society sei.«

»Nein. Die einzige Gesellschaft, die Vedder sucht, sind die höheren Kreise, und die einzigen Interessen, denen er nachgeht, sind seine eigenen. Aus irgendeinem Grund hat er sich heute den Demsforths angeschlossen.«

»Ich mag ihn nicht, und ich bin froh, dass es Ihnen nicht anders ergeht.«

»Habe ich das gesagt?«, erkundigte er sich milde.

»Das mussten Sie nicht.« Offensichtlich hatte er wieder Gnade vor ihren Augen gefunden. »Was die Ausfahrt mit Lord Neville angeht, möchte ich Sie daran erinnern, dass Sie mir versprochen haben, das Haus nicht zu verlassen. Das birgt zu viele Gefahren, entdeckt zu werden.«

»Muss ich wirklich wochenlang drinnen bleiben?«, erkundigte sie sich mit leiser Stimme.

»Natürlich nicht. Ich vermute, ich muss Sie ein paar Mal herumzeigen. Es gibt da am Platz um die Ecke eine Leihbücherei und ein Kaffeehaus, das Sie besuchen können. Aber nehmen Sie Travers mit. Ich bezweifle, dass Sie an einem der beiden Orte viel Aufmerksamkeit erregen werden. Aber eine Fahrt mit dem jungen Demsforth? Nein.«

»Wie Sie wollen«, antwortete sie. »Ich werde ihm eine Nachricht schicken, dass ich mich ganz meinen Studien widmen muss.« Sie seufzte, und er fragte sich, ob sie sich wohl auf die Ausfahrt mit dem jungen Burschen gefreut hatte. »Was machen wir als Nächstes?«

Er zog an der Klingelschnur. »Sie werden auf Ihr Zimmer geführt, wo Sie auspacken können. Ich lasse in sagen wir drei Stunden von Travers ein Abendessen zu Ihnen hochbringen. Wenn es Ihnen nichts ausmacht, leiste ich Ihnen Gesellschaft, sodass wir ungestört das weitere Vorgehen besprechen können.« Und in der Zwischenzeit würde er tun, was er konnte, um etwas über Jacks Verbleib herauszufinden. Er war seit vier Tagen in der Stadt, bislang ohne irgendein Ergebnis seiner Nachforschungen vorweisen zu können.

»Natürlich«, sagte sie eifrig, hielt dann aber inne. »Wo ist Travers?«

»Irgendwo im Dienstbotentrakt vermutlich, wo er darauf wartet, dass jemand laut schreit: ›Das ist ja eine Frau!‹«

»Ich kann nicht glauben, dass er so wenig Vertrauen hat.« Sie rümpfte verächtlich die Nase.

»Ich kann nicht behaupten, über mehr zu verfügen«, erklärte er. »Und ich habe Ihnen erlaubt, sozusagen mitten in die Höhle des Löwen zu spazieren, nicht nur weil es die Möglichkeit bot, Sie Lady Demsforth vorzustellen, sondern weil ich wusste, dass Sie am ehesten in den ersten Momenten unter strenger Beobachtung versagen, und wenn Sie das tun, hätte ich die ganze Scharade als Teil einer albernen Wette hinstellen können.«

»Gütiger Himmel.« Sie wirkte eher beunruhigt als verärgert. »Sind Sie immer so machiavellistisch?«

Machiavellistisch? Nun, vermutlich war er das. Trügerisch und falsch, hinterlistig, intrigant, das hatte alles einmal zugetroffen. Vielleicht tat es das immer noch. Denn wenn der Krieg einen in jemanden – in etwas – verwandelte, konnte man dann je wieder zu dem Mann werden, der man davor gewesen war? Er war sich nicht sicher, ob er die Antwort darauf wissen wollte.

Die Tür ging auf, und Burke trat ein. »Mylord?«

»Burke«, sagte Giles, »bringen Sie Mr Quinn auf sein Zimmer. Danach kommen Sie bitte wieder zu mir.«

»Sehr wohl, Sir.« Der junge Adonis wandte sich an Avery. »Wenn Sie mir bitte folgen wollen, Sir?«

Aber Avery betrachtete immer noch Giles mit einer seltsamen Nachdenklichkeit, als habe sie etwas Unerwartetes am Nachthimmel entdeckt und müsse nun eine zuvor getroffene Hypothese neu überdenken. Er vermutete stark, dass er von einem Kometen zu Treibgut herabgestuft worden war. Das gefiel ihm nicht wirklich.

»Gehen Sie, Avery. Und als Antwort auf Ihre Frage, ja, bin ich«, antwortete er und wünschte sich, er hätte gelogen.

»Entspannen Sie sich, Burke«, trug Giles dem stattlichen jungen Lakai auf, der stocksteif vor ihm wartete. »Das hier ist nicht die Inquisition.«

»Ja, Sir. Tut mir leid, Sir.«

Burke war einer von Jack Sewards Männern. Vor vier Jahren hatte Jack den Jungen, der an den Docks mit gezinkten Würfeln gespielt hatte, von der Straße aufgegabelt. Burke war Jack nicht etwa aus dem Wunsch heraus aufgefallen, den Jungen vor einer möglicherweise gefährlichen Beschäftigung zu retten, sondern weil er so gut darin gewesen war. Jack hatte den Burschen unter seine Fittiche genommen, ihm Lesen und Schreiben sowie korrekte

Sprache beigebracht und ihn zum Lakai ausgebildet. Dann hatte er ihn dort eingeschleust, wo er für ihn am nützlichsten war.

Bei seiner Rückkehr nach London hatte Giles Burke aufgesucht, um herauszufinden, ob er irgendetwas über Jacks Verbleib wusste. Das war nicht der Fall, aber er war ebenso darauf erpicht wie Giles zu erfahren, was mit Jack geschehen war. Er war ein überaus loyaler junger Mann. Und daher hatte Giles ihm eine Stelle in seinem alten Spezialgebiet angeboten.

»Bevor Sie mir mitteilen, was Sie in Bezug auf Colonel Seward in Erfahrung bringen konnten, habe ich eine Aufgabe für Sie.«

»Ja, Sir.«

»Mr Quinn ist nicht an einen Haushalt wie diesen gewöhnt. Er ist ein sehr schüchterner junger Mann. Tragen Sie Sorge dafür, dass niemand von der Dienerschaft sein Zimmer betritt, ohne erst anzuklopfen. Und es sollte mich auch nicht überraschen, wenn er die Tür von innen versperrt.«

Strand hatte lange hin und her überlegt, ob er Burke einweihen sollte oder nicht, sich aber letztlich dagegen entschieden. Er zweifelte nicht an Burkes Verschwiegenheit, aber er kannte ihn nicht gut genug, um seine schauspielerischen Fähigkeiten beurteilen zu können.

Wenn Burke wusste, dass Avery eine Frau war, würde er vielleicht unabsichtlich in einer Weise auf sie reagieren, die Kommentare nach sich ziehen könnte. Es war schwer genug für Giles selbst, daran zu denken, dass sie ein Mann sein sollte. Von da war es nur ein kleiner Schritt zur Entdeckung, und – wie ihm erst kürzlich in Killylea vor Augen geführt worden war – das Netzwerk der Dienerschaft war eine mächtige Informationsquelle. Nein, je weniger davon wussten, desto besser.

»Er ist ganz anders als Ihre sonstigen Freunde«, bemerkte Burke vorsichtig. Das war das, was einer Frage am nächsten kam, und alles, was er sich zugestand.

»Ja«, pflichtete ihm Giles bei. »Gut, wir müssen uns ab und an ein wenig Exzentrizität gönnen.«

»Wenn Sie das sagen, Sir.«

»Und? Was haben Sie herausgefunden?«

Auf dem Gesicht des jungen Mannes war seine Sorge klar zu erkennen. »Nichts Hilfreiches. Von der Dienerschaft von Sir Jameson ist nichts zu erfahren, da er praktisch keine hat. Nur seine Haushälterin, und es sollte mich wundern, wenn die – Verzeihung, Sir – ohne nachzusehen, wüsste, wo ihr Hintern ist. Dann ist da noch eine taube Spülmagd und der Kammerdiener. Kein Koch, keine anderen Dienstmägde, keine Lakaien. Und er hat nicht einmal eine Kutsche.«

»Was ist mit dem Kammerdiener?«

»Ein sauertöpfischer, pingeliger Kerl. Hat kein einziges Laster, keine schlechten Angewohnheiten und auch kein Steckenpferd. Ich glaub fast, er hält das Polieren der Stiefel seines Herrn für einen Heidenspaß.« Burkes Miene spiegelte seine Verachtung wider. »Es ist mir gelungen, ihm ein paarmal über den Weg zu laufen, aber da er vorwiegend im Haus bleibt, würde es nur verdächtig erschienen, wenn wir uns in der nächsten Zeit wieder begegnen. Außerdem wollte er kein Wort mit mir wechseln.«

»Also ist er Jameson loyal ergeben?«

Burke zuckte die Achseln. »Loyal oder eingeschüchtert. Schwer zu sagen. Tut mir leid, Sir.«

Giles winkte die Entschuldigung beiseite. »Es war ohnehin kaum Erfolg versprechend. Jameson wird schwerlich Jack oder Anne, ob lebendig oder tot, zu sich nach Hause gebracht haben. Wir werden anderswo suchen müssen.«

»Aber wo, Sir? Ich habe die Ohren offengehalten und dem Gerede der Dienstboten zugehört, aber Colonel Seward oder seine Lady wurden mit keiner Silbe erwähnt.«

»Dann werden wir die Suche über die gute Gesellschaft hinaus ausweiten müssen. Wenn etwas Schändliches geschehen ist, werde ich dorthin gehen müssen, wo Schandtaten käuflich zu erwerben sind.«

Burke nickte, sah dann aber Giles scharf an. »Sie, Sir?«

»Ja, Burke. Sie müssen nicht so beunruhigt aussehen. Ich versichere Ihnen, ich bin sehr wohl dazu in der Lage, Nachforschungen anzustellen, ohne mich umbringen zu lassen.« Die Zweifel des Lakaien hätten jeden anderen vielleicht gekränkt, aber nicht Strand. Vielmehr belustigten sie ihn. Burke hatte ihn nicht gekannt, als er für Knowlton gearbeitet hatte.

»Ich bitte um Verzeihung, Sir, aber sind Sie sich ganz sicher?«, erkundigte sich Burke.

»O ja.« Strand lächelte, auch wenn er nicht glaubte, dass es seine Augen erreichte. »Ganz sicher.«

Kapitel 10

Als Giles später an Averys Tür klopfte, hatte er jegliche Innenschau beendet. Travers öffnete ihm.

»Ha! Jetzt, da die Krise überwunden ist, tauchen Sie wieder auf, Sie Schurke«, sagte Giles freundlich. Travers gelang es, beleidigt zu wirken, ohne auch nur einen Muskel im Gesicht zu verziehen.

»Ärgern Sie ihn nicht.« Avery saß an einem kleinen Tisch vor dem knisternden Feuer im Kamin und hob mahnend die Hand, in der sie die Gabel hielt. Verschiedene Speisen, kalter Braten, Vor ihr standen Käse, Brot und Gemüse. »Er war eigens zur Postkutschenstation gegangen, um mich abzufangen, damit ich nicht ungewarnt auf Ihre Gäste stoßen würde. Leider dachte er, ich würde um drei Uhr ankommen, nicht um zwei.«

»Das behauptet er zumindest.«

»Mylord, ich muss entschieden Einspruch erheben«, ergriff Travers das Wort. »Ich würde niemals absichtlich Miss Quinns Mission gefährden.«

»Ach, jetzt ist es auf einmal eine Mission?« Giles setzte sich auf den Stuhl gegenüber von Avery. Sie hatte ihre Aufmerksamkeit wieder dem kalten Braten und den gekochten Kartoffeln auf ihrem Teller zugewandt. Er nahm die zweite Serviette, schüttelte sie aus und legte sie sich auf den Schoß. Dann musterte er Avery.

Sie sah ganz anders aus als der eiförmige Bursche, der den Salon unten betreten hatte. Sie hatte sich das Gesicht geschrubbt, und obwohl ihre Brauen immer noch auffielen und sich reichlich streng über ihren dunklen Augen wölbten, trafen sie nicht mehr über der Nasenwurzel zusammen wie zwei haarige Raupen, die die Köpfe aneinanderstießen. Sie hatte auch Mrs Bedlings missglückten Versuch, einen Herrenrock zu nähen, abgelegt und war nun in etwas gehüllt, das er als einen seiner eigenen Morgenmäntel aus Seidendamast wiedererkannte. Das satte Dunkelblau betonte ihr kastanienbraunes Haar, aber die Ärmel waren viel zu lang, sodass sie gezwungen war, sie sich über die schlanken Arme hochzukrempeln. Er machte sich im Geiste eine Notiz, dass sie in Verkleidung niemals die Ärmel hochschieben durfte. Ihre Arme waren so schlank und anmutig wie die einer Nymphe.

»Irre ich mich, oder kenne ich den Morgenrock, den Sie tragen?«

»Ich habe Mr Travers gebeten, mir etwas zu suchen, was ich anziehen kann.«

»Sie müssen ihn jetzt Travers nennen. Er ist ja angeblich ihr Kammerdiener, und Sie sind ein Gentleman. Ich hoffe, Mrs Bedling war imstande, mehr anzufertigen als die Kleider, in denen Sie hier angekommen sind.«

»Ich meinte, dass Travers mir etwas Bequemes besorgen sollte«, erläuterte sie. »Ich habe die vollständige Garderobe eines jungen Herrn vom Lande, aber ich habe darauf verzichtet, etwas für die Zeit mitzunehmen, wenn ich sozusagen nicht auf der Bühne bin. Ich hielt es nicht für ratsam, das Risiko einzugehen, dass die Zimmermädchen in meinen Sachen ein Frauenkleid finden.«

Er spürte, wie seine Lippen anerkennend zuckten. »Allerdings, ein wohlüberlegter Zug.«

»Danke«, sagte sie und widmete sich wieder ihrem Essen.

»Wie haben Sie das mit den Brauen geschafft?«

»Hm?« Sie spießte eine weitere gekochte Kartoffel mit ihrer Gabel auf und führte sie zum Mund. »Oh. Leim und Zobelschwanz, den ich von einer alten Stola auf Killylea habe. Ich rechne damit, davon noch genug für weitere zwei Dutzend Auftritte ernten zu können, bevor ich gezwungen sein werde, mir einen neuen Kadaver zu besorgen.«

Er erschauerte. »Müssen Sie ›Kadaver‹ sagen?«

Sie steckte sich die Kartoffel in den Mund und betrachtete ihn mit einem übermütigen Funkeln in den Augen. »Leichnam?«

Travers räusperte sich. Sie sandte ihm einen raschen schuldbewussten Blick.

»Darf ich Eure Lordschaft bedienen?«, erkundigte er sich.

»Wüssten Sie denn überhaupt, wie? Ich denke nicht. Nein, danke, Travers. Ich scheine meinen Appetit verloren zu haben.« Er legte die Serviette zurück auf den Tisch.

»Lügner«, murmelte sie.

Er ignorierte die Bemerkung und musterte sie. Im Tageslicht besehen – wenn man davon sprechen konnte, denn London erlebte einen seiner berühmten trüben Tage – verschwanden alle Anzeichen von mädchenhafter Unreife. Sie war eine Frau in der Blüte ihrer Jahre. Der Morgenrock schmiegte sich an ihren Busen, sodass er sich unwillkürlich fragte, was sie – wenn überhaupt – darunter trug. Das war eine unbequeme Vorstellung.

»Ich hoffe, die Brille ist nicht zu anstrengend für Ihre Augen«, sagte er. »Ich begreife natürlich, warum Sie sie aufgesetzt haben. Ihre Augen sind einfach zu«, er lächelte, »schön für einen jungen Mann.«

Sie zuckte leicht zusammen, und ihr stieg eine leichte Röte über den Hals in die Wangen. Ihr Blick wandte sich kurz zu ihm, bevor sie ihn gleich wieder auf ihren Teller senkte.

Er runzelte die Stirn. Wusste sie etwa nicht, dass sie schöne Augen hatte?

»Unsinn.«

Offenkundig nicht.

Er erwog, der Sache nachzugehen, entschied dann aber, dass es ihr nur weiteres Unbehagen bereiten würde. »Und Ihre neue Silhouette? Ein genialer Einfall. Sie sehen genauso aus, wie ich mir immer Humpty-Dumpty vorgestellt habe.«

»Humpty-Dumpty?«

»Er kommt in einem Buch mit Kinderreimen vor, das meine Mutter mir als Kind geschenkt hat.«

Die leicht abwehrend gehobenen Schultern entspannten sich. »Danke, vermute ich. Ich muss zugeben, ich finde die Verkleidung auch ziemlich brillant.«

Wie rührend, dass sie so bereitwillig diese Form des Lobs annahm, aber Komplimente anzweifelte, die andere Frauen nur als ihr gutes Recht angesehen hätten. Was für eine Verschwendung.

»Wie haben Sie es geschafft?«, fragte er. »Es sieht so echt aus.«

»Eigentlich sind es nur sechs Kissen, die auf Mrs Bedlings Korsett genäht sind.«

»Ich zolle Ihrem Einfallsreichtum Beifall. Ich hatte fast ein wenig Angst, dass Sie auf die Idee kämen, sich als hübschen, schlanken Jüngling à la Caroline Lamb zu präsentieren.« Er beugte sich vertraulich vor. »Sie hat nie wirklich jemanden getäuscht.«

Sie schnappte leise nach Luft, köstlich entsetzt. »Davon habe ich gelesen! Sie war verrückt vor Liebe zu Byron.«

Giles lehnte sich zurück. »Sie war verrückt nach Aufmerksamkeit. Das war sie immer schon.«

»Glauben Sie nicht, dass die beiden einander geliebt haben?« Sie schien ein wenig indigniert.

»Ich glaube, beide haben hauptsächlich die Berühmtheit geliebt, die ihre Affäre ihnen eingetragen hat.«

»Ich bin sicher, Sie sind nur zynisch.«

»Ich bin sicher, da haben Sie recht«, erwiderte er gleichmütig.

Sie runzelte die Stirn. »Haben Sie keinen Funken Romantik in sich?«

»Nicht das geringste bisschen«, versetzte er. »Und das sollte auch bei einer Wissenschaftlerin so sein. Ich bin erstaunt, dass sie mich nicht mit Fragen löchern, wann wir die Eingangstür der Royal Astronomical Society erstürmen können, statt uns über etwas auszulassen, was in der Tat nicht mehr als eine abgeschmackte kleine Affäre ist.« Er war genauso überrascht, die Worte zu hören, die aus seinem Mund kamen, wie sie es allem Anschein nach war. Wann war er so ein selbstgefälliger Pedant geworden?

Sie senkte den Blick, wirkte ein wenig nervös. »Ja, natürlich. Das ist auf jeden Fall die wichtigste Überlegung, schließlich bin ich zuallererst Wissenschaftlerin. Aber das heißt nicht, dass ich ohne Gefühle bin.« Sie hatte die Ellbogen auf den Tisch gestützt – eine bedauerliche Angewohnheit, die sie sich wirklich abgewöhnen musste – und legte ihr Kinn in die Hand, betrachtete ihn als sei er eines ihrer wissenschaftlichen Experimente. »Hat Ihr Herz Sie nie gedrängt, etwas zu wollen, wovon ihr Verstand Ihnen abriet?«

»Ein- oder zweimal.« Er bewegte sich, als er plötzlich an ein junges Mädchen denken musste, das durch eine Frühlingswiese lief, schlanke Arme und Beine, atemloses Gelächter …

Sie lächelte, und er hatte die niederschmetternde Erkenntnis, dass sie sein Unbehagen bemerkte und es sie belustigte. »Oh?« Sie zog das Wort einladend in die Länge.

Wenn er zu den Menschen gehört hätte, die hämisch kicherten – was nicht der Fall war –, hätte er das jetzt getan, denn ehrlich, glaubte sie allen Ernstes, er würde hier sitzen und mit ihr Vertraulichkeiten austauschen?

»Ja, zweimal. Beide Male bei Tattersall's«, sagte er. »Und es war verteufelt gut, dass die so oft geschmähte Vernunft eingeschritten ist, weil keines der Fohlen je ein Rennen gewonnen hat.«

Sie lehnte sich mit einem abfälligen Schnauben zurück.

Sie hatten noch viel Arbeit vor sich, ehe er sie in die Gesellschaft einführen konnte. Trotz ihrer unbestreitbaren Intelligenz würde niemand auch nur eine Sekunde glauben, er könnte jemanden protegieren, der schnaubte.

»Das habe ich nicht gemeint«, erklärte sie.

»Wirklich?«

Eine leichte Röte färbte ihre Wangen. Sie betupfte sich den Mund mit einer Serviette, legte sie dann neben ihren leeren Teller. »Gut, ich verstehe. Ich überschreite meine Grenzen. Aber bitte vergessen Sie nicht, dass ich nie in Betragen unterwiesen wurde. Also was schlagen Sie vor, sollte der nächste Schritt in unserem Plan sein?«

»Ich werde Sir Isbill zu einem Abendessen einladen, bei dem Sie ihn mit Ihrem astronomischen Wissen beeindrucken.«

»Ausgezeichnet.« Sie rieb sich die Hände. »In Ihrem Club?«

»Wohl kaum«, erwiderte Strand. »Seit einundvierzig Jahren hat keine Frau einen Fuß in White's gesetzt. Es gibt ein paar heilige Gesetze, die ich mich weigere, mit Füßen zu treten, nur damit Sie astronomische Unsterblichkeit erlangen.«

»Ach.« Dieses Mal war es nicht präzise ein Schnauben, auch wenn es eine ebenso klare Botschaft aussandte. »Was soll schon passieren, wenn eine Frau ein paar Meter über Marmor geht, ihre Hand eine Gabel berührt und sie sich mit einer Serviette den Mund betupft? Vergrabt die Gabel, verbrennt die Serviette und schrubbt die Fliesen.«

Er presste die Lippen zusammen, um nicht zu lachen. Sie war so restlos unbeeindruckt von seiner Stellung. Nicht zu erwähnen der Unantastbarkeit seines Clubs. Es war Jahre her, seit irgendjemand ihn so überrascht hatte wie sie. Aber das hatte sie schon immer.

»Außerdem …« Sie stand auf, wodurch sie ihn ebenfalls nötigte, sich hastig zu erheben. Sie mochte in ihren eigenen Augen keine Dame sein, aber das war sie nun einmal, und trotz gegenteiliger Beweise war er doch ein Gentleman. Sie blinzelte ihn verwundert an, und eine steile Falte begann sich zwischen ihren Brauen zu bilden, als glaubte sie, er mache sich über sie lustig.

»Nun, was für eine Beleidigung wollten Sie gerade abfeuern?«, fragte er rasch.

»Warum glauben Sie, dass es eine Beleidigung war?«

»Nennen wir es Vorahnung. Sie hatten ›außerdem‹ gesagt. Was außerdem?«

Sie grinste. »Außerdem wären Sie der Einzige, der davon weiß. Der Rest Ihrer kostbaren Clubmitglieder könnte in segensreicher Unwissenheit verharren, ein Zustand, in dem allem Anschein nach die Mehrzahl der Adeligen die meiste Zeit verbringt – wie ich nur ungern anmerke. Warum lächeln Sie so?«

»Es ist wirklich sehr befriedigend, wenn die eigenen Vorhersagen sich erfüllen«, erklärte er. »Und ich glaube nicht, dass Sie das nur ungern anmerken.«

»Da könnten Sie recht haben«, räumte sie bereitwillig ein. »Aber die Tatsache bleibt unbestritten, dass ich angesichts der Scharfsinnigkeit des durchschnittlichen Adeligen wetten möchte, dass es in all den Jahren zahllose Frauen gegeben hat, die sich unentdeckt in den Räumlichkeiten des Clubs herumgetrieben haben.«

Er brach in Gelächter aus. Er konnte es sich nicht verkneifen. Das Bild, das sie da malte, war zu köstlich. Nach einer Sekunde, in der sie von ihrer eigenen Kühnheit beunruhigt wirkte, fiel sie ein, ihr Lachen voll und betörend. Und leider war das nicht das Einzige an ihr, was betörte.

Als sie aufgestanden war, war der Morgenrock an ihrem Hals aufgeklafft und hatte den Blick frei gegeben auf blasse, seidenweiche Haut und den Schatten zwischen ihren Brüsten. Ihre dunkelblauen Augen glitzerten wie Saphire, und ihre Lippen verzogen sich zu einem Lächeln, sahen so rot und üppig aus, als habe sie Brombeeren gegessen. Und es war in diesem Augenblick, dass ihm unwillkürlich und ohne irgendeinen Anlass wieder etwas einfiel, was er fast vergessen hatte, wie er so vieles vergessen hatte, was ihn ausgemacht hatte.

Vor vier Jahren hatte er sie für die begehrenswerteste Frau gehalten, die ihm je begegnet war.

Und so weit und nicht weiter gestattete er sich in Gedanken zu gehen, weil sein Vater bereits genug getan hatte, um Avery Quinns Leben schwierig zu gestalten. Er würde es nicht noch verschlimmern. Stattdessen würde er sein Möglichstes tun, dafür zu sorgen, dass etwas Nützliches aus der Einmischung und den Ränken des alten Marquis herauskam.

Und wenn ihm das erlaubte, ihre einzigartige und interessante Gesellschaft zu genießen, dann war das alles, was er genießen würde.

So wahr ihm Gott helfe.

Kapitel 11

Sir Jameson hatte Lord Vedder den einzigen Stuhl im Zimmer außer seinem eigenen angeboten, und sich erkundigt, ob er etwas trinken wolle. Als Vedder das bejahte, schenkte er ihm ein Glas Portwein ein.

In einer abgelegenen Ecke des Parlamentes gelegen war Jamesons Büro vollkommen anders als das seines Gegenparts Sir Robert Knowlton, dessen geräumige, luftige Zimmer im oberen Stockwerk zu finden waren und mit Kunstwerken und Karten vollgestopft waren. Es gab weich gepolsterte Sessel, die zum Verweilen einluden, und eine Auswahl verschiedener Erfrischungen, unter denen für jeden Geschmack etwas dabei war.

In direktem Kontrast dazu enthielt Jamesons Büro nichts als einen Schreibtisch, eine Wand voller Regale und ein kleines Sideboard, auf dem ein paar Flaschen mit irgendwelchen Getränken standen – für die seltenen Besucher, die so etwas erwarteten.

Jameson legte keinen Wert auf das ganze Drumherum, das Reichtum ermöglichte, und außer einer Vorliebe für erlesen geschneiderte, allerdings einheitlich dunkle Kleidung lebte er wie ein Asket. Seine Erscheinung hätte sein Wesen nicht treffender beschreiben können. Sein Kopf wies aristokratische Züge auf, war kantig und eckig, wie ein ausgemergelter Cäsar. Die Haut spannte sich so straff über die Knochen darunter, dass sie wie aufgemalt aussah, und bei jedem Lächeln schien es, als drohten ihm die Mundwinkel einzureißen. So war an seinem Körper keine Unze überflüssiges Fleisch, und obwohl er schon fortgeschrittenen Alters war, hielt er sich sehr gerade und aufrecht.

Er glaubte sich allen anderen in jeder Beziehung überlegen, war davon so überzeugt, dass er nicht die geringste Veranlassung sah, diese Annahme auf die Probe zu stellen. Sicherlich würde niemand, der zusah, wie umsichtig er Lord Vedder mit allem Nötigen versorgte, je annehmen, dass er irgendetwas anderes war, als ein leicht pedantischer, aber höflicher Herr einer anderen Generation. Obwohl er nicht länger die Notwendigkeit verspürte, Vedders Zustimmung zu erlangen – dafür kannte er zu viele von Vedders Geheimnissen –, wusste er genau um die Vorteile, wenn man zu der Peitsche auch Zuckerbrot bereithielt.

Vor ein paar Monaten war Vedder zu etwas getrieben worden, wogegen sein kindliches – und musste es eigens erwähnt werden, banales – Ehrgefühl sich aufgelehnt hatte: Er war bei einem versuchten Mordanschlag auf Jack Seward behilflich gewesen. Aber er hatte es vermasselt, und Jack hatte überlebt.

Jetzt musste Vedder es erneut versuchen. Und das würde er auch.

Aber was auch immer Vedder sich nachts einredete – vermutlich, dass was er getan hatte, zum Wohle der Nation war –, verhielt es sich in Wahrheit schlicht so, dass Vedder über seine Verhältnisse lebte. Als er zuerst rekrutiert worden war, hatte Jameson ihn mit den Mitteln ausgestattet, seinen Lebensunterhalt in der gewohnten Weise zu bestreiten. Aber als seine Verzweiflung gewachsen war – weil der Appetit solcher Männer stets unersättlich war –, hatte das auch seine Involvierung in weniger angenehme Angelegenheiten nach sich gezogen, bis schließlich … Nun, Vedder gehörte Jameson mit Haut und Haar.

Sir Jameson hatte seine gegenwärtige Machtstellung durch eine Kombination aus Ruchlosigkeit und List erreicht, staatsmännische Begabung und Furcht, und die bemerkenswerte Fähigkeit, Gefühle kalter Vernunft unterzuordnen. Genau genommen war er stolz auf seine klinische Leidenschaftslosigkeit.

Was der Grund war, warum er die Angelegenheit Jack Seward, seinem Adoptivsohn, Erben und nun gefährlichstem Feind, zu einem Abschluss bringen musste. Weil der Gedanke daran, wie Jack, sein wirksamster und tödlichster Agent, ihn verraten hatte, ihn mit einer weißglühenden, zügellosen Wut erfüllte. Solch ein extremes Gefühl führte unweigerlich in die Katastrophe.

Irgendwann würde seine Wut ihn dazu verleiten, einen Fehler zu begehen, ihn verwundbar machen. Und das war etwas, was er nicht zulassen würde. Der Premierminister hatte große Sorge darüber zum Ausdruck gebracht, wie Jameson seinen letzten Auftrag erledigt hatte. Er musste wieder in die Lage versetzt werden, sich voll und ganz darauf zu konzentrieren, seinen Teil im Geheimausschuss zu kontrollieren, sonst bekäme am Ende noch Knowlton die Oberaufsicht darüber. Er konnte sich die Ablenkung, die dieser Hass, dieses … Verlangen nach Rache bedeutete, nicht leisten.

Was der Grund war, warum seine Hände zitterten, angesichts der Hoffnung, dass Vedder irgendeine Information besäße, einen Hinweis darauf, wo Jack untergetaucht war. Er reichte Vedder das Glas.

Vedder nahm es. »So knapp sie auch ausfällt, Sie müssen keine Höflichkeit heucheln. Ich hätte Ihnen genauso gut auf dem Flur sagen können, was ich erfahren habe.«

»Höflichkeit heucheln?«, wiederholte Jameson. »Gütiger Himmel, Lord Vedder. Ohne Förmlichkeiten wären wir nichts.« Das meinte er genau so. Er glaubte fest daran, sich nach vorgeschriebenen Verhaltensmustern zu richten. Wenigstens wann immer es möglich war. Er lächelte, obwohl er wusste, sein Lächeln trug nur selten dazu bei, Leute zu beruhigen. »Man sollte fast meinen, Sie würden meine Gesellschaft nicht genießen.«

Vedder blickte weg, zwei rote Flecke auf den Wangen.

»Also«, Jameson kehrte zu seinem Stuhl hinter dem Schreibtisch zurück, »was haben Sie herausgefunden?«

»Nichts«, erklärte Vedder ohne Umschweife. »Ich habe den Lakai gefragt, der mich vorgelassen hat, ob Seward kürzlich dort gewesen sei, aber der Bursche ist erst seit Kurzem im Haushalt. Als ich mich bei Strand erkundigt habe, was aus seinem Freund geworden ist, hat er im Gegenzug gefragt, warum ich das wissen wollte.«

»Haben Sie ihn bedrängt?«

»Dazu bot sich keine Gelegenheit. Ich bin zur gleichen Zeit wie Lady Demsforth nebst ihrem Sohn und ihrer Tochter eingetroffen. Sie versucht, sich Strand für ihre Tochter zu angeln. Die verdammte Frau wollte einfach nicht gehen. Ich hatte schon langsam den Verdacht, sie wollte in Strands Empfangssalon ihre Zelte aufschlagen, bis er einwilligt, das Mädchen zu heiraten.« Er lachte gehässig. »Wobei es keinen Unterschied gemacht hätte, wenn sie gegangen wäre, denn Strands ganze Aufmerksamkeit galt seinem neuen Protegé.«

Jameson neigte fragend den Kopf. »Protegé?«

»Ja, irgendein junges Genie, das er auf dem Kontinent aufgegabelt hat, nachdem er seiner Verlobten den Laufpass gegeben hatte.« Seine Lippen kräuselten sich angesichts von Jamesons hochgezogenen Brauen. »Niemand glaubt, dass Sophia North von alleine die Verlobung mit ihm gelöst hat. Wie auch immer, offensichtlich hat der junge Mann Strand hinreichend beeindruckt, dass er beschlossen hat, ihn mit nach London zu nehmen. Er ist irgend so ein Sternengucker.«

Jamesons Augen wurden schmal. Strand war kein Gönner der Wissenschaften. Er war ganz und gar ein Geschöpf der guten Gesellschaft: oberflächlich, immer eine geistreiche Bemerkung auf den Lippen und ebenso leicht gelangweilt wie abgelenkt. Sicher, Knowlton hatte ihn für nützlich gehalten, aber sein Tun war Jameson immer recht unerheblich erschienen. Außerdem hatte er sich unmittelbar nach dem Krieg gleich wieder der Jagd nach Vergnügungen hingegeben. Allerdings nur bis letzten Sommer, als Jack sich an Strand gewandt hatte, damit er ihm den Weg in die Gesellschaft ebnete, während er einem Dieb auf der Spur war, der die reichen Freunde des Prinzregenten geplagt hatte. Solch ein Schritt wäre ohne Strands Einfluss und Prestige unmöglich gewesen.

Natürlich hatte mehr dahinter gesteckt. Der Dieb hatte unbeabsichtigt einen höchst vertraulichen Brief an sich genommen, der dem jeweiligen Besitzer ungeahnte Macht verlieh. Jameson hatte vorgehabt, dieser Mensch zu sein. Aber dann hatte Jack ihn verraten, der Brief war seinem Besitzer zurückgegeben worden, und danach waren einige von Jamesons geheimeren Operationen genauer untersucht worden. Beinahe hätte er seinen Posten verloren. Und die Gefahr bestand weiterhin.

Zum ersten Mal in seinem Leben fühlte Jameson sich verwundbar. Und das würde er bleiben, solange Jack Seward am Leben war. Aber wohin zur Hölle war er verschwunden?

Knowlton hätte ihm nicht dabei geholfen, unterzutauchen. Nicht nur weil Knowlton viel zu gerissen war, um sich Jameson offen zum Feind zu machen. Er bezweifelte auch, dass dem anderen überhaupt die Mittel zur Verfügung standen, das erfolgreich umzusetzen. Jameson wusste alles über Knowltons Agenten und Operationen. Es wäre dem anderen Mann schlicht unmöglich, Jacks Verschwinden zu bewerkstelligen, ohne irgendeine Spur zu hinterlassen. Womit nur noch Giles Dalton, Lord Strand, übrig blieb, Sewards einziger Freund – so er denn überhaupt Freunde hatte –, reich wie Krösus, und somit derjenige, der ihm am wahrscheinlichsten geholfen hatte.

Unseligerweise konnte man einen Marquis nicht einfach entführen und mit Gewalt zum Reden bringen.

Nun, räumte Jameson ein, man konnte schon, aber die möglichen Folgen könnten sich als problematisch erweisen. Besser, man ermittelte im Verborgenen. Fand Strands Schwachstelle und nutzte sie dann aus. Alle Männer hatten Schwachstellen. Wie es aussah, machte selbst er da keine Ausnahme.

»Erzählen Sie mir von diesem Protegé.«

Da es neben dem Stuhl keinen Tisch gab, leerte Vedder sein Glas und stellte es zu seinen Füßen ab. »Ein echtes Landei. Er sieht aus wie ein fettes Küken, ganz Brust und Bauch mit dürren Armen und Beinen. Augenbrauen wie ein russischer Bär. Trägt eine Brille. Manieren wie ein Amerikaner.«

Jameson legte seine Fingerspitzen aneinander.

»Strand ist unverständlicherweise eingenommen von ihm, scheint immer mit einem Ohr auf den Jungen zu hören und hat ihn den ganzen Nachmittag lang nicht aus den Augen gelassen. Wenn der Bursche ein paar Jahre jünger wäre – und besser aussähe –, würde ich ihn für Strands uneheliches Kind halten.«

Jameson rätselte weiter. Da war etwas. Dessen war er sich sicher. Ob es ihn nun zu Jack führte oder nicht, das musste abgewartet werden. Er bemerkte, dass Vedder ihn unbehaglich musterte.

»Nun gut. Da haben Sie es, Lord Vedder.« Jameson stand auf und deutete damit an, dass das Interview beendet war. Vedder sprang auf, hatte es eilig, entlassen zu werden.

»Sie sagten, Sie wüssten nichts, und doch hatten Sie mehrere interessante Neuigkeiten zu berichten. Sie sagen, er habe ihn auf dem Kontinent aufgelesen? Wo? Freunden Sie sich mit dem Jungen an. Gewinnen Sie sein Vertrauen. Finden Sie heraus, wo er und Strand sich begegnet sind, und ob, als das geschah, Strand noch irgendjemand anderen bei sich hatte.«

»Sie wollen, dass ich mich mit diesem Landei abgebe? Ohne dass das bemerkt wird? Wie?«

»Ich bin sicher, Ihnen wird etwas einfallen, Lord Vedder«, erwiderte Jameson milde. »Genau genommen, würde ich, wenn ich Sie wäre, nicht mehr ruhen oder rasten, bis genau das passiert ist.«

Kapitel 12

Avery erwachte, lange bevor die Sonne über Londons Dächer stieg. Sie kuschelte sich tiefer in die dicke Daunendecke, zog sie bis unters Kinn. Ihr Atem stand in kleinen Wölkchen in der Luft. Das Wetter war seit ihrer Ankunft vor drei Tagen bitterkalt gewesen, und als das Feuer im Kamin niedergebrannt war, war eisige Luft den Schornstein hinabgesunken und durch die Wände gedrungen.

Sie wusste, es hätte geholfen, wenn sie die Bettvorhänge geschlossen hätte, aber sie mochte das einengende Gefühl hinter den schweren Stoffbahnen aus Goldbrokat nicht. Sie ließ sie offen, damit sie den Himmel sehen konnte, wie sie es auf Killylea immer getan hatte.

Nicht, dass man von Nachthimmel sprechen konnte. Mit der Dämmerung war gefrierender Regen in die Stadt gekommen, hatte die Fenster mit einer Schicht aus Eis versehen und es so fast unmöglich gemacht, irgendetwas draußen zu erkennen. Das Einzige, was sie ausmachen konnte, waren die Straßenlaternen im Park auf der anderen Straßenseite, verschwommene Lichtkreise im Nebel. Die Tage waren wenig besser mit einem trüben schweren Himmel, der tief über Londons Dächer und Türmen hing.

Niedergeschlagen schaute sie sich um. Wie der Rest des Hauses war das Schlafzimmer wunderschön und kühl, elegant eingerichtet mit vergoldeten Möbeln mit Polstern in Goldsatin und Damast, und die Wände waren eisblau gestrichen. Sie hatte nie zuvor in einem solchen Zimmer geschlafen. Als sie bei den Astronomen gewohnt hatte, bei denen der alte Marquis Studienaufenthalte für sie arrangiert hatte, hatte sie stets getrennt von den Familien ihrer Lehrmeister gelebt, oft genug in der Kammer, die für die Gouvernante bestimmt war. Niemand hatte zugelassen, dass sie sich für einen Gast hielt.

Ihr Magen knurrte. Die gute Gesellschaft, so hatte Travers sie unterrichtet, stand nie vor neun Uhr morgens auf, aber sie hatte Hunger. Sie wappnete sich, legte sich die Decke um die Schultern und schnappte nach Luft, als ihre Füße auf der Suche nach ihren Hausschuhen über den kalten Boden glitten. Zitternd ging sie zu dem reichverzierten Kamin und stocherte in der Glut. Sie warf ein paar Kohlestücke hinein und spähte zu der Uhr auf dem Sims. Sie war stehengeblieben. Ihr Magen knurrte wieder. Es musste fast Zeit fürs Frühstück sein.

Sie kämpfte sich in das gepolsterte Korsett, streifte sich drei der Hemden über, die sie ausgepackt hatte, eine Hose und den Rock. Die Krawatte überstieg wie gewöhnlich ihre Fähigkeiten. Nachdem sie sich eine halbe Stunde lang abgemüht hatte, dass das verdammte Teil wie Giles' aussah, gab sie auf und befand, dass es so genügen musste. Sie machte sich auf die Suche nach Nahrung.

Das Frühstückszimmer war ebenfalls eiskalt, da auch dort erst kürzlich Feuer gemacht worden war. Der Esstisch war leer, und die Vorhänge noch geschlossen. Sie fühlte sich an eine Theaterbühne, nur Minuten vor der Vorstellung, erinnert. Das ganze Haus vermittelte einem diesen Eindruck, als ob niemand hier wirklich lebte. Es war zu perfekt, enthielt nichts von dem Krimskrams einer persönlichen Geschichte, die kleinen Geschmacksverirrungen, die einem Zuhause den persönlichen Anstrich und Originalität verliehen. Es war überhaupt nicht wie Killylea. Es hatte nichts von Strand an sich.

Während sie zögernd dastand und überlegte, was sie tun sollte, kam ein Hausmädchen geschäftig herein, mit Abfalleimer und Staubwedel bewaffnet. Sobald sie Avery sah, blieb sie stehen. »Oh, tut mir leid, Sir. Ich werde sogleich Burke holen.« Ehe Avery darauf etwas erwidern konnte, lief sie aus dem Raum.

Ein paar Sekunden später tauchte Burke auf, wischte sich hastig ein nicht vorhandenes Staubkorn von seiner makellosen Livree. Sie konnte nicht umhin, sein Halstuch zu bewundern.

»Sir.« Eilig zog er ihr einen Stuhl hervor. »Bitte entschuldigen Sie die Verspätung, Mr Quinn. Gleich wird alles fertig sein.«

»Kein Grund zur Eile. Ich kann warten.«

»Das ist sehr freundlich von Ihnen, Mr Quinn. Es wird nur wenige Minuten dauern.«

Wie aufs Stichwort kam das Hausmädchen zurück, ein einzelnes Gedeck in der Hand, und reichte es Burke. Ihr auf dem Fuße folgte eine rotgesichtige Frau mittleren Alters mit einer altmodischen Spitzenkappe auf einem ordentlich aufgesteckten Haarknoten, und redete wie eine aufgeschreckte Henne.

»Ich bin untröstlich, Sir. Wir sind noch nicht miteinander bekannt gemacht, ein Versäumnis, das ich nicht nachvollziehen kann, und dessen Grund ich nicht kenne, worüber ich mir aber auch kein Urteil anmaßen will. Aber ich bin die Haushälterin Mrs Silcock. Erlauben Sie mir, mein Bedauern zum Ausdruck zu bringen, dass das Frühstückszimmer noch nicht hergerichtet ist.« Sie sandte Burke und dem Hausmädchen einen scharfen Blick.

»Danke, Mrs Silcock, aber das ist alles gar nicht nötig«, sagte Avery, der die Sache immer peinlicher wurde.

Auf Killylea hatte sie die erste Mahlzeit des Tages stets an Mrs Turcottes Küchentisch eingenommen. Als sie bei ihren Lehrern untergebracht war, waren ihr die meisten Mahlzeiten aufs Zimmer gebracht worden. Niemand hatte je groß Aufhebens darum gemacht, wann sie aß. Oder auch nur ob. Es schien ihr alles ein wenig albern. »Ich habe nicht den Wunsch, den Haushalt auf den Kopf zu stellen.«

Die Miene der Haushälterin erstarrte. Sie richtete sich gerade auf, und ihr Gesicht zeigte ihre ganze Empörung über diesen Affront. »Mr Quinn«, sagte sie mit sorgsam bewahrter Würde, »es wird ein schlimmer Tag sein, wenn der Haushalt des Marquis of

Strand auf den Kopf gestellt wird, bloß weil es gilt, einem Gast zu der ihm genehmen Zeit das Frühstück zu servieren.«

Avery hätte es besser wissen müssen. Sogar auf Killylea war der Stolz eines Bediensteten unweigerlich mit dem seines Herrn verbunden.

Avery beeilte sich, Mrs Silcocks gekränkte Würde zu beschwichtigen. »Ich wollte keinerlei Unzulänglichkeit unterstellen, nur andeuten, dass es nicht nötig ist, dass Sie und Ihre Leute sich übermäßig …«

»Von übermäßig kann gar nicht die Rede sein, Mr Quinn«, unterbrach sie ihn kühl. »Sie werden Ihr Frühstück stets bereit vorfinden, wann immer es Ihnen beliebt, es zu sich zu nehmen, ob es nun ein Uhr mittags ist oder drei Uhr nachts.« Und damit wirbelte sie mit raschelnden Röcken herum und marschierte übertrieben würdevoll aus dem Zimmer.

Eine Stunde später, als sie zu platzen drohte, nachdem sie pflichtschuldig ein gewaltiges Frühstück verspeist hatte, das ihr auf Geheiß *der Silcock*, wie Avery die Haushälterin stumm getauft hatte, serviert worden war, floh Avery zurück auf ihr Zimmer. Dort saß sie, fürchtete halb, davor die Haushälterin auf der Lauer und mit einer Schüssel Pudding bewaffnet vorzufinden, sollte sie es wieder verlassen. Mit einem Seufzen zog sie die Kaminuhr auf und verbrachte den weiteren Morgen mit dem Versuch, nicht den Zeigern beim Weiterwandern zuzusehen. Die Zeit kroch nur so dahin.

Jeder Tag, den sie nun schon hier war, war eine exakte Kopie des vorangegangenen. Bis heute hatte sie jeden Morgen gehorsam gewartet, bis die Uhr neun schlug, ehe sie die Treppe hinuntergegangen war. Jeden Morgen hatte der schöne Lakai Burke sie höflich davon unterrichtet, dass Giles für den Tag aus sei. Jeden Nachmittag begab sie sich wieder auf ihr Zimmer, wo sie sich von dem immer verhassteren Korsett befreite, Strands seidenen Morgenrock anzog, und sich auf einen Stuhl setzte, um ins Nichts zu starren. Selbst Strands Bibliothek bot wenig Interessantes, da dort vor allem Militärgeschichtliches, Werke zu Landwirtschaft und politische Abhandlungen zu finden waren.

Sie hasste Politik, wusste nichts über Landwirtschaft, und Militärgeschichte ging ihr auf die Nerven. Lauter Analysen, wie man am effektivsten so viele Menschen wie möglich umbringen konnte.

Es gab wenig für sie zu tun. Die Papiere, in denen sie die Entdeckung ihres Kometen beschrieb, und die Berechnungen zu seinem Erscheinen waren bereits abgeschlossen. Sie verfügte hier nicht über die notwendige Ausstattung, andere Untersuchungen anzustellen, und sie hatte weder die Bücher noch die Sternenkarten mitgebracht, die sie benötigt hätte, um ihre jüngste kosmologische Theorie näher zu erforschen.

Und so saß sie da. Und schrieb einen Brief an Mrs Bedling, und einen weiteren an ihren Vater. Dann zerriss sie beide, da sie sie unmöglich selbst abschicken konnte, und sie wagte es nicht, sie einem von Strands Dienern zu geben. Schließlich kannte sie angeblich niemanden in Killylea, und das war genau die Information, über die Diener wahrscheinlich untereinander Mutmaßungen anstellen würden.

Als die Kaminuhr zwei schlug, hatte sie beschlossen, dass sie keinen Tag länger in diesem vergoldeten Käfig bleiben konnte. Strand hatte eine Buchhandlung erwähnt. Nun denn, dann würde sie sich dorthin begeben.

Sie ging Travers suchen, nur um zu entdecken, dass er von der unnachahmlichen Mrs Silcock zum Polieren des Silberbestecks abgestellt worden war. Die Haushälterin hatte, wie Travers erläuterte, nach einem Blick auf Mr Avery Quinns Garderobe entschieden, dass welche Talente auch immer Travers besaß, ihm die Befähigung zum Kammerdiener abging. Sich als solcher auszugeben sei übelste Hochstapelei. Da Mrs Silcock solchen Unsinn in ihrem Haushalt nicht duldete, hatte sie eine ehrliche Arbeit für ihn gefunden.

Seltsamerweise schien Travers gar nicht sonderlich unglücklich. Genau genommen wirkte er recht zufrieden, wie er da am Tisch des Butlers saß und den Salzstreuer polierte. Avery überlegte kurz, ihn zu bitten, seine Beschäftigung zu unterbrechen und sie zu begleiten, aber sie war unsicher, wie viel Einfluss sie hier hatte. Genug, um Mrs Silcocks Anweisung zu übertrumpfen? Das schien ihr unwahrscheinlich.

Und wenn Travers ablehnte, hätte sie ihm ihren Plan, das Haus zu verlassen, bereits verraten, und er würde es ihr am Ende noch ausdrücklich verbieten. Und sie konnte sich gegen eine direkte Anweisung nicht einfach auflehnen. Nicht gegen eine klar geäußerte …

Daher begab sie sich in die Eingangshalle, wo sich Boote, der zweite Lakai, sogleich aufrechter hinstellte. Halb rechnete sie damit, dass er ihr den Weg versperren würde, als sie um ihren Mantel bat. Er brachte ihn ihr unverzüglich. Ohne eine einzige Frage zu stellen, ohne mit der Wimper zu zucken.

Von einem Ohr zum anderen grinsend schlüpfte Avery hinein, setzte sich den Hut auf und trat vor die Tür. Sie schloss die Augen, legte den Kopf in den Nacken und atmete tief ein. Sie lächelte. Ja, es stank nach Kohlenrauch und Abwasser, und der Himmel war dämmerig, und es war immer noch eiskalt, aber wenigstens war sie draußen.

Flott ging sie los, die Treppe hinab zum Gehsteig und weiter zur nächsten Ecke. Vor ihr erstreckte sich ein wesentlich belebterer Straßenzug als Strands vergleichsweise ruhige Straße. Elegante Barutschen und Landauer fuhren auf dem breiten Boulevard, wichen den Leiterwagen aus, die am Straßenrand hielten. Trotz der Kälte waren eine Menge Leute unterwegs, die Köpfe gesenkt, die Kragen hochgeschlagen. Ein Mann, der an einem Karren geröstete Nüsse verkaufte, saß zusammengekauert an der Straßenecke, füllte Esskastanien für ein paar Pennys in Papiertütchen. Eine Schar Kinder drängte sich um ihn, mehr um in der Nähe der wärmenden Feuerschale zu sein, als um etwas zu kaufen.

Avery erspähte die Buchhandlung, die Strand erwähnt hatte, hinter dem Straßenhändler. Sie trat ein und wurde sofort von einem freundlichen jungen Verkäufer nach ihren Wünschen gefragt. Sie wollte ihn gerade bitten, sie zu den Regalen mit wissenschaftlichen Werken zu führen, als etwas sie innehalten ließ.

Sie hatte immer schon eine geheime Schwäche fürs Melodramatische gehabt, für Romantik und Komödien. Aber der alte Marquis hatte solche Bücher als »banausenhaften Unsinn« abgetan, der einer Person mit einem gewissen Intellekt nicht würdig sei. Später dann, in den Häusern ihrer Lehrer, hatte sie in dem Wissen, dass ihre bevorzugte Lektüre ein schlechtes Licht auf ihre Intelligenz werfen könnte, es sich nicht erlaubt, sie zu genießen.

Aber jetzt gab es keinen Grund mehr, warum sie nicht lesen sollte, was ihr gefiel. Es gab keinen Marquis, den sie enttäuschen konnte, und keine Lehrer, die ihren Lesegeschmack missbilligten. Was für eine herrliche Vorstellung.

Und so verbrachte sie die nächsten zwei Stunden zufrieden in der Buchhandlung und blätterte die Werke durch, die der junge Angestellte herbeischaffte. Sie hätte lügen müssen, wenn sie nicht zugegeben hätte, dass ein Teil ihrer Freude schlicht daher rührte, unter Leuten zu sein. Denn obwohl der Laden nicht wirklich voll war, herrschte ein beständiges Kommen und Gehen, manche Kunden betraten die Buchhandlung allein, andere in Begleitung. Avery belauschte schamlos ihre Unterhaltungen, wenn sie die Vorzüge des einen Autors gegen die eines anderen abwogen, merkte sich Titel, die besonders faszinierend klangen und beteiligte sich im Geiste an den Gesprächen.

Schließlich traf sie ihre Wahl, zahlte und wartete, während der Verkäufer die Bücher in braunes Papier wickelte. Sie klemmte sie sich unter den Arm und wollte eigentlich zu Strands Stadthaus zurückkehren, als ihr Blick auf das Schild eines Kaffeehauses fiel. Kaffeehäuser waren meist Männern vorbehalten. Sie war nun seit vier Tagen ein Mann und hatte noch keinen der Vorzüge davon ausprobieren können. Und es war noch nicht so spät am Tag.

Mit wachsender Abenteuerlust betrat sie das Kaffeehaus und schaute sich um. Es war nur ein schmaler schmuckloser Raum, in dem sich etwa ein Dutzend Tische unterschiedlicher Größe befanden, die unbesetzt waren bis auf zwei: An dem einen saßen in ernstem Schweigen zwei junge Männer, und an dem in der Ecke ein untersetzter kahlköpfiger Mann fortgeschrittenen Alters, der

Zeitung las. Hinten befand sich ein Tresen mit einem riesigen Samowar.

Sie lüpfte den Hut und begab sich zu einem Tisch, ein Stück entfernt vom Fenster. Sobald sie Platz genommen hatte, eilte der Besitzer herbei. »Was darf ich bringen, der Herr?«

»Kaffee.«

Er nickte und ging, sodass sie die anderen Gäste studieren konnte. Sie machte ein kleines Spiel daraus. Die jüngeren Männer waren Bankangestellte, entschied sie, und hassten ihren Arbeitgeber, sammelten den Mut, ihre Stellen zu kündigen. Sie wandte ihre Aufmerksamkeit dem älteren Herrn zu.

Er trug Halbhandschuhe und leckte sich die Fingerspitzen, bevor er eine Seite umblätterte. Er sah gemütlich aus, strahlte die Ruhe eines zufriedenen Stammgastes aus. Ein Buchhalter, davon war sie überzeugt, der sich jüngst zur Ruhe gesetzt hatte oder das bald zu tun gedachte, sodass ihm niemand Vorhaltungen machen würde, weil er zu lange in der Mittagspause blieb. Er fing Averys Blick auf und nickte ihr zu.

Erschreckt, ertappt worden zu sein, erwiderte sie sein Nicken mit einem entschuldigenden Lächeln. Offenbar war der ältere Herr entschlossen, das als Einladung zu werten, denn nach kurzem Zögern, erhob er sich – er wog etwas mehr, als sie gedacht hatte – und kam zu ihr.

»Frisch vom Land, sehe ich«, sagte er ohne Vorrede.

Sie blinzelte durch ihre Brillengläser zu ihm hoch. »Wie bitte?«

Er lächelte, ein fröhliches Funkeln in den Augen. »Ihre Schuhe, mein Herr. Ihre Schuhe. Diese Halbschuhe sind auf dem Land geschustert worden. Irre ich mich? Sagen Sie schon. Ich wette, ich habe recht.«

Sie blickte auf ihre Schuhe. Was auch immer er dort sah, fiel ihr nicht weiter auf. Aber ein Blick in sein eifriges Gesicht, und sie konnte nicht beleidigt sein.

»Ich weiß nicht, wie Sie erraten konnten, dass meine Schuhe vom Land stammen, aber Sie haben recht. Sie sind es, und ich bin erst seit Kurzem in der Stadt.

Er strahlte vor Begeisterung.

»Es ist erstaunlich«, sagte sie und genoss es, dem anderen Herrn solche Freude bereiten zu können. »Was verrät sie?«

Er deutete auf den leeren Stuhl neben ihr. »Darf ich mich zu Ihnen gesellen?«

Sie sollte dem nicht zustimmen. Sie sollte gehen. Aber der Kerl war so offenkundig harmlos und so unverkennbar erpicht auf Gesellschaft, und der Himmel wusste, ihr erging es nicht anders. Was konnte es schon schaden, zehn Minuten lang Kaffee mit ihm zu trinken?

»Sicherlich.«

Er zog den leeren Stuhl hervor und ließ sich darauf nieder, streckte die Beine von sich. »Was Sie ländlich macht, sind die Schnallen, junger Mann. Kein modischer Herr trägt dieser Tage Schnallen. Himmel, ich trage sie auch nicht mehr, und wenn *ich* keine Schnallen mehr trage, dann können Sie sich sicher sein, dass niemand das mehr tut. Habe ich nicht recht?«

Seine Jovialität war ansteckend. Sie schüttelte den Kopf. »Da werde ich Ihnen nicht widersprechen.«

»Gut gemacht«, lobte er. »Was ich hingegen nicht weiß, ist, welcher Teil des Landes so hinterwäldlerisch ist, immer noch Schnallen auf Halbschuhe zu setzen. Bitte erleuchten Sie mich.«

»Cornwall.« Die Antwort entschlüpfte ihr, bevor sie wusste, wie ihr geschah. Sofort erkannte sie ihren Fehler. Sie durfte unter keinen Umständen verraten, dass sie je in der Nähe von Killylea gewesen war.

»Bitte? Das habe ich nicht richtig verstanden. Ihre Stimme ist kaum lauter als ein Flüstern, und meine Ohren sind auch nicht mehr das, was sie mal waren.«

Sie seufzte erleichtert. »Entschuldigen Sie«, sagte sie etwas lauter. »Cumbria.«

»Nun, das ist aber sehr weit abgelegen auf dem Land. Ist was mit Ihrer Stimme passiert?«

Sie spürte, wie sie rot wurde. Es gefiel ihr gar nicht, den alten Herrn einfach so anzulügen. »Das war, als ich noch ein Kind war.

Ich bin krank geworden, und mein Hals hat sich irgendwie zugeschnürt. Seitdem spreche ich so.«

Der Mann nickte wieder, und Avery rutschte nervös umher. Sie würde jetzt zahlen und gehen. Das hier war keine gute Idee gewesen. Sie wollte dem Wirt gerade ein Zeichen geben, als der alte Mann sich auf seinem Stuhl nach hinten lehnte.

»Lassen Sie sich erzählen, wie es mir ergangen ist, als ich das erste Mal nach London gekommen bin. Wie Sie stammte ich vom Land, aber von der Küste. Da bin ich Seemann geworden und in den Krieg gegen die amerikanischen Kolonien gesegelt …«

Die nächste halbe Stunde verging wie im Flug, während er sie mit Geschichten ergötzte, wie er auf See gegen die Kolonisten gekämpft hatte. Als sie schließlich aus dem Fenster blickte, merkte sie entsetzt, dass es draußen langsam dunkel wurde. Travers würde ihre Abwesenheit bald genug auffallen, wenn das nicht schon geschehen war.

Sie sprang auf. »Bitte vielmals um Verzeihung, mein Herr. Aber … die Zeit.« Hastig nahm sie ihre Bücher und legte ein paar Münzen auf den Tisch. »Ich habe es gar nicht gemerkt, aber ich muss jetzt sofort los. Es tut mir leid, dass ich so abrupt …«

»Na, machen Sie sich keine Sorgen deswegen. Ich neige dazu, nicht auf die Uhr zu achten, wenn ich zu erzählen anfange. Das sagt meine Tochter jedenfalls. Jetzt aber fort mit Ihnen.«

»Danke!« Sie setzte sich den Hut auf, nahm ihren Mantel vom Haken und eilte zur Tür hinaus.

Sie benötigte nur ein paar Minuten, um die kurze Strecke zu Strands Stadthaus zurückzulegen. Sie ging zum Hintereingang, der gewöhnlich Händlern und Lieferanten vorbehalten war, und schlüpfte hinein. Niemand war in der Nähe. Es war kurz vor der Zeit fürs Abendessen, sodass alle damit beschäftigt waren, die Mahlzeit zuzubereiten. Mit einem letzten raschen Blick um sich herum hastete sie die Treppe hoch zu ihrem Schlafzimmer. Sie hatte sich noch nicht einmal ihren Umhang ausgezogen, als es an der Tür klopfte.

»Ja?«

»Ich bin's, Travers«, kam die leise Antwort.

»Einen Moment!«, rief sie, zerrte sich den Mantel aus und warf ihn hinters Bett, bevor sie ihn einließ.

Er durchquerte den Raum, ohne sie anzusehen und ließ sich schwer auf einen Stuhl fallen. »Diese Frau ist unermüdlich.«

»Etwas sagt mir, dass Ihre Romanze mit der Silberpolitur an Glanz verloren hat.«

»Die Silberpolitur ist nicht das Problem. Das Schwärzen des Eisenofens, das Polieren der Kronleuchter, das Wasserholen für die Wäscherin und das Wenden der Matratzen – das waren die Probleme. Und ich kann in den Augen des Drachens sehen, dass sie auch morgen Pläne mit mir hat.«

»Was wollen Sie deswegen unternehmen?«

»Das weiß ich noch nicht. Aber irgendetwas muss geschehen.« Er blies die Backen auf und schaute sie dann an. »Wo sind Sie den ganzen Tag gewesen?«

Sie hasste es, ihn anzulügen. Glücklicherweise musste sie das auch nicht.

»Verstecken Sie sich vor ihr?«, beantwortete er sich seine eigene Frage. »Das wundert mich nicht. Sie hat eine große Abneigung gegen Sie. Hält Sie für eine aufgeblasene kleine Kröte. Dennoch muss es furchtbar langweilig sein, die ganze Zeit hier oben festzusitzen. Ich beklage mich, dass ich so viel zu tun habe, aber wenigstens kann ich dabei mit anderen reden.« Er betrachtete sie mitleidig.

Sie lächelte schwach. »Ich habe Beschäftigung gefunden.«

Giles trommelte mit den Fingern auf seinen Schreibtisch, ließ den Blick über die Namen auf der Passagierliste des Schiffes wandern. Die Aufzeichnungen, um die er für den fraglichen Zeitraum gebeten hatte, waren mittags geliefert worden. Da er sich daraufhin in seine Bibliothek zurückgezogen hatte und gesucht hatte nach … Verdammt! Das war das Problem. Er war sich nicht sicher, wonach er suchte. Wenn Jack und Anne das Land verlassen hatten, dann würden sie das unter falschem Namen getan haben. Die notwendigen Papiere zu besorgen, wäre für Jack ein Klacks gewesen. Und um alles noch komplizierter zu machen, hätten sie nicht notwendigerweise denselben Nachnamen benutzt. Oder auch nur das gleiche Transportmittel wählen müssen.

Und das alles nur unter der Voraussetzung, dass sie das Land am Leben und wohlbehalten verlassen hatten. Denn das war es, was Giles glauben wollte. Aber das hieß auch, dass sie ohne den geringsten Hinweis auf ihre Absichten oder die leiseste Warnung verschwunden waren, was, wie Giles wusste, verdammt schwer zu bewerkstelligen war.

Er hatte die vergangenen Tage damit verbracht, an verschiedene Türen zu klopfen und Gefallen einzufordern – die Passagierlisten der Schiffe waren das Ergebnis einer solchen Unterhaltung. Er meinte, seine Erbitterung fast schmecken zu können.

Um seiner schlechten Laune noch mehr Nahrung zu geben, hatte Travers ihm eben eine »Gardinenpredigt«, wie sein altes Kindermädchen es nennen würde, gehalten – über seine sträfliche Vernachlässigung seiner Pflichten Avery Quinn gegenüber. Offenbar hatte er das arme Mädchen mit Nichtachtung gestraft, vernachlässigt und ignoriert, das – gesegnet sei ihr standhaftes, leidgeprüftes Herz – sich jedoch mit keinem Wort beklagt hatte. Obwohl Giles, da er Avery kannte, nicht sicher war, ob er das glaubte. Aber darum ging es hier nicht.

Die Tatsache blieb bestehen, Travers hatte recht. Giles hatte Avery ignoriert. Weil sie ihn zu sehr ablenkte, zu sehr verlockte und weil die Dinge, die ihm unweigerlich durch den Kopf gingen, wann immer sie zusammen waren, falsch waren. Viel falscher, als sie ein paar Tage lang in ihrem Zimmer sich selbst zu überlassen. Sie dort nicht sich selbst zu überlassen, das wäre auf jeden Fall falsch. Und er wollte das auch eigentlich gar nicht. Sie … verdammt!

Er legte den Stift hin und starrte blicklos auf den Tintenlöscher.

Avery Quinn wurde zu einem Problem.

Es war nicht nur sexuelles Verlangen, das ihn erfasste, wenn er in ihrer Nähe war, sie richtete auch an anderen Stellen Chaos an. Er verbrachte zu viel Zeit damit, über sie nachzudenken, führte in

Gedanken Streitgespräche mit ihr, fragte sich, wie sie wohl auf dieses oder jenes reagieren würde, überlegte, wie sie am besten Zutritt zur Astronomischen Gesellschaft erhielte. Er konnte sich einfach keinen Reim darauf machen.

Zweimal in seinem Leben als Erwachsener hatte Giles sich eingebildet, verliebt zu sein, einmal bei einem wunderschönen, lebhaften jungen Mädchen und einmal bei einer reizenden Witwe. Beide Male hatte er sich spät an dem Wettstreit um ihre Gunst beteiligt, und sie hatten bessere Männer erwählt. Die letzte Dame war Jack Sewards Gattin geworden. Das war keine zwei Monate her.

Und doch, noch vor Annes Verschwinden, hatte er begonnen zu begreifen, dass der Schmerz des Verlusts nicht von dem herrührte, was gewesen war, sondern was er sich gewünscht hatte. Er war vielleicht gar nicht zu einer solchen Verbundenheit imstande, wie er sie zwischen Jack und Anne erlebt hatte. Er war vielleicht so etwas wie ein Kunstkenner, der die Schönheit dessen sehen konnte, was andere schufen, ohne selbst das geringste Talent dafür zu besitzen, selbst etwas zu erschaffen.

Er war mit beinahe jeder Gabe, die ein Mann sich nur erhoffen konnte, gesegnet: gutes Aussehen, ein gesunder, kräftiger Körper und ein scharfer Verstand sowie sagenhafter Reichtum. Er nannte nur wenige Männer seine Freunde, aber denen, bei denen er das tat, hätte er sein Leben anvertraut. Er war umgeben von Bewunderern und Speichelleckern, und er war klug genug, den Unterschied zu kennen. Das Einzige, was er brauchte, war ein Erbe.

Vielleicht hätte er doch Sophia heiraten sollen.

Dann würde er vielleicht nicht die ganze Zeit an Avery denken müssen, die in feiner Lebensart unbewandert, kein bisschen weltgewandt und oft unmanierlich war. Sie war eigensinnig, brillant, unsicher und linkisch. Sie wusste nichts über weibliche Ränke, und doch benutzte sie sie rücksichtslos zu ihrem Vorteil, ein Rätsel, wie ihm noch keines untergekommen war. Sie war nicht in der Kunst der Gesprächsführung beschlagen, obwohl sie verflixt gut Vorträge hielt. Sie hatte keine Ahnung, wie man sich kleidete, brachte aber dennoch sein Blut in Wallung. Sie wusste nichts über Musik oder Kunst …

Und sie liebte die Sterne. Als sie den Kopf in den Nacken gelegt und die Sterne am Himmel über Killylea betrachtet hatte, war ihr Gesicht so voller Ehrfurcht und Schönheit gewesen, dass es ihm den Atem geraubt hatte. Sie war nicht nur klug und schön, sie war auch weise, eine Frau, die den Wert der Dinge kannte …

Es klopfte an der Tür.

Gott sei Dank.

Kapitel 13

Avery stieß die Tür zu Giles' Bibliothek auf, blieb stehen und rang die Hände. Burke hatte ihr die Nachricht überbracht, dass Lord Strand sich gerne mit ihr unterhalten würde, sobald es ihr recht wäre. Da es nicht ihre Art war, Unangenehmes aufzuschieben, war sie sofort gegangen, aber nun zögerte sie, offenbar doch nicht so tapfer, wie sie sich gerne hatte glauben machen wollen.

Strand saß hinter einem wunderschön gearbeiteten Mahagonischreibtisch, dessen Beine in Klauenfüßen endeten. Unordentliche Stapel Papier bedeckten die Oberfläche, auf den größeren lagen Briefbeschwerer. In einer emaillierten Rille neben dem Kristalltintenfass befand sich eine Schreibfeder. Als sie eintrat, schaute er kurz auf und wandte seine Aufmerksamkeit dann wieder dem Studium der beiden Papierstapel vor sich zu. Sein Blick wanderte zwischen ihnen hin und her, als vergliche er, was er da las. Er wirkte überaus beschäftigt.

»Stehen Sie nicht da halb auf dem Flur rum, wie ein unentschlossenes Gespenst«, verlangte er, ohne den Kopf zu heben. »Kommen Sie rein. Wir haben einiges zu besprechen.«

Genau das hatte sie befürchtet. Jemand hatte sie dabei beobachtet, wie sie sich durch die Hintertür ins Haus geschlichen hatte, und jetzt wollte er ihre Abmachung aufkündigen. Sie betrat den Raum, hielt sich sehr gerade und blieb vor seinem Schreibtisch stehen wie ein Schuljunge, der zum Direktor bestellt worden war.

»Und?«, fragte sie.

Er schaute zu ihr hoch. »Und was? Bei dem ganzen Unterricht, den Sie von Ihren zahlreichen Lehrmeistern erhalten haben – von denen viele vornehmer Abstammung waren –, ist es da niemandem in den Sinn gekommen, Ihnen die Grundzüge höflichen Benehmens beizubringen? ›Und‹ ist keine angemessene Art, eine Unterhaltung zu beginnen.« Er lehnte sich zurück, hob herausfordernd die Brauen.

Selbst als sie noch ein Mädchen gewesen war, war Giles imstande gewesen, sie da zu treffen, wo alle anderen Kinder versagt hatten: weder der grässliche Junge der Köchin noch die Stallburschen oder die Untermägde, von denen einige nicht älter als sie gewesen waren und die sie alle deswegen verabscheut hatten, weil sie als Einzige von ihnen keine harte körperliche Arbeit verrichten musste. Streber, Bücherwurm, Fräulein Neunmalklug – keiner ihrer Spottnamen oder Schmähungen hatte sie provozieren können. Sie war sich zu deutlich der Wahrheit dahinter bewusst und dass sie ihnen gegenüber unfair bevorzugt wurde.

Aber Strand stand auf einem ganz anderen Blatt. Eine hochgezogene Braue, ein leichtes Lächeln, und die Haare in ihrem Nacken hatten sich aufgestellt. Sie versuchte gar nicht erst, es nicht zu beachten. Was der Grund war, weshalb sie jetzt das Kinn reckte und sich erkundigte: »Eine Unterhaltung? Ist es das, was wir haben werden?«

Er wirkte verwirrt. »Was sonst?«

»Ja, was sonst?«

»Um Himmels willen, nehmen Sie die Brille ab. Ich kann Sie gar nicht richtig sehen.«

Sie zog sie weg und starrte ihn finster an. Er kippte seinen Stuhl nach hinten, balancierte auf den beiden hinteren Beinen, die Hände über dem flachen Bauch verschränkt, und musterte sie nachdenklich. Sein Halstuch war zerknittert und hing leicht schief, und sein Haar war unordentlich. Er war sich ganz eindeutig mehrfach mit den Händen hindurch gefahren.

Hatte er das getan, während er ihretwegen mit sich gerungen hatte? Bei dem Versuch zu entscheiden, wie er sie am besten loswerden konnte?

Die Vorstellung brachte eine gewisse Genugtuung mit sich, gefolgt von Entsetzen, dass sie eine solche Kleinigkeit befriedigend finden konnte. Man raufte sich das Haar, während man darüber nachsann, wie man den Nachwuchs des Lieblingshundes loswurde. Ohne Vorwarnung brannten ihr Tränen in den Augen.

»Hier, setzen Sie sich«, sagte er und musterte sie eindringlich. »Sie sehen seltsam aus. Geht es Ihnen gut?«

»Natürlich.«

Er stand auf und trat an ihre Seite, fasste ihr Handgelenk und tastete nach ihrem Puls.

»Mir geht es gut«, beharrte sie und entzog ihm ihre Hand.

Er nahm ihr Kinn zwischen Daumen und Zeigefinger und hob ihr Gesicht, drehte es ins Licht. Er sah wirklich, dachte sie plötzlich, sehr gut aus.

Er roch leicht nach Zeder und Pfefferminz, und wenn sie ihm so nahe war, konnte sie den strahlenförmigen Linienkranz um seine Augenwinkel sehen, die dunklen Pupillen und die stahlgraue Iris, sein energisches Kinn mit dem leichten Bartschatten, die markanten Furchen zu beiden Seiten seiner Nase. Spuren eines ausschweifenden Lebens? Oder Erschöpfung? Würden eine Liebkosung sie zu lindern vermögen …?

Sie zuckte zusammen.

Wo kam der Gedanke denn her?

Er ließ ihr Kinn los, und sie stieß den angehaltenen Atem aus. Gottseidank, er schien es nicht zu bemerken.

»Ihr Herz rast, und ihre Pupillen sind geweitet.«

Verräterischer Puls, nichtsnutzige Augen. »Ich habe vergessen, um die Mittagszeit etwas zu essen. Davon könnte mir ein wenig schwach geworden sein.«

»Sie? Vergessen zu essen?« Seine unverhohlenen Zweifel weckten ihren Widerspruchsgeist. Beinahe hätte sie ihm dafür gedankt.

»Soll ich also davon ausgehen, dass so eine ›höfliche Unterhaltung‹ eingeleitet wird?«, erkundigte sie sich. »Was für eine hilfreiche Unterweisung. Ich werde mir große Mühe geben, mich nächstes Mal daran zu erinnern, wenn ich mich in besserer Gesellschaft bewege.«

Seine Lippen zuckten auf ungerecht attraktive Weise. »Ich sehe, was immer Sie vorübergehend geplagt haben mag, war in der Tat nur vorübergehend, und Sie sind wieder ganz die Alte, zanksüchtig wie eh und je.«

»Ich bin nicht zanksüchtig.«

»Doch, ganz entschieden zanksüchtig.« Er kehrte wieder zu dem Stuhl hinter seinem Schreibtisch zurück.

»Nur bei Ihnen.«

Das überraschte ihn. »Stimmt das?«

»Meistens.«

Er schenkte ihr ein schiefes Lächeln. »Und warum ist das Ihrer Meinung nach so?«

»Sie provozieren mich.«

»Das tue ich ganz sicher nicht«, antwortete er.

»Und zwar absichtlich, nehme ich an.«

»Um Himmels willen, das glauben Sie doch nicht wirklich, oder? Ich räume gerne ein, dass ich vielleicht von Zeit zu Zeit dazu neige, Sie zu provozieren«, sagte er. »Aber niemals absichtlich. Solch ein Verhalten ist eines Gentlemans nicht würdig, und trotz all meiner Sünden bin ich doch ein Gentleman.«

»Außer, wenn Sie mit mir zusammen sind.«

Ein seltsames Licht glomm in den Tiefen seiner grauen Augen. Dann riss er seinen Blick los und leerte das Glas Portwein, das neben seiner Hand gestanden hatte. »Madame, besonders wenn ich mit Ihnen zusammen bin.«

»Wenn Sie das sagen«, erwiderte sie und fürchtete, sie ahnte, worauf das hier hinauslief. »Sie sind mit Fleisch und Blut Gentleman, und ich bin eine zanksüchtige, lästige Bürde. Und Sie können mir jetzt sagen, dass Sie, nachdem ich mir den unbedeutenden Fehltritt geleistet habe, sich nicht länger verpflichtet fühlen, mir bei meinem Unterfangen zu helfen, und können sich reinen Gewissens von mir lossagen.«

Sehr sorgfältig stellte er sein leeres Glas ab. »Wovon reden Sie?«

Sie zog die Brauen zusammen. »War es nicht das, weswegen Sie mich sprechen wollten?«

»Nein.« Er betrachtete sie aus zusammengekniffenen Augen. »Welchen Fehltritt haben Sie begangen?«

Die trostlose Zukunft, die sich vor ihr ausgestreckt hatte, wich zurück wie die Ebbe von der Küste. »Nein?«

»Nein«, wiederholte er. »Und noch einmal: Was haben Sie getan, Avery?«

Sie schaute ihm direkt in die Augen. Sie würde es ihm ganz bestimmt nicht so leicht machen, sie loszuwerden. »Ich habe gestern beim Lunch vergessen, meine Brille zu tragen.«

Einen langen Moment fochten sie ein Blickduell. Er glaubte ihr nicht, das war leicht zu erkennen. Ihre Augen forderten ihn heraus, die Anschuldigung auszusprechen. Letztlich war er zu sehr Gentleman, das zu tun.

»Ich würde niemals einen so fadenscheinigen Anlass zum Grund nehmen, mich von Ihnen loszusagen, wie Sie es zu formulieren belieben. Wenn wir einander schließlich Lebewohl sagen, werde ich es in der Befriedigung des Wissens tun, dass ich meinen Teil der Abmachung in allen Ehren erfüllt habe.« Seine Augen umwölkten sich. »Ich gehe davon aus, dass Sie dasselbe von sich werden behaupten können.«

»Natürlich«, erwiderte sie und tat gekränkt, dass er irgendetwas anderes denken konnte.

»Dann sind wir also einer Meinung.«

»Restlos.« Nun, da sie wusste, sie wurde nicht fortgeschickt, gestattete sie sich, zu dem Stuhl vor seinem Schreibtisch zu schlendern und Platz zu nehmen. »Worüber wollten Sie mit mir sprechen?«

Giles zog unbehaglich die Schultern hoch. »Travers hat mich davon unterrichtet, dass ich in Bezug auf Sie gefühllos, unsensibel und unhöflich gewesen bin.«

Sie riss die Augen auf. »Travers hat das gesagt?«

»Ja, unter anderem.«

»Warum hat er das getan?«, fragte sie restlos verblüfft.

Er öffnete den Mund, entschied sich dann aber doch, nicht auszusprechen, was ihm auf der Zunge lag, presste die Lippen fest zusammen und erklärte: »Weil es wahr ist.«

Sie starrte ihn eine Sekunde lang an, versuchte … Ah! Jetzt wurde es ihr klar. Sie lächelte. »Verstehe. Sie müssen vor Ihren Dienstboten etwas besonders Grässliches über mich gesagt haben. Was war es? Etwas in der Richtung, dass ich ein schrecklicher Vielfraß bin? Was auch immer es war, ich versichere Ihnen, ich verstehe vollkommen, dass Sie das nur getan haben, um die Maskerade glaubwürdiger erscheinen zu lassen. Ich bin nicht beleidigt.« Er sah sie seltsam an, als spräche sie eine fremde Sprache.

»Ehrlich gesagt, während Mr Travers ein guter Mensch ist, so scheint er doch nicht wirklich zu … nun, zu begreifen, was zu einem so gewagten Spiel wie unserem gehört, nicht wahr? Es liegt auf der Hand, dass Sie sich mir gegenüber nicht so verhalten können, als sei ich eine Frau.« Sie hielt inne, runzelte die Stirn. »Ich meine, ich bin eine Frau. Ganz offenkundig.« Sie lachte nervös. »Nun, vielleicht im Augenblick nicht so offenkundig. Aber sei das, wie es wolle, in meiner gegenwärtigen Verkleidung können Sie sich mir gegenüber nicht wie ein Mann einer Frau gegenüber verhalten. Ich meine, nicht dass Sie das würden, selbst unter normalen Umständen, aber Sie könnten.«

Gütiger Himmel, warum redete sie solchen Unsinn?

»Ich finde …«

»Das ist es nicht, was Travers meint.«

Sie bedachte ihn mit einem dankbaren Blick. Gott sei Dank hatte er sie unterbrochen. Sie wollte lieber nicht daran denken, womit sie als Nächstes herausgeplatzt wäre.

»Er meinte, dass ich Sie in meinem Haushalt sich selbst überlassen habe, ohne jegliche Gesellschaft, ohne Unterhaltung und ohne irgendeine Beschäftigung.«

»Ach so.«

Zwischen seinen Brauen bildete sich eine Falte. Er wirkte besorgt. »War es schlimm für Sie? Travers scheint das zu denken.«

»Oh. Oh, nicht wirklich. Nein«, wich sie aus. Es behagte ihr so gar nicht, dass das hier *so* eine Unterhaltung wurde. Eine *höfliche* Unterhaltung, nahm sie an, würde man es nennen. Sie hatte genug davon beobachtet, um sich eine Meinung darüber gebildet zu haben. Dabei ging es in der Regel darum, dass Leute Fragen stellten, auf die niemand eine ehrliche Antwort erwartete, sondern irgendetwas, was dazu führte, dass sich der Frager gut fühlte. Es schien ihr eine ermüdend ausweichende Art eines Gesprächs.

Um Giles davon abzuhalten, weiter nachzuhaken, da sie nicht allzu sehr auf ihre Fähigkeit zum Heucheln vertraute, sollte er das tun, stand sie auf und schlenderte zu den Bücherregalen.

»Warum sind Sie aufgesprungen und zu meinen Bücherregalen gelaufen?«, wollte er wissen. »Möchten Sie ein bestimmtes Wort nachschlagen?«

Sie wandte den Kopf und schenkte ihm ein sonniges Lächeln, weigerte sich, den Köder zu schlucken. »Nein, es interessiert mich nur, welche Meisterwerke Sie hier stehen haben. Oh, sehen Sie mal. *Der Wanderer von Lachamoor.*« Sie riss unschuldsvoll die Augen auf. »Ist das nicht eine romantische Geschichte, Lord Strand?«

»Das war ein Geschenk.«

»Von einer Dame, ohne Zweifel. Armes Ding.«

»Bitte, warum ist diese rein hypothetische Dame ›arm‹?«

»Ich kann mir nur vorstellen, dass Sie Ihnen so ein Buch vermacht hat, weil sie entweder dachte, Sie hätten einen Hang zur Romantik, oder weil sie hoffte, Sie würden einen entwickeln. In beiden Fällen stand ihr, wie Sie eben bewiesen haben, eine Enttäuschung bevor. Daher mein Mitgefühl.«

»Genau genommen gehörte das Buch Louis.«

Sie drehte sich interessiert zu ihm um. »Dann erstaunt es mich, es hier zu sehen.«

Er runzelte die Stirn. »Warum?«

»In diesem Hause gibt es nichts aus Killylea. Es ist fast so, als gehörten Killylea und dieses Haus hier zwei verschiedenen Menschen.«

Sein Blick wurde unergründlich. Sie war zu weit gegangen. War ihm zu nahe getreten. Einen Augenblick glaubte sie, er würde sie mit eisigem Schweigen strafen, aber dann überraschte er sie. »Vielleicht ist das wirklich so.«

Er atmete langsam aus, seine Miene entspannte sich, und er lächelte entschuldigend. »Sie haben Louis nicht gekannt, nicht wahr? Das ist schade, denn ich glaube, er hätte Sie gemocht.«

»Ich fühle mich geschmeichelt. Aber denken Sie auch, ich hätte ihn gemocht?«

Die Frage schien Giles zu überraschen. Er wirkte nicht im Mindesten beleidigt, einfach nur, als ob ihm der Gedanke gar nicht gekommen war. »Ich weiß nicht«, antwortete er schließlich. »Aber ich vermute schon. Er war gutherzig und rücksichtsvoll und«, fügte er mit einem Aufblitzen von Humor hinzu, »hatte eine entschieden romantische Ader.«

»Warum sagen Sie das?«

»Nun.« Giles lächelte. »Erst einmal ist da das Buch. Es war nicht das einzige romantische, das er besaß, aber es war sein Lieblingswerk. Und bevor Sie fragen, ob die Geschichte gut ist, lassen Sie mich Ihnen mit einem entschiedenen ›Nein‹ antworten. Sie ist vollkommen an den Haaren herbeigezogen. Sie kennen die Sorte Buch, voller holder Jungfern in Nöten und mit den üblichen Bösewichten, noblen Opfern und Heldentaten. Er dachte, ich sollte es als Leitfaden für mein Leben nehmen.«

Er war jetzt ganz in der angenehmen Erinnerung versunken, das konnte sie daran erkennen, wie die Spannung aus seinen Schultern wich und seine grauen Augen weicher blickten. Aber alles, woran sie denken konnte, war sein letzter Satz. Warum hatte Louis gedacht, Giles' Leben für ihn arrangieren zu wollen?

»Ich ging immer direkt nach meinem Unterricht in sein Zimmer«, erzählte Giles leise weiter. »Sobald ich ankam, ließ er mich alles auswendig aufsagen, was ich an dem Tag gelernt hatte. Er hat seine Rolle als großer Bruder sehr ernst genommen.« Ein leises Lächeln spielte um seinen Mund. »Aber danach haben wir sein Bett in eine Phantasiewelt verwandelt. Dieses Buch«, er nickte zu dem in ihrer Hand, »war oft genug unser Leitfaden, die Quelle zahlloser Abenteuer. Ein Kissen wurde zu den unbezwingbaren Lachamoor Mountains, ein blauer Schal der wilde Fluss Jesset. Wir konnten stundenlang spielen. Ich fürchte, ich habe nicht immer darauf Rücksicht genommen, dass er schnell ermüdete.«

Im Geiste sah sie Giles vor sich, nicht den atemberaubend gut aussehenden Jugendlichen, als den sie ihn kennengelernt hatte, sondern den empfindsamen Jungen von früher, der seinen älteren kranken Bruder verehrte und sich bewusst war, dass jedes Mal, wenn er ihn sah, es das letzte Mal sein konnte. Sie schaute weg. Giles würde ihr Mitleid nicht wollen.

»Er muss Ihnen sehr fehlen.«

Er lächelte seltsam schief. »Danke, dass Sie das Präsens verwenden.«

Sie schaute ihn schräg von der Seite an.

»Sein Tod liegt schon so lange zurück. Die meisten Leute hätten gesagt: ›Er muss Ihnen sehr gefehlt haben‹, so als ob man mit dem Verstreichen der Zeit aufhören würde, denjenigen zu vermissen, der gestorben ist.«

Ihre Wangen wurden warm. »Das entspricht nicht meiner Erfahrung.«

Ihre Mutter war gestorben, als sie selbst erst fünf Jahre alt war, und obwohl sie sich nicht mehr genau an ihr Gesicht oder ihre Stimme erinnern konnte, musste sie ihre Gedanken nur schweifen lassen, um wieder zu wissen, wie es war, von ihr gehalten zu werden, Geborgenheit und Liebe zu fühlen. Manchmal vermisste sie sie mit einer Heftigkeit, die schmerzte. Ihr Vater hingegen, freundlich, aber eher auf eine schroffe Art, war eher wie ein Onkel als wie ein Elternteil gewesen, ein Beschützer, aber kein Vorbild. Sie schüttelte den melancholischen Moment ab. »Und, wie ist es Ihnen ergangen?«, fragte sie.

»Wie bitte?«

»Als der Möchtegern-Wanderer von Lachamoor?«

Er grinste. Wie er da so saß, die Haare durcheinander, das Halstuch leicht schief, fiel ihr wieder auf, wie jung er noch war, und sie sah einen Schatten des empfindsamen Jungen, der eine unblutige Schlacht auf der Bettdecke seines Bruders austrug.

»Armselig, fürchte ich. Ich bin zu faul, um mich zu einem Kreuzzug aufzuraffen, ob nun hoffnungslos oder nicht. Bösewichte jagen mir Angst ein, und was beständig in Nöten befindliche Jungfern angeht …? So ungern ich es auch zugebe, so bin doch gemeinhin ich derjenige, der sie in Nöte bringt.«

Sie konnte nicht anders, sie brach in Gelächter aus.

Kapitel 14

»Louis hat immer darauf beharrt, dass ich für uns beide die Abenteuer erleben muss.«

Giles war sich nicht sicher, wie er in diese Unterhaltung geraten war, in der er Geschichten erzählte, die er fünfzehn Jahre lang für sich behalten hatte. Aber er bereute es nicht. Er kippte den Stuhl nach hinten, verschränkte die Hände im Nacken und sprach so freimütig, wie man das mit einem guten vertrauenswürdigen Freund tat.

Avery hatte den Stuhl an den Kamin gestellt und hielt einen Feuerhaken in der Hand. Immer wieder stocherte sie damit kurz in den Flammen, sodass ein Funkenschauer aufstieg und durch den Kamin verschwand. Sie beobachtete das Miniaturfeuerwerk mit stiller Freude. Sie fand Vergnügen in vielen Dingen, die für ihn selbstverständlich waren.

Als er nach ihr geschickt hatte, war es aus keinem anderen Grund geschehen, als Travers' Sorgen– und seine eigenen Schuldgefühle – zu beschwichtigen, indem er sich zwanzig Minuten oder so mit ihr unterhielt. Er wollte sie über die Sterne befragen, sie würde dabei ins Schwärmen geraten. Er würde sich bemühen, interessiert zu wirken, worauf sie sich ermutigt fühlen würde, etwas weiter auszuholen. Danach würde sie gehen. Natürlich würde sie etwas finden – sie war schließlich Avery Quinn –, über das sie sich aufregen konnte, und um ehrlich zu sein, das war der Teil der Unterhaltung, auf den er sich am meisten freute. Es war immer amüsant, mit Avery Quinn aneinanderzugeraten.

Aber stattdessen sprach er nun selbst über Dinge und Menschen, über die er seit Jahren nicht gesprochen hatte. Wie Louis. Wie seltsam sich diese Unterhaltung entwickelt hatte. Hier saß er, gab seine Geheimnisse vor einer schönen jungen Frau preis, die sich unter einer Verkleidung als fetter, ungesund aussehender Bursche verbarg, einer Frau, die von seinem Titel und seinem Einfluss so beeindruckt schien wie von Kopfläusen, die ihn wenigstens einmal bei jedem Zusammentreffen in Rage brachte, ihn in der gleichen Zeit ein halbes Dutzend Mal restlos bezauberte und die immer häufiger immer weniger angemessene Sehnsüchte in ihm weckte.

Und nie im Leben hätte er sich diese Unterhaltung mit jemand anderem vorstellen können.

»Wie genau sollten Sie diese Abenteuer für zwei erleben?«, wollte sie jetzt wissen.

Hinter ihren Brillengläsern schimmerten ihre Augen so klug und aufmerksam wie die eines Rotkehlchens, das einen Wurm entdeckt hatte. Sie schien ihn nicht zu bemitleiden oder zu verurteilen, sondern wirkte nur interessiert. Es war seltsam befreiend. Vielleicht war es deshalb so leicht, mit ihr zu sprechen. Avery kannte kein Gebiet, das man besser nicht betrat, und das bedeutete, dass ihr kein Thema heilig war.

Er ließ die Hände sinken und rückte ein Stück Papier auf seinem Schreibtisch gerade. »Ich sollte für uns beide holde Jungfern retten, Drachen erschlagen und Unrecht wieder gutmachen.« Er lächelte schief. »Ich sollte all das tun, was er nicht erleben würde. Selbst bevor es offenkundig wurde, dass er das Erwachsenenalter nicht erreichen würde, hat er immer gesagt, dass ich genug Abenteuer für uns beide bestehen müsse. Er hat mir das Versprechen abgenommen, sein edler Recke zu sein.«

Sie seufzte, schüttelte milde den Kopf. »Verstehe. Nun, er war ja auch noch selbst ein Kind. Sie dürfen ihm keine Vorwürfe machen.«

Ihre Worte verblüfften ihn. Er hatte eigentlich erwartet, dass sie mehr Mitleid mit einem Jungen zeigen würde, der nicht lange genug gelebt hatte, um wenigstens seine Träume aus zweiter Hand wahr werden zu sehen. »Natürlich tue ich das nicht. Warum sollte ich ihm Vorwürfe machen?«

Sie sah ihn an, als sei sie nicht sicher, ob er das ernst meinte. »Dass er Sie bittet, seine Träume zu leben, statt Ihre eigenen. Dafür, dass er davon ausgeht, dass das Leben, das er geführt hätte – wäre er dazu in der Lage gewesen –, mehr wert sei als das, was Sie für sich selbst ausgesucht hätten.«

Sein Körper spannte sich. »So war es nicht. Louis wollte mich anleiten und ermahnen, ein besserer Mann zu werden, mir einen Anreiz verschaffen, dieser Mann zu werden. Weil er besser war als ich.«

Sie dachte darüber nach, und er merkte, wie sich Ärger in ihm regte. Sie sollte seine Aussagen über seinen Bruder, den er gekannt hatte, sie hingegen nicht, nicht anzweifeln. Er hoffte nur, sie besäße genügend gesunden Menschenverstand, keine Meinung dazu zu äußern.

»Das glaube ich nicht.«

Er hätte es besser wissen müssen.

Er betrachtete sie kühl, weigerte sich, sie zu bitten, das näher auszuführen. Er lebte seit Jahren mit dem Wissen, dass Louis, wenn er heute am Leben wäre, enttäuscht von ihm gewesen wäre.

Sie stieß den Feuerhaken in die Mitte der Flammen, sodass sie heller aufloderten, und sah ihn an. »Ich möchte damit sagen, er war im wortwörtlichen Sinn kein besserer Mann, weil er überhaupt kein Mann war. Er war erst … was? Fünfzehn? Sechzehn? Er war ein Junge, der den Großteil seines Lebens im Bett verbracht hatte.«

Er atmete scharf ein, aber sie sah ihn nicht an, sondern runzelte die Stirn und schaute blicklos in die Flammen, als arbeite sie im Geiste an etwas. »Wenn er ein Mann gewesen wäre, hätte er Sie nie um so etwas gebeten. Das hätte er sich niemals angemaßt. Sie hätten es ja umgekehrt auch nicht getan.«

»Ich bin beeindruckt«, erwiderte er kühl, »dass Sie es sich zutrauen, solche Behauptungen über jemanden aufzustellen, den Sie nie kennengelernt haben.« Allerdings konnte er nicht abstreiten, dass ihre Worte ihn zum Nachdenken brachten.

Ihm wurde bewusst, dass er seit dem Tod seines Bruders nicht mehr über sich oder ihr Verhältnis zueinander nachgedacht hatte. Alles, was mit Louis zusammenhing – Giles' Gefühle für seinen älteren Bruder, sein Bild von ihm und ihrer Beziehung, seine Annahmen über Louis' Charakter und seine Identität – waren erstarrt, geformt von den Erinnerungen des dreizehnjährigen Jungen, der er damals gewesen war, und keine davon war danach noch einmal hervorgeholt und neu bewertet worden mit dem Abstand von Erfahrung und dem Verständnis des Mannes, der er geworden war.

Und hier war Avery und hinterfragte alles. Während sie gleichzeitig ganz offenkundig versuchte, sein Haus in Brand zu setzen.

»Ich denke …«, begann sie, bevor sie innehielt, um die verdammte Glut erneut anzufachen.

»Bitte, lassen Sie mich auf keinen Fall im Ungewissen darüber, was Sie denken«, verlangte er widerwillig. »Ich sitze wie auf Kohlen.«

Sie lächelte leicht abwesend, kein bisschen gekränkt von seinem kalten Ton. »Louis war kein selbstloser Heiliger, der seinen Recken aussendet. Er war ein Junge, der Trost daraus bezog, sich auszumalen, welch großartige Abenteuer sein hübscher junger Bruder bestehen würde. Er war vielleicht sogar ein bisschen neidisch, sodass er sie gebeten hat, sie für ihn mitzuerleben. Ich glaube nicht, dass er wollte, dass es so etwas wie ein heiliger Pakt werden sollte. Ich glaube, Louis war einfach nur ein Junge, der nicht vergessen werden wollte.«

Ihre Worte berührten ihn unerwartet.

»Sie wissen nicht, was für ein Mann Louis geworden wäre«, sagte sie. »Sind Sie heute so, wie Sie es sich mit sechzehn vorgestellt haben?«

Da hatte sie auf jeden Fall recht. Hatte sie das auch bei dem, was sie über Louis gesagt hatte? Hatte er seinem Bruder einen schlechten Dienst erwiesen, indem er ihn sich als ohne Fehl und Tadel vorgestellt hatte? Hatte er unbewusst der Erinnerung an

Louis das Wesen, den Charakter – die Menschlichkeit – genommen? »Gütiger Himmel, nein.«

Sie lächelte breit. »Genau. Wäre Louis am Leben geblieben und nach London gekommen, hätte er vielleicht beschlossen, dass Heldentum zu anstrengend ist. So wie Sie es offenbar getan haben.« Die Spitze entging ihm nicht, aber sie war gut bemessen, eine erfrischende kleine Mahnung, dass er bei Avery Quinn keinen oberflächlichen Trost oder unverdientes Mitgefühl erwarten durfte. Dafür respektierte er sie.

»Louis hätte sich vielleicht für etwas weniger Hochgestecktes, dafür aber Unterhaltsameres entschieden.« Ihre blauen Augen wurden groß, als ihr ein Gedanke kam. »Vielleicht wäre er ein Dandy geworden.«

Wie hatte sie das gemacht? Welche Magie verwendete sie, um alten Kummer in freundlichen Humor zu wandeln? Trotz des Heiligenscheins, mit dem er Louis' Gedenken versehen hatte, musste er bei der Vorstellung seines Bruders, ausstaffiert mit allem Schnickschnack wie ein echter Geck, schmunzeln. Louis hätte das vielleicht wirklich gefallen. Er hatte immer eine Vorliebe fürs Dramatische gehabt.

»Oder«, fuhr sie fort, »er hätte einen ähnlichen Kurs wie ich einschlagen können und wäre Wissenschaftler geworden.«

Giles schüttelte den Kopf. »Niemals. Er konnte keine zweistelligen Zahlen addieren.«

»Ein Hasardeur?«

»Das kann ich mir eher vorstellen. Er liebte Glücksspiele, besonders Karten.«

»War er darin gut?«

»Eine Katastrophe.«

Sie lachte, und er stimmte ein, und als ihr Lachen langsam verklang, lehnte er sich wieder gemütlich zurück, fühlte sich entspannter und mehr mit der Welt versöhnt als seit sehr langer Zeit. »Louis glaubte, er habe das ausdrucksloseste Gesicht im ganzen Königreich, aber wann immer er eine gute Karte zog, zuckte seine linke Augenbraue wie verrückt, und er musste schlucken. Am

Spieltisch hätte er einen Mordsspaß gehabt und wäre binnen einer Woche bankrott gewesen.«

Sie lächelten sich an, in bestem Einvernehmen. Ihre Lippen wurden weich. Das Feuer warf seinen warmen Schein auf ihr Gesicht, und zauberte einen Schimmer auf ihre kastanienbraunen Locken. Es juckte ihn in den Fingern, die Beschaffenheit dieser seidigen Pracht zu erkunden.

»Ich hätte es trotzdem gerne mit angesehen, wie er diesen Mordsspaß hatte«, bemerkte sie schließlich.

»Lügner«, beschuldigte er sie leise. Sie sah ihn an.

»Sie hätten gerne selbst Spaß an den Spieltischen. Das konnte ich genau sehen, als ich Louis' verräterischen Reaktion erwähnt habe. Sie haben Ihre Hand an die Stirn gehoben und versucht, nicht zu schlucken.«

»Das ist nicht fair!«, rief sie. »Sie können nicht einfach Leute so beobachten, und dann sagen, was sie denken.«

Doch sie stritt es nicht ab. »Warum nicht?«, fragte er.

»Es ist nicht nett.« Sie krauste die Nase. »Außerdem bin ich sicher, ich wäre imstande, Sie zu täuschen, wenn ich es darauf anlegte.«

Er fürchtete, seine Miene verriet, wie absolut albern er diese Behauptung fand, weil ihr Mund ein empörtes »O« formte. »Das könnte ich sehr wohl.«

»Hm.«

»Sie denken nicht, dass ich es schaffen würde. Trotz der Tatsache, dass es mir gelungen ist, Ihre gesamte Dienerschaft glauben zu machen, ich sei ein Mann.«

»Seltsam, ich weiß, aber meine Dienerschaft rechnet auch nicht damit, ›getäuscht‹ zu werden – was eine der Voraussetzungen für den Erfolg eines Betrugs ist. In einem Kartenspiel erwarten die anderen Mitspieler aber, dass der andere blufft. Dadurch wären Sie entschieden im Nachteil.«

Ihre herrlichen Augen verengten sich zu saphirfarbenen Schlitzen, glitzerten unter dem Saum ihrer dichten dunklen Wimpern. »Was für eine Anmaßung. Lassen Sie uns sehen, ob Sie Ihre Behauptung mit Taten untermauern können.«

Er war nicht sicher, ob er sie richtig gehört hatte. »Wollen Sie mich etwa herausfordern, Miss Quinn?«

»Allerdings, Lord Strand.«

»Und worum spielen wir? Weil Bluffen ohne etwas Wertvolles als Einsatz witzlos ist.«

Sie dachte einen Moment darüber nach. »Wir werden die Walnüsse in der Schale auf Ihrem Schreibtisch gerecht zwischen uns aufteilen. Wer immer am Ende die meisten Nüsse hat, darf seinen Gewinn bestimmen.«

Er lächelte. Ähnliche Spiele hatte er schon mit anderen Frauen gespielt, aber er würde darauf wetten, dass Avery keine Ahnung hatte, worum es bei diesen Partien gegangen war. »Setzen Sie nicht reichlich viel als selbstverständlich voraus?«

Sie zuckte die Achseln. »Das bezweifle ich. Sie sind ein Gentleman. Ich hingegen bin das nicht. Ich bin noch nicht einmal eine Dame. Ich an Ihrer Stelle hätte Vorbehalte. Sie haben keine Ahnung, was ich am Ende verlangen könnte. Ich kann Ihnen jedoch schon jetzt versichern, dass es Ihnen nicht gefallen wird.«

»Sie faszinieren mich. Es könnte es vielleicht sogar wert sein, tatsächlich zu verlieren, nur um herauszufinden, was Sie vorhaben«, sagte er. »Aber andererseits ist das Gewinnen allein schon Belohnung genug.«

»Dann nehmen Sie an?«

»Ja.«

Das Spiel ging über die Dinnerstunde hinaus und bis weit in die Nacht. Die Dienstboten, eingedenk der Anweisung ihres Herrn, sie unter keinen Umständen zu unterbrechen, kamen nicht, um das Feuer zu versorgen oder die Vorhänge vorzuziehen oder das Paar in irgendeiner anderen Weise zu stören.

Ein Hausmädchen füllte gerade Wasser in eine Vase nach, als Giles den Kopf zur Tür heraussteckte, sie entdeckte und ihr auftrug: »Brot und Wein, sofort.« Als sie mit dem Bestellten zurückkam, konnte sie einen flüchtigen Blick auf das erhaschen, was in der Bibliothek hinter der sonst so fest geschlossenen Tür vor sich ging, und berichtete das später bei Tisch in der Küche.

»Ich habe geklopft, und Lord Strand hat geöffnet. Er ist zur Seite getreten und hat mir gezeigt, wo ich das Tablett abstellen soll, und genau das hab ich getan. Geradeaus habe ich Mr Quinn in dem breiten Sessel, der sonst am Kamin steht, gesehen, nur, dass er vor Lord Strands Schreibtisch gezogen worden ist.

Mr Quinn hatte seine Schuhe ausgezogen und saß mit unter seinem gewaltigen Bauch angezogenen Beinen da ... wie ... diese Statue von Buddha, die ich in Prinnys Speisesalon in Carlton House gesehen habe.«

»Wann hast du denn jemals Prinnys Speisesalon in Carlton House gesehen?«, wollte eine Spülmagd verächtlich wissen.

Das Hausmädchen hob die Nase. »Letzten Winter, als ich einen Halfpenny dafür gezahlt habe, ihn mir mal ansehen zu können, nachdem er eine seiner Gesellschaften gegeben hatte. Jawohl, da habe ich ihn mir angesehen. Aber, wenn ihr mich fragt, es schickt sich nicht für einen Grünschnabel wie Mr Quinn so dazusitzen, solange über ihm Stehende anwesend sind.«

»Was haben sie gemacht?«, fragte Burke, um die Geschichte weiterzubringen.

»Nun, Mr Burke«, antwortete das Hausmädchen mit einem reizenden Grübchen für den gut aussehenden Lakaien. »Mr Quinn starrte konzentriert auf die Spielkarten in seiner Hand, und er kaute auf seiner Unterlippe, neben sich ein Haufen Walnüsse. Auf der anderen Seite des Schreibtisches war auch ein Haufen Nüsse, nur etwas größer.«

»Die spielen«, verkündete Mrs Silcock, nur um sicherzugehen, dass alle es verstanden hatten. »Mit Walnüssen als Einsatz.«

Alle hatten das schon vorher begriffen, außer Boote, dem zweiten Lakaien, der jetzt nickte. »Ach so.«

»Also Lord Strand ging zurück um den Schreibtisch und setzte sich, starrte Mr Quinn an. Aber er hat dabei gelächelt, und ich sag euch, mir wäre es nicht recht, wenn Seine Lordschaft mich so anstarren würde, mit ganz scharfem, glitzerndem

Blick, wie eine Katze im Mondschein. Ich hätte entsetzliche Angst, jawohl.«

»Hör mal, Mädchen, du kannst doch Seine Lordschaft nicht mit irgendeiner dreckigen Katze vergleichen, es sei denn, du willst ohne Abendessen zu Bett gehen«, schalt Mrs Silcock sie, fügte dann aber hinzu: »Und weiter?«

»Ich wollte nicht respektlos sein«, schmollte das Hausmädchen. »Ich wollte nur sagen, dass Seine Lordschaft in bester Stimmung zu sein schien. Als habe er richtig Spaß, jawohl, aber auf Mr Quinns Kosten. Und sein Lächeln machte Mr Quinn richtig nervös. Das konnte man sehen. Und ich dachte mir, es macht ihn schon eine Weile nervös, denn liegt da nicht Mr Quinns Halstuch auf dem Tisch? Sein Hals ist bloß, und ich kann euch sagen, es ist ein dürrer Hals, genauso wie seine schmächtigen Arme und Beine.«

Mrs Silcock schien diese Kritik an einem Gast im Hause nicht zu billigen, aber da inzwischen allgemein bekannt war, dass sie Mr Quinn nicht schätzte, wunderte es niemanden, dass sie keinen Einspruch erhob.

Das Hausmädchen fuhr fort: »Dann, ganz plötzlich, legte Mr Quinn seine Karten zugedeckt auf den Tisch und sagte ›Ich passe‹.«

»Ah«, rief Burke wissend. »Sie spielen Vingt-et-un.«

»Sie sind mir einer, Mr Burke«, flötete das Hausmädchen. »Spielen Sie dieses Wente-ön auch selbst?«

Worauf Burke mit einem Augenzwinkern antwortete.

»Was ist als Nächstes passiert?«, wollte Boote wissen.

Das Hausmädchen zuckte die Achseln. »Weiß ich nicht, ich bin gegangen.«

»Warum?«, fragte die Spülmagd.

»Weil ich getan hatte, was man mir aufgetragen hatte, und es gab keinen Grund mehr zu bleiben. Darum bin ich gegangen.«

Was alle mit einem Stöhnen quittierten, außer Mrs Silcock, die sich aber nur im letzten Moment davon abhalten konnte, weil ihr gerade noch rechtzeitig einfiel, was sie ihrer Stellung schuldig war.

Kapitel 15

»Wie viele Nüsse, sagen Sie, haben Sie da, Strand?«

»Keine.«

»Meine Güte, das stimmt.« Avery klimperte in gespielter Überraschung mit den Wimpern. »Was dann ja wohl heißt … ich habe gewonnen.«

Wie eine Laterne das Licht strahlte sie Freude aus. Sie warf den Kopf in den Nacken, und ihr melodisches Lachen füllte den Raum. »Gewonnen, gewonnen, gewonnen.«

»Und freuen sich hämisch.«

Ihre Augen wurden rund, als ob die Vorstellung ihr Entzücken noch steigerte. »Und ich freue mich hämisch.« Sie wurde ernst. Nicht viel, aber genug, um ihm einen Blick von der Seite zuzuwerfen. »Das macht Ihnen doch nichts aus, oder?«

Wie konnte es? »Nein, gar nicht. Geben Sie sich weiter Ihrer Häme hin. Ich denke, das habe ich verdient. Außerdem sehen Sie so glücklich aus, als hätten Sie am Weihnachtsmorgen ein Pony auf dem Rasen entdeckt.«

Sie dachte einen Moment nach. »Ich bin mir nicht sicher, was Sie meinen.«

Natürlich nicht. Sie war nie die Tochter des Hauses gewesen. Es wäre ihr nie in den Sinn gekommen, sich zu Weihnachten ein Pony zu wünschen, und plötzlich ertappte er sich bei der Frage, ob sie sich eigentlich je etwas zu Weihnachten gewünscht hatte, und wenn, was es gewesen war und ob sie es bekommen hatte. Er wünschte, er hätte ihr etwas geschenkt. Er hoffte, sein Vater hatte das getan.

»Ich weiß. Das macht einen Teil Ihres Charmes aus.«

Sie wurde ganz still. »Sie denken, ich besäße Charme?«

»Ja.«

Er wusste nicht, was er erwartet hatte, wie sie darauf reagieren würde. Ein leises Erröten, ein schüchterner Blick unter gesenkten Wimpern, ein bescheidenes Lächeln vielleicht. Jedenfalls hätte er nicht gedacht, dass sie mit einem Triumphschrei aufspringen würde. Aber genau das tat sie.

Sie hüpfte vom Stuhl, wobei das grässliche Korsett um sie herum rutschte, und drehte sich um die eigene Achse, die Arme zu beiden Seiten ausgestreckt, den Kopf in den Nacken gelegt. Komisch, albern und absurd. Aber ihm stockte der Atem, und er ertappte sich bei dem Gedanken, wie schade es war, dass sie sich das Haar kurzgeschoren hatte. Wie schön, wenn ihre Locken hinter ihr wehen würden, wie sie es in der Nacht auf den Zinnen von Killylea getan hatten, als der Wind sie in kastanienbraune Banner verwandelt hatte. »Ja, das tue ich, oder? Ich besitze Charme, und ich bin ein besserer Spieler als Sie.«

»Nun, das habe ich nie …«

Sie hörte auf, sich zu drehen, lachte über seine Worte. »Und jetzt müssen Sie Ihre Schuld begleichen.«

»Und was ist es?«, erkundigte er sich leicht besorgt. Sie hatte ihre Warnung ernst gemeint. Diese Frau war zu allem fähig. Am Ende verlangte sie eine Reise um die Welt, sein Haus, seine Shakespeare-Sammlung … sein Herz. Bei dem Gedanken erschien eine steile Falte auf seiner Stirn.

Ihre aufgeklebte Augenbraue geriet ins Rutschen, hing über ihren echten, sodass ihre Miene geradezu lächerlich fragend wirkte. »Ich weiß nicht. Das habe ich bislang noch nicht entschieden.«

»Das können Sie nicht tun«, widersprach er. »Sie müssen sich jetzt entscheiden, damit ich die Schuld begleichen kann und die Sache abgeschlossen ist.«

»Natürlich kann ich das, und nein, ich tue es nicht.« Sie kam zu ihm, stützte sich mit den flachen Händen auf den Schreibtisch und beugte sich vor. Sie schenkte ihm ein übermütig-spitzbübisches und triumphierendes Lächeln. »Sie werden einfach warten müssen.«

Sie klopfte ihm leicht auf die Brust, und ihre Zähne schimmerten weiß im Feuerschein, ihre Haut rosig und seidig, wo er sie unter ihrem offenen Kragen sehen konnte.

Es war schon spät, ging auf zwei Uhr morgens zu, und er hatte in den vorausgegangenen Nächten nicht viel geschlafen. Er hatte den größten Teil der Flasche Port getrunken. Er war seit Wochen mit keiner Frau mehr zusammengewesen.

Aber alle Gründe auf der Welt änderten nichts an der Tatsache, dass er sie mehr wollte als alles, was er sich je zuvor in seinem Leben gewünscht hatte.

Oder konnten die Tatsache widerlegen, dass er das immer schon getan hatte.

Er war einundzwanzig, war zu einem kurzen Besuch aus London nach Hause gekommen, als ihm aufgegangen war, dass Avery Quinn etwas Besonderes war.

An Englands Scholle gefesselt durch die Weigerung seines Vaters, ihm ein Offizierspatent zu kaufen, hatte er alles daran gesetzt, genau das zu werden, wofür sein Vater ihn die ganze Zeit gehalten hatte: ein Ziergegenstand, ein Dandy und Geck, ein Trinker und Spieler. Aber dann war er vom Geheimkomitee rekrutiert worden und hatte mit einundzwanzig Jahren bereits Sachen getan, von denen er nie gedacht hätte, er sei dazu fähig. Als er an jenem Tag nach Killylea heimgeritten war, hatte er sich so darauf gefreut, nach Hause zu kommen, dass es fast mitleiderregend war. Auf Killylea würde die Brise vom Meer den Gestank der Stadt aus seinen Kleidern vertreiben … und aus seinem Herzen. Dort konnte man traumlos schlafen und mit Leuten sprechen, ohne sich zu sorgen, was man ihnen am nächsten Tag wohl antun musste.

Er zügelte sein Pferd am Beginn der Auffahrt, um sich einfach sattzusehen. Zu seiner Linken befand sich der Obstgarten, zu seiner Rechten die Wiese und vor ihm auf dem Scheitelpunkt des Landvorsprungs erhob sich Killylea, prächtig anzusehen aus grauem Stein, unvergänglich und erbaut, nicht um zu beeindrucken, sondern um Schutz zu gewähren.

Er wollte gerade wieder aufsitzen, als er wildes Gelächter und wütendes Hundegebell hörte. Unweit von ihm kam ein Mädchen aus dem Obstgarten gelaufen, dicht gefolgt von einer riesigen gestromten Dogge. Das Mädchen schwenkte etwas über dem Kopf, das wie ein dickes Stück Seil aussah. Mit wachsender Sorge verfolgte er, wie der Hund hochsprang und danach schnappte, das Mädchen dabei umwarf. Sie fiel und fasste das Tier um den Hals, sodass es mit ihr zu Boden ging.

Gemeinsam rollten sie in einem wilden Durcheinander aus Pfoten, bloßen Füßen, samtigem Fell und wohlgeformten Beinen unter bauschigen Unterröcken und Röcken umeinander. Kein Mädchen, sondern eine Frau, wenigstens soweit er das anhand ihrer schlanken Glieder und des festen kleinen Hinterns erkennen konnte. Kastanienbraune Locken fielen ihr auf die Schultern, verbargen ihr Gesicht vor seinen Blicken. Sie lachte wieder, ein tiefer und befreiter Laut reiner Freude.

Es lockte ihn wie ein Feuer in einer kalten Nacht, wärmte und löste den kalten Klumpen, den er in der Brust mit sich trug. Er ertappte sich bei einem Lächeln, als der Ringkampf weiterging. Der Hund knurrte gefährlich, und das Mädchen lachte lauter, sprang auf und zog erneut an dem Tau. Die Dogge hielt dagegen, zerrte fester. Sie fiel nach vorne und landete auf dem Bauch, während ihr das Tau aus den Händen gezogen wurde. Der Hund schnappte sich seine Beute und rannte damit davon.

Sie warf das Haar nach hinten, stützte sich auf die Unterarme und schrie ihm nach: »Komm sofort zurück, du elender Betrüger.«

Er kannte dieses Schreien.

»Avery?«

Abrupt drehte sie ihm den Kopf zu. Wunderschöne Augen, von einem tieferen Blau als die Federn eines Pfaus, aber genauso intensiv, richteten sich auf ihn, und während er sie anschaute, verblasste ihr Lächeln, und – was noch schlimmer war – der Glanz in ihren Augen. Ihre Miene verschloss sich, und ihre Wangen röteten sich leicht. Sie stand rasch auf, klopfte sich Gras und Blätter von den Röcken, und er sah, dass ihr Kleid für die erblühende Figur darunter ein wenig zu eng war. Das kratzbürstige kleine Mädchen, das es so genossen hatte, ihm ihre Überlegenheit zu demonstrieren, war zur Frau geworden.

Von all den Menschen, die auf Killylea arbeiteten und lebten, war Avery Quinn die Einzige gewesen, die sein vielgerühmter Charme nicht beeindrucken konnte. Sie schien sich immer besondere Mühe zu geben, einen Streit mit ihm vom Zaun zu brechen oder ihm einen Fehler in seiner Denkweise oder seinen Äußerungen aufzuzeigen. Das fand er amüsant. So sehr, dass er, wann immer er zu Besuch kam, absichtlich eine fehlerhafte Behauptung aufstellte, um ihr die Freude zu lassen, ihn zu verbessern.

Er hatte sich immer irgendwie komisch in ihrer Nähe gefühlt, dachte, sie müsse ein merkwürdiges, einsames Leben führen, da sie Unterricht erhielt, wie er der Tochter des Hauses zugestanden hätte – nein, eher dem Sohn des Hauses – aber ohne die gleichen Aussichten. Was dachte sich sein Vater eigentlich, was einmal aus ihr werden sollte?

Aber offenbar war sie gar nicht so übertrieben ernst und unglücklich, wie er gedacht hatte. Ihr Lachen war offen und ungezwungen, ihre Freude hemmungslos und umfassend gewesen. Vielleicht hatte sie endlich einmal in den Spiegel gesehen und erkannt, was er schon immer vermutet hatte: dass das Versprechen des leicht kantigen Kindergesichts sich in den schönen und faszinierenden Zügen der Frau erfüllt hatte. Einer Frau, die alles andere als gelehrtenhaft aussah, mit einer Zigeunermähne wilder Locken und Augen, in denen ein Feuer zu brennen schien. Sie betrachtete ihn wachsam, als erwartete sie, zurechtgewiesen zu werden. Oder verspottet.

An jedem anderen Tag hätte er ihr den Gefallen getan. Es gehörte zu dem Mann, den er darstellte. Aber nicht heute. Vielleicht lag es daran, dass er erst vor Kurzem die Rolle des herablassenden Gecks gespielt hatte, dass er nun darauf verzichtete. Vielleicht lag es auch daran, dass sie eben noch so fröhlich und unbeschwert gewesen war und seine Ankunft ihr das genommen hatte, oder weil er wollte, dass jemand ein besseres Bild von ihm hatte, und es lange her war, dass er dazu Anlass gegeben hatte, aber warum auch immer, er sagte kein Wort. Er saß nur wieder auf und setzte seinen Weg fort.

Er konnte sie jedoch einfach nicht vergessen und beschloss, dass er, bevor er Killylea verließ, sie zum Lachen bringen würde, die mitreißende Freude hervorlocken, die sie irgendwo in sich verbarg. Da sie auf Killylea allgegenwärtig war, boten sich zahllose Gelegenheiten dazu.

Aber sie war nicht dafür empfänglich. Anfangs jedenfalls nicht. Sie schien jede Bemerkung von ihm als Test zu betrachten, jedes Thema als Möglichkeit zu zeigen, dass sie aus der Erziehung und Bildung, die der Marquis ihr zuteilwerden ließ, Nutzen gezogen hatte. Sein Vater ermutigte sie, ihr breitgefächertes Wissen unter Beweis zu stellen, schien auf das von ihr Erreichte sogar stolz zu sein.

Schließlich jedoch, als klar wurde, dass Giles sich weigerte, weiter das »Wir prüfen Averys Wissen«-Spiel zu spielen, und er sie nicht an ihren akademischen Erfolgen messen würde, entspannte sie sich und legte ihre Wachsamkeit ab.

Eines Tages, als sie mit dem Marquis zu Mittag aßen, sagte Giles etwas, was sie zum Lachen brachte. Bis zum heutigen Tag konnte er sich nicht daran erinnern, was es gewesen war. Er wusste nur, dass es nichts Witziges oder Geistreiches gewesen war, aber es hatte gereicht, um das entzückte fröhliche Lachen hervorzulocken, das er bei seiner Ankunft gehört hatte. Ihm hatte der Atem gestockt. Und im nächsten Moment war es gleich noch einmal geschehen, als sie ihm unter dichten Wimpern einen Blick zuwarf und auf ihrer Wange auf einmal ein Grübchen erschien.

Ein Bild, wie sie unter ihm lag, ihr Gesicht gerötet vom Liebesspiel, in ihren Augen die gleiche Freude, erschien plötzlich vor seinem geistigen Auge. Sein Mund wurde trocken, und Sehnsucht erfasste ihn mit Macht.

Sein Vater hatte von Avery zu Giles und wieder zurück geblickt, und bald darauf war die Mahlzeit beendet. Der Marquis hatte ihn in die Bibliothek beordert und ihn dort zur Rede gestellt.

»Was denkst du dir eigentlich dabei?« Es wäre besser gewesen, wenn sein Vater verärgert gewesen wäre, aber das war er nicht. Er war entsetzt gewesen, schockiert. »Averys Vater hat sie mir anvertraut, ihr Wohlergehen genau wie ihre Bildung. Ich dachte, das wüsstest du.«

»Ich weiß nicht, wovon du sprichst.«

»Ich habe gesehen, wie du sie angeschaut hast. Ich mag keiner deiner weltgewandten Freunde der feinen Gesellschaft sein, Giles, aber ich kann erkennen, wenn ein Mann bei einer Frau Absichten hat.«

Er wollte widersprechen, aber das konnte er nicht, denn egal, wie unschuldig seine Motive anfangs gewesen sein mochten, am Ende war das Verlangen vorherrschend gewesen. Er begehrte sie.

»Du versuchst seit Tagen, das Mädchen zu verführen, und jetzt scheinst du kurz vor dem Erfolg zu stehen, aber das dulde ich nicht. Hörst du mich? Du wirst Avery Quinn nicht zu deiner Mätresse machen. Sie ist besser als das. Sie ist in dieser Welt zu anderem bestimmt, als dir Lust zu schenken.«

Seine Worte waren so wirkungsvoll wie eine Ohrfeige und ebenso schmerzlich. Wut stieg in ihm auf, trat an Stelle der Schuldgefühle, die die Vorwürfe hervorgerufen hatten. »Oh? Und welche Bestimmung soll das sein?«, fragte Giles gedehnt. »An welcher Hochschule wird sie unterrichten? Welcher Gelehrte wird sie als seine Assistentin akzeptieren? Welcher Verlag wird ihre Werke veröffentlichen? Wo wird sie ihre Forschungen fortsetzen?«

Das Gesicht des Marquis' hatte sich rot verfärbt.

»Was denkst du dir eigentlich dabei?«, hatte Giles ihm vorgehalten. »Dem Mädchen einen falschen Eindruck von ihrem Wert zu geben. Sie zu ermutigen, von einer Zukunft zu träumen, die sich nie verwirklichen lassen wird. Sie ist die Tochter deines Wildhüters, zur Hölle noch mal. Und jetzt hat sie in keiner Gesellschaftsschicht einen Platz, weder in der, in die sie hineingeboren wurde, noch in der, der ihr Vater dient.«

Sein Vater hatte ihn angestarrt, und die Röte war allmählich aus seinen Wangen gewichen. Er furchte die Stirn, musterte Giles, als sähe er etwas Unerwartetes. »Ich muss zugeben, ich finde es erstaunlich, dass du dir ernsthaft Gedanken wegen des Mädchens gemacht hast.«

Giles wandte sich ab. »Natürlich.«

»Aber das ändert nichts an der Tatsache, dass sie unter meinem Schutz steht.« Er legte Giles eine Hand auf die Schulter. Es war Jahre her, seit sein Vater ihn berührt hatte, und Giles konnte nicht verhindern, dass er sich zu ihm umwandte. Er schaute ihm tief in die Augen. »Ich würde es als moralisch verwerflichste Beleidigung betrachten, solltest du ihr irgendeine Form von Schutz anbieten. Ich möchte nicht glauben, dass du dazu fähig wärest.«

»Nicht einmal den Schutz meines Namens?« Er wusste nicht, was ihn zu dieser Antwort verleitet hatte. Vielleicht hatte er einfach nur seinen Vater erschrecken wollen.

Statt zurückzuzucken, hatte sein Vater aber einfach nur betrübt den Kopf geschüttelt, als habe er allen Ernstes schon selbst darüber nachgedacht. »Dein Name wäre kein Schutz, denn du würdest schlicht euch beide zu Ausgestoßenen machen.

Ich weiß, wie sehr du die gute Gesellschaft schätzt. Wenn du sie heiratest, würdest du sie bald genug wieder verlassen, um zu deinen Mätressen zurückzukehren, und dann wäre sie unerträglich einsam.« Er lächelte schwach. »Und gelangweilt.«

So viel zu der guten Meinung seines Vaters. Aber er hatte recht.

Nicht, dass Giles ernsthaft in Erwägung zog, das Mädchen zu heiraten. Sie war sechzehn. Sie wusste nichts über die Welt oder Männer. Sie war stachelig wie ein Igel und auch ebenso raffiniert und elegant. Er hingegen war elegant und hatte einen entsprechenden Geschmack. Und entsprechende Laster.

Nach diesem Besuch sah er Avery nur selten. Jedes Mal, wenn er nach Hause kam, schien sie fort zu sein, im Hause irgendeines neuen Professors oder Experten weit weg untergebracht zu sein. So war es vermutlich am besten.

Aber all die Jahre hatte er das Wissen bewahrt und wie einen kostbaren Schatz gehütet, dass er Avery Quinn einmal zum Lachen gebracht hatte.

Kapitel 16

Drei Tage später hatte Avery immer noch nicht entschieden, was sie von Strand als Zahlung seiner Spielschuld verlangen sollte. Nicht, dass sie sie hätte einfordern können, selbst wenn sie es gewollt hätte, denn seit der Nacht, in der sie Karten gespielt hatten, hatte sie ihn nicht mehr gesehen. Wieder verließ er früh das Haus, speiste auswärts und kehrte erst zurück, nachdem sie sich zur Nacht auf ihr Zimmer begeben hatte.

Sie hätte sich vielleicht in Versuchung geführt gefühlt, sich noch einmal aus dem Haus zu schleichen, wenn nicht das Buch gewesen wäre, das sie gekauft hatte. Es fesselte sie. Wie ein Bettler mit einem Stück Käse teilte sie sich ihre Lesezeit in Portionen von zwei Stunden ein, zog sich jeden Nachmittag in Strands Bibliothek zurück, wo sie voller Eifer die Seiten des anonym verfassten Buches mit dem Titel »Frankenstein oder: Der moderne Prometheus« aufschlug.

Wo sie sich auch befand, als Travers sie aufspürte.

»Da sind Sie ja!«, sagte er und betrat eilig die Bibliothek. Er trug ihren Mantel über dem Arm, und in der Hand hatte er ihren Hut und ein Paar Handschuhe. »Lord Neville ist vorne im Salon und wartet auf Sie. Er sagt, es sei ausgemacht, dass Sie heute mit ihm ausfahren.«

Sie schoss hoch. Neville Demsforth hatte sie völlig vergessen, ihren Plan, ihm eine höfliche Absage auf seine Einladung zu einer

Ausfahrt zu schicken, eingeschlossen. »Oje. Das habe ich ganz vergessen.«

»Wohl wahr. Und Ihr Versprechen an Lord Strand, sich nicht in der Öffentlichkeit zu zeigen, offenbar auch.«

Hitze stieg Avery in die Wangen.

Travers schnalzte mit der Zunge, schaute hinter sich, um sicherzugehen, dass man sie nicht belauschte. »Nun, daran lässt sich jetzt nichts mehr ändern. Lord Neville erwartet Sie. Sie sind schwerlich für einen Ausflug in der Gesellschaft des jungen Lords angezogen, aber das lässt sich jetzt auch nicht mehr ändern. Sie können ihn nicht warten lassen. Er hat mehr Einfluss als Sie oder derjenige, als der Sie sich ausgeben.«

Schuldbewusst stand Avery auf. »Bitte, können Sie ihm nicht irgendwas sagen?«

»Was denn?«

»Ich weiß nicht. Dass ich krank bin? Verhindert? Unauffindbar?«

»Nein, das kann ich nicht. Ein Gentleman hätte ihm eine Nachricht geschickt, wenn ihm etwas dazwischen gekommen wäre, und selbst wenn Sie kein Gentleman sind – was, wie ich mich zu behaupten traue, Lord Neville schon bald klar werden wird, wenn es nicht schon geschehen ist –, Lord Strand ist es, und er würde niemals zulassen, dass sein Protegé so rücksichtlos mit der Zeit anderer verfährt.«

»Aber Sie haben doch selbst gesagt, dass ich nicht gehen sollte«, erwiderte Avery besorgt. Es war eine Sache, einen jungen Mann eine halbe Stunde lang in einem Zimmer voller anderer Menschen hinters Licht zu führen, aber etwas völlig anderes, das zu versuchen, wenn man zusammen in einer geschlossenen Kutsche saß. Und das Wort »Kutsche« machte es nicht besser. Ihr waren die hochrädrigen Sportgefährte nicht geheuer, die für einen schneidigen jungen Mann unverzichtbar waren. »Er wird mich entlarven. Ich werde jede Menge Fehler machen, das weiß ich.«

»Es ist zu spät, sich jetzt deswegen den Kopf zu zerbrechen.«

»Worüber sollen wir denn reden? Ich habe ihm nichts zu sagen.«

Die Panik in ihrer Stimme erweichte sein Herz, und Travers gab nach. »Sie sagen keinesfalls mehr, als unbedingt notwendig. Sie halten ihr Gesicht abgewendet, soweit das möglich ist, ohne unhöflich zu werden. Vergessen Sie nicht, Sie sind ein junger Herr. Daher dürfen Sie keinesfalls kichern!«

Die Vorstellung, dass sie wie ein albernes Mädchen kicherte, hatte die Wirkung eines Gusses kalten Wassers. Sie rümpfte die Nase. »Ich habe noch nie gekichert.«

Ihre Empörung beeindruckte Travers wenig. »Dann fangen Sie jetzt auch nicht damit an. Und keine Versuche, das Verhalten junger Gecken nachzuahmen. Geben Sie sich als das, was sie sind: ein Gelehrter. Wenigstens kann niemand die Wahrheit dieser Behauptung anzweifeln. Alles andere würde nur Verdacht erregen.«

Er machte noch etwas Gewese um sie, während er ihr Ratschläge gab, wischte Krümel vom Frühstück von ihrem Rock und zupfte an ihrem federgefüllten Korsett, da die Polster zur Seite gerutscht waren, während sie mit angezogenen Beinen auf dem Stuhl gesessen hatte.

Nachdem er ihr zu verstehen gegeben hatte, sich einmal um sich selbst zu drehen, hielt er ihr den Mantel. Sie gehorchte und schob die Arme in die Ärmel. Er stellte sich vor sie und knöpfte ihr den Rock zu. Dann legte er ihr den Schal um den Hals und reichte ihr die Handschuhe, stülpte ihr schließlich den Hut auf den Kopf. Schließlich nahm er die Brille, die sie auf den Tisch gelegt hatte, und setzte sie ihr auf. Er trat zurück und betrachtete sie, wie sie fand, mit einer guten Portion unguter Vorahnung.

»Ich habe es mir überlegt. Am besten sagen Sie gar nichts. Sie werden am ehesten erfolgreich sein, wenn Sie so wenig Aufmerksamkeit wie möglich auf ihr Gesicht lenken. Behaupten Sie, Sie seien heiser, und belassen Sie es dabei. Und nehmen Sie unter keinen Umständen die Brille ab.«

Avery schaute unglücklich auf Lord Nevilles Kutsche, die schwarz wie der Flügel eines Kormorans schimmerte. Ein Paar in Bezug auf

Schulterhöhe und Körperbau perfekt aufeinander abgestimmter Grauer war davor geschirrt, scharrte ungeduldig mit den Hufen. Hoch oben, weit über ihrem Kopf war der Kutschbock, mit weichem, weinrotem Leder gepolstert.

Mit der ganzen Aufregung eines Jungen, der ein neues Spielzeug hat, eilte Neville auf die Fahrerseite des Vehikels und kletterte hinauf. Er nahm Platz, ergriff die Zügel und blickte sie erwartungsvoll an. Verspätet wurde ihr klar, dass er wartete, dass sie ebenfalls einstieg – ohne fremde Hilfe. Natürlich. Sie war angeblich ein gesunder – oder wenigstens einigermaßen gesunder – junger Mann vom Land.

Aber sie wusste nicht wie. Nie zuvor war sie Passagier in so einem Gefährt gewesen. Es sah gefährlich aus. Sie war höchstens in Mietdroschken gefahren oder zu seltenen Anlässen mit dem Marquis in seiner Barutsche, einer niedrigen, behäbigen Kutsche. Sportwagen wie diese schienen unweigerlich stets zu schnell unterwegs zu sein und die Pferde nur mit Not von der Hand ihrer oft genug rotgesichtigen und verängstigt aussehenden Besitzern im Zaum gehalten zu werden, während Fußgänger, Nutztiere und Federvieh vor den dröhnenden Hufen und den quietschenden Rädern aus dem Weg stoben.

»Kommen Sie, Quinn. Die Tiere werden rastlos.«

Die »Tiere« waren nicht nur rastlos, sie waren hochgradig nervös. Sie hatten die Ohren eng angelegt, während sie Atemwolken aus geblähten Nüstern stießen und ungeduldig stampften.

Sich vorsichtig am Griff festhaltend, stellte sie einen Fuß hoch auf die Metallsprosse an der Seite der Kutsche. Bei dem befremdlichen Gefühl, die Beine derart unzüchtig weit spreizen zu müssen, blinzelte sie ein paarmal. Neville sah zu ihr. »Stimmt etwas nicht?«

»Nein«, krächzte sie und erklomm den Sitz neben ihm.

Er bedachte sie mit einem billigenden Blick. »Ich muss zugeben, ich hatte mich schon zu fragen begonnen, ob einer von Strands Lakaien eine Leiter holen müsste. Aber Sie sind auf jeden Fall durchaus behände für jemanden mit einem solchen …« Er brach ab und wurde rot.

Sie erbarmte sich seiner. »Ich weiß, wie ich aussehe, und Sie haben recht. Ich bin wesentlich beweglicher, als man annehmen würde«, sagte sie in der Hoffnung, das Sprechen würde sie von der Höhe der Kutsche und dem Paar wild blickender Pferde davor ablenken. Eines warf den Kopf zurück und rollte bedrohlich mit den Augen. Sie konnte das Weiß darin sehen.

Er drehte sich dankbar zu ihr um. »Und ich vermute, ich sollte sie nicht so den Elementen aussetzen, aber ich habe sie heute erst bekommen, und ich konnte sie einfach nicht zurücklassen.«

Avery blickte sich suchend nach der »sie« um, die Neville erwähnt hatte.

»Die Kutsche«, erläuterte er, und der mitleidige Ausdruck, den sie schon in Strands Empfangssalon bei ihm gesehen hatte, war wieder zurück.

»Ach so.« Offenbar neigten junge Herren dazu, leblose Gegenstände zu vermenschlichen. Wie seltsam. Aber angesichts dessen, was sie von vornehmen Frauen wusste, vielleicht auch nicht. Sicherlich hatte dieser Sportwagen mehr Persönlichkeit als die meisten Damen, die sie kennengelernt hatte. Nicht, dass das so viele gewesen wären. Während sie bei ihren verschiedenen Lehrern gewohnt hatte, hatte sie nie viel Zeit in der Gesellschaft der Hausherrin verbracht, und sie hatte keinen Umgang mit den Töchtern des Hauses gehabt, fast als sei ihre Intelligenz unanständig oder ansteckend.

Und jetzt saß sie hier oben, neben einem durchaus begehrten Junggesellen aus der Aristokratie. Wie viele dieser jungen Damen, von denen man sie so sorgsam getrennt hatte, hätten das gesamte Familiensilber für eine solche Gelegenheit gegeben? Einen Tausch, dem sie gerne ihren Segen gegeben hätte, wenn sie im Gegenzug dafür von diesem albernen, gefährlich aussehenden Sportwagen runterkäme.

Vielleicht konnte sie einfach für die Dauer der Fahrt die Augen schließen.

»Sind Sie bereit?«

Ehe sie darauf antworten konnte, machten die Pferde einen Satz nach vorne, und Avery umklammerte das Geländer an der

Seite, kniff die Augen zu und betete, lang genug am Leben zu bleiben, um Giles sagen zu können, wie leid es ihr tat, ihr Versprechen gebrochen zu haben.

Wie *unendlich* leid.

Kapitel 17

»Ich will verdammt sein! Was für ein linkischer Volltrottel!« Der Ausruf unterbrach die Stille, die gewöhnlich am Nachmittag im White's Gentlemen's Club herrschte. Die meisten Mitglieder waren entweder daheim oder saßen gemütlich in den bequemen Sesseln, die im Vorderzimmer verteilt standen, schliefen die letzten Nachwirkungen der Sünden der vergangenen Nacht aus, ehe sie sich denen der nächsten zuwandten.

»Ich wette eine Guinee, dass er den Wagen umwirft, bevor er das Ende der Straße erreicht hat«, sagte ein anderer Mann.

Bei dieser beiläufig ausgesprochenen Wette kamen einige der leidenschaftlicheren Glücksspieler auf die Füße. Niemand machte sich auf dem Weg zum Fenster die Mühe, White's berühmtberüchtigtes Wettbuch zu holen. Es war keine Zeit, etwas darin festzuhalten.

Giles legte die Nachricht, in der Sir Isbill die Einladung angenommen hatte, die er ihm geschickt hatte, beiseite und blickte ohne sonderliches Interesse zum Fenster. Er hatte eine lange Nacht erfolglos versucht, einen Hinweis auf Jack Sewards Verbleib aufzuspüren. Die selbstmörderischen Streiche von irgendwelchen Möchtegern-Draufgängern konnten ihm …

Mit einem Fluch sprang er auf, erregte damit die Aufmerksamkeit der Umsitzenden. Er bemerkte sie kaum, während sein Blick wie gebannt an dem sich entfaltenden Desaster auf der Straße unten hing.

Eine schwarze Kutsche raste über das Pflaster, das dampfende schaumbedeckte Gespann vorne ging durch. Ihr junger Fahrer stand mit angstgeweiteten Augen auf dem Kutschbock und zerrte nutzlos an den Zügeln. Das Gefährt schwankte gefährlich von einer auf die andere Seite, während es schnell näherkam. Jede Unebenheit in der vereisten Straße, jedes Schlagloch drohte die Katastrophe herbeizuführen.

»Sagen Sie es am besten gleich, Strand«, riet ihm eines der Clubmitglieder. »Kommt der Fahrer bis zum Ende der Straße?«

»Das sollte er besser«, erwiderte Giles grimmig. »Denn das neben ihm ist mein Protegé.«

»Oh, es war einfach herrlich!«, rief Avery, als es Neville endlich gelungen war, die Pferde zum Stehen zu bringen. »Können wir das noch mal machen?«

»Nein«, fuhr Neville sie unnötig heftig an, ehe er wie ein Akkordeon zusammenklappte und schwer auf dem Sitz landete. Seine Hände zitterten, und seine Stirn war schweißgebadet.

Verwundert musterte Avery ihn und erkannte erstaunt, dass er gar nicht vor Aufregung glühte, sondern sein Gesicht vor Schreck aschfahl war. Zum ersten Mal dämmerte ihr, dass dieses Rennen über die Straße so gar nicht geplant gewesen war. Und dicht gefolgt auf diese Erkenntnis kam eine weitere. Es war nicht nur nicht beabsichtigt gewesen, die Pferde waren restlos außer Kontrolle gewesen. Einzig schieres Glück hatte sie vor Schlimmerem bewahrt.

Das Wissen hätte ihr Angst machen sollen. Ihr hätte davon ganz weich in den Knien werden müssen, wie es offensichtlich bei Neville der Fall war. Ihr hätte schwindelig sein müssen, und ihr Magen müsste sich verkrampfen. Aber das alles blieb aus. Oh, sicher, ihr Puls ging schneller, aber vor Aufregung.

Wer hätte geahnt, dass Geschwindigkeit und Gefahr eine so berauschende Kombination waren? Oder dass sie es so durch und durch wunderbar fand, hoch über der Straße zu thronen. Und das alles noch dadurch verstärkt, dass es so unerwartet war.

»Lord Neville, es ist überaus freundlich von Ihnen, den jungen Quinn mit auf eine Ausfahrt zu nehmen, aber war es auch nötig, ihn dabei halb zu Tode zu erschrecken?«

Beim Klang dieser ironischen leisen, aber unverkennbaren Stimme riss Avery den Kopf herum. Sie blickte in die unergründlichen grauen Augen Lord Strands. Er stand unten auf der Straße, ohne Hut, sodass ein paar Schneeflocken auf seinen goldenen Locken und den breiten Schultern seines Rockes landeten und schmolzen. Schlammspritzer verunzierten das glänzende Leder seiner Stiefel. Obwohl die Luft kalt und feucht war, wirkte er so unbeeindruckt von der Witterung, als sei es Hochsommer.

»Ich hoffe doch, Sie müssen sich nicht übergeben?«, fragte er sie. Der Ernst in seinem forschenden Blick strafte seine Lässigkeit Lügen und erzeugte eine unerwartete Wärme in ihrer Brust.

»Nein, ich …«

»Er ist nicht derjenige, dem schlecht ist«, mischte sich Neville ein. Er fand ein Taschentuch in seiner Manteltasche und wischte sich damit die Stirn. »Sie missdeuten die Lage.«

»Ach ja?« Strand legte den Kopf schief. Obwohl seine Worte nicht lauter als in einer normalen Unterhaltung waren, stieg Neville Farbe in die Wangen.

»Ja, Sir«, erwiderte Neville elend. »Ich meine nein. In Wahrheit sind die verfluchten Pferde durchgegangen, aber Master Quinn hier hat nicht vor Angst geschrien, sondern hat die Viecher angefeuert, schneller zu rennen.«

Diese Äußerung überraschte Strand. Seine Brauen zogen sich zusammen. Er sah sie an. »Haben Sie den Verstand verloren?«

Sie folgte seinem Blick und bemerkte etwa ein halbes Dutzend elegant gekleideter Männer vor der Tür eines Gebäudes aus weißem Stein mit einem großen Erkerfenster, die sie beobachteten. Zu spät – viel, viel zu spät – fiel ihr wieder ihr Versprechen ein, sich unauffällig zu verhalten.

Sie biss sich auf die Lippe. »Vermutlich.«

»Verdammt, wenn die Vorsehung es nicht gut mit Ihnen meint, Strand. Sie sind wahrlich Fortunas Lieblingssohn.« Ein Mann, den Avery als Lord Vedder erkannte, kam herbei. »Nehmen Sie Ihren Gewinn.«

Strand drehte sich um und lächelte, hielt dem anderen die ausgestreckte Hand hin. Vedder ließ eine Goldmünze hineinfallen.

»Sagen Sie mir«, fuhr Vedder fort. »Wie sind Sie darauf gekommen, dass die verfluchte Kutsche aufrecht bleibt? Nach allen Gesetzen der Natur hätte sie spätestens auf halber Strecke umkippen müssen.«

Avery verzog das Gesicht. Dass Strand um ihr Wohlergehen gewettet hatte, entsetzte und verstörte sie. Sie sah ihn an, fürchtete, er könne den Schmerz in ihren Augen lesen, aber seine Miene zeigte nur Gleichgültigkeit.

»Es ist, wie Sie sagen, Vedder. Die Vorsehung würde ihren Liebling nie mit dem Unbill behelligen, eine Beerdigung arrangieren zu müssen. Und bedenken Sie nur, was die obligatorische Trauerzeit mit meinen gesellschaftlichen Verpflichtungen anstellen würde.« Ihn schauderte. »Nein, so unfreundlich wäre sie nicht.«

Er blickte zu Avery. »Ich muss Ihnen Lob zollen, Mr Quinn, dass Sie genug gesunden Menschenverstand besessen haben, sich nicht von einem gefeierten Genie in einen lästigen Leichnam verwandelt zu haben.«

Die Männer hinter ihm lachten anerkennend. Avery riss den Kopf zurück, als hätte er sie geschlagen.

»He«, rief ein anderer, »ich fürchte, Sie haben die Gefühle des Kleinen verletzt. Sehen Sie sich nur sein Gesicht an. Er ist getroffen, bei Zeus. Er dachte, Ihnen läge mehr an ihm.«

Hitze brannte in Averys Wangen. Wie konnte der Kerl es sich anmaßen, ihre Miene zu deuten? Sie hatte nichts dergleichen gedacht. Sie war einfach entsetzt gewesen, dass Strand so sarkastisch sein konnte. In der Bibliothek, als sie über Louis gesprochen hatten, und später beim Kartenspiel war er so … so anders gewesen.

»Unsinn«, sagte Strand, ohne ihr einen Blick zu gönnen. »Der Junge denkt nichts dergleichen. Ich kenne ihn erst ein paar Wochen, habe mich seiner angenommen, um die Langeweile des Winters zu lindern.

Ich hatte die Wahl zwischen Quinn hier und einem Besuch bei meiner Mutter in Italien. Ehrlich gesagt, mein Italienisch ist schrecklich. Himmel, letztes Mal, als ich dort war, habe ich beim Wirt ›un piccolo agnellino‹ zum Abendessen auf mein Zimmer bestellt. Stellen Sie sich meine Verlegenheit vor, als stattdessen eine Signorina in interessant spärlicher Bekleidung auftauchte.«

»Verlegenheit oder Entzücken?«, wollte jemand wissen.

»Oh, natürlich Verlegenheit. Ich hatte ja bereits Gesellschaft, müssen Sie wissen.« Die Männer quittierten das mit schallendem Gelächter. Neville eingeschlossen, stellte Avery erbittert fest, die sich Mühe gab, möglichst laut mitzulachen.

»Wirklich, Strand. Sie bereiten dem jungen Herrn Unbehagen«, erklärte ein gut aussehender Mann mit militärischem Auftreten. »Er ist an Ihre derben Späße nicht gewöhnt.«

»Vermutlich nicht, Mandley. Und möge der Herrgott verhindern, dass das je geschieht.«

»Was ist das? Gefühle, Strand?«, fragte Vedder mit leiser Häme.

Strands Mundwinkel hoben sich. »Kein bisschen. Ich will nur nicht die Sternengucker gegen mich aufbringen. Sie wären zutiefst unzufrieden, wenn ein Intellekt von Mr Quinns Kaliber sich meinem Zeitvertreib zuwendet, statt seinen Studien. Ich mag ein Schuft sein, meine werten Herren, aber ich verabscheue Verschwendung.«

Das wurde mit mehr Lachen aufgenommen.

»Wenn wir noch viel länger hier draußen bleiben, holen wir uns ganz unfeierlich den Tod«, bemerkte ein anderer. »Meine Frau würde natürlich feiern. Lassen Sie uns zurück in den Club gehen. Bringen Sie Ihr junges Genie mit, Strand. Und Sie kommen auch, Demsforth. Die Kutsche lassen wir nach hinten in die Stallungen bringen.«

Neville nickte voller Eifer und lehnte sich zu Avery vor. »Das ist White's Gentlemen's Club«, flüsterte er ihr zu. »Einer der exklusivsten Clubs von London.«

»Wir müssen nicht gehen«, antwortete sie ebenso im Flüsterton.

»Doch, natürlich!« Neville riss entsetzt die Augen auf. »Das wird unserem Ansehen ungemein – *ungemein* – zuträglich sein.«

Sie konnte nicht anders, sie musste lächeln. Nevilles Wunsch nach Anerkennung durch die erlesenen Mitglieder der guten Gesellschaft war beinahe schmerzhaft in seiner Auffälligkeit. »Unser Ansehen? Welches Ansehen habe ich, dass es sich mehren könnte? Ach, schauen Sie nicht so drein. Natürlich komme ich mit, wenn es Ihnen wichtig erscheint.«

»Allerdings.«

»Wenn Sie mit Ihrem Tête-à-tête fertig sind, würde ich mich freuen, wenn Sie mich ins Haus begleiten.«

Als sie den kühlen Unterton in Strands Stimme hörte, schaute Avery ihn von ihrem Platz hoch oben an. Er stand immer noch auf der Straße unten, wirkte sowohl gelangweilt als auch verärgert.

Mit hochrotem Gesicht stieg Neville hastig von der Kutsche und ging zur anderen Straßenseite, ließ Avery allein mit Strands eisigem Schweigen.

Sie drehte sich um und fasste die Stange an der Seite, suchte mit einem Schuh einen Halt. Erfolglos. Ihr Fuß baumelte ein paar Sekunden in der Luft. Verdammt, verdammt. Sie spähte nach unten, verrenkte den Hals, um besser sehen zu können, wo sich die Sprosse versteckte …

Sie hörte einen halblauten Fluch, und mit einem Mal packten sie große Hände um die Mitte, pflückten sie von der Kutsche und stellten sie auf die Straße. Sie wandte sich um, war sich überdeutlich Strands Händen bewusst, die ihre Taille umfassten. Selbst durch die dicke Polsterschicht meinte sie, ihre Kraft und Hitze spüren zu können.

Strand ließ seine Hände sinken. »Sie fingen an, albern auszusehen.«

»Das glaube ich gerne. Ich habe so ein Gefährt nur ein paar Mal in meinem Leben gesehen und bin ganz bestimmt zuvor mit keinem gefahren.«

Sie sah ihn an. Er hatte keinen Schritt zurück gemacht, und so dicht vor ihm konnte sie ganz schwach die Wärme spüren, die seine schlanke, breitschultrige Gestalt ausstrahlte. Mit einem Mal hatte sie den heftigen Wunsch, den Abstand zwischen ihnen zu überwinden, sich an ihn zu schmiegen, um etwas davon in sich aufzunehmen. Nur dass alle Körperwärme, die sie bekommen konnte, durch die eisigen Gefühle gleich wieder vertrieben werden würde.

Er wirkte distanziert und verächtlich. Und dazu hatte er guten Grund. Sie war nicht nur nicht im Haus geblieben, sie war auch noch auf eine Weise in der Öffentlichkeit in Erscheinung getreten, die Aufmerksamkeit erregen musste. Sie schluckte, bereit, die scharfe Zurechtweisung hinzunehmen, die sie verdiente.

»Verdammt, Avery.« Er sprach leise, seine Stimme war ein heiseres Knurren. »Nur ein paar Wochen, und das hier ist vorbei. War das zu viel verlangt?«

»Es tut mir leid. Ich hätte absagen sollen. Das wollte ich ja auch, aber dann habe ich es vergessen, und er ist gekommen … und ich war einsam.« Die Worte drängten sich ihr über die Lippen.

Ein Schatten glitt durch Strands graue Augen, und auf seinen Zügen wich kühle Verärgerung Kummer. Eine Sekunde lang sagte er nichts, aber als er es tat, war aller Frost aus seiner Stimme verschwunden. Er schüttelte den Kopf. »Nun, wenigstens hat es den Anschein, als hätten Sie Spaß gehabt.«

Ihre Antwort kam unverzüglich, gleichermaßen aus Erleichterung darüber, dass er nicht böse auf sie war, und der Aufregung der Kutschfahrt. »O ja. Es war so … oh, ich habe mich so lebendig gefühlt, Giles. Unverwundbar und furchtlos und frei und … und …« Sie brach ab, wusste nicht, wie sie in Worte fassen sollte, was sie empfand. Er betrachtete sie mit einem seltsamen Gesichtsausdruck.

»Was ist?«, fragte sie.

»Ich glaube, Sie haben mich noch nie Giles genannt.«

»Ich bitte um Verzeihung. Ich habe mich vergessen.« Er schien nicht mehr ärgerlich zu sein. Genau genommen waren alle Spuren von Kälte aus seiner Miene verschwunden, aber sie konnte nicht erkennen, was an deren Stelle getreten war. Ihr Herz fühlte sich mit einem Mal zu groß für ihre Brust an, klopfte wie ein aufgebrachter Gefangener gegen die Kerkerwände.

»Strand, der Junge friert.« Sie drehte den Kopf und sah, dass drei Männer immer noch vor den Türen des Clubs standen – der junge, den Strand Mandley genannt hatte, ein weiterer Mann mittleren Alters mit ergrauendem hellbraunem Haar und einem verächtlich verzogenen Mund und Lord Vedder. Mandleys Blick war für ihren Geschmack viel zu scharfsinnig und zu intelligent.

»Gütiger Himmel, Mandley«, sagte Giles und drehte sich um, seine weltgewandte Nonchalance wieder an Ort und Stelle, als könne er sie nach Belieben ein- und wieder ausschalten. »Die Ehe hat sie weich gemacht.«

Ohne einen Blick zurück winkte er ihr, ihm zu folgen. »Kommen Sie. Der Unterricht beginnt.«

Kapitel 18

Eigentlich müsste er den Wahnsinn sofort beenden. Es würde sowieso jeden Augenblick auffliegen.

Er zweifelte nicht daran, dass Captain Mandley, derjenige unter den Anwesenden hier, den er noch am ehesten als Freund bezeichnen würde, auf ihr Geschlecht gestoßen wäre, wäre er lang genug geblieben. Aber sobald sie im Gebäude waren, entschuldigte Mandley sich, was in jüngster Zeit häufiger vorkam, da seine junge Frau sich offenbar als bessere Gesellschaft erwies als seine alten Kumpanen. Giles konnte ihm daraus keinen Vorwurf machen, denn er hatte Mandleys Gattin kennengelernt.

Aber es war schon verwunderlich, dass keiner der anderen Männer Avery der Hochstapelei beschuldigt hatte. Ihre Weiblichkeit war in etwa so unauffällig wie ein Trompetenstoß.

Giles musterte sie quer durch den Raum, wo mehrere der anderen Mitglieder des Clubs saßen und sie mit haarsträubenden Geschichten von halsbrecherischen Kutschenrennen ergötzten. Alles an Avery verriet ihr Geschlecht: ihre samtige Haut, die zarte Farbe ihrer Wangen, wie sie sich unwillkürlich auf die Lippen biss, wenn sie nervös war, wie sie die Knie zusammenpresste und die Beine seitlich anwinkelte, wenn sie sich setzte, wie sie den Kopf schief hielt, während sie jemandem zuhörte, alles. Ihr köstlich gerundeter Hintern, die schmalen eleganten Handgelenke, ihr zarter Hals …

Und trotzdem hatte kein einziger Mann sie ein einziges Mal prüfend angesehen.

Giles schenkte sich einen Schluck Brandy ein und trank, und seine Stimmung verfinsterte sich mit jeder Minute. Sie sollte irgendwo anders sein. Sie sollte ein anderes Leben führen. Sie sollte einem Mann zur Seite stehen und ihn zwingen, mehr Ackerland zu bewirtschaften, mehr Vieh zu kaufen oder mehr Bücher zu drucken. Sie sollte ihre zahlreichen, putzmunteren Kinder dazu antreiben, ihre Schulaufgaben zu machen. Oder weich und nachgiebig unter eben diesem würdigen Mann liegen, den Kopf in Ekstase in den Nacken geworfen, die Hände ins Laken gekrallt, die Schenkel …

Er goss sich noch ein Glas ein, zwang das ungebetene, heiß glühende Aufflackern von Verlangen zurück. Avery Quinn, dachte er, sollte verheiratet sein und glücklich und zufrieden leben, irgendwo weit weg von hier.

Aber das war sie nicht und konnte es auch nicht sein, und daran war seine Familie schuld. Er war der Ehre wegen verpflichtet, ihr zu helfen, ihr Ziel zu erreichen, weil sein Vater sie zu einer Frau erzogen hatte, die keinen Platz in der Welt hatte. Sie war viel zu gut erzogen, zu gebildet, um je in die gesellschaftliche Schicht zu passen, in die sie hineingeboren war, und von zu niedriger Abstammung, um je in der Schicht, die sie in jeder anderen Beziehung weit überflügelt hatte, Fuß zu fassen. Ein Ehemann, Kinder, ein Heim, alles, was sie hätte haben können, bevor sein Vater sich in ihr Leben eingemischt hatte, war durch trockene Bücher und kalte, weit entfernte Sterne ersetzt worden.

Wie konnte er sich weigern, ihr zu helfen, das Eine zu erreichen, was ihre Erziehung ihr *nicht* verwehrte?

Demsforths nervöses Lachen drang durch Giles' Gedankenverlorenheit. Er stellte sein halbleeres Glas ab, schaute zu Averys Begleiter.

Wenn er diese Maskerade schon nicht beenden konnte, sollte ihm wenigstens vergönnt sein, Lord Neville umzubringen. Dieser große blonde Bursche, überlegte er mit ungewöhnlicher Heftigkeit, hatte Averys Leben aufs Spiel gesetzt. Er hatte die Kontrolle über das Pferdegespann verloren, das er nie hätte besitzen, geschweige denn vor die Kutsche spannen dürfen, sodass Giles praktisch das Herz stehen geblieben war.

Er hatte am Fenster zur Straßenseite gestanden und hatte hilflos zusehen müssen, wie die schwankende Kutsche in letzter Sekunde einer nahenden Droschke auswich und dabei fast umkippte. Und es hatte nichts, absolut nichts gegeben, was er hätte tun können. Nichts. Außer wie betäubt zu nicken, als Vedder eine Wette vorgeschlagen hatte.

Offensichtlich kam er mit Hilflosigkeit nicht gut zurecht, weil seine Reaktion auf das Gefühl alles andere als zivilisiert war. Daher sein Wunsch, den jungen Demsforth zu würgen. Giles neigte gewöhnlich nicht zu gewaltsamen Reaktionen. Zu entdecken, dass er jetzt von einer beherrscht wurde, verstörte ihn – auch wenn es nichts zu geben schien, was er dagegen tun konnte. Sein Ruf in der guten Gesellschaft beruhte auf seiner kühlen Gelassenheit und amüsierten Gleichgültigkeit. Er hatte gelernt, dass sein Herz ein schlechter Ratgeber war. Wenn er es auch nicht immer erfolgreich ignorieren konnte, so hatte er sich doch ausreichend Abgeklärtheit zugelegt, um seine gelegentlichen, nicht zu verhindernden Rückfälle in sentimentale Sehnsüchte wenigstens als Quelle der Belustigung zu nutzen.

Er war sich sicher, wenn er es im richtigen Licht betrachtete oder mit der richtigen Menge Gin, würde er es furchtbar komisch finden, dass er das Gefühl gehabt hatte, als habe er einen Tritt in die Brust bekommen, als Avery gesagt hatte, sie sei einsam gewesen.

Allerdings würde er nie irgendetwas lustig daran finden, dass Neville Avery in Gefahr gebracht hatte. Noch war es lustig zu verfolgen, wie einige von White's Mitgliedern mit unmoralischerem Lebenswandel sich von den milde unterhaltsamen Geschichten von abenteuerlichen Straßenrennen solchen mit gewagterem Inhalt zuwandten. Was genau jetzt gerade geschah.

Die Männer standen da, zwinkerten einander zu und stießen sich mit den Ellbogen in die Seiten, deuteten auf ein Buch, das offen auf dem Tisch vor ihnen lag: Whites berühmtes Wettbuch. Es war eine jahrzehntelange Aufzeichnung von Wetten, angefangen bei einer so unverfänglichen, welche Fellfarbe das erste Katzenjunge des Mäusefängers im Club haben würde, bis hin zu wesentlich anzüglicheren.

Verdammt.

Dem Himmel sei Dank, dass bislang niemand auf eine gezeigt hatte, die seinen Namen enthielt. Aber dann konnte er sehen, wie Averys Augen hinter den verhüllenden Brillengläsern groß wurden, und sich ihre Wangen dunkelrosa färbten, während Neville, der wie ein dümmlicher nordischer Halbgott hinter ihr stand, der Mund offen stehen blieb.

Zur Hölle, dachte Giles ungeduldig und verärgert und – was am schlimmsten war – voller Bedauern, was hatten sie gesehen? Die Wette, dass er eine gewisse Balletttänzerin am Ende desselben Tages, an dem er sie kennengelernt hatte, in seinem Bett haben würde? Oder …

Mit einem leisen Fluch stellte er sein Glas ab und gesellte sich zu der Gruppe um das Wettbuch.

»Ich kann mir nicht vorstellen, dass es darin irgendetwas gibt, was es verdient, von Ihnen betrachtet zu werden, Mr Quinn. Ich denke, es geht weit über ihr Fachgebiet hinaus, wenn es sich nicht sogar deutlich darunter befindet.« Er blickte nach unten, sah einen bestimmten Eintrag. Erleichterung erfasste ihn.

Er schaute die Umstehenden an. Sie betrachteten ihn belustigt. »Das ist allerdings eine Wette, bei der es mich wundert, dass irgendjemand sie angenommen hat.« Er tippte mit dem Finger auf eine flüchtig dahingekritzelte Zeile:

5 Pfund Sterling, dass der M. o. S. bei Almack's erstem Ball 1817 betrunken erscheint.

»Warum?«, wollte jemand wissen.

»Weil ich natürlich betrunken gewesen bin. Das ist der einzig vorstellbare Zustand, in dem es sich dort aushalten lässt.«

Er schloss das Buch mit unverkennbarer Endgültigkeit und blickte von einem Clubmitglied zum anderen, die nacheinander in unbehagliches Schweigen verfallen waren. Dann zog er seine Ärmel gerade und erkundigte sich: »Ich gehe davon aus, dass niemand hier den Versuch meiner Seelenrettung vereiteln will, indem er mein junges Genie verdirbt?« Er benahm sich ungewöhnlich, das wusste er, aber es kümmerte ihn nicht im Geringsten.

Einer der jüngeren Männer schnaubte verächtlich. »Warum sollten Sie daran interessiert sein, Ihre Seele zu retten, Strand? Wir möchten Sie lieber so, wie Sie sind.«

»Es ist überaus befriedigend«, erklärte Giles, »und mir selbst ist es egal, aber meiner Mutter nicht. Kommen Sie. Sie sehen alle so aus, als sei es so unvorstellbar, dass ich eine Mutter habe, wie dass Douphton sich eine Mätresse hält.« Er nickte einem Mann mit hellbraunem Haar zu.

Die anderen lachten. Obwohl Douphton wie ein Fisch trank und mehrere Vermögen am Spieltisch verloren hatte, hielt er sich immer noch für moralisch höher stehend als alle anderen. Nach dem, was Giles sich zusammenreimen konnte, stammte diese Sicht seiner selbst vor allem von seiner viel gepriesenen zölibatären Lebensweise.

»Ich versichere Ihnen«, fuhr er fort, »ich habe eine Mutter. Eine kluge sogar. Schlimmer noch, eine kluge mit Spionen – obwohl sie darauf besteht, sie als Freunde zu bezeichnen –, die über die Jahre meinen Lebenswandel genauestens verfolgt und ihr alles nach Italien berichtet haben.

Nein, nein. Bitte schauen Sie nicht so verächtlich auf die armen Narren. Wir müssen Gnade walten lassen. Man muss davon ausgehen, dass ihr meine Schandtaten zu berichten fast so ist, als erlebte man sie selbst – und näher werden sie dem auch nicht kommen.«

Das wurde mit anerkennendem Gelächter quittiert. Averys war nicht darunter. Er sah sie nicht an. Zur Hölle mit dem Mädchen. Sie hatte ihm versprochen, dass sie unauffällig in seinem Haus bleiben würde. Sie sollte nicht hier sein, unter diesen Männern. Sie hatte ihn nie so sehen sollen.

Jetzt musste er mit einer glaubhaften Erklärung für seine Sorge um ihre unberührte Unschuld aufwarten. Verdammt noch mal.

»Leider ist die Schar der Speichellecker meiner Mutter in letzter Zeit geschäftiger gewesen«, fuhr er mit einem Seufzen fort. »Sie hat geschrieben und lässt keinen Zweifel daran, wie enttäuscht sie ist. Sie droht, nach London zu kommen, um ihren wohltuenden Einfluss auf mich auszuüben, es sei denn, ich bessere mich. Ich räume ein, der Verlust der Braut, mit der ich ihre mütterliche Sorge zu beschwichtigen hoffte, ließ mich ratlos zurück.« Amüsiertes Schnauben und zustimmendes Nicken folgten auf dieses Geständnis. »Aber dann habe ich Quinn hier getroffen und sah in ihm die perfekte Gelegenheit, mich als Gönner der Wissenschaften zu etablieren.«

Vedder grinste unverhohlen hämisch. Giles wandte sich an ihn, schlüpfte in die Rolle des drolligen Dilettanten.

»Um bei der Wahrheit zu bleiben, Vedder, ich habe sogar daran gedacht, selbst etwas Geniales zu tun, aber es ist schrecklich anstrengend, wenn ich mich doch ebenso gut zurücklehnen und einfach den Ruhm dafür ernten kann, ein Genie entdeckt zu haben. Und natürlich«, fügte er vertraulich hinzu, »dem Jungen Brot, Bücher und Tinte zu zahlen.«

Er berührte mit dem Finger die Lippen, als habe er gerade einen ergreifenden Einfall gehabt. »Himmel, ich glaube fast, ich habe Talent dafür. Vielleicht finde ich nächstes Jahr einen Maler.«

Er wartete, dass sie zu lachen begannen, aber die anderen standen wie begossene Pudel um ihn herum, unsicher, ob er sie nun aufzog oder nicht.

Ein leises Lachen erregte seine Aufmerksamkeit. Er drehte sich um, um zu sehen, wer der scharfsinnige Kerl war, der seine Ironie begriffen hatte, und fand sich Angesicht zu Angesicht mit seinem birnenförmigen Protegé. Ihre Belustigung brach sich in schallendem Gelächter Bahn, aber dann merkte sie, dass sie die Einzige war, die lachte. Durch ihre Brillengläser blickte sie die anderen Männer an. »Sie glauben diesen Schwulst doch nicht wirklich, oder?«

Ihre unsicheren Mienen wurden leicht feindselig. Dies waren alles Männer, die stolz darauf waren, sich in jeder Hinsicht bestens auszukennen. Von einem dicklichen jungen Mann vom Land mit der Nase darauf gestoßen zu werden, dass ihnen eine Anspielung entgangen war, war nicht hinnehmbar. Zu allem Überfluss waren auch noch wenigstens zwei dieser Männer eng mit der Astronomischen Gesellschaft verbunden. Deswegen war er heute schließlich hergekommen, um den Boden für ihre Einführung zu bereiten. Aber wenn er jetzt nicht rasch handelte, würde ihr Lachen alles zunichte machen, was er bislang erreicht hatte.

»Was für ein Schwulst soll das sein, Mr Quinn?«, fragte er und trat näher. Er musterte sie mit kalten Augen, und sagte mit noch kälterer Stimme: »Ist es Schwulst, anzudeuten, ich sei Ihnen intellektuell ebenbürtig?«

Sie schaute ihm forschend ins Gesicht, ihre Belustigung wich Verwirrung. »Nun, ich …«

»Oder vielleicht halten Sie auch mein Mäzenatentum für schwülstig?«

Hinter sich konnte er jemanden sagen hören: »Genau, Strand, nehmen Sie sich den Wicht zur Brust.«

Zur Hölle mit der Unverschämtheit des Kerls.

Avery öffnete den Mund zu einer Antwort, schloss ihn aber wieder. Sah verwirrt zu Neville, der rasch den Blick abwandte. Kluger Bursche. Jetzt war nicht die Zeit, einem neuen Bekannten zu Hilfe zu kommen. Nicht, wenn man Zutritt zu dem exklusivsten Herrenclub Londons wollte.

»Nein«, gelang es ihr schließlich mit leiser Stimme zu antworten.

»Oder ist es Schwulst zu denken, ich sei klug genug, den Funken des Genies in anderen zu erkennen? Oder glauben Sie, Ihr Genie strahle besonders hell, da es Ihnen gelungen ist, die Aufmerksamkeit eines untätigen Aristokraten wie mir zu erringen.«

Ihr Kinn bebte, in ihren Augen stand ein betroffener Ausdruck. »Nein, ich schwöre, so etwas würde ich nie denken.«

Er streckte eine Hand aus und tätschelte ihr lässig das Kinn, bevor er sich auf dem Absatz umdrehte und grinste. »Nun, das sollten Sie aber. Sie hätten recht.«

Seine Begleiter lachten, klopften ihm auf die Schulter und nannten ihn einen Witzbold und einen echten Hundertfünfzigprozentigen, einen gerissenen Hund, verlangten, dass er ihnen im angrenzenden Raum einen ausgab. Man hätte meinen können, er habe Spitzfindigkeiten mit einem versierten Salonlöwen ausgetauscht, statt einen wehrlosen Jungen zum Gespött zu machen.

Aber er ging mit ihnen.

Es musste ganz so aussehen, als habe er Avery vergessen. Giles hatte das jedoch in der Tat nicht. Er konnte es gar nicht. Er blickte über die Schulter zu ihr. Sie stand da, starrte ihn an, wirkte klein, getroffen und verletzlich.

Er unterdrückte den Wunsch, zurückzugehen, ihr zur erklären, dass er so war, dass er so sein musste, dass die Leute das von ihm erwarteten, und dass er ihre geringe Erwartung dazu benutzt hatte, etwas zu erreichen, was er als ein anderer nie hätte tun können. Als jemand Besseres. Die Fragen um Jack und Annes Verschwinden mussten noch beantwortet werden, und er war fest entschlossen, das zu tun. Und wie er festgestellt hatte, war dies hier die beste Verkleidung, um Fragen zu stellen.

Statt seinem ersten Impuls nachzugeben, winkte er Lord Neville, der Gott sei Dank Avery nicht im Stich gelassen hatte, um mit den anderen zu gehen. »Am besten bringen sie Mr Quinn nach Hause, Neville. Die heutige Lektion ist beendet.«

Kapitel 19

Avery schaute Giles hinterher, wie er in irgendeinem anderen Zimmer verschwand. Sie fühlte sich gekränkt, verloren und vollkommen überfordert. Bei dem Mann, der sie eben so kühl hatte stehen lassen, hatte es nicht die geringste Ähnlichkeit mit dem Jungen gegeben, den sie gekannt hatte, oder auch mit dem Giles, den sie kennengelernt zu haben glaubte.

»Schmerzt ein wenig, nicht wahr?«

Sie blickte sich um. Lord Vedder stand neben dem Tisch, blätterte beiläufig im Wettbuch.

»Das Opfer von Lord Strands rasiermesserscharfer Zunge zu sein, meine ich«, sagte er.

Sie wandte sich ab, nahm die Brille ab und begann die Gläser zu polieren, während sie die Tränen wegblinzelte, die ihr die Sicht trübten.

»Tut mir leid.«

Das unerwartete Mitgefühl in Vedders Stimme brachte ihre Fassung erneut in Gefahr. Sie ließ sich Zeit, die Brille wieder aufzusetzen, bevor sie sich wieder zu ihm umdrehte. »Danke, aber Sie müssen sich für nichts entschuldigen.«

»Vermutlich entschuldige ich mich für meine Spezies.«

Sie hielt fragend den Kopf schief.

»Die Londoner Dandys. Eine oft boshafte und eher nutzlose Rasse, die für unablässiges Bellen und unersättlichen Appetit bekannt ist.«

Sein Versuch, die Lage zu bessern, überraschte sie. Er musste ihre Verwirrung bemerkt haben, denn er schloss das Buch. »Ich fürchte, unsere Bekanntschaft hat auf dem falschen Fuß begonnen. Ich war nur am Bellen interessiert, wissen Sie.«

Sie lächelte schwach über seinen Witz. Er war ein durchaus gut aussehender Mann, erkannte sie. Wenn er nicht gerade verächtlich das Gesicht verzog.

»So. Das ist besser«, erklärte er und lächelte seinerseits billigend. »Lassen Sie uns von vorn beginnen, ja? Ich verspreche auch, mich zu benehmen. Ich weiß, wie es ist, wenn man sich fehl am Platze fühlt.«

»Sie, Sir?«, warf Neville ein. Avery hatte ihn fast vergessen.

Vedder sah Neville an, und in seinem kurzen Blick war nichts von der Freundlichkeit, die er Avery gezeigt hatte. Das weckte ihren Argwohn, aber seine Antwort klang freundlich genug. »O ja. Ich bin selbst vom Land nach London gekommen und habe eine ganze Reihe Lektionen gelernt, ganz ähnlich wie es unserem jungen Freund Mr Quinn hier gerade eben ergangen ist.« Wieder zu Avery gewandt sagte er: »Strand hat es nicht böse gemeint.«

»So hat es sich aber angefühlt«, erwiderte sie, ohne vorher nachzudenken, denn das Erlebte schmerzte noch immer.

»Nun, Sie wissen nicht viel über ihn, nicht wahr?«, fragte Vedder und trat um den Tisch. Er hob die Hand und deutete auf ein paar Stühle in der Nähe. »Wenn Sie sich setzen wollen, werde ich Ihnen gerne alles erzählen.«

Sie zögerte, wollte keine Gelegenheit ungenutzt lassen zu verstehen, warum sich der Herr von Killylea so stark von dem Prinz der Gecken unterschied. Andererseits hatte Giles eindeutig gewollt, dass sie ging.

Neville plagten keine solchen Vorbehalte. Er ließ sich auf einem Stuhl nieder, während Vedder selbst Platz nahm. Beide schauten sie erwartungsvoll an, bis sie ihrem Beispiel folgte.

»Etwas zu trinken?«, erkundigte sich Vedder. »Nein? Wo waren wir? O ja, Sie sind nicht wirklich vertraut mit dem Wesen Ihres Mentors. Sagen Sie mir, wie lange kennen Sie Strand?«

Das war eine eher beiläufige Frage. »Einen Monat.«

Vedder schlug sich mit der Hand aufs Knie. »Da haben Sie es. Ich habe gewusst, dass Sie ihn nicht gut kennen. Sein Verhalten hat Sie verstört. Es ist klar, dass Sie sich mit einem Fremden eingelassen haben.«

Avery runzelte die Stirn. »Als Fremden würde ich ihn nicht unbedingt bezeichnen.«

»Nein? Aber Sie sagten, einen Monat. Vielleicht habe ich das falsch verstanden. Gab es da schon früher eine Verbindung?«

»Nein.« Sie rutschte unbehaglich auf ihrem Stuhl umher.

»Ich sollte Sie nicht ärgern. Ich vergesse immer, wie es ist, jung zu sein, wenn im Laufe eines Gespräches ein zufälliger Bekannter zu einem teuren Freund werden kann und man impulsiv oder aus einer Laune heraus Entscheidungen trifft.«

Avery schaute ihn blinzelnd an. Impulse und Launen waren das Gegenteil der Wissenschaft. »Ich versichere Ihnen, mein Herr, ich tue nichts impulsiv oder aus einer Laune heraus. Das würde die Methodik der Wissenschaft beeinträchtigen.«

»Nicht?« Vedder wirkte überrascht. »Niemals?«

»Nein.«

»Ich schon«, meldete sich Neville zu Wort, wurde gleich darauf rot. »Wenigstens würde ich das gerne.«

»Ich nicht«, bekräftigte Avery. »Ich bin Wissenschaftler.«

Vedder musterte sie mit etwas, was Averys Einschätzung nach Mitleid war. Sie runzelte die Stirn. »Nein«, sagte er. »Vermutlich nicht. Aber egal. Sie haben sich Strand anvertraut, und Sie müssen zugeben, dass das, wenn schon nicht launenhaft, so doch voreilig war.«

»Ich traue meinen Instinkten. Ein guter Wissenschaftlicher muss auch auf seine innere Stimme vertrauen.«

»Selbstverständlich«, pflichtete ihr Vedder bei.

»Ich würde gerne meiner inneren Stimme trauen«, schaltete sich wieder Neville ein, worauf sie ihn beide ansahen. »Aber die schlägt oft Unmögliches vor. Sachen, die Mut… andere nie gutheißen würden.«

Was, fragte sich Avery, würde dieser nette junge Mann für unmöglich halten? Sich über die Forderungen seiner grässlichen Mutter hinwegzusetzen?

»Sie sollten sie nicht ignorieren«, erwiderte sie entschieden.

»Richtig«, bemerkte Vedder. »Nichts ist unmöglich.«

»Sie verstehen nicht. Meine Mutter …« Er brach ab, sichtlich unglücklich.

»O doch«, antwortete Lord Vedder. »Wir sind in London, Lord Neville. Alles ist möglich. Alles kann bewerkstelligt werden. Alles wird bewerkstelligt. Und nichts ist untersagt. Vertrauen Sie mir. Wenn Sie sich hier keine Freiheit gestatten, werden Sie überall sonst Sklave sein.«

Avery war sich nicht sicher, ob sie so weit gehen würde.

Mit einem kleinen Stöhnen ließ sich Neville nach hinten sinken und verfiel in Schweigen, runzelte die Stirn und ließ sein Kinn auf die Brust sinken, während er blicklos auf seine Stiefelspitzen starrte.

»Wo haben Sie Strand kennengelernt?«, wollte Vedder von ihr wissen.

Die abrupte Frage traf sie unvorbereitet. »Strand? Ich … in … in den Niederlanden.«

»Wo in den Niederlanden?« Er strich sich einen Fussel von seinem Bein.

»Gent.«

»Ach, Gent.« Er nickte. »Da habe ich Verwandtschaft. Sie leben in Nähe der Kathedrale.«

»Sie meinen die Basilika.«

»Natürlich.«

Sie begann sich allmählich unbehaglich zu fühlen. Die Unterhaltung fühlte sich mehr wie eine Befragung an. Statt irgendetwas über Strand zu erfahren, verriet sie lauter Sachen über sich selbst. Sie drehte sich um und blickte Neville bittend an. »Lord Neville, sagten Sie nicht, Sie hätten Ihrer Mutter den heutigen Abend versprochen? Es ist fast sechs Uhr.«

»Was hat er in Gent getan?«, fragte Vedder weiter. Neville war immer noch in die unglückliche Betrachtung seiner Stiefel versunken.

»Das weiß ich nicht«, entgegnete sie steif. »Und ich habe auch nicht danach gefragt.«

Er beachtete ihren frostigen Ton nicht weiter. »War er mit Freunden zusammen?«

»Freunden? Nein.« Ein dünnes Rinnsal Schweiß lief ihr den Nacken hinab. »Ich meine, ich glaube eher nicht. Wir sind nicht in Gesellschaft von irgendjemandem zurück nach England gereist.«

»Oh? Hm. Komisch. Ich dachte, er habe gesagt, er hätte sich auf dem Kontinent mit Freunden getroffen.«

Hatte er das? Hätte Strand es ihr nicht gesagt, wenn er eine Geschichte über ihr angebliches Kennenlernen erfunden hätte? Aber was, wenn er keine Zeit gehabt hatte, sie einzuweihen? Sie musste vorsichtig sein.

Sie zuckte die Achseln. »Ach? Vielleicht, bevor wir uns begegnet sind. Da bin ich mir nicht sicher. Ich habe nicht darauf geachtet, was er getan hat oder mit wem, bevor wir uns kennengelernt haben.«

»Und wie haben Sie sich kennengelernt?«

»Im Planetarium. Neville!« Sie erhob sich, riss damit den schlaksigen jungen Mann aus seiner Versunkenheit. »Ihre Mutter wird in Sorge sein.«

»Mutter?« Neville blinzelte und schaute zur Standuhr neben der Tür. Er sprang auf die Füße. »O Himmel. Wir müssen sofort los. Danke für Ihren guten Rat, Lord Vedder. Und danke für Ihre Gastfreundschaft.«

Er fasste Avery am Arm und zog sie mit sich zur Tür. Oder hätte das getan, wenn Avery nicht seine Hand abgeschüttelt und ihn überholt hätte.

»Da ist was komisch.«

Vedder drehte sich um und sah den alten Douphton auf der Türschwelle gegenüber von der Tür stehen, durch die Mr Quinn und Lord Neville eben verschwunden waren. Aber Douphton zog immer wegen irgendetwas finster die Brauen zusammen oder darüber, was jemand getan hatte oder tun könnte oder nicht tun sollte. Der Mann war ein Langweiler und ein Pedant. Aber in diesem Fall war Vedder mit ihm einer Meinung. Etwas an diesem Mr Quinn war komisch. Er konnte nur nicht genau sagen, was es war.

»Sie meinen sein Aussehen? Pummeliger kleiner Wicht. Vermutlich eine Art Familienmerkmal diese Figur und der fehlende Bartwuchs. Die Züge an sich sind in Ordnung.« Was den untersetzten und zu kleinen Körperbau noch bedauerlicher machte. Er fragte sich, ob Quinn ein Kastrat war. Sollte ihn nicht überraschen, wenn es so wäre. Vermutlich irgendein Unfall oder so.

»Denken Sie?« Douphton rümpfte die Nase. »Ich glaube, Strand teilt Ihre Ansicht.«

Vedder, der in den Jahren, seit er für Jameson die Drecksarbeit erledigte, ein paar Sachen gelernt hatte, war imstande zu erkennen, wenn jemand unbedingt etwas loswerden wollte. Douphton wollte noch dringend etwas sagen.

Der ältere Mann bemühte sich, lässig zu wirken, als er in den Raum trat, aber er bewegte sich zu hastig und wirkte übereifrig. »Ich hab gesehen, wie er dem Jungen unten auf der Straße von dem Gig geholfen hat. Hat ihm um die Mitte gefasst.«

Vedder zuckte die Achseln. »Und?«

»Das war mir nicht geheuer. Gar nicht geheuer. Sah so aus, als sei er … nun, mehr interessiert, als es natürlich wäre.«

Vedder musterte Douphton voller Mitleid. Der Mann war armselig. Er sah Verderbtheit und Sünde in jedem Tun. Und wenn Vedder auch einräumte, dass an Verderbtheit und Sünde alles andere als Mangel herrschte, die Vorstellung, dass Strand an Männern interessiert sei, war einfach lachhaft. Zum einen hatte es nie auch nur irgendein Gerücht in Zusammenhang mit seinem Namen in dieser Richtung gegeben, zum anderen gab es eine ganze Reihe von Damen, die liebend gerne seine sexuellen Vorlieben bestätigen würden.

Und wenn der schöne Lord Strand tatsächlich plötzlich eine Neigung entwickelte, etwas mit Jungs zu tun, würde er sicherlich einen äußerlich ebenfalls attraktiven Partner suchen, nicht einen Fettklops mit zu buschigen Brauen.

Douphton beobachtete ihn eindringlich, wartete, dass er sprach. Vedder zögerte. Er wollte auf keinen Fall, dass Douphton auch nur einen Moment dachte, er zöge das in irgendeiner Weise in Erwägung. Es gab viel zu viele Ohren an einem Ort wie diesem. Und selbst wenn Douphton nichts an seiner körperlichen Unversehrtheit lag, so verhielt es sich bei ihm anders. Man äußerte keinen solchen Verdacht, ohne Gefahr zu laufen, ernste Konsequenzen tragen zu müssen. Strand war nicht nur geschickt mit einer Pistole, sondern auch ein brillanter Fechter.

Douphton würde am Ende mit dem Leben dafür bezahlen, wenn er nicht seine Zunge hütete. Aber andererseits war er ein Irrer, der meinte, es sei seine heilige Pflicht, zu enthüllen, was für Sünden auch immer er aufgedeckt hatte. Seine Augen glühten praktisch vor religiösem Eifer. Wie ermüdend. Dennoch, Vedder hatte bereits genug, das den kläglichen Rest seines Gewissens quälte, der es geschafft hatte, die vergangenen Jahre zu überstehen. Außerdem lieh ihm Douphton am Spieltisch manchmal Geld.

»Darüber würde ich mir an Ihrer Stelle keine Gedanken machen, Douphton, es sei denn, Sie finden Gefallen an der Vorstellung, eine Kugel in die Stirn zu bekommen, wenn Sie verstehen, was ich meine.«

Douphton betrachtete ihn finster. Mit einem stummen Seufzen entschied Vedder, ihm eine letzte Warnung zu geben. »Ich bin sicher, es war nichts weiter Erwähnenswertes. Überhaupt nichts.«

Ohne abzuwarten, wie seine Worte aufgenommen wurden, nickte er dem anderen Mann kurz zu und machte sich auf die Suche nach seinem Mantel.

Er musste Bericht erstatten.

Kapitel 20

»Der Junge sagt, er habe Strand in Gent kennengelernt.« Dieses Mal machte Vedder nicht den Fehler, sich auf einen Stuhl zu setzen, sondern blieb stehen. Je eher er mit seinem Bericht fertig war, desto eher konnte er Jamesons Machtbereich – immer ein unbehaglicher Aufenthaltsort – wieder entkommen.

»Bezweifeln Sie das?«, fragte Jameson, ohne von einer Karte aufzublicken, die auf dem sonst leeren Tisch ausgebreitet lag.

»Nicht wirklich. Ich habe ihm gesagt, ich hätte Verwandte in Gent. Hätte er gelogen, wäre er ausweichend geworden, aber das ist er nicht. Er kennt Gent. Ob er da auch wirklich Strand kennengelernt hat, weiß ich nicht.« Er zuckte die Achseln. »Aber ich würde wetten, dass es da etwas gibt, was er verheimlicht. Es ist ihm jedenfalls unangenehm.«

»Er ist vielleicht eines von Strands kleinen Wieseln«, überlegte Jameson laut und verwendete den Begriff, den er für die Jungen geprägt hatte, die ihm Klatsch und belauschte Gespräche zutrugen.

Sie waren in allen Bevölkerungsschichten unterwegs, unbemerkt und unkommentiert, wenn sie mit gespitzten Ohren Straßen fegten, Schmutzwassereimer leerten, Blumen verkauften und die Fackeln trugen, die dunkle Gassen beleuchteten. Später suchten sie sich dann Leute wie Strand, denen sie alle möglicherweise interessanten Informationen über die Leute verkaufen konnten, die ihre Dienste in Anspruch nahmen, ohne daran zu denken, dass auch Gassenjungen Ohren, Augen und Münder besaßen.

Vedder schüttelte den Kopf. »Zu alt, und außerdem denke ich, dass er ist, was er zu sein behauptet: ein Wissenschaftler. Bei White's hat ihm der alte Ned Coles eine Frage aus dem Bereich Astronomie gestellt, und der Junge hat wie aus der Pistole geschossen geantwortet. Nein, ich denke, er ist aus dem Grund hier, den Strand genannt hat: um eine Einladung in den Sternenclub zu ergattern. Aber da steckt dennoch mehr dahinter.«

»Wie Sie bereits mehrmals anmerkten.« Jamesons Ton hatte sich nicht geändert, aber Vedder konnte seine Ungeduld spüren. »Bitte unternehmen Sie einen Versuch, das näher auszuführen. Warum denken Sie das?«

Vedder befeuchtete sich die Lippen. Wenn er sich irrte, konnte es noch schlimmer für ihn werden, und es war bereits schlimm genug um ihn bestellt. Die Gläubiger standen schon wieder Schlange vor seiner Tür, zur Hölle mit ihrer Unverfrorenheit.

»Ich schwöre, zwischen Strand und Avery Quinn ist mehr, als ein paar Wochen Bekanntschaft hergeben, eine Vertrautheit, die nicht restlos angenehm ist. Vielleicht auch ein bisschen … angespannt.«

Jetzt besaß er Jamesons ungeteilte Aufmerksamkeit. »Angespannt. Was, glauben Sie, ist die Wurzel dieser Anspannung?«

»Das weiß ich nicht. Douphton denkt, Strand habe unnatürliche Absichten bezüglich des jungen Manns.« Er lachte, um zu zeigen, wie albern er diese Vermutung fand.

Jameson lachte nicht. Seine Augen wurden schmal, verschwanden beinahe unter den schweren Lidern. Mit den Fingern trommelte er leicht auf die Karte. »Sie glauben das nicht.«

»Das ist offensichtlich absurd.« Vedder wollte nicht, dass Strand seinen Kopf verlangte, sollten ihn solche Gerüchte erreichen. Man wusste nie, welche Informationen Jameson durchsickern lassen würde, auch nicht wann oder gar warum. »Ich habe nie auch nur ein Flüstern in der Richtung gehört. Nicht einmal den Ansatz eines Flüsterns.«

»Und Sie würden das wissen.«

»Ich habe einen weiten Bekanntenkreis«, sagte Vedder. »Ich würde denken, ich hätte es gehört, wenn es irgendeinen Verdacht in der Richtung gäbe.«

»Aber Sie können nicht sicher sein.«

Natürlich wäre es Jameson recht, wenn Strand ein warmer Bruder wäre. Dann könnte er ihm ohne größere Anstrengung seinen Willen aufzwingen und endlich einen würdigen Ersatz für Jack Seward finden.

»Nein«, stimmte ihm Vedder zu. »Sicher sein kann ich mir da nicht. Aber selbst wenn Strand diese Neigung hätte … der Junge hat die Figur eines verunglückten Kloßes, und sein Teint passt auch dazu, teigig und weich. Strands Mätressen sind immer absolut erstklassig gewesen. Ich kann mir beim besten Willen nicht vorstellen, dass eine Vorliebe für Jungen zu entwickeln die Sehfähigkeit in Mitleidenschaft zieht.«

»Das liegt daran, dass Sie meinen, jede sexuelle Begegnung müsse das gleiche Bedürfnis stillen. Verschiedene Bedürfnisse verlangen nach verschiedenen Partnern.«

Vedder erschauerte, nicht weil Jameson irgendetwas gesagt hatte, was er nicht bereits wusste – er kannte die unterschiedlichen Arten Verlangen, denen Männer ausgesetzt waren –, sondern er erschauerte vor der Häme in Jamesons Worten. Jameson genoss den Gedanken an all die Männer dort draußen, deren Schwächen nur darauf warteten, ausgenutzt zu werden.

»Ich glaube es nicht«, wiederholte er.

Milde Enttäuschung zeigte sich kurz auf Jamesons Zügen, ehe er eine Hand hob und auffordernd mit den Fingern schnalzte. »Dann verraten Sie mir doch Ihre Theorie.«

»Ich denke, der Junge hat in Gent etwas gehört oder gesehen und ist gerissen genug – bei Gott, er wirkt schlau wie eine Fuchs – um zu erkennen, wie wenig Strand davon angetan wäre, wenn er darüber redete. Es könnte gut sein, dass er Strand ein Geschäft angeboten hat: Strand nutzt seinen Einfluss, um ihn in diese astronomische Gesellschaft zu bekommen, und Quinn schweigt und bleibt unter Strands wachsamem Blick.«

»Sie denken, dieser Kloß von einem Jungen erpresst den Marquis of Strand?« Jamesons Stimme machte keinen Hehl aus seiner Ungläubigkeit.

»Nein, natürlich nicht. Strand würde ihn wie eine fette kleine Fliege zerquetschen, an die er einen erinnert. Nein, das ist subtiler. Eine Vereinbarung, die getroffen und eingehalten wird. Aber sie verursacht auf jeden Fall Reibung. Strand war wütend, als sich der Junge heute mit Demsforths dämlichem Zweitgeborenen sehen ließ. Meine Theorie erklärt sowohl seinen Ärger als auch das plötzliche Auftauchen des jungen Mannes. Wenigstens ist sie deutlich besser als Strands, mit der er erklären will, warum er plötzlich den Wunsch verspürt hat, ein Gönner der Wissenschaft zu werden.«

»Und das wäre?«

»Etwas darüber, dass seine Mutter möchte, dass er hehrere Ziele verfolgt. Bei anderen Männern hätte ich das vielleicht akzeptiert, aber ich kenne Strand schon sehr lange. Er hat nie zuvor seine Mutter erwähnt. Ich dachte eigentlich, sie sei verstorben.«

Jameson beugte sich über den Tisch, und seine tiefliegenden Augen waren schwarz und bodenlos. »Denken Sie, dieser Junge weiß, wo Jack Seward ist?«

Ein kaum merkliches Beben hatte sich in Jamesons Stimme geschlichen, eine Geigensaite, die noch nachklang, nachdem der Bogen über sie gezogen worden war. In seiner Miene zeigte sich solche Inbrunst, wie Vedder es noch nie bei ihm gesehen hatte. Ehrlich gesagt, machte es ihm Angst.

Er erinnerte sich an die Königskobra, die sein Onkel aus Indien mitgebracht hatte. Sie hatte schon gefährlich ausgesehen, wie sie da in ihrem Käfig in der Sonne lag. Aber dann hatte sein Vater eine Ratte dazugesetzt. Die Schlange war sofort wach gewesen, hatte sich erhoben und das Maul aufgerissen, die Kiefer gespreizt. Von gefährlich zu tödlich in einem Wimpernschlag. Vedder erkannte das wieder. Jameson war tödlich geworden.

»Nein«, sagte Vedder. »Wenn sein Wissen derart spezifisch wäre, hätte Strand ihn zum Schweigen gebracht.«

Selbst jetzt noch, nach all den Sachen, die er getan hatte, erstaunte es Vedder immer noch, dass er Männer kannte, die andere Leute wegen dessen, was sie gesehen oder gehört hatten, »zum Schweigen brachten«. Es erstaunte ihn noch mehr, dass er einer von ihnen geworden war. Aber darüber wollte er jetzt nicht nachdenken. »Ich vermute, dass er etwas wissen könnte, was zu ihnen führt.«

Jameson dachte einen Moment nach, bevor er den Kopf schüttelte, seine Enttäuschung und Erbitterung klar erkennbar. Vedder beobachtete ihn argwöhnisch. Dies war nicht derselbe Mann, der sich vor ein paar Jahren Vedders »gelegentlicher Unterstützung« versichert hatte. Jameson hatte nie zuvor jemandem einen Blick auf seine Gefühle gewährt.

»Also glauben Sie, dass Strand den Jungen nach London geholt hat, seine Aufnahme in die Astronomische Gesellschaft arrangiert hat und ihn in seiner Nähe behält, damit ihm nicht versehentlich eine Information herausrutscht, von der er bisher gar nicht geahnt hat, dass er sie besitzt?«

»Ja.«

Jameson lehnte sich in seinem Stuhl zurück, presste verächtlich die Lippen zusammen. »Und wie lange, denken Sie, will er den Jungen um sich behalten? Ein Jahr? Zwei? Vielleicht adoptiert er ihn.«

Die Worte erschreckten Vedder. Sir Jameson spottete nie. Das hielt er für grob und ungehörig.

»Sir, wenn ich eine Theorie äußern darf?«, fragte er vorsichtig und erinnerte sich wieder, dass, bevor die Kobra schließlich ihre Beute geschnappt hatte, die Ratte in ihrer Furcht vergeblich versucht hatte, an den Glaswänden hochzuklettern, um dem Räuber zu entkommen. Vedder hatte immer geglaubt, dass die Kobra nicht aus Hunger zugeschlagen hatte, sondern einfach aus Gereiztheit. Jameson konnte ihn vernichten, einfach nur, weil er sich über ihn ärgerte.

»Unbedingt.«

»Ich glaube, dass das, was immer der Junge weiß, zeitempfindlich ist. Ich habe Strand zu ihm sagen hören ›ein paar Wochen, dann ist alles vorbei‹. Ich schließe daraus, dass Seward, wo auch immer er sich aufhält, in ein paar Wochen nicht mehr dort sein wird, und dann ist es egal, ob oder was der Junge erzählt.«

Lange Augenblicke sagte Jameson nichts, den Blick auf die Karte von England vor sich gerichtet. Kleine Nadeln mit verschieden farbigen Fähnchen säumten die Küstenlinie, mit einer Anhäufung um Brighton.

»Er ist irgendwo«, flüsterte Jameson. »Und Strand wird mir sagen, wo. Bei Gott, das wird er.«

Vedder fragte ihn nicht, was er meinte. Er wollte es gar nicht wissen.

Kapitel 21

Als es Zeit fürs Dinner wurde, hatte sich Avery in einen Zustand höchster Empörung gesteigert, den Mrs Bedling als »stinksauer« erkannt hätte. Die Maßlosigkeit von Giles' schäbigem Verhalten am Nachmittag war mit jeder verstreichenden Stunde gewachsen, bis sie nicht länger gekränkt war, sondern wütend. Als Travers verkündete, dass Lord Strand zu Hause zu speisen gedachte und um das Vergnügen ihrer Anwesenheit gebeten hatte, rümpfte sie die Nase und spielte mit dem Gedanken, die Einladung abzulehnen.

Aber das würde bedeuten, dass sie die Gelegenheit ausschlagen würde, ihm gehörig die Meinung zu sagen, und das, entschied sie, war etwas, was sie sich nicht versagen würde.

Sie begab sich also durchaus kampfeslustig zum Speisesalon und stieß die Tür auf, erklärte in ihrer frostigsten Stimme: »Lord Strand. Wie überaus gnädig von Ihnen, sich herabzulassen, mit mir zu speisen. Wie gelingt es Ihnen nur, einen so christlichen …« Der Rest ihrer Worte verlor sich in der folgenden Stille.

Denn statt Giles' goldener Perfektion fand sie sich einem Mann mit breiter Brust, schütter werdendem strohfarbenem Haar und gewaltigen Koteletten gegenüber, der auf der anderen Seite des Tisches stand. Er war makellos und geschmackvoll gekleidet, ein Beleg für das Geschick seines Schneiders, da keine einzige Falte den Stoff über seinen mächtigen Schultern oder seiner fülligen Mitte verunstaltete. Er hatte das leutselige Äußere eines Gutsbesitzers, nur seine Nase passte nicht dazu, die unerwartet schmal und gerade war. Bei Averys Anblick hoben sich seine Brauen fast bis zu seinem zurückweichenden Haaransatz.

»Ist das Ihr junges Genie, Lord Strand?«, fragte er und schaute an ihr vorbei.

Sie drehte sich um und entdeckte Giles neben der Tür. Er bedachte sie mit einem trägen Lächeln, bevor er sich an den Fremden wandte. »Ja, Sir Samuel. Dies ist Avery Quinn.«

Sie starrte den Mann an. Das war Sir Samuel Isbill, der Vorsitzende der Royal Astronomical Society, der Erfinder der berühmten Isbill-Linse? *Oje!*

Burke, der hinter Sir Isbill gestanden hatte, zog den Stuhl am Esstisch etwas näher, sodass der Ältere sich leichter setzen konnte. Mit schmerzhaft verzogenem Gesicht nahm er Platz und richtete seinen forschenden Blick wieder auf Avery, die immer noch wie erstarrt auf der Türschwelle stand. »Gicht«, erklärte er. »Ich leide daran. Was ist Ihre Entschuldigung?«

»Entschuldigung, Sir?«

»Für Ihren bedauerlichen Mangel an Manieren? Meine Entschuldigung ist Gicht. Was ist Ihre?«

»Ich … ich …« Hilflos blickte Avery zu Giles.

»Ich erwähnte bereits seinen fehlenden gesellschaftlichen Schliff, nicht wahr?«, fragte Giles.

»Allerdings«, räumte Sir Isbill ein. »Vermutlich macht es keinen Unterschied. Bei Genies müssen wir Nachsicht walten lassen.« Er lächelte, was sein Gesicht vollkommen verwandelte, und plötzlich erkannte sie Neville in ihm. »Vermute, es gibt mehr als ein paar Leute, die manchmal denken, ich selbst sei ein grober Klotz. Die Liebe zu den Sternen bringt die seltsamsten Menschen zusammen, was, Lord Strand? Einen Bär von Mann wie mich und diesen kloßförmigen Wicht.«

Er sagte das so sachlich, dass sie nicht beleidigt sein konnte.

»Bitte, Mr Quinn, kommen Sie herein. Sie können sprechen, das habe ich gehört. Jetzt bleibt nur abzuwarten, ob das, was Sie sagen, es auch wert ist, gehört zu werden. Ist es das?«

»Ja, Sir. Ich meine, ich denke schon, Sir. Ich hoffe es.«

»Gut. Lord Strand hier hat mir erzählt, Sie hätten Erstaunliches entdeckt. Kommen Sie und berichten Sie mir darüber.«

Und mit einen starken Gefühl von Unwirklichkeit tat Avery, was man ihr aufgetragen hatte.

»Sie haben verstanden, dass Sir Samuel Isbill eben eingewilligt hat, meine Abhandlung über vorhersehbare Anomalien, beeinflusst durch die Umlaufbahnmuster von Saturn und Jupiter, in Bezug auf den Quinn-Kometen zu lesen?« Ihre Hände zitterten. »Der *Quinn-*Komet. Und er hat sie mitgenommen. Er hat gesagt, er werde sie genau lesen. Wissen Sie, was das heißt?«

»Ich vertraue darauf, dass Sie es mir verraten werden.«

»Wenn ihm gefällt, was ich geschrieben habe, wird er vorschlagen, dass ich bei der nächsten Sitzung am Monatsende als Mitglied aufgenommen werde. Wenn ich Mitglied bin, kann ich für den Hipparchos-Preis nominiert werden.«

»Ich bin sprachlos.«

Er zog sie auf, aber das war ihr egal. *Sir Isbill hatte ihre Schrift mitgenommen.*

Der berühmte Wissenschaftler hatte sich geweigert, während des sich über mehrere Gänge erstreckenden Dinners über Sterne zu reden, hatte sich stattdessen dem Genuss der Speisen gewidmet. Avery, schier überwältigt von der Bedeutung des Treffens, wusste, dass sie ihr bestes Benehmen an den Tag legen musste, und war sich gleichzeitig des Umstandes bewusst, dass ihr bestes Benehmen vielleicht nicht gut genug sein würde. Daher hatte sie sich in den drei Stunden aufs Schweigen verlegt, was ihr verwunderte Blick von Giles eingetragen hatte, der aber Gott sei Dank die Unterhaltung beisteuerte, zu der Avery offensichtlich nicht in der Lage war.

Aber sobald das letzte Törtchen abgeräumt worden war und sie sich zum Portwein in die Bibliothek zurückgezogen hatten, hatte sich Sir Isbill an Avery gewandt und gesagt: »Nun denn, was erzählt mir Strand von einem Kometen?«

Und mit dieser Aufforderung fand Avery die Sprache wieder. Sie fürchtete, sie hatte vielleicht ein wenig zu viel Gebrauch von ihr gemacht, denn wenn sie nun zurückdachte, schien es ihr, als hätte sie in der vergangenen halben Stunde nichts anderes getan, als ununterbrochen zu reden.

»Habe ich zu viel geredet?«, erkundigte sie sich besorgt bei Giles.

Sie befanden sich noch in der Bibliothek, Giles verschloss die Kristallkaraffe mit einem Stöpsel, während sie wie festgewurzelt dastand und auf die Tür starrte, durch die Sir Isbill eben gegangen war.

»Klang ich vernünftig?«

Darüber musste er lächeln. »Meine Liebe, ich befinde mich kaum in der Lage, das zu beurteilen.«

»Sah er so aus, als ergäbe das, was ich gesagt habe, Sinn? Ich fürchte, ich habe zu schnell gesprochen und manchmal, wenn ich das tue, wirkt meine Beweisführung nicht unbedingt nachvollziehbar. Sah es so aus, als hätten meine Ausführungen Sinn ergeben?«

»Meinen Sie, ob er offen verächtlich gewirkt hat? Nein.«

»O nein. Hat er dann insgeheim verächtlich gewirkt?«, erkundigte sie sich entsetzt.

Giles lachte und nahm tröstend ihre Hand in seine. Es schien ihr das Natürlichste auf der Welt zu sein, sie zu umklammern, ein Talisman gegen die Angst. Sie schloss sich fester um ihre, warm und stark.

»Atmen Sie durch, Avery. Nein, er hat auf keine Weise verächtlich gewirkt. Sie haben sich gut geschlagen. Haben Sie nicht gesehen, dass ich genickt und mich in Brust geworfen habe, so stolz, als hätte ich Ihren Kometen selbst entdeckt?«

Diese beruhigenden Worte bedeuteten ihr alles. Es stimmte, er hatte genickt und gelächelt und war der Unterhaltung gefolgt, als sei er tatsächlich daran interessiert. Sie bezweifelte nicht, dass das gespielt gewesen war, darauf angelegt, sie zu unterstützen, alles nur ihr zuliebe. Von Dankbarkeit und Erleichterung schier überwältigt, entzog sie ihm ihre Hand und warf ihm die Arme um den

Hals, sodass ihre Füße nur noch mit den Zehenspitzen den Boden berührten. »Er hat nicht verächtlich gewirkt!«, rief sie glücklich. »Sie sind sicher, dass er nicht verächtlich war. Oh danke, Strand. Danke.«

Statt einer Antwort schlang er die Arme um sie, zog sie enger an sich, während er sich aufrichtete, sie dabei hochhob. Sie drehte den Kopf, um ihn anzulächeln und zu sagen …

Welche Worte auch immer sie hatte aussprechen wollen, sie erstarben. Sein Blick fand ihren, weich wie Asche. Heute Nacht war nichts Kaltes oder Frostiges in seinen Augen.

Trotz des dick gepolsterten Korsetts zwischen ihnen war sie sich seines muskulösen Oberkörpers, seiner langen kräftigen Beine und des starken Armes, der sie wie ein Stahlband an sich fesselte, bewusst. Sie wünschte, sie würde nicht dieses grässliche Korsett tragen, damit sie seinen Körper noch deutlicher spüren konnte. Ihr Herz schlug wie ein gefangener Vogel in ihrer Brust. Und ihre Armen wollten ihn einfach nicht loslassen.

Sie befeuchtete sich mit der Zungenspitze die Lippen, hoffte, dass sie imstande sei, etwas zu sagen. Seine freie Hand legte sich in ihren Nacken. Sie hatte alle Zeit der Welt, sich abzuwenden, den Blickkontakt zu unterbrechen. Aber sie tat es nicht. Er senkte den Kopf, langsam, zielgerichtet. Seine Lippen streiften ihre. Sie seufzte, und ihr wurde schwindelig angesichts dieser Zärtlichkeit, dieser Verheißung. Oder war er es? Dann lag sein Mund auf ihrem, fest, vollkommen.

Was Küsse anging, so war dieser reichlich erschütternd. Die Welt wirbelte davon, und alle Gefühle konzentrierten sich auf die Stelle, wo seine Lippen ihre berührten, warm, lebendig und drängend. Seine Finger strichen ihr durch die kurzen Locken, als er sie über seinen Arm nach hinten beugte, ihr folgte.

Keine warnenden Worte, die sie je gehört hatte – und Mrs Bedling hatte dafür gesorgt, dass sie jede Menge zu hören bekam –, hatten sie auf einen solchen Kuss vorbereitet. Denn obwohl ihr Verstand einen Schritt zurückwich und sich klar bewusst war, dass das, was da geschah, nicht geschehen sollte, sang das Blut in ihren Adern eine berauschend primitive Melodie, die alle Vernunft übertönte.

Sie schlang ihm die Arme fester um den Hals, nicht, damit sie nicht fiel, sondern um ihn näher zu ziehen. Er schmeckte nach Portwein, und seine Lippen waren fest und warm, fachten ein Feuer an, das gar nicht erst hätte entzündet werden dürfen. Sie erwiderte den Kuss, tief, leidenschaftlich, und keuchte leise vor Entzücken, als seine Zunge ihre berührte und blieb.

Aber bei diesem Laut, in genau dem Moment, als sie sich ihm bebend ergab, brach er den Kuss ab, so abrupt, wie er begonnen hatte. Mit einem rauen Keuchen löste er seinen Mund von ihrem und richtete sich auf. Sachte stellte er sie wieder auf die Füße, schaute sie eindringlich an, aber sein Blick verriet nichts. Sie wankte ein wenig, und er fasste sie am Ellbogen, stützte sie.

Sie wusste nicht, was sie denken sollte. Wie sie reagieren sollte. Sie bekämpfte den Drang, ihn zu fragen, warum er aufgehört hatte, und gleichzeitig den ebenso heftigen Drang, vor Verlegenheit wegzulaufen. Letztlich blieb sie, starrte ihn an, versuchte zu deuten, was sie in seinem Gesicht lesen konnte. Wie bei den Ombre chinoises, den Schattenpuppenspielen, die sie in Frankreich gesehen hatte, flackerten unergründliche Gefühle über sein Gesicht, zu schnell, um sie zu interpretieren oder auch nur genauer zu bestimmen.

Er lächelte, ein wenig schief, legte ihr einen Finger ans Kinn.

»Pardon, *mon chat*. Das war die Macht der Gewohnheit, fürchte ich. Ein weibliches Wesen – selbst als Mann verkleidet – in meinen Armen, und ich kann mich nicht beherrschen.«

Sie blinzelte nur verständnislos.

»Kommen Sie, Avery.« Er klang ruhig, ganz natürlich – nur dass seine Brust sich ein wenig zu heftig hob und senkte, als zwinge er seinem Atem einen gleichmäßigen Rhythmus auf. »Sehen Sie mich nicht so tragisch an. Es war schließlich nur ein Kuss.«

»Ja«, sagte sie, hatte Angst, dass ihre Stimme bebte. »Ja, natürlich. Wie provinziell ich Ihnen vorkommen muss.«

Und ehe er darauf antworten konnte, lief sie aus dem Zimmer.

Kapitel 22

Giles fluchte stumm, während er zusah, wie Avery über den schwach erleuchteten Flur vor der Bibliothek verschwand. Seine Hand ballte sich zur Faust, und er schloss fest die Augen, legte den Kopf in den Nacken und konzentrierte sich auf seine Atmung. Am liebsten hätte er irgendetwas geschlagen. Fest. Und wenn es zurückschlagen würde, umso besser.

Ihr Duft war sein Untergang gewesen. Sie hatte ihm in einem Moment des Überschwangs – nur ein Schurke hätte das mit irgendetwas anderem verwechselt – die Arme um den Hals geworfen. Eigentlich hatte er ihr nur eher onkelhaft die Schulter klopfen wollen, als er eingeatmet hatte. Sie roch nach Wolle und schwach nach Seife, aber vor allem roch sie nach Avery, ein Duft, der leicht süßlich war und sehr sinnlich, so lebendig und weiblich und gedankenverwirrend wie ein Rauschmittel. Ihr Duft war der auslösende Funke gewesen, aber es wäre gelogen, wenn er nicht zugeben würde, dass andere Faktoren zu dem Kuss beigetragen hatten. Den ganzen Abend lang schon hatte er seine Augen nicht von ihr losreißen können.

Als Sir Isbill sie gebeten hatte zu beschreiben, mit welcher Methode sie das Erscheinen des Kometen hervorgesagt hatte, hatten sich ihre Pupillen geweitet, die indigofarbene Iris war aufgestrahlt, und Farbe war ihr in die Wangen gestiegen. Alles, was er tun konnte, war, zuzusehen und sich verwundert zu fragen, wie um alles auf der Welt Sir Isbill sie nicht sah, die bezaubernde junge Frau, die ihm mit lachhaft ausgestopftem Bauch und künstlich buschigen Brauen gegenüber saß?

Wie konnte Isbill denken, dass eine so zart schimmernde, so seidige Haut einem Mann gehören könnte? Die Form ihrer Ohren, ihr schlanker Hals und die fein gezeichneten Schläfen, die bläulichen Adern auf der Innenseite ihrer Handgelenke, das alles verriet sie. War Isbill blind?

Oder war er selbst verrückt?

Unzweifelhaft Letzteres. Es war nicht nur ihr Aussehen, das sein Herz schneller schlagen ließ, das ihn die Hände zu Fäusten ballen ließ. Es war so viel mehr. Ihr Geist, ihr Lachen, ihre Respektlosigkeit … alles. Giles öffnete die Augen und vertrieb ihr Bild, die Erinnerung an ihren Mund, nachgiebig und hingebungsvoll unter seinem, ihre Arme um seinen Hals, ihr Herz, das wie wild schlug …

Verdammt. Was, wenn einer der Dienstboten hereingekommen wäre und sie gesehen hätte? Es war pures Glück gewesen, das das nicht passiert war.

Wie als Antwort auf diese Überlegung erschienen zwei Hausmädchen auf der Türschwelle, um die benutzten Gläser wegzuräumen. Bei seinem Anblick, wie er da allein mitten im Zimmer stand, erschraken sie. Sie knicksten rasch und wollten sich mit einem gemurmelten »Verzeihung, Mylord« zurückziehen.

»Kommt rein. Ich bin hier fertig.« Er ging an ihnen vorbei und zu seinen Räumen nach oben, aufs Neue von grimmiger Entschlossenheit beherrscht.

Dieser Kuss hätte gut und gerne Averys Hoffnung darauf, ihren Traum zu verwirklichen, zerstören können. Und nicht nur das. Er hätte auch seine eigene Mission, herauszufinden, was aus Jack und Anne Seward geworden war, gefährdet.

Er hatte alles in seiner Macht Stehende für Avery getan. Der nächste Schritt lag nun bei Sir Isbill. Wenigstens für eine kurze Zeit stand es ihm frei, seinen eigenen Ermittlungen nachzugehen. Außerdem musste er den Kopf frei bekommen. Für den Moment war das hier Averys Heim. Und daher sollte sie hier vor der Sorte Aufmerksamkeiten sicher sein, die er ihr aufgedrängt hatte. Es war seine Pflicht, ihr einen sicheren Hafen zu bieten, aber er hatte kläglich versagt, *weil sie so gut roch*. Himmel. Wo war seine Selbstbeherrschung geblieben? Seine Disziplin? Sein Ehrgefühl?

Hätte sich ein anderer Mann solche Freiheiten bei ihr herausgenommen, hätte er ihn zum Duell gefordert. Das Allermindeste, was er tun konnte, war sicherzustellen, dass es nicht wieder geschah. Er sollte das beherzigen, was er zu ihr gesagt hatte: Es war nur ein Kuss. Avery war keine Siebzehnjährige mehr. Sie war vierundzwanzig, verdammt attraktiv und hatte an mehr Orten als er gelebt. Irgendwann in ihrer Vergangenheit hatte gewiss irgendein junger Mann sie geküsst …

Seltsamerweise trug das nicht dazu bei, dass sich seine Laune besserte. Vielmehr verschlechterte sie sich weiter. Er fluchte erneut, nahm immer zwei Stufen auf einmal nach oben, verbot es sich, zu ihrer Tür zu sehen.

In seinen Zimmern angekommen, tauschte er seine Abendgarderobe gegen die abgetragene schlecht sitzende, aber warme Kleidung eines Kaufmannes. Er legte einen schweren Mantel an, steckte sich eine geladene Pistole in die Innentasche. Wo er hin wollte, wappnete sich ein kluger Mann gegen jede Eventualität, und er war, wenigstens in der Mehrzahl der Fälle, ein kluger Mann.

Er ging die Treppe wieder hinunter und verschwand in der Nacht.

Um zu jagen.

Der Lärm wurde betäubend laut, als sich die Bankreihen in den zweckentfremdeten Stallungen mit Leuten füllten. Straßenhändler und einfache Soldaten, Kesselflicker, Rattenfänger, Metzger und Dienstboten drängten in den Raum. Unter ihnen befanden sich auch ein paar beklommen blickende junge Männer aus der Oberschicht, die zu einem unterhaltsamen Abend in den Hafen gekommen waren. Ein paar Lastträger begannen, Rattenkäfige abzuladen, und sie in der Mitte des behelfsmäßigen Kampfplatzes zu stapeln, dessen Umrandung etwa vier Fuß hoch war. Ein paar der antretenden Hunde, die von ihren Besitzern festgehalten wurden, zitterten wie gespannte Violinsaiten und winselten nervös.

Giles stand unweit des Ausgangs, wartete auf den Mann, mit dem er sich hier verabredet hatte. Er hoffte, er hätte seine Geschäfte bereits erledigt, wenn die Rattler losgelassen würden. Hundekämpfe und Tiere künstlich zu reizen waren ihm immer schon als widerlicher und zudem feiger Zeitvertreib erschienen. Wenn man der Ansicht war, das man Blut fließen sehen musste, um sich gut zu unterhalten, dann sollte man auch den Mumm haben, das eigene Blut zu riskieren.

Ein Junge, dessen Füße zum Schutz vor dem gefrorenen Boden in Lumpen gewickelt waren und dessen dürrer Körper durch seinen Mantel nur notdürftig bedeckt wurde, erschien neben ihm und reichte ihm eine Nachricht. »Mr Bees hat gesagt, ich soll Ihnen das hier geben, und dass Sie mir einen Schilling zahlen, wenn Sie sie bekommen«, sagte er.

»Ach ja?« Giles drückte ihm ein paar Schillinge in die Hand und achtete dabei darauf, dass niemand das beobachtete. Wenn jemand wusste, dass der Junge Geld erhalten hatte, würde er nicht weit kommen, bevor jemand es ihm abzuknöpfen versuchte. Statt sofort zu gehen, blieb der Junge, was Giles' Neugier weckte.

»Was ist, Bursche?«

Das schmale Gesicht verzog sich, ärgerlich und trotzig. »Sind Sie reich?«, platzte er schließlich heraus. »Mr Bees hat gesagt, sie geben mir einen Schilling, weil sie ein reicher Schnösel sind. Aber so sehen Sie gar nicht aus.«

Giles fand, dass er dafür vermutlich dankbar sein sollte. »Ich komme zurecht. Wieso willst du das wissen?«

Der Blick des Jungen zuckte durch den Raum zu der Stelle, wo ein brutal wirkender Mann mit einer Blumenkohlnase über einer kleinen eingeschüchterten Terrierhündin stand. »Das da ist mein

Hund. War mein Hund. Sie sollten sie dem Kerl abkaufen. Sie werden es nicht bereuen. Sie ist ein echter Teufel mit Ratten, wenn sie gesund ist.«

Giles betrachtete den Jungen ernst. »Ich lasse Hunde nicht kämpfen. Und ich wette auch nicht auf Ratten.« Er drehte sich um, aber der Junge fasste ihn am Ärmel.

»Das ist auch gut. Gut.« Die Worte sprudelten aus dem Jungen nur so heraus. »Sie nehmen sie mit nach Hause, und Sie werden nie wieder eine Ratte sehen. Sie ist gut erzogen. Macht nicht in ihren Käfig. Beißt nicht, jedenfalls nicht viel.«

Giles lächelte und griff in seine Tasche, um einen weiteren Schilling herauszuholen, dachte, damit müsste das Gespräch vorbei sein. Er reichte ihn dem Jungen, aber der schüttelte den Kopf, weigerte sich verärgert, ihn anzunehmen. Ein Straßenjunge, der kein Geld wollte? Da stimmte etwas nicht.

Er senkte die Stimme. »Warum willst du den Hund unbedingt loswerden?«

Einen Moment lang starrte der Junge ihn an, hart erworbene Vorsicht und Misstrauen lagen im Wettstreit mit der Notwendigkeit, mehr preiszugeben. »Sie ist ein guter Hund!«, erklärte er schließlich mit leiser, aber nachdrücklicher Stimme. »Aber sie ist alt. Vier oder fünf Jahre. Und sie hat seit Monaten keinen Penny gewonnen. Sie ist ausgelaugt, und er will sie heute den Hundekämpfern als Köder verkaufen. Sie wird ihm einen guten Preis bringen, weil sie sich wehren wird.«

»Er« war vermutlich der brutale Kerl mit der großen verunstalteten Nase. Giles starrte in das junge schmutzige Gesicht.

»Hören Sie, Mister. Sie sind reich genug, mir dafür, dass ich Ihnen eine Nachricht überbringe, ein paar Schilling zu geben. Sie können für sie auch noch ein paar mehr zahlen. Sie ist ein guter Hund. Bitte.«

»Bitte« war kein Wort, das dem drahtigen Jungen mit dem harten Gesicht leicht fiel. Noch waren es die Tränen, die sich in seinen Augen sammelten. Gefühle waren eine gefährliche Schwäche in dieser Gegend und auf der Straße. Aber irgendwie hatte er hier etwas gefunden, was er lieben konnte. Etwas, was ihm wichtig genug war, um Verletzlichkeit zu zeigen.

»Hör zu, Junge. Ich werde dir eine Krone geben, um dir den Hund zu kaufen, dann …«

»Nein! Er nimmt sie mir nur wieder weg.«

Giles schaute sich um. Der Hundebesitzer schrie einen seiner Kumpane an. Der gefleckte Hund war unter die Bank gekrochen. »Gibt es keinen Ort, an den du mit ihr gehen kannst?«

»Wo soll das sein?«, fragte der Junge, und sein Gesicht spiegelte seine ganze Ohnmacht, Wut und Elend wider. »Er ist mein Pa.«

Natürlich. Abscheu und Mitleid füllten Giles. Er brauchte weiß Gott keinen alten, halb wilden Rattler. Aber er brauchte auch kein widerborstiges astronomisches Genie mit einem Lächeln, bei dem ihm der Atem stockte, und Lippen wie Samt.

»Hol sie.«

Was war nur mit ihm los?

Kapitel 23

Giles verließ das Gebäude, als der erste Hund unter dem begeisterten Gejohle der Zuschauer in die Arena mit den Ratten gesetzt wurde. Der weiß-braune Terrier, dessen unfreiwilliger Besitzer er geworden war, schlich neben ihm her und wehrte sich gegen den Strick um seinen Hals. Er hatte keine Ahnung, was er mit der Terrierhündin anfangen sollte, aber jetzt kam sie erst einmal mit ihm.

Als er tiefer in die Stadt verschwand, weg von den Docks, löste sich ein untersetzter, haariger Mann aus den Schatten und folgte Giles in eine gewundene Gasse. Wenig Licht drang zwischen die eng stehenden Mauern, und die Pflastersteine waren uneben. Die Terrierhündin knurrte neben ihm leise, heiser. Giles trat zur Seite, zog das Tier mit sich hinter die skelettartigen Reste eines lang aufgegebenen Karrens und wartete. Einen Augenblick später schlich der unförmige Schatten an ihm vorbei. Giles verließ hinter ihm sein Versteck.

»Warum folgen Sie mir?«

Der Mann zuckte zusammen und spähte in das schwache Licht. Giles erkannte in ihm den Vater des Jungen und vormaligen Besitzer des Hundes zu seinen Füßen. Das Tier fletschte stumm die Zähne.

»Verdammt! Sie haben mich vielleicht erschreckt.«

»Noch einmal: Warum folgen Sie mir?«

Der Kerl war so dumm wie verroht. Sein Blick zuckte umher, bis er den Hund zu Strands Füßen entdeckt hatte. »Will nur meinen Hund holen, das ist alles. Will hat gesagt, Sie hätten eine Krone für sie gezahlt, aber ich hab kein Geld gesehen. Und als Nächstes packt Will meinen Hund, und ich seh nur noch, wie Sie mit ihr verschwinden.«

Fast hätte Giles gelacht. Nachdem der Kerl Giles' Geld gesehen hatte, hatte er beschlossen, ihn auszurauben und nach dem böse aussehenden Stilett zu urteilen, das er in seinem Ärmel hatte verschwinden lassen, auch Schlimmeres.

»Ich habe gesehen, wie der Junge Ihnen das Geld gegeben hat«, erwiderte Giles.

Unsicherheit malte sich auf die groben Züge des Mannes. Er konnte sich unverrichteter Dinge trollen, bei Weitem die vernünftigere Entscheidung, oder sein Glück versuchen.

Der Narr entschied sich, sein Glück zu versuchen.

Mit einem Brüllen ließ er das Messer in seine Hand gleiten und hob den Arm, bereit zuzustechen. Giles hätte dem Angriff mühelos ausweichen können, aber plötzlich riss sich der Terrier los und sprang zwischen ihn und den anderen, brachte Giles aus dem Gleichgewicht. Er fiel zur Seite, spürte den heißen Stich der Klinge in seinem Oberarm und prallte auf den eisigen Boden, rechnete fest damit, dass sein Angreifer erneut auf ihn einstechen würde. Stattdessen hörte er ihn in Schmerz und Wut aufheulen.

Mit einer geschmeidigen Bewegung war Strand wieder auf den Füßen. Die Hündin hatte ihre Zähne fest in die Wade ihres früheren Besitzers gegraben und ließ nicht los, schüttelte den Kopf, als würde sie eine Ratte töten. Der Mann fluchte lästerlich und drehte die Hand, um den Hund mit der Klinge zu töten.

Giles bekam sein Handgelenk zu fassen, nur wenige Zoll, bevor er das Stilett in den Terrier versenken konnte, verdrehte dem anderen die Hand, bis er Knochen brechen hörte. Der Mann schrie auf, und das Messer landete klappernd auf der Straße. Strand trat es weg, sandte es schlitternd in die Dunkelheit, während der Mann vor ihm auf die Knie fiel und den Hund von seinem Bein riss, ihn gegen die nächste Hauswand schleuderte. Die Hündin prallte gegen die Mauer und blieb wie leblos liegen.

Der Mann grinste. »Na. Sieht so aus, als würden wir beide jetzt keinen Hund mehr haben.«

Mit einem halblauten Fluch packte Strand den Mann am Kragen und riss ihn hoch. Zu spät bemerkte er seinen Fehler und drehte sich weg. Der andere traf ihn mit dem Knie, verfehlte aber gerade so den Schritt. Schmerz schoss durch Giles' Körper, als er sich krümmte und die ungebrochene Faust des Mannes ihn am Hinterkopf traf. Lichtblitze zuckten vor seinen Augen.

Der Mann beugte sich über ihn, schlang seinen fleischigen Arm um Giles' Hals und presste ihm die Luft ab. Giles hakte seinen Fuß hinter das Bein seines Angreifers und trat nach hinten, sodass sie beide auf die Straßen stürzten. Der andere landete auf dem Rücken, weigerte sich aber, seinen Würgegriff zu lockern, selbst als Giles schwer auf ihn fiel.

Giles' Kehle schmerzte, seine Lungen brannten, aber er hatte jetzt einen leichten Vorteil. Er richtete sich auf und warf sich nach hinten, sodass der Kopf des anderen auf die Pflastersteine prallte. Das tat er wieder und wieder, suchte mit den Absätzen Halt auf dem eisigen Pflaster, während der Mann ihn weiter mit einer Hartnäckigkeit würgte, die aus der Verzweiflung geboren war.

Giles kämpfte darum, nicht das Bewusstsein zu verlieren, seine Gedanken verschwammen, das Blut rauschte ihm immer lauter in den Ohren. In letzter Minute erschlaffte der Griff um seinen Hals. Aus der tödlichen Umarmung befreit rollte er sich zur Seite, erhob sich auf Arme und Knie und rang um Atem. Der andere Mann stöhnte. Giles kam auf die Füße, nahm das Stilett und kehrte stolpernd zu dem am Boden Liegenden zurück.

»Was woll'n Sie jetzt tun?«, fragte der Mann undeutlich und spuckte einen Zahn aus dem blutigen Mund. »Mich töten? Wegen einer alten Hündin?«

Giles wollte das. Er wollte es, erkannte er, sogar sehr. Aber wenn er das tat, was würde dann aus dem Jungen und seinen Geschwistern werden, die er vielleicht hatte. Zweifellos wären sie ohne den

Kerl besser dran, denn wenn er Hunde misshandelte, würde er bestimmt auch vor Kindern und Frauen nicht Halt machen. Und allen anderen, die kleiner, weniger niederträchtig oder schwächer als er waren.

Ein leiser Schauer überlief Giles, als ihm bewusst wurde, dass er in einer dunklen Gasse stand und fast gelassen darüber nachdachte, ob er einen anderen, der keine Gefahr mehr für ihn darstellte, kaltblütig umbringen sollte. Und schlimmer noch – an der Überlegung war nichts, was ihm Angst machte. Es schien vollkommen angemessen für den Mann, zu dem er geworden war. *Der Mann, zu dem er geworden war.* Er hatte vorher nie kaltblütig getötet. In der langen Liste seiner Sünden war Mord bisher noch nicht aufgetaucht.

Was war aus dem idealistischen jungen Mann geworden, der von dem leidenschaftlichen Wunsch beherrscht gewesen war, in die Schlacht zu reiten und sein Land und dessen Bürger zu beschützen? Was war aus dem Mann geworden, der er hatte werden wollen? Er war verschwunden, aber mit einem Mal schien es ihm unendlich wichtig, ihn wiederzufinden.

Er blickte auf den am Boden Liegenden, dessen Augen vor Furcht ganz glasig waren, dann zu dem narbenübersäten Hund. Er war unentschlossen. Was auch immer er wusste oder sich wünschte, er wusste, dass die Welt diesen Mann nicht brauchte.

Schließlich war es der Terrier, der ihm das Leben rettete.

Die Hündin winselte, lenkte Strand ab. Er ging zu ihr und hockte sich vor sie, tastete sie auf der Suche nach gebrochenen Knochen ab. Als er aufblickte, war der Mann verschwunden.

Und Giles war erleichtert.

Kapitel 24

Giles machte aus seinem Taschentuch einen behelfsmäßigen Verband und schob ihn unter seinen Ärmel, vertraute darauf, dass der enge Sitz des Rockes das Tuch an Ort und Stelle halten würde. Die Stichwunde schien die Beweglichkeit seines Armes nicht weiter eingeschränkt zu haben. Er würde sich später darum kümmern. Jetzt hatte er eine Verabredung, die es einzuhalten galt.

Er benötigte etwas Zeit, um die Adresse zu finden, die auf das schmutzige Stück Papier gekritzelt war, das Will ihm gegeben hatte. Auf den Straßen waren nur wenige Menschen, und keiner von ihnen aus freien Stücken. Ein eisiger Wind wehte vom Fluss her, ließ den Schlamm gefrieren. Über ihm standen die Häuser in der engen Gasse dicht an dicht, die Fenster fest geschlossen, die Läden verriegelt, um das bisschen Wärme in den Zimmern dahinter innen zu halten. Diejenigen, die nicht genug Geld besaßen, um sich ein Lager für die Nacht zu mieten, kauerten sich in Hauseingängen und Nischen zusammen. Morgen früh wären ein paar tot, Opfer der bitteren Kälte, die die Stadt nun schon seit Wochen in ihrem Griff hielt.

Schließlich fand Strand sein Ziel, durch einen großen Mann mit einer dicken Strickmütze und einem schweren Mantel, der davor stand, darauf aufmerksam gemacht. Er stampfte mit den Füßen und blies sich in die Hände. Als er Strand erblickte, winkte er ihn zu sich.

Er war ein wahrer Hüne von Mann, dessen Stirn über der rechten Braue eingedellt war, wodurch das darunter liegende Auge nach unten und nach außen verschoben war. Schwarze Bartstoppeln bedeckten seine Wangen, und seine Lippen wiesen eine bläuliche Färbung auf. »Hat lang genug gedauert, was?«, beschwerte er sich, drehte sich um und lief eine kurze Treppe hinunter. Unten angekommen klopfte er zweimal gegen die Tür.

Sie schwang auf, gab den Blick frei auf eine Szene, die so unwirklich wie behaglich war. Ein fröhliches Feuer flackerte in dem kleinen Kamin des schmalen Zimmers mit der niedrigen Decke. Mehrere zusammengewürfelte Polsterstühle bildeten einen Halbkreis vor den Flammen. Ein halbes Dutzend Männer saß darauf, einen Teller mit Essen auf den Knien. Einer zog an einer würzig riechenden Pfeife. Bei Giles' Eintreten blickten sie mit wachsamen Mienen auf.

Einer der Männer vor dem Feuer erhob sich. Er trug sein dunkles Haar lang und zu einem altmodischen Zopf gebunden. Eigentlich wirkte er nicht ungewöhnlich, war von mittlerer Größe und weder dünn noch dick. Aber sein Kinn war deformiert und sein Mund von wulstigen Narben verzerrt, aber wenn er lächelte, wie er es jetzt gerade tat, entblößte er eine Reihe perfekter weißer Zähne. Es waren nicht seine eigenen. Sergeant Alfred Bees hatte seine Zähne im Krieg verloren, als eine Muskete ihn im Gesicht getroffen hatte.

»Giles. Mein Junge. Welchem Umstand verdanke ich das Vergnügen? Sie sind doch sicher nicht auf der Suche nach einem Hundekampf gekommen, oder? Weil das arme alte Mädchen mehr tot als lebendig aussieht.« Er nickte zu der Hündin, die Giles auf dem linken Arm trug.

»Nein, das ist mein Schoßhund.«

Alfie Bees bog sich vor Lachen und klatschte in die Hände. »Himmel, Giles. Sie wissen doch immer, wie Sie mich zum Lachen bringen können. Joff, gieß Seiner Lordschaft hier ein Glas ein.«

Der Hüne mit dem eingedellten Schädel griff über den grobgezimmerten Holztisch nach der Flasche.

»Danke, Mr Bees«, erwiderte Giles, »aber ich bleibe nicht lange.«

»Nun, das wird sich zeigen, was?«, antwortete Alfred Bees.

»Wissen Sie etwas, was eine längere Unterhaltung nötig macht?« Giles bemühte sich, alle Gefühle aus seiner Stimme herauszuhalten.

Alfie Bees war ein Krimineller, ein Erpresser, ein Dieb und zweifellos auch ein Mörder, aber in der Rangordnung der Londoner Unterwelt kam er einem König so nahe, wie es nur möglich war. Wie jeder Monarch hielt er ein Auge auf jeden Rivalen um seine Krone. Alles, was in dieser Gegend passierte und was in irgendeiner Weise wissenswert war, landete irgendwann auch bei ihm. Und alles war für den rechten Preis zu haben, weil er, obwohl er sich selbst als Schurken bezeichnete, doch zuallererst Geschäftsmann war. Wenn er glaubte, dass dadurch, dass er eine Information zurückhielt, sie ihm an anderer Stelle mehr einbringen würde, würde nicht zögern.

Giles hatte keine Geduld für solche Spielchen.

Alfie deutete auf einen leeren Stuhl. Mit einem raschen abschätzenden Blick nahm Giles darauf Platz, platzierte den Hund zu seinen Füßen und setzte sich so, dass er die anderen Männer von Alfies »Hofstaat« im Blick hatte.

Obwohl er wusste, dass es Alfie nichts einbringen, aber teuer zu stehen kommen konnte, wenn er versuchte, Giles über den Tisch zu ziehen, hatte er nicht zahllose brenzlige Situationen überlebt, ohne zu lernen, dass man sich nicht auf den gesunden Menschenverstand eines Irren verlassen konnte. Er behielt seine linke Hand in der Manteltasche, einen Finger auf dem Abzug.

»Haben Sie irgendwas in der Angelegenheit erfahren, über die wir gesprochen haben?«

»Nein«, sagte Alfie. »Wenn jemand Seward beseitigt hat, dann war das niemand von hier. Aber«, er legte sich einen Finger an die Nase, »vor einem Monat waren ein paar Deutsche bei den Hundekämpfen in Haldergate. Seeleute, haben sie behauptet, nur ein oder zwei Tage im Hafen. Interessante Leute.

Hab meinen Jungen beim Hafenmeister nachfragen lassen, und es sieht so aus, als seien in der Woche gar keine deutschen Schiffe im Hafen gewesen.« Alfie zuckte die Achseln. »Natürlich arbeiten deutsche Seeleute nicht nur auf deutschen Schiffen, nicht wahr? Andererseits sind sie vielleicht aus einem bestimmten Zweck hergekommen. Um Kehlen durchzuschneiden.«

»Und wo wären dann die Leichen?«

Alfie lächelte. »Wasch deine Sünden im Fluss, hat meine Ma immer gesagt.«

Die Vorstellung der hübschen Anne Seward, die einfach so in die Themse geworfen wurde, verdunkelte Strand die Stimme. »Finden Sie heraus, auf welchem Schiff die beiden angekommen sind.« Er holte einen kleinen Geldbeutel hervor und ließ ihn auf den Tisch fallen. »Ich zahle gut für diese Information. Sie erreichen mich auf gewohntem Weg.«

»Sie kommen her?«

»Tue ich das nicht immer?« Er schob seinen Stuhl nach hinten, um aufzustehen.

Kapitel 25

Es war weit nach Mitternacht, als Giles die kurze Treppe zum Dienstboteneingang seines Stadthauses hinabstieg. Der einzige Mensch, den er noch anzutreffen erwartete, war Travers, der trotz seiner wiederholten Anweisung, nicht auf ihn zu warten, Wache halten würde. Da es nur noch wenige Stunden waren, bis es wieder Zeit wurde, aufzustehen, würde der Rest der Dienerschaft im Bett liegen.

Und in der Tat, Travers war nicht weit von der Hintertür entfernt, in einen Morgenrock gekleidet und die Laterne in der Hand. Ohne Vorrede trat Giles ein und drückte ihm den Hund in den Arm. Die kleine Hündin blickte in sein überraschtes Gesicht, fletschte die Zähne und knurrte.

Diese Begrüßung konnte Travers nicht aus der Ruhe bringen. Er schloss die Tür, runzelte die Stirn und rümpfte die Nase. »Was ist das?«

»Das ist mein Hund. Sein früherer Besitzer, ein magerer kleiner Straßenjunge, treibt sich im Garten herum. Er gibt sich dem falschen Eindruck hin, ich hätte nicht bemerkt, dass er mir folgt. Ich fürchte, der Junge ist ebenso übelriechend wie das Tier. Finden Sie dem Jungen ein Bett im Stall bei Sam, dann soll Mrs Silcock sie morgen früh beide säubern, Hund und Junge.

»Ja, Sir.« Travers' Stirnrunzeln vertiefte sich, und er machte einen Schritt auf ihn zu. »Ist das Blut auf Ihrem Ärmel? Das *ist* Blut. Sind Sie … Haben Sie sich verletzt?«

»Nichts, das nicht wieder heilt.«

»Was ist passiert? Ein Unfall oder so etwas? Ist Ihr Arm gebrochen? Ich werde sogleich nach einem Arzt schicken …«

»Nein«, unterbrach Giles ihn. »Das werden Sie nicht. Es ist nichts gebrochen. Ich hatte keinen Unfall. Es ist eine Stichwunde.«

»Was?«

Beim Klang der weiblichen Stimme von der Dienstbotentreppe drehten sich Travers und Giles beide um. Avery löste sich aus der Dunkelheit und lief an seine Seite. Ohne einen Moment zu zögern, begann sie, ihm mit finster zusammengezogenen Brauen den Mantel auszuziehen.

Sie hatte sich nicht die Mühe gemacht, den Morgenrock mit dem Gürtel zuzubinden, sodass der weite Stoff sich um sie bauschte und ihre Figur hinreichend verbarg. Aber trotzdem gelang es ihr, verdammt anziehend auszusehen. Ihre bloßen Füße lugten unter dem Saum hervor, und ihre kastanienbraunen Locken umrahmten ihr rosiges, sauberes Gesicht. Es gelang ihr, ihm den Mantel abzustreifen, und sie ließ ihn unbeachtet zu Boden fallen, bevor sie sich an seinem Rock zu schaffen machte und mit über seinen Arm gebeugtem Kopf nach der Wunde suchte. Ihr Nacken wirkte verletzlich, seidig und zart.

Es juckte ihn in den Fingern, sie dort zu berühren. Sie überall zu berühren. Und sie noch einmal zu küssen …

Sie stieß einen bekümmerten Ausruf aus, als sie ihm den Rock von der Schulter zog und das blutgetränkte Taschentuch freilegte. Sie schaute ihn vorwurfsvoll an. »Das muss umgehend versorgt werden.«

Ihre Heftigkeit verblüffte ihn. »Das werde ich.«

»Ich lasse einen Arzt kommen«, erklärte Travers.

»Nein.« Avery zeigte mit dem Finger auf Travers. »Der lässt ihn nur zur Ader, obwohl er schon jede Menge Blut verloren hat. Ich werde mich um die Wunde kümmern.«

»Sie? Ich denke nicht, dass das ziemlich wäre«, wandte Travers ein.

»Ob ziemlich oder nicht, das schert mich nicht.« Sie reckte trotzig das Kinn. »Mein Vater hat mehr Hunde zusammengeflickt als die meisten Ärzte Menschen, und – da gehe ich jede Wette ein – von den von ihm versorgten Wunden haben sich weit weniger entzündet. Sie wissen das, Mr Travers. So, wie Sie wissen, dass ich ihm geholfen habe.«

Sie drehte sich zu Strand um und kniff herausfordernd die Augen zusammen. »Sie werden in der Küche auf mich warten. Sie«, sie starrte Travers an, »werden eine Flasche von dem stärksten Alkohol, der im Haus aufzutreiben ist, holen, während ich in Mrs Silcocks Salon schleiche und mir ihr Nähzeug borge.«

Die beiden Männer betrachteten einander stumm.

»Was soll ich mit dem Hund tun?«, wollte Travers schließlich wissen und hielt den kleinen Terrier hoch, als sei er das Einzige, was ihn davon abhielt, tätig zu werden. Das Vieh beäugte Avery mit unverhohlener Boshaftigkeit.

Ohne ein Wort ging Avery zur Hintertür und riss sie auf. Eine magere, in Lumpen gehüllte Gestalt landete zu ihren Füßen.

Sie griff nach unten und zog ihn am Ohr hoch. »Du nimmst den Hund, schaffst ihn in die Ställe und sagst dem Stallmeister – er heißt Sam –, dass er dir ein Bett besorgen soll. Du und der Hund schlafen da.

Und als Erstes am Morgen kommst du an diese Tür. Du sagst demjenigen, der dir öffnet, dass Lord Strand dich sauber haben will. Sehr sauber. Du musst nicht ein Bad nehmen, sondern zwei. Mit heißem Wasser.

Danach gehst du wieder zurück in die Ställe und machst das Gleiche mit dem Hund. Dann, aber erst dann kannst du wieder hierher zurückkommen und eine anständige heiße Mahlzeit bekommen. Hast du das verstanden?«

Der Junge starrte sie mit offenem Mund und großen Augen an. Giles wusste genau, wie er sich fühlte. Er hatte selbst Sorge, dass sein Mund ebenfalls offenstand. Sie hatte soeben nicht nur Travers und ihn selbst herumkommandiert, sondern den Hund und den Jungen ebenfalls. Er war sich nicht sicher, ob er das mochte. Aber es war verdammt amüsant.

»Hast du das verstanden?«

»Ja, Sir. Ma'am. Sir«, stotterte der Junge.

Avery verdrehte die Augen. »Dann los.«

Mit einem leisen Freudenschrei nahm der Junge Travers den Hund ab, lief zur Tür hinaus und trat sie hinter sich zu.

Avery drehte sich um und betrachtete Travers und Giles mit einem Gesichtsausdruck, der keine Diskussion aufkommen ließ. »Und?«

Ihnen blieb wohl oder übel nichts anderes übrig, als zu gehorchen.

Fünf Minuten später kehrte Avery mit dem Deckelkorb zurück, den sie heimlich aus Mrs Silcocks Zimmer entwendet hatte, und stellte ihn auf den Tisch. Giles blickte sich unsicher um, presste eine Serviette gegen seine Schulter. Ihr wurde klar, dass er vorher nie in dieser Küche gewesen war, obwohl er sich als junger Mann in Killylea dort so wohl gefühlt hatte wie im Salon.

Ihr gefiel seine Gesichtsfarbe nicht – oder besser das Fehlen jeglicher Farbe. »Setzen Sie sich, bevor Sie umfallen.« Sie deutete auf den Stuhl.

Mit einem spöttischen Nicken tat er, wie ihm geheißen, während sie den riesigen modernen emaillierten Herd an der einen Wand untersuchte. Sie benötigte ein paar Minuten, aber bald hatte sie herausgefunden, wie er funktionierte. Sie machte Feuer und stellte einen Kessel zum Wasserkochen darauf. Zufrieden wischte sie sich den Ruß von den Händen, bevor sie sich umdrehte sich und sah, dass Giles sie beobachtete.

Sie war sich des Umstandes bewusst, dass wenige Männer ihr gestatten würden zu tun, was sie vorhatte, und sie war sich nicht sicher, ob Giles zu ihnen gehörte. Er war es gewöhnt, von ausgebildeten Ärzten behandelt zu werden, und würde auf deren Fähigkeiten eher vertrauen als auf ihre. Ihr wäre das jedenfalls so gegangen, wäre sie an seiner Stelle gewesen. Sie hatte großen Respekt vor Ärzten, aber – und das war der springende Punkt – ihre Achtung galt ihrer akademischen Leistung.

Ihre Beobachtungen legten die Vermutung nahe, dass Leute wie ihr Vater und Mrs Bedling oder die Hebamme im Dorf bei Killylea mit ihrer jahrelangen Erfahrung ein besseres Verständnis davon hatten, wie man Medizin praktizierte.

»Vertrauen Sie mir?«

Er lächelte trocken. »Wobei?«

»Bei der Versorgung der Wunde.«

Er schnitt eine Grimasse. »Um Himmels willen, Avery, es ist nur ein einfacher Schnitt. Travers wird es verbinden, und damit ist die Sache erledigt.«

»Das wäre höchst unvorsichtig. Ich nehme an, die Verletzung wurde Ihnen mit einem Messer zugefügt, und ich nehme weiter an, es war schmutzig. Mein Vater hat beobachtet, dass die Wunden, die Hunde oder ein Pferd sich durch rostige oder schmutzige Eisennägel oder Klingen zuziehen, oft eitern. Indem man sie gründlich reinigt, ehe sie zu verschorfen beginnen, so fand er heraus, kann man bei einem Großteil die Entzündungen verhindern.«

»Sie wollen den Schnitt auswaschen.«

»Ja. Und ihn, sofern nötig, nähen.«

Er betrachtete sie mit einem rätselhaften Blick, dann zuckte er die Achseln. »Gut.«

»Gut?«

»Ja, gut. Es liegt auf der Hand, dass weder Sie noch Travers zufrieden sein werden, bis mit mir etwas angestellt wird, und da ich dringend ins Bett möchte, füge ich mich. Legen Sie los.«

Sie hatte damit gerechnet, dass er heftiger widersprechen würde. Jetzt, nachdem er es nicht getan hatte, fühlte sie sich unerklärlich unbehaglich. »Ziehen Sie das Hemd aus.«

»Sie versprechen, nicht ohnmächtig zu werden?«

Sie verdrehte die Augen, und ihr Gleichmut war wiederhergestellt. »So großartig Ihr Körper auch sein soll, ich bin voller Zuversicht, dass ich imstande sein werde, in seiner Gegenwart bei

Bewusstsein zu bleiben«, erklärte sie kühl. »Ich bin in Museen gewesen.«

Seine Augenbrauen hoben sich, was sie als gespielte Verwunderung deutete. »Himmel, Miss Quinn, ich habe auf den Anblick meines Blutes angespielt, nicht den meines Körpers.«

Ihr Gleichmut löste sich in Luft auf. Ihr Blick wich seinem aus, und Hitze stieg ihr in die Wangen.

»Natürlich bin ich jetzt vor Sorge ganz außer mir, dass mein Ruf mehr verspricht als ich tatsächlich zu halten vermag.«

Sie spähte zu ihm. Er grinste, seine grauen Augen glitzerten wie Sonnenlicht auf einem Eissee. Sie weigerte sich, sich von seinem Lachen aus dem Raum vertreiben zu lassen, und reckte das Kinn.

»Ich werde es Sie wissen lassen.«

Sie hatte nicht damit gerechnet, dass er lachen würde, aber das tat er. Sie deutete auf sein ruiniertes Hemd. Er knöpfte es auf und zog sich das Kleidungsstück mit einer Grimasse über den Kopf.

Gott sei Dank lenkte ihn der Schmerz soweit ab, dass er nichts von ihrer Reaktion bemerkte, denn soweit es sie anging, war sein Ruf körperlicher Schönheit nicht übertrieben. Ja, sie hatte Statuen gesehen, idealisierte Darstellungen von Männlichkeit. Aber die waren aus kaltem Marmor. Giles hingegen war lebendig und warm.

Sein Körper war wie eine Landkarte aus Muskeln, von den beeindruckenden Gebirgen seiner Schultern und Brustmuskeln zu der glatten Vertiefung entlang seines Rückgrates und den ziselierten Rippenbögen war alles perfekt. Tief bronzefarbene Härchen bedeckten seine Brust, wurden dichter zur Mitte hin, von wo aus sie in einer Linie nach unten verliefen und in seinem Hosenbund verschwanden.

Ungewollt beschwor ihr Geist die Erinnerung an ihren Kuss herauf, das Gefühl seines Mundes auf ihrem, seiner Arme um sie herum. *Nur ein Kuss*, hatte er gesagt. Sie hatte sich seine bagatellisierenden Worte hundert Mal vorgesagt, aber dennoch konnte sie seine Nonchalance nicht annähernd erreichen.

Aber sie konnte so tun.

»Und? Wie mach ich mich?«

Sie wandte sich ab, damit er ihr Erröten nicht sehen konnte. »Ehrlich gesagt, Sie sind bestenfalls Durchschnitt.«

Er lachte leise. »Ich denke, wir wissen beide, dass das nicht stimmt.«

»Sie sind der eitelste, narzisstischste Mann, der mir je begegnet ist.«

»Ich weiß«, erwiderte er ungerührt. »Ich wurde als Kind in fast schon krimineller Weise verzogen.«

Sie wollte gerade eine spitze Bemerkung dazu machen, aber dann fiel ihr ein, dass er als Kind überhaupt nicht verzogen worden war. Wenigstens nicht als sechzehnjähriger Junge, das Alter, in dem sie ihn kennengelernt hatte. Sein Vater war seinem zweiten Sohn gegenüber kühl und distanziert gewesen, seine Mutter war weit weg und seine Geschwister verstorben oder abwesend. Sie war eine der Wenigen, die das wussten, aber er hatte wohl vergessen, dass dem so war.

Sie runzelte die Stirn, dachte darüber nach, wie seltsam es war, dass er absichtlich seine Jugend in einem falschen Licht darstellte. Wie ihr gepolstertes Korsett schien eine überbehütete Kindheit Teil seiner Verkleidung zu sein, so wie seine Eitelkeit und sein Narzissmus.

Ein sauberes Handtuch hing an einem Holzhaken über der gewaltigen Spüle. Sie nahm es und benutzte es als Topflappen, um den Kessel mit dem kochend heißen Wasser zum Tisch zu tragen. Sie blickte sich um, bis sie eine Schale mit Laugenseife unweit des Ausgusses entdeckte. Als sie sie ebenfalls geholt hatte, kam Travers gerade zurück.

Er reichte Avery eine milchig-durchsichtige Flasche. »Das hier ist eine Art Kartoffelschnaps, von dem die russische Wäscherin schwört, er könne jeden Schmerz betäuben, ob seelisch oder körperlich. Soll ich ihm ein Glas eingießen?«

»Das ist nicht dafür, seine Sinne zu vernebeln, sondern um die Wunde zu reinigen.«

»Sie wollen den Alkohol nehmen, um die Wunde zu säubern?« Obwohl Travers zweifelnd klang, widersprach er nicht direkt.

»Ja, ich werde sie mit Seife und Wasser auswaschen, dann tränke ich einen Verband mit diesem Schnaps und lege ihn darauf. Morgen werde ich sie mit einem Kräuter-Honig-Wickel neu verbinden.« Sie sah Giles an. »Natürlich nur mit Ihrer Erlaubnis.«

»Ich gehe davon aus, dass diese Bitte nur eine Formsache ist.«

Sie war sich nicht sicher, was sie darauf antworten sollte.

»Um ehrlich zu sein, habe ich nie ein Tier gesehen, das Dermot Quinn behandelt hat, das nicht wieder gesund geworden ist.« Travers' unerwartete Unterstützung entlockte ihr ein Lächeln. »Jedenfalls mehr oder weniger.«

»Ah, mehr oder weniger.« Giles nickte, atmete scharf aus und schaute sie schließlich an. »Ich nehme nicht an, dass Sie in Erwägung ziehen würden, dem von mir vorgeschlagenen Weg zu folgen, meine Schulter einfach in Ruhe zu lassen?«

Sie rümpfte die Nase. »Das bleibt natürlich Ihnen überlassen. Aber ich an Ihrer Stelle würde meiner Behandlung den Vorzug geben, statt mich dem Risiko auszusetzen, dass ein entzündetes Körperglied amputiert werden muss.«

Er starrte sie verwundert an. »Sie besitzen keine Unze Raffinesse, oder?«

»Kein bisschen«, stimmte sie ihm zu, obwohl sie sich innerlich wand. Er hielt sie nicht nur für unweiblich, sondern auch noch für gewöhnlich.

Sie hatte gedacht ... Oh! Wer konnte schon sagen, was für einen Unsinn sie gedacht hatte? Dass es zwischen ihnen eine gewisse Zuneigung gab? Dass er ihre Gesellschaft genoss? Dass sein Kuss in Wahrheit nicht »nur ein Kuss« gewesen war?

Sie wandte sich ab und rieb Seife in das Tuch, tauchte es dann in das heiße Wasser, zog konzentriert die Brauen zusammen. Die Wahrheit lautete einfach, dass Giles es leicht fand, mit ihr zu reden, weil er nicht darauf achten musste, was er sagte. Wenn er sich immer wie ein Gentleman benahm, dann einfach weil es seinem Wesen entsprach, so wie ihre mangelnde Raffinesse bei ihr. Er würde auch mit seinem Hund in dieser offenen, freundlichen Weise sprechen. Der Hund wäre nicht beleidigt.

Nun, und sie auch nicht. Sie wusste, sie waren nicht gleichrangig und konnten das auch nicht sein. Sie hatte es immer gewusst. Oder, wenn es eine kurze Zeit gegeben hatte, in der sie geglaubt hatte, es könnte vielleicht anders sein … Nun, sie war sehr jung gewesen, und es war lange her, und der Klang von Giles' Stimme durch die schwere Tür der Bibliothek, die sagte: »Sie ist die Tochter deines Wildhüters, zur Hölle noch mal. Und jetzt hat sie in keiner Gesellschaftsschicht einen Platz, weder in der, in die sie hineingeboren, noch in der, der ihr Vater dient«, hatte alle Zweifel in dieser Hinsicht ausgeräumt.

»Avery?«

Sie verbannte jeglichen Schmerz aus ihren Zügen und drehte sich um. »Ja?«

Er betrachtete sie mit gerunzelter Stirn, sah sie forschend an. »Ich sagte, es würde meinen Schneider aufregen, wenn ich einen Arm verlöre, daher sollten Sie besser anfangen.«

»Ja.« Sie begann, das Blut von seinem Unterarm und seinem Bizeps zu wischen, arbeitete rasch, versuchte dabei, sich ganz auf das zu konzentrieren, was sie tat, und seinem Blick auszuweichen. Das erwies sich als nicht machbar. Weil es nur bewies, dass sie just von so niedriger und gewöhnlicher Gesinnung war, wie er annahm. Sie konnte das Spiel der Muskeln unter seiner glatten Haut einfach nicht ignorieren oder wie warm er sich anfühlte. Und obwohl sie so behutsam vorging, wie ihr nur möglich war, um ihm nicht unnötig Schmerzen zu bereiten, fürchtete sie, dass ihr das nicht gelang, denn sie fühlte mehr als einmal, dass er zitterte.

Als sie schließlich das Blut fortgewischt hatte, stellte sie erleichtert fest, dass die Stichwunde weder so lang noch so tief war, wie sie ursprünglich befürchtet hatte.

»Wenn es Ihnen gelingt, den Arm die nächsten paar Tage nicht zu bewegen, muss ich es gar nicht nähen, glaube ich.« Sie hob den Blick von der Wunde und bemerkte, dass sein Gesicht nur wenige Zoll von ihrem entfernt war. Er betrachtete sie seinerseits mit finster zusammengezogenen Brauen.

»Es tut mir leid.« Sie nahm die Flasche der Wäscherin und zog den Korken heraus. Vorsichtig roch sie daran. Ihre Augen begannen zu tränen. »Ich fürchte, das wird jetzt ein wenig brennen.«

»Und wenn schon. Gut für meine Seele, vermute ich.«

Sie hielt die Flasche schräg und goss ihm die Flüssigkeit über die Wunde. Er zuckte zusammen und sandte er ihr einen gepeinigten Blick. »Das hat nicht ein wenig gebrannt. Es hat gebrannt wie die Hölle.«

»Ich weiß«, räumte sie ein. »Ich habe mir mal, als ich vierzehn war, das Bein an einer rostigen Sense geschnitten. Mein Vater hat mich auf die gleiche Weise behandelt. Ich habe geweint.«

»Das tue ich vielleicht auch noch. Das nächste Mal, wenn ich verletzt bin, werde ich dafür sorgen, dass Sie nirgends in der Nähe sind.«

»Mr Travers, ich brauche ein paar Leinenstreifen, um die Wunde Seiner Lordschaft zu verbinden. Können Sie mir welche beschaffen?«

Mit einem Nicken verließ Travers die Küche. Sorgsam drücke Avery das Tuch über die Wunde. Jetzt, da Travers fort war, konnte sie die Fragen stellen, die sie beschäftigten.

»Wie sind Sie zu der Verletzung gekommen? Wer ist der Junge, und warum sind Sie so gekleidet? Warum sind Sie so spät in der Nacht durch den Dienstboteneingang gekommen? Warum riechen Sie nach Gin und Rauch, und warum sind Ihre Stiefel schlammverkrustet?«

Obwohl er sie mit milde interessierter Miene betrachtete, waren Giles' Augen hart wie Stahl »Mich würde viel mehr interessieren, was Sie mitten in der Nacht auf der Dienstbotentreppe verloren hatten. Wenn Sie nicht so sorgsam auf Ihre Verkleidung achteten, würde ich fast glauben, Sie hätten eine Verabredung mit Ihrem Geliebten.«

Eine so offenkundig alberne Behauptung würdigte sie keiner Antwort.

»Das haben Sie nicht, oder?«

»Natürlich nicht. Ich war oben auf dem Dachboden.«

»Dem Dachboden.«

»Ja, auf dem Dachboden. Der einzige Weg dorthin führt über die Dienstbotentreppe.«

Seine täuschend milde Miene wich leidgeprüfter Resignation. »Und was hatten Sie mitten in der Nacht auf dem Dachboden zu suchen?«

»Ich habe aus dem Fenster geschaut.«

Er nickte ermutigend. »Weil …?«

»Weil das der höchste Punkt im Haus ist, und heute Abend ist zum ersten Mal seit meiner Ankunft hier der Himmel nicht durch den allgegenwärtigen Londoner Nebel verdeckt. Heute konnte ich endlich die Sterne sehen.«

»Sie waren auf dem Dachboden und haben die Sterne betrachtet?«

Sie nickte. »Ja. Ich habe ein Fernrohr, wie man es auf See benutzt, mitgebracht. Es ist kein Parabolspiegel-Teleskop, aber man kann sich damit behelfen. Ich habe mir ein paar Notizen gemacht, als ich zufällig eine Gestalt von hinten zum Haus kommen sah. Da ich dachte, es sei ein Dieb, bin ich die Treppe hinuntergegangen.«

Er starrte sie an, aber ohne den geringsten Hinweis auf Würdigung ihres Mutes oder ihres Einfallsreichtums. »Mit welchem Ziel?«

»Nun, den Raubüberfall zu verhindern.«

»Haben Sie den Verstand verloren?«, brach es aus ihm hervor. »Was, wenn ich ein Dieb gewesen wäre und Sie mich überrascht hätten? Ich hätte Ihnen die Kehle aufschlitzen können!« Er sprang auf, so behände und schnell, dass sie in ihrer Hast, ihm Platz zu machen, gegen einen Küchenstuhl stieß und beinahe umgefallen wäre.

Er fasste sie am Oberarm, riss sie zurück auf die Füße. Er ließ sie nicht los, sondern stand da, starrte sie finster an, die Zähne fest zusammengebissen. Sein Blick schien sich in ihren zu brennen.

Sie erwiderte ihn ungerührt.

In ihrem ganzen Leben hatte noch nie jemand angezweifelt, dass Avery Quinn bei Verstand war, und das hatte seinen guten

Grund. Denn mit ihrem Verstand war alles in bester Ordnung. Das Eine, was sie besaß, das ihr niemand in Abrede stellen oder wegnehmen konnte, war ihre Intelligenz. Und jetzt wagte er es, ihr Dummheit zu unterstellen!

»Tun Sie nie wieder etwas so Unverantwortliches. Nie wieder«, presste er hervor.

»Ich habe Sie schon beim ersten Mal verstanden«, erwiderte sie scharf, wusste, dass sie aufsässig klang. »Und Sie tun mir weh.«

Er senkte den Blick auf die Stelle, wo seine Finger sich fest um ihren seidenverhüllten Oberarm schlossen, und ließ sie los. »Tut mir leid.«

Er machte einen Schritt zurück, wandte sich ab und strich sich das Haar aus der Stirn. »Aber wenn ich mir vorstelle, was hätte passieren …« Er wirbelte herum, und sie wich wieder zurück. »Was, zur Hölle, haben Sie sich nur dabei gedacht?«

»Ich habe ganz klar gedacht, vielen Dank«, erwiderte sie scharf. »Trotz Ihrer so viel besungenen Vertrautheit mit meinem Geschlecht ist es damit offenbar nicht so weit her. Sie sollten wirklich etwas anderes als die Größe der Oberweite oder die Mühelosigkeit, mit der sie über Ihre Bemerkungen kichert, als Maßstab nehmen, um sich eine Meinung über sie zu bilden.«

Sie bezog große Freude daraus, wie ein verkniffener Zug um sein Kinn sichtbar und seine Augen schmal wurden.

»Manche Frauen, ich selbst eingeschlossen, sind tatsächlich dazu imstande, vernünftige Schlüsse zu ziehen und entsprechend zu handeln. Ich bin nicht unbewaffnet gekommen.« Sie fasste tief in die Tasche seines Morgenrockes und holte eine kleine Pistole heraus. »Ich wollte auf ihn schießen. Oder auf Sie. Zu Ihrem Glück bin ich kein Dummkopf und habe daher erst abgewartet, was vor sich ging, bevor ich etwas unternommen habe.«

»Was, um alles in der Welt, hat eine Pistole bei Ihnen verloren? Wo haben Sie sie her? *Ist sie geladen*?«

Sie wusste nicht, was sie erwartet hätte, was er sagen würde – etwas in der Art, dass es sie nichts anging, welche Art von Frauen er anziehend fand, vielleicht auch eine Entschuldigung oder eine weitere Runde Flüche –, aber nicht das. »Ich habe sie aus Killylea mitgebracht, weil ich mit einer öffentlichen Postkutsche gereist bin, von denen einige bekanntermaßen schon überfallen und die Passagiere beraubt wurden. Und natürlich ist sie geladen. Was würde sie schon nützen, wenn sie das nicht wäre?«

Mit einem unfehlbaren Gespür für den richtigen Zeitpunkt wählte Travers diesen Augenblick, um zurückzukehren, den Arm voller Leinentücher. Er blickte von einem zum anderen.

»Wussten Sie, dass sie eine Pistole hat?«, wollte Strand wissen.

Travers blinzelte. »Ich … ich kann nicht behaupten, ich hätte es direkt gewusst, aber es überrascht mich nicht.«

»Und beunruhigt Sie das nicht?« Strands Tonfall war eisig.

»Nein, Sir. Warum sollte es? Schließlich war ihr Vater Ihr Wildhüter. Sie hat ihr Leben lang mit allen möglichen Schusswaffen hantiert.« Er zögerte, ehe er hinzufügte: »Und so ungern ich Eure Lordschaft beleidigen möchte, so wette ich, sie kann besser schießen als Sie. Ich weiß, sie ist vorsichtiger«, fügte er mit beredtem Blick auf Giles blutgetränkten Verband hinzu.

Mit Travers' Lob im Ohr reckte Avery ihr Kinn und verließ mit einem hörbaren Schnauben den Raum.

Wenigstens war sie gegangen, ohne eine Antwort auf ihre Fragen erhalten zu haben.

Das, dachte Giles grimmig, war der Ärger mit gebildeten Frauen. Sie dachten zu viel. Nein, verbesserte er sich im Geiste, das war der Ärger mit Avery Quinn. *Sie* dachte zu viel. Sie dachte zu viel, sah zu viel und stellte zu viele Fragen, und sie weigerte sich zudem, sich mit Antworten abspeisen zu lassen, die nicht zu ihren Beobachtungen passten.

Er machte sich keine Sorgen, was der Junge gesehen oder gehört hatte, da dessen ganze Sorge seinem Hund gegolten hatte. Da er am Rande der Kampfplätze von Rattenfänger- und Hundekämpfen aufgewachsen war, hatte Will bestimmt jede Menge Gecken gesehen, die sich auf der Suche nach Unterhaltung unter das einfache Volk mischten. Er würde zweifellos Strand für einen davon halten. Avery hingegen stand auf einem völlig anderen Blatt.

Er musste sich eine Erklärung für heute Abend einfallen lassen, die sie befriedigte. Sie wusste bereits Sachen über ihn, die niemand sonst in der guten Gesellschaft wusste. Zu viel. Mit etwas Glück wäre diese Maskerade bald vorbei, und dann würde er sich keine Sorge mehr machen müssen … nur, dass er das natürlich trotzdem tun würde. Er würde sich fragen, wo sie war, wohin sie gehen und was sie tun würde, wenn sie nicht hier war, um ihn zu plagen.

Verdammt. Das Einzige, worum er sich Sorgen machen musste, war, was er ihr erzählen sollte, weil er keinen Zweifel daran hegte, dass sie noch lange keine Ruhe geben würde.

Einen Augenblick spielte er mit dem Gedanken, ihr einfach die Wahrheit zu sagen: dass er ein Agent der Krone gewesen war, während des Krieges im Geheimen gearbeitet hatte. Dass er am Ende diese Tätigkeit aufgegeben hatte, aber um einem Freund zu helfen, der verschwunden war, wieder damit angefangen hatte. Dass er bei Ermittlungen zu dessen Verbleib verletzt worden war.

Was ihn davon abhielt, war nicht eine Frage des Vertrauens. Er vertraute ihr.

Aber er hütete so viele Geheimnisse anderer. Während er sein Leben bereitwillig in ihre Hände legen würde, hatte er nicht das Recht, diese Entscheidung für andere zu treffen.

Kapitel 26

»Ich kann daran, wie Sie sich bewegen, erkennen, dass Ihre Wunde Ihnen heute Morgen kein Unbehagen bereitet. Offenbar war meine Behandlung wirkungsvoll. Eigentlich praktisch ein Wunder, berücksichtigt man, woher sie stammt. Man stelle sich nur vor, was ein Dummkopf hätte erreichen können.«

Giles blickte von dem Poststapel auf, den er durchging, während er sein Frühstück zu sich nahm. Avery stand in der Tür, albern anzusehen mit ihrem fassartigen Oberkörper, den zu kurz wirkenden Armen und den Händen, die sie sich in die Seiten gestemmt hatte. Er nahm seine Teetasse, gönnte sich einen Schluck und betrachtete sie über den Rand hinweg.

So ein stolzes und zugleich empfindliches Geschöpf. Wie konnte sie auf dem einen Gebiet so naiv sein und auf dem anderen so raffiniert. Er bedeutete ihr, hineinzukommen.

»Bitte, setzen Sie sich. Es ist noch nicht einmal neun Uhr. Zu früh für Sarkasmus. Selbst für mich. Sarkasmus vor dem Mittag schlägt mir auf den Magen.«

Das Letzte sagte er mit absichtlicher Nonchalance. Er hatte bemerkt, wie sehr Avery ihre Mahlzeiten genoss.

Die finstere Miene blieb an Ort und Stelle. Wenn überhaupt, senkten sich ihre geraden dunklen Brauen – Gott sei Dank heute nicht verstärkt – weiter, aber er sah auch, dass ihr Blick zum Sideboard schweifte.

»Warum tun Sie sich nicht etwas auf und setzen sich zu mir? Wir können meine Charaktermängel zusammen mit meiner Undankbarkeit und Ihrem zweifellos berechtigten Beschwerden gegen mich diskutieren, während wir essen. Das ist so viel behaglicher, als wenn Sie auf der Türschwelle stehen und mich finster ansehen, finden Sie nicht? Nicht zu vergessen, dass es nicht so leicht zu Kommentaren seitens der Dienstboten führt.«

Sie drehte kurz den Kopf, als erwartete sie hinter sich einen Spion zu entdecken, bevor sie wieder zu ihm zurück sah. »Da draußen ist niemand, der etwas belauscht haben könnte.«

»Ausgezeichnet. Bitte kommen Sie herein. Nein. Lassen Sie die Tür offen. Auf dem Tisch im Flur steht eine Silbervase. Darin kann ich das Spiegelbild von allen sehen, die in unsere Richtung kommen.«

Sie machte nur ein paar Schritte, bevor sie wieder stehen blieb.

»Die Scones sind heute Morgen besonders köstlich. Kandierte Orangenschale, glaube ich.« Sie hatte eine besondere Vorliebe für Orangen. »Und außerdem möchte ich Ihnen danken. Ganz aufrichtig.«

Offenbar war das noch nicht gut genug. Sie kam nur zögernd zum Tisch, zog sich einen Stuhl vor und ließ sich unelegant darauf fallen.

»Bravo. Ich zolle der meisterhaften Darbietung eines beleidigten jungen Burschen uneingeschränkten Applaus. Aber ich dachte, Sie sind angeblich eher zwanzig als zwölf.«

Sie warf ihm einen weiteren finsteren Blick zu.

Er schob den silbernen Brieföffner unter das Wachssiegel des Umschlages, den er in der Hand hielt. »Machen Sie sich je Sorgen, dass es Ihnen unmöglich sein wird, sich wieder den Beschränkungen – ich hoffe, Sie wissen meine zurückhaltende Ausdrucksweise hier zu schätzen – zu unterwerfen, die man Frauen in ihrer Bewegungsfreiheit auferlegt? Werden Sie sich vielleicht nach dem Ende der Maskerade zu sehr daran gewöhnt haben, ausholende Schritte zu machen, sich unelegant irgendwohin zu setzen und lässig die Beine auszustrecken?«

Ihr Mundwinkel hob sich kurz zu einem unwilligen Lächeln, und wie von ihm gehofft, gab sie ihre streitlustige Haltung auf. Das war eine ihrer besseren Eigenschaften, dass sie nie lange eingeschnappt war. »Nein, um bei der Wahrheit zu bleiben, es wird eine Erleichterung sein. Ich will nicht sagen, dass es nicht seine Vorteile hätte, so zu tun, als sei ich ein Mann, aber es ist vor allem anstrengend. Ich muss selbst die kleinste Geste genau planen.«

Und oft genug versagte sie dabei, fügte er im Geiste hinzu. Wie viele junge Männer nagten schon an der Unterlippe, wenn sie sich konzentrierten oder fuchtelten mit den Händen, wenn sie etwas erklärten? Er entschied sich für taktvolles Schweigen.

»Es ist nicht nur das. Es ist schwierig, sich etwas einfallen zu lassen, was man zu anderen Männern sagen kann.«

»Ich bin sicher, Sie wissen gut, dass Sie ebenso zu intelligenter Unterhaltung in der Lage sind wie jeder beliebige Mann.«

»In der Tat, das bin ich«, pflichtete sie ihm bei. »Oder wäre es, wenn es irgendwelche Gespräche für mich zu führen gäbe. Das ist das Problem, die gibt es nämlich nicht.« Sie seufzte. »Es wird natürlich viel geredet, ganz klar. Aber das dreht sich immer nur um eine Sache.«

Er wartete.

»Sexuelle Begegnungen.«

Verdammt.

»Ich hatte keine Ahnung, dass Männer so einseitig interessiert sind.«

Giles legte den Umschlag, den er eben geöffnet hatte, sehr sorgfältig neben seinen leeren Frühstücksteller. Er hätte das hier voraussehen sollen. Das vorherrschende Thema unter Männern waren nun mal Frauen. Und Pferde. Frauen. Politik. Und Frauen. »Was Sie nicht sagen.«

»Doch.« Sie betrachtete ihn mitleidig.

Vermutlich sollte er sich erkundigen, worauf genau sie anspielte. Das wollte er nicht. Weil er sich dann verpflichtet fühlen würde, den Idioten zu fordern, der es gewagt hatte, ihre zarten Ohren mit solchem Schmutz zu beleidigen. Und wie sollte er das anstellen, wenn eben diese zarten Ohren angeblich einem jungen Mann gehörten?

Ich verlange Genugtuung dafür, dass Sie Mr Quinns Zartgefühl durch die Erwähnung der Titten Ihrer Geliebten verletzt haben.

Verdammt!

Doch jede Faser seines Wesens verlangte, dass er sie vor so etwas beschützte. Es war eine reflexhafte Reaktion. Wie das Atmen.

»Trifft das auch auf Sie zu, Strand?«

»Was?«

»Wenn ich nicht dabei bin, vergleichen Sie dann auch den Busen Ihrer Geliebten mit verschiedenen Obstsorten?«

Er hatte nie … Es war nicht das Gleiche …

»Ich sehe, das haben Sie.«

Zur Hölle mit dem Mädchen, dass sie so enttäuscht aussah, und zweimal zur Hölle mit ihm, dass es ihm etwas ausmachte. Wie konnte er erklären, dass Giles Dalton, Lord Strand, nur jemand war, den er spielte, ohne auch gleich seine Beweggründe preiszugeben?

»Es war nie daran gedacht, dass Sie den Männern begegnen, die Sie bei White's getroffen haben«, sagte er. »Wären Sie einfach hier geblieben, wie Sie es mir versprochen hatten, wären Sie jetzt nicht im Besitz dieses Wissens.«

»Und das wäre besser?« Das war eine Frage.

»Glauben Sie das nicht?«

»Nein«, antwortete sie, ohne zu zögern. »Unwissenheit ist nie besser. Mir mag vielleicht nicht gefallen, was ich erfahre, aber ich wüsste lieber die Wahrheit, als naiverweise an etwas zu glauben, was gar nicht existiert.«

Sie blickte ihm geradewegs in die Augen, während sie sprach, und er erkannte, dass sie sich eingebildet hatte, er habe einen Standard, den er aufrechterhielt. Er hatte also nicht nur unweigerlich ihre Unschuld zerstört, er hatte auch ihrem Zynismus Nahrung gegeben. *Gut gemacht, Giles.*

»Nicht alle Männer sind wie ich und meine Freunde, Avery.«

»Warum wählen Sie sich solche Männer zu Freunden?«

Er zuckte die Achseln. »Sie haben mich gewählt.«

»Aber Sie hätten sich doch gar nicht mit ihnen abgeben müssen. Warum haben Sie das getan?« Sie musterte ihn eindringlicher, als es irgendjemand seit einer sehr langen Zeit getan hatte. Zu eindringlich.

Sie war viel zu scharfsichtig. Er durfte nicht zulassen, dass sie der Wahrheit näher kam, wer und was er in Wirklichkeit war, einfach, weil es dabei nicht nur um seine eigenen Geheimnisse ging.

»Ich finde ihre Gesellschaft angenehm«, antwortete er. »Sie amüsieren mich.«

»Ich glaube das keinen Moment. Sie sind nicht so.«

»Mein liebes Mädchen, so gerne ich auch Ihre schmeichelhafte Vorstellung unterstützen möchte, dass all meine Sünden auf falschen Gerüchten oder Missverständnissen beruhen, kann ich das nicht. Ich bin kein guter Mensch, Avery.«

»Oh, daran zweifele ich nicht.« Diese unerwartete Äußerung überraschte ihn so, dass er fast den Brieföffner hätte fallen lassen. »Aber Ihre Verfehlungen sind nicht die Ihrer Gefährten – und ich weigere mich, sie als Ihre Freunde zu bezeichnen, weil ich nicht glaube, dass Sie das tun.«

Er überflog rasch den Inhalt des Briefes, den er aus dem Umschlag gezogen hatte, nahm kaum wahr, was dort stand, während seine Gedanken sich überschlugen. Sie würde darauf beharren, bis er ihr unmissverständlich vor Augen geführt hatte, dass sie einem Irrtum erlegen war.

»Ihr Scharfsinn ist unleugbar erstaunlich«, sagte er, ohne aufzusehen. »Besonders da er auf einer wieder belebten Bekanntschaft von lediglich ein paar Wochen beruht, in der wir kaum eine Handvoll Stunden zusammen verbracht haben. Aber, wie Sie ja immer wieder beweisen, Sie sind eben ein Genie.« Er legte den Brief hin und erwiderte ruhig ihren Blick. »Sagen sie mir, wie sind Sie nur zu dieser faszinierenden Ansicht gelangt?«

Sie wurde rot, aber statt das Thema auf sich beruhen zu lassen, wie man es von einer wohlerzogenen jungen Dame erwarten durfte – obwohl natürlich eine solche sich niemals auf eine derartige Unterhaltung eingelassen hätte –, ließ sie nicht locker.

»Es ist nicht etwa so, dass Sie Ihre Gefährten verächtlich oder mit Häme betrachten, wie es Lord Vedder tut, wenn er denkt, niemand beobachtet ihn.« Himmel, der Frau entging wirklich nicht viel. »Und Sie sind auch nicht so offenkundig abgestoßen von ihnen wie Lord Douphton. Oder auch nur insgeheim abgestoßen.« Gott sei Dank immerhin dafür. »Sie wirken nur … müde.«

Er wartete.

»Als sei ihre Gesellschaft eine Last. Oder«, sie hielt den Kopf schief, »eine Pflicht.«

»Sie haben wirklich Phantasie, Avery. Wieder fühle ich mich von Ihrer romantischen Sicht auf mich geschmeichelt.« Sie verspannte sich. Mit diesem Kommentar hatte er einen Nerv getroffen und ihre Eitelkeit verletzt. »Aber wie der Volksmund sagt, gleich und gleich gesellt sich gern. Was offensichtlich heißt, dass ich in Bezug auf meinen Umgang nicht wählerisch bin.«

Zum ersten Mal im Laufe dieser Unterhaltung wandte sie den Blick ab. Rote Flecken erschienen auf ihren Wangen. Sie wirkte verletzt. Und das, erkannte Giles mit einem scharfen Einatmen, verletzte ihn.

Weil er sie liebte.

Er war nicht in sie verliebt, verliebte sich nicht gerade in sie, sondern er liebte sie. Was für eine Alchemie auch immer das menschliche Herz in ihrem Griff hatte, sie musste schon vor Langem in seinem gewirkt haben, denn die Erkenntnis über seinen Zustand überraschte ihn nicht wirklich, bewirkte nur ein Erwecken seines Geistes, ein lächerliches Gefühl des Nachhausekommens, des Aufatmens nach einer langen Schlacht, Sehnen und Erfüllung. Warum jetzt? Nach all diesen Jahren, warum musste er ausgerechnet in diesem Moment die Wahrheit erkennen? Und was sollte er deswegen unternehmen?

»Das tut mir leid«, hörte er sich selbst murmeln.

Sie blickte auf, ihre indigofarbenen Augen forschend auf sein Gesicht gerichtet. Er öffnete den Mund, um mehr zu sagen, aber als er das tat, bemerkte er ein Spiegelbild in der Silbervase und lehnte sich zurück.

Burke erschien auf der Türschwelle, eine kleine Gestalt mit einem Hund auf dem Arm auf den Fersen. »Entschuldigen Sie, Sir. Aber Travers sagte, ich solle Sie fragen, was mit dem Jungen hier geschehen soll. Und dem Hund.«

Giles zwang sich, sich um das akutere Problem zu kümmern. Weder in dem Jungen noch in dem Hund waren die beiden von gestern Nacht wiederzuerkennen. Jetzt waren sie gründlich sauber geschrubbt, wodurch erkennbar wurde, dass der Junge weizenblondes Haar hatte und der Hund braunes Fell mit weißen Flecken. Beide waren unterernährt und knochig, und beide hatten eine erkleckliche Anzahl von Narben und kahle Stellen im Haar.

»Der Hund gehört mir, ich habe ihn gestern Nacht gekauft.« Er blickte zu Avery. »Sein früherer Besitzer und ich waren uns über den Preis nicht einig, daher …«

Er beendete den Satz nicht, überließ es ihrer Phantasie, die Lücken zu füllen. Vielleicht würde sie das als Erklärung zu den Ereignissen der letzten Nacht akzeptieren. Es war schließlich die Wahrheit, der Junge konnte es bestätigen. Es war nur nicht die ganze Wahrheit.

»Ist es dann ein ›Sir‹?«, fragte der Junge unvermittelt und betrachtete Avery mit finster gerunzelter Stirn.

Burke gab ihm eine Ohrfeige, worauf er sich eine Hand übers Ohr legte und eher gekränkt als verletzt wirkte. »Was? Ich wusst es nicht. Wer würde das schon?«

»Hüte deine Zunge«, warnte Burke ihn.

Avery, bemerkte Giles, musste sich ein Lächeln verkneifen. Es war ein weiterer in einer langen Liste unerwarteter Reize.

»Wie heißt du, Bursche?«, fragte sie.

»Will«, antwortete er.

»Warum bist du letzte Nacht Lord Strand nach Hause gefolgt?«

»Ich hab mir Sorgen gemacht, dass er meine Hündin auf halben Weg aussetzt, und sie den Weg nach Hause nicht mehr findet.«

Während Giles sie beobachtete, verschwand die Belustigung aus Averys Blick, wich Kummer. So weichherzig, seine Liebste. »Nun«, sagte sie, »das hat er nicht, und er wird es auch nicht, Will.«

»Ja? Und was, wenn's ihr hier nich gefällt? Was wenn sie …« Er machte eine Pause, blinzelte ein verdächtiges Glitzern in seinen Augen weg. »Was, wenn sie versucht, zu mir zurückzukommen? Das darf sie nicht. Das wäre ihr Tod. Sie müssen mir versprechen, dass sie ein Auge auf sie haben, bis sie sich hier gut eingewöhnt hat. Versprechen Sie's.«

Wieder gab es dafür von Burke eine Ohrfeige, die aber eher halbherzig ausfiel und nicht sehr schmerzhaft sein konnte. »Benimm dich.«

»Genug, Burke«, schaltete Giles sich ein. Er musterte den Jungen von Kopf bis Fuß. »Und nein, ich werde keinen solchen Schwur leisten. So überraschend es auch sein mag, ich habe Besseres zu tun, als darauf aufzupassen, dass ein halb wilder Hund nicht ausbüxt.«

»Strand.« Averys Stimme war weich, bittend, viel mehr noch als neulich, als sie ihn auf Killylea um seine Hilfe gebeten hatten. Aber das war auch für sie selbst gewesen. Das hier jedoch war für einen Straßenjungen und seinen Köter.

»Es gibt nur eine Lösung«, fuhr Giles fort, als habe er sie nicht gehört. »Jemand muss auf sie aufpassen. Könntest du das übernehmen?«

Auf den schmalen Zügen des Jungen spiegelte sich seine Verwirrung. »Was soll das heißen?«

»Ich schlage vor, dich anzustellen, dass du meinen Hund ans Haus hier gewöhnst. Hast du nicht gesagt, sie sei ein Rattler?«

Der Kopf des Jungen bewegte sich auf und nieder.

»Dann hat sie in den Ställen mehr als genug zu tun. Natürlich kommen dazu noch andere Pflichten, die nichts mit dem Hund zu tun haben. Du gehst bei meinem Kutscher Phineas in die Lehre.«

»Sie meinen, Sie wollen, dass ich lerne, eine Kutsche zu fahren?« Der Junge wirkte restlos überrascht.

»Ja. Du scheinst Geschick im Umgang mit Tieren zu haben. Stimmt das?«

»Ja, ja. Das hab ich.«

»Gut. Du kannst entweder im Dienstbotenquartier hier im Haus schlafen oder dein Lager in den Stallungen aufschlagen. Was ist dir lieber?«

»Kann Belle mit mir im Haus schlafen?«

»Und jeden zerfleischen, der ihr auf zehn Fuß nahe kommt? Ich glaube nicht.«

»Dann gehe ich mit ihr in die Ställe.«

Giles hob fragend die Augenbrauen. »Ich nehme an, letzte Nacht war es da warm genug?«

Der Junge nickte.

»Na gut. Mrs Silcock … Hast du Mrs Silcock schon kennengelernt?«

»Alte Schachtel mit einem fiesen Blick und einem Griff, der fester zupackt als ein Kampfhund? Die hat mich fast ersäuft.«

»Ja, das muss sie gewesen sein. Du nimmst deine Mahlzeiten mit dem Rest der Dienerschaft an ihrem Tisch ein und hörst auf sie, als wäre ihr Wort Gottes Gebot. Ist das klar? Gut. Im Gegenzug hast du mit deinem Hund einen Platz zum Schlafen, Essen, neue Kleidung und«, er sah zu Burke, »was meinen Sie, Burke? Drei Schilling die Woche?«

»Das scheint mir ein bisschen übertrieben, Sir.«

»Aber er übernimmt ja zwei Aufgabenbereiche. Drei Schilling also.«

Will hatte seine Rede mit offenem Mund verfolgt, während Averys Blick unergründlich auf Giles' Gesicht gerichtet gewesen war.

»Das sind die Bedingungen der Stelle, die ich dir anbiete, Will. Musst du das mit deinem Vater besprechen, bevor du antwortest?«

Der Junge schüttelte heftig den Kopf.

»Mit deiner Mutter?«

»Die hab ich seit vorletztem Sommer nich mehr gesehen, und meine Schwestern auch nich.«

»Verstehe. Was sagst du, Will? Haben wir eine Abmachung?«

»Ja. Ich meine, jawohl, Mylord.«

»Dann kannst du jetzt meinen Hund nach draußen bringen und Belle mit ihrer neuen Umgebung vertraut machen.«

»Was?«

»Zeig ihr die Ställe.«

Auf das spitze Gesicht malte sich Verstehen. Zum ersten Mal, seit Strand ihn getroffen hatte, grinste Will koboldhaft, zeigte dabei zwei schiefe Vorderzähne. »Sofort, Mylord«, sagte er und unfähig, seine Freude über seinen jähen Aufstieg für sich zu behalten, hob er den Terrier mit dem Gesicht vor sich.

»Hast du das gehört, Belle? Du hast eine Stelle und ich auch.« Er gab ihr einen überschwänglichen Kuss auf den narbigen Kopf, bevor er sich eilig entfernte, als habe er die leise Sorge, Strand könnte es sich noch einmal anders überlegen. Burke folgte den beiden in gemäßigterem Tempo.

Mit einem kleinen Lächeln wandte sich Giles wieder dem Brief zu, den er gelesen hatte, als er unterbrochen wurde.

»Sie sind ein guter Mensch, Giles Dalton. Das war ein gutes Werk.«

Er erstarrte. Von all den Sachen, die Frauen schon zu ihm gesagt hatten, in allen möglichen intimen Umgebungen, konnte er sich an keine erinnern, die ihm je mehr bedeutet hätte. Er wusste nicht, was er darauf erwidern, was er sagen sollte. Giles Dalton, Lord Strand, der nie um eine Antwort verlegen war, mit Worten so geschickt wie mit dem Degen, hatte Angst, dass, was immer er sagte, zu viel verraten könnte. Er starrte auf den Brief vor sich und erkannte, dass ein Themawechsel angesagt war – und er hatte genau das Richtige.

»Ich bin entzückt, dass es Ihre Billigung findet«, sagte er. »Und ich wette, das hier wird Ihnen noch mehr zusagen.« Er hielt den Zettel für sie hoch.

»Was ist das?«, fragte er.

»Eine Einladung für uns beide, zu einer Gesellschaft bei Sir Samuel Isbill.«

Kapitel 27

»… und denken Sie daran, leise und mit tiefer Stimme zu sprechen, die Brille unter keinen Umständen abzunehmen. Und seien Sie höflich zu den anwesenden Damen«, wies Giles sie an, während die Kutsche langsamer wurde und schließlich anhielt. Avery starrte nach draußen. Sie waren auf einem vornehmen Platz unweit der Regent's Street angekommen, ganz in der Nähe des Flusses. Elegante Landauer und Barutschen säumten die Straße, setzten ihre adeligen Besitzer vor einem beeindruckenden Stadthaus ab. Ihr wurde der Mund ganz trocken.

»Wenn die Lage es erfordert und nicht genug Herren anwesend sind, könnten Sie genötigt sein zu tanzen«, fuhr Strand fort, als sie an der Reihe waren, vor den Eingang des Stadtpalais vorzufahren.

»Ich tanze nicht.«

»Warum nicht?«

Avery warf ihm einen ungläubigen Blick zu, wusste, dass mehr die Nervosität als echter Ärger ihre Stimme so angespannt klingen ließ. »Das stand nie auf meinem Stundenplan. Sie vergessen immer, dass niemand davon ausgegangen ist, ich könnte mich irgendwann in der besseren Gesellschaft bewegen. Das Ziel meiner Studien war die Wissenschaft, und für die Wissenschaft muss man nicht tanzen lernen.«

Die Kutschentür wurde geöffnet, und Will, der neue Lehrling des Kutschers, stellte die Stufen davor. Unwillkürlich streckte Giles die Hand aus, um ihr zu helfen, merkte aber, wie seltsam das wirken musste, wartete also, dass sie ausstieg, und folgte ihr dann.

Giles blickte Will an. »Halte ein Auge auf alles, ja?« Er warf dem Jungen eine Münze zu. Will fing sie in der Luft auf und nickte ihm als Antwort kurz zu.

Wortlos ging Strand hinter Avery die Treppe hoch. Die breite Eingangstür des Stadthauses schwang auf, und ein hochgewachsener Lakai in Livree trat beiseite, um sie eintreten zu lassen. »Wenn ich den Herren die Mäntel abnehmen darf?«

Avery legte das Kleidungsstück ab und reichte es ihm, dann wartete sie, bis Giles das auch getan hatte, während sie versuchte, sich zu fassen. Mit jedem Schritt fühlte sie sich verletzlicher und angreifbarer. Die Räume in Giles' Haus waren nur von wenigen Lichtern erhellt, hier hingegen würde sie im Glanz von fünfhundert Kerzen stehen.

Sie zog an dem Rock, den Strands Schneider mit einem von Mrs Bedlings Modellen als Vorlage für die Maße genäht hatte. Wenn möglich saß dieser noch schlechter. Sie war sich überdeutlich bewusst, wie schrecklich sie aussah, ein aufgedunsener Leib mit dürren Beinchen in einem Rock, der sich über dem Bauch spannte und an den Schultern bauschte und einfachen Halbschuhen an den Füßen. Wenigstens ihr Halstuch würde jeder Kritik standhalten: Giles hatte es selbst gebunden.

Er hatte einen Blick darauf geworfen, als sie in die Kutsche gestiegen war, leise mit der Zunge geschnalzt und sie auf den Platz neben sich beordert, damit er es in Ordnung bringen konnte. Seine Finger hatten ihr Werk flink und geschickt verrichtet, aber ganz unpersönlich, hatten ihre Haut praktisch nicht berührt, aber dennoch war sie sich ihrer so deutlich bewusst gewesen, als ob er sie mit seinen Lippen streifte. Warum konnte sie diesen Kuss einfach nicht vergessen?

»Nicht vergessen«, sagte Giles, als er sie zum Ballsaal brachte, »ich kann nicht den ganzen Abend an Ihrer Seite bleiben. Das würde auffallen, und das wollen wir unter allen Umständen vermeiden. Halten Sie sich am Rand oder in den Ecken auf. Bewegen Sie sich, essen Sie etwas. Aber bleiben Sie in den Schatten, soweit das möglich ist.«

Und dann waren sie durch die Türen und befanden sich mitten in dem herrlich beleuchteten und schönsten Ballsaal, den Avery je gesehen hatte. Was nicht wirklich schwer war, da dies Averys erster Ball überhaupt war. Sie konnte nicht anders, als beeindruckt zu sein. Es war strahlend hell. Das Licht von zwei identischen Kronleuchtern an der Decke wurde von den polierten Spiegelflächen hinter den kunstvoll verzierten Wandleuchtern und den vielarmigen Standleuchtern entlang der Wände zurückgeworfen. Juwelen glitzerten an zarten Hälsen und in den Falten perfekt gebundener Halstücher. Schwere Silber- und Goldfäden schimmerten in den phantastischen Verzierungen auf Westen und Säumen. Kristall und Pailletten funkelten um die Wette, glänzten in kunstvollen Frisuren. Selbst die bloßen Schultern der Damen und ihre Dekolletees schienen zu strahlen.

Und es war laut, eine Kakophonie von Stimmen, die sich über die Musik des Ensembles auf der Empore hinweg verständlich zu machen suchten. Avery stand verwirrt im Eingang, bis Giles sie am Ellbogen fasste und in den Raum zog, wo Sir Isbill seine Gäste begrüßte. Neben ihm stand eine hochgewachsene Frau mit einem freundlichen Gesicht und stahlgrauem Haar. Sir Isbill schaute hoch, und seine eher groben Züge leuchteten auf.

»Ah, mein junger Freund, der Kometen-Entdecker. Wie schön, dass Sie kommen konnten. Sie auch Strand«, fügte er hinzu und schenkte Strand einen flüchtigen Blick.

»Sir Isbill, vielen Dank für die Einladung«, sagte Giles. »Lady Isbill, es ist mir ein Vergnügen.«

Lady Isbill lächelte geistesabwesend, den Blick auf die Tür gerichtet, wo soeben ein steinalter Herr mit Perücke eintrat. Mit einer raschen Entschuldigung entfernte sie sich, um ihn zu begrüßen.

Sir Isbill lehnte sich vor und senkte die Stimme. »Gewöhnlich mache ich so was hier nicht, aber meine Gattin besteht auf wenigstens einer Gesellschaft für die armen Tröpfe, die genötigt sind, mitten im Winter in die Stadt zu kommen.«

»Ich bin mir sicher, ihre Bemühungen werden gewürdigt.«

Er wirkte alles andere als überzeugt. »Vermutlich. Glücklicherweise hat die Royal Astronomical Society auch ihre jährliche Versammlung, daher sind wenigstens ein paar Gleichgesinnte da. Donald Fuller sollte bald eintreffen. Sie werden mit ihm reden wollen, Mr Quinn. Ich habe ihm von Ihren Ideen für neue parabolische Linsen erzählt. Er ist überaus interessiert.«

Sie wurde rot, beunruhigt und geschmeichelt zugleich. »Ich freue mich schon darauf.«

»Gut. Ich werde ihn zu Ihnen schicken, sobald er da ist.« Er blickte über ihre Köpfe dorthin, wo seine Frau den alten Herrn stützte. Sie sandte ihm einen auffordernden Blick. »Ja, ja, Martha. Ich komme ja schon. Wir sprechen uns später«, sagte Sir Isbill und stieß Avery den Finger genau dahin, wo sich ihr Busen befinden würde, läge er nicht unter endlosen Schichten Polsterung verborgen, bevor er sich auf den Weg zu seiner Gattin machte.

Averys Augen waren vor Schreck ganz groß. Giles räusperte sich, sah fast so unbehaglich aus, wie ihr zumute war. »Die Risiken des Spiels«, sagte er fast ein wenig barsch. »Lassen Sie uns einen Ort für Sie finden, an dem es weniger hell ist. Kein junger Mann hat so glatte, weiche Wangen wie Sie.«

Er brachte sie an den Rand des Saales, hob grüßend seine Hand zu verschiedenen Männern, blieb allerdings nicht stehen, um sie vorzustellen. Sie konnte nicht umhin, die bewundernden Blicke zu bemerken, sowohl weibliche wie auch männliche, die ihnen verstohlen folgten. Sie verstand gut, warum das so war. Strand sah wunderbar aus. Sein Haar schimmerte wie gesponnenes Gold, seine grauen Augen schienen das Licht wie Quecksilber einzufangen. Sein frisch rasiertes Kinn war fest und gerade über dem weißen Halstuch, und während ihr Rock beispiellos schlecht saß, war seiner makellos und passte wie angegossen, schloss sich faltenlos um Schultern, die keine künstliche Verstärkung benötigten.

Es gelang ihm, sowohl Eleganz als auch unerschütterliche Ruhe auszustrahlen, Selbstsicherheit und Lässigkeit, die so attraktiv wie neiderweckend war. Doch mit jedem Moment, der verging, schien sich seine Stimmung zu verdüstern. Sie hatte keine Ahnung warum. Schließlich fand er eine Stelle außerhalb der Hörweite der anderen Gäste und drehte sich zu ihr um, sodass sie sich einigermaßen ungestört unterhalten konnten.

»Ich kann nicht anbieten, Ihnen etwas zu trinken zu holen. Ich kann nicht an Ihrer Seite bleiben. Ich muss Sie eine Weile sich selbst überlassen. Verstehen Sie warum?«

War das der Grund, weshalb er sich so seltsam benahm? Wie merkwürdig.

»Natürlich.« Sie nickte. »Sie wollen nicht, dass irgendjemand denkt, ich sei Ihr Lustknabe.«

»Gütiger Gott. Woher, um Himmels willen, wissen Sie überhaupt von so etwas?«

»Aus dem Lateinunterricht. Ich bin seit meinem zwölften Jahr darin unterrichtet worden, in Altgriechisch übrigens auch.«

Er schloss die Augen, als gäbe er sich größte Mühe, sein Temperament zu zügeln. »Das erklärt noch lange nicht, warum Sie wissen, was das ist.«

»In jedem Haushalt, in dem ich während meiner Studien untergebracht war, gab es eine umfangreiche Bibliothek, in der auch lateinische und griechische Werke vertreten waren. Um ehrlich zu sein, vermute ich schon seit Längerem, dass die meisten Leute solche Bücher überhaupt nur sammeln, weil sie im Regal Eindruck machen, nicht weil sie sie lesen könnten.«

Sie senkte die Stimme zu einem vertraulichen Flüstern: »Ich glaube, viele feine Damen würden ohnmächtig werden, wenn sie wüssten, was sich für Bücher in der Bibliothek ihres Hauses finden. Vor allem die Griechen waren sehr detailverliebt in ihren Beschreibungen.«

Er stieß einen Fluch aus und fuhr sich mit einer Hand übers Gesicht.

»Also sehen Sie, ich verstehe Ihre Befürchtungen gut. Und ich hätte sie ebenfalls, befände ich mich an Ihrer Stelle. Daher gehen

Sie bitte weiter. Ich komme bestens zurecht. Machen Sie sich meinetwegen keine Sorgen. Außerdem wird Sir Isbill mich suchen kommen, sobald Mr Fuller sich zeigt.«

Giles' Miene füllte sich mit fast schmerzlicher Sorge. »Ich hasse das«, stieß er schließlich mit leiser, rauer Stimme hervor.

»Ich weiß. Aber wie auch immer es ausgeht, es wird bald vorbei sein«, versuchte sie ihn zu beruhigen.

Es schien nicht zu funktionieren. Er schüttelte leicht den Kopf und sagte: »Verhalten Sie sich unauffällig«, bevor er ohne weitere Warnung ging.

Sie schaute ihm hinterher, fühlte sich trotz ihrer gegenteiligen Beteuerung allein und verlassen. Als sie sich umsah, nach etwas Gutem an der Sache Ausschau hielt, beschloss sie, die Gelegenheit zum Studium ihrer Mitmenschen zu nutzen. Leider war niemand so faszinierend wie Giles Dalton, der Marquis of Strand.

Eine wunderschöne dunkelhaarige Frau in einem Kleid, das so gut wie nichts versteckte, stolperte praktisch über ihre Füße, so eilig hatte sie es, sich Giles in den Weg zu stellen. Er musste zur Seite ausweichen, wenn er sie nicht anrempeln wollte. Unwillkürlich streckte er die Hand aus, um den Zusammenstoß zu verhindern. Ihre rosa Lippen formten ein »O« vorgetäuschter Überraschung, und sie ließ ihren Fächer aufschnappen, um sich heftig Luft zuzufächeln, ehe sie ihn wieder schloss und ihm damit spielerisch auf die Brust schlug.

Für einen flüchtigen Moment meinte sie, einen Anflug von Resignation in Giles' Zügen wahrgenommen zu haben. Aber der Ausdruck war gleich wieder so restlos verschwunden, sodass sie an sich selbst zweifelte, besonders weil der Blick, den er nun auf die Schöne richtete, alles andere als uninteressiert war. Vor Averys Augen verwandelte sich Strand von einem Mann, der sich wegen des unziemlichen Wissens seines Schützlings Sorgen machte, in einen modischen Müßiggänger und Frauenheld. Sein scharfer Blick verschleierte sich, wurde träge, schien die Frau zu streicheln. Sein Lächeln wurde einladend.

Sie ignorierte das Aufflackern von Eifersucht, das sich bemerkbar machte, und konzentrierte sich statt darauf, wie sehr er sich verändert hatte, auf das Warum.

Als sie mit Sir Isbill gespeist hatten, hatte er kluge Fragen gestellt und wohldurchdachte Bemerkungen gemacht. Und wenn sie allein waren, war sein Humor zwar scharf, aber nie boshaft. In seinem Haus war er der Mann, der der Junge, den sie gekannt hatte, zu werden versprochen hatte: klug, scharfsinnig, aber immer zu einem Lächeln aufgelegt und zu Scherzen bereit. Doch der Mann, den er der Öffentlichkeit präsentierte, war das genaue Gegenteil: arrogant, oberflächlich und achtlos. Warum?

Und was hatte er neulich Nacht getrieben, wie ein einfacher Mann gekleidet? Er hatte das Haus so betreten, als wolle er dabei nicht gesehen werden. Wo war er gewesen, und warum hatte er sich solche Mühe gegeben, sie davon abzulenken, Fragen zu stellen? Warum war sein Zuhause kein Zuhause, sondern ein unpersönliches Bühnenbild für die Rolle, die er spielte.

Die Rolle, die er spielte.

Das war es nämlich. So sicher, wie sie eine Rolle spielte, tat das auch Giles. Aber wem galt seine Vorführung? Und warum hielt er sie auch in der Ungestörtheit seines Heimes aufrecht? Allerdings musste sie nur an die Dienstboten denken, um die Antwort darauf zu wissen.

Das »Dienstbotennetzwerk« hatte er es auf Killylea genannt, als er sie gefragt hatte, woher sie von Sophias angeblicher Schwangerschaft wusste. Aus welchem Grund wollte er London in dem Glauben wiegen, er sei nicht mehr als ein Stutzer und Stümper?

»He, Quinn. Sind Sie das?«

Beim Klang der lauten Stimme schwang Avery herum und sah Neville Demsforth mit einem erfreuten Lächeln auf sich zukommen.

»Ich bin ja so froh, Sie zu sehen!« Er streckte die Hand aus, fasste nach Averys und schüttelte sie heftig. »Was tun Sie hier? Sie sollten im Ballsaal sein und sich die neue Debütantinnenauswahl anschauen. Die sind alle hier, wissen Sie? Nicht offiziell eingeführt, natürlich, aber das macht nichts. Kommen Sie, lassen Sie uns mal nachsehen.«

Avery sperrte sich, blieb zurück. »Das möchte ich nicht, Neville.«

»Warum nicht?«

»Wozu denn? Ist ja nicht so, als sei ich auf Brautschau.«

Neville besaß den Anstand, verlegen auszusehen. Er hatte eindeutig vergessen, dass Avery und er nicht den gleichen gesellschaftlichen Hintergrund hatten, und sie konnte nicht umhin, ihn dafür nur noch mehr zu mögen. Er erholte sich rasch. »Nun, ich aber. Oder werde es sein, wenn es nach Mutter geht. Daher kommen Sie mit, und lassen Sie uns sehen, ob wir in der Menge eine geeignete Kandidatin finden.«

Er war so freundlich und gutmütig, dass sie es ihm nicht abschlagen konnte. Außerdem war die Alternative, dumm herumzustehen und Löcher in die Luft zu starren.

»Sie bestehen nicht darauf, dass ich irgendjemanden zum Tanz auffordere?«

Er schaute sie entsetzt an. »Himmel, nein. Höchstens wenn Sie mir einen ähnlichen Bärendienst erweisen. Ich habe nie begriffen, wie man die Füße unter den Knien behält.«

Sie folgte ihm in den Ballsaal, und gemeinsam schlenderten sie am Rand entlang, wobei Neville laufend jedes in ihre Nähe kommende junge Mädchen in Bezug auf mögliche Heiratsaussichten kommentierte.

»Die schielt. Kann schielende Mädchen nicht ausstehen.«

»Ihre Mutter ist mit meiner befreundet. Ich brauche nicht eigens zu erwähnen, dass sie damit von vornherein ausscheidet.«

»Zu dünn. Sieht aus, als würde sie zerbrechen, wenn sie zu fest auftritt. Das Kleid ist allerdings hübsch.«

Das Kleid war in der Tat ganz reizend, elfenbeinfarbene Seide mit einem Rüschenbesatz, das Oberteil vorne mit Pailletten bestickt und mit blassblauem Ripsband verziert. Avery hatte nie ein Kleid besessen, das auch nur annähernd so schön war. Vor heute Abend hatte sie das auch noch nie gewollt.

Sie blickte in die Richtung, in der Giles stand und sich mit Lucille Demsforth unterhielt. Nevilles Schwester war heute noch schöner gekleidet. Sie lächelte Giles an, und ihr hübsches Gesicht strahlte vor Interesse an etwas, das er gesagt hatte. Er wirkte nicht abweisend ihr gegenüber. Überhaupt nicht. Seine Miene spiegelte Bewunderung wider.

Würde er sie jemals ähnlich ansehen, wenn sie die neuste Mode trüge? Fände er sie anziehend? Begehrenswert?

»... wie eine nasse Katze in einem Hundezwinger.«

»Wie bitte?«

»Das Mills-Appel-Mädel. Sie scheint sich so unwohl zu fühlen wie eine nasse Katze in einem Hundezwinger. Sie kann den Blick kaum vom Boden heben. Eine Schande, denn sie hat hübsche Augen.«

»Oh.«

»Ihre Schwester ist das ganze Gegenteil, viel zu berechnend für meinen Geschmack. Während die Cousine – das da ist die Cousine, die hinter den beiden steht, die mit dem gelben Haar – die Cousine ist niedlich, aber arm wie eine Kirchenmaus.«

Da sie sich bereits benachteiligt fühlte und sich in ihr Erbitterung regte, traf Nevilles letzte Bemerkung eine wunde Stelle bei ihr. »Ich wusste nicht, dass ein Vermögen erforderlich ist. Ich dachte, Ihre Familie sei finanziell gut gestellt.«

»Oh, sicher, uns geht es gut«, stellte Neville freundlich fest. »Wir schöpfen praktisch aus dem Vollen. Aber trotzdem würde ich nie daran denken, ein armes Mädchen zu heiraten. Mutter sagt immer, ich müsse eine nehmen, die zu dem Vermögen der Familie beitragen kann, statt es zu mindern.«

»Sicherlich gibt es auch noch andere Weisen, wie eine Familie von einer jungen Dame profitieren kann, nicht nur monetäre«, erwiderte sie.

Er hob fragend die Brauen.

»Sie könnte bestimmte Eigenschaften an ihre Kinder weitergeben, die den zukünftigen Generationen zugute kämen.«

»Sie glauben, Leute seien wie Hunde, und man kann bestimmte Eigenschaften bei ihnen züchten?« Er schien von der Vorstellung fasziniert.

»Ja. Wie sollten Ihre Kinder sein, Neville? Außer reich?« Sie hoffte, sie war nicht zu weit gegangen, aber er schien nicht gekränkt.

»Ich möchte, dass sie in der Lage sind, sich zu behaupten, für mich … sich einzustehen. Mutig. Und klug. Dass sie ihr … allen anderen ein Schnippchen schlagen können.«

Avery nickte billigend. »Dann sollte das Ihr Auswahlkriterium für eine Braut sein. Nicht wie hoch die Mitgift der betreffenden jungen Dame ist.«

»Himmel, Sie sind aber wirklich ein kluger Kopf, Quinn. In der Tat, wenn ich mich nur in Ihrer Nähe aufhalte, komme ich mir gleich viel gescheiter vor. Sie sind ein feiner Kerl mit mehr Tiefgang, als man vom Ansehen her vermuten würde. Himmel!« Er lachte. »Wenn ich daran denke, wie Sie wie eine Rothaut geheult haben, als die Gäule durchgegangen sind! Großartig. Habe seitdem keinen solchen Spaß mehr gehabt.« Sein Gesicht wurde ernst. »Mutter war immer sehr fordernd.«

Seine Miene hellte sich auf, als ihm plötzlich ein Gedanke kam. »Ich habe eine Idee. Habe von einem Faro-Spiel unten am Hafen gehört. Eine ganz andere Gesellschaft, keine der sonstigen Gecken und Dandys, verstehen Sie, sondern echte Männer. Was sagen Sie, sollen wir uns fortstehlen und uns das mal ansehen?«

»Besser nicht.«

»Kommen Sie. Es ist nicht wirklich direkt am Hafen, aber nah genug, dass es aufregend ist. Es soll ein Riesenspaß sein. Sich unters einfache Volk mischen, wissen Sie?«

Sie wusste nichts dergleichen. Sie wollte es auch nicht wissen. Sie schüttelte den Kopf. Neville seufzte aus tiefster Seele. »Nun, wenn Sie Ihre Meinung ändern, sagen Sie es mir. Oh, nein. Da kommt mein Onkel und hat irgendeinen alten Knilch im Schlepptau. Da tanze ich lieber, als hier festzuhängen und ihnen zuhören zu müssen, wie sie über Sonne, Mond und Sterne schwadronieren.« Er wandte sich zur Flucht. »Kommen Sie?«

Sie lächelte. »Nein, ich bleibe. Sie vergessen, ich bin genau darum hier, weil ich gerne über Sonne, Mond und Sterne schwadroniere.«

»Was? Oh. Ja, das hatte ich ganz vergessen.« Er grinste. »Es ist nur, dass Sie einem wie ein ganz normaler Mann vorkommen …« Er brach ab, während sein Blick über sie glitt, die Brille auf der Nase, der eiförmige Körper und die dürren Beine. »Auf vielerlei Weise«, beendete er seine Bemerkung diplomatisch. Mit einem knappen Nicken verschwand er in der Menge.

Kapitel 28

Giles entdeckte Sophia auf der anderen Seite des Saales. Sie sah wunderschön aus. Ihr rotes Haar schien im Kerzenschein in Flammen zu stehen, und ihre Lippen waren zu einem reizenden Schmollmund verzogen. Ihr Kleid schmiegte sich an ihren wohlgeformten jungen Körper, wobei es dank des weiten Ausschnittes und des fast durchsichtigen Stoffes mehr enthüllte als bedeckte.

Er verspürte nicht das geringste Verlangen. Unwillkürlich blickte er zu dem Nebenraum, in dem er Avery zurückgelassen hatte. Es war schlicht und ergreifend unnatürlich, dass eine Frau, die sich als unansehnlicher junger Mann verkleidete, in ihm solches Verlangen wecken konnte, wenn ein schönes junges Mädchen in einem Kleid, das dazu geschaffen war, die Phantasie anzuregen, ihm nicht die geringste Regung entlockte.

Aber andererseits war es nicht Avery in ihrer Verkleidung als junger Mann, die in ihm derartige Gefühle weckte, sondern die Frau darunter. Beinahe grimmig konzentrierte er sich wieder auf Sophia.

Er hatte keine Ahnung gehabt, dass sie in der Stadt war. Er hatte angenommen, dass ihr Vater mit ihr nach Brighton gegangen sei. Die einzigen Menschen, die sich im Dezember in der Hauptstadt aufhielten, waren Politiker, die auf die Einberufung des Parlamentes warteten. Und North war kein Politiker.

Sophia bemerkte ihn.

Er neigte den Kopf, ohne zu lächeln, fragte sich, wie sie sich verhalten würde. Um ihretwillen hoffte er, sie würde nicht versuchen, ihn direkt zu schneiden. Das würde ihr nicht gut bekommen, schlicht und ergreifend, weil sie Sophia North war und er, wie Avery es so ungekünstelt festgestellt hatte, nun einmal Strand. Seine gesellschaftliche Stellung, sein Einfluss, seine Beliebtheit überstiegen ihre bei Weitem, und wenn sie nur einen Funken Verstand besaß, würde sie das erkennen.

Offensichtlich tat sie das, denn sie senkte den Kopf, zupfte am Ärmel ihres Begleiters Lord Vedder. Das Paar wechselte ein paar Worte, dann durchquerten sie den Raum zu ihm.

»Miss North«, sagte Giles und machte eine elegante Verbeugung. »Vedder.«

»Strand. Und Sie zeigen mal wieder Ihren Schoßhund herum?«

»Ja«, erwiderte Giles gedehnt. »Wie alle jungen Hunde muss er ab und zu an die frische Luft.«

»Wer ist dieser junge Mann, Strand?«, fragte Sophia, als sei nie irgendetwas Unschönes zwischen ihnen gewesen. Sie hatte klugerweise entscheiden, dass sie nichts dadurch gewinnen konnte, die empörte Schöne zu spielen. Außerdem würden nur wenige Leute, die Sophia North kannten, ihr diese Rolle abnehmen.

»Ein Niemand. Er hat keine nennenswerte Abstammung, keinen bekannten Namen oder Vermögen. Nur einen brillanten Verstand.«

»Hm. Ich würde ihn gerne kennenlernen. Wo ist er?«

Giles blickte sich um. »Ich sehe ihn nicht. Trotz Lord Vedders interessanter Analogie halte ich ihn nicht an der kurzen Leine. Aber wenn Sie es wollen, kann ich sie gerne vorstellen.« Er lächelte. »Obwohl ich fürchte, dass Ihnen eine Enttäuschung bevorsteht. Sein Aussehen ist noch unscheinbarer als seine Finanzen.«

Sie lachte. »Vedder sagt, Sie hätten ihn in den Niederlanden gefunden. Ich möchte wetten, Sie sind binnen weniger Tage nach meiner Abreise dorthin aufgebrochen.«

»Nun«, antwortete er. »Nachdem ich eine derart herbe Enttäuschung erlitten hatte, verspürte ich den heftigen Wunsch, mich durch Reisen abzulenken.«

Diese Erklärung gefiel ihr sichtlich. Sie reckte das Kinn ein wenig, und ihre Brauen hoben sich. »Nun, ja …« Sie wandte sich an Vedder. »Mylord, ich verspüre plötzlich heftigen Durst. Wären Sie wohl so freundlich, mir ein Glas Ratafia zu besorgen?«

Seltsamerweise schien sich Vedder nicht daran zu stören, dass er auf eine Besorgung geschickt wurde, die jeder Diener hätte erledigen können, sondern verneigte sich und ging.

Sophia schaute Giles an, zögerte. Sein Argwohn war geweckt. Sophia neigte nicht zum Zögern. »Mylord«, sagte sie, »wenn möglich, würde ich gerne ein paar Minuten mit Ihnen allein reden. Es gibt da eine heikle Angelegenheit, die ich gerne besprechen möchte.«

Vorsicht gebot ihm, nicht gleich zuzustimmen. »Dann ist dies schwerlich der richtige Ort dafür.«

Darüber lachte sie. »Ach komm schon, Giles. Du hast mich in der Garderobe im Botanischen Garten verführt. Da kannst du mir schwerlich ein paar Minuten Unterhaltung versagen.«

Seiner Erinnerung nach hatte sie ihn zu dem Stelldichein gelockt und das, was folgte, war mehr von ihr ausgegangen als von ihm. Vor Sophia hatte Geschlechtsverkehr praktisch in der Öffentlichkeit nicht zu seinen Sünden gehört. Aber sie hatte recht, plötzlich prüde zu werden, war albern.

»Natürlich.«

»Es gibt einen kleinen Empfangssalon auf dem Korridor gegenüber. Er wird nicht benutzt. Dort treffen wir uns in fünf Minuten.«

»Das ist neu, Sophia. Diskretion?«

Sie schenkte ihm ein knappes Lächeln. »Ich muss auf meinen Ruf achten, jetzt, da ich wieder auf dem Heiratsmarkt bin.«

»Nun gut«, sagte er, als er Lord Vedder mit dem gewünschten Glas Ratafia zurückkommen sah. »In fünf Minuten.«

»Du könntest wenigstens sagen, dass du dich darauf freust.« Sie schmollte ganz reizend.

»Das bleibt noch abzuwarten. Ah, Vedder, genau zur rechten Zeit, wie immer.« Er neigte den Kopf. »Miss North. Vedder.«

Fünf Minuten später überquerte Giles mit einer Menge Vorbehalte den Flur und betrat den Raum. Er konnte nicht erkennen, wie er ihr das Gespräch verwehren sollte. Es wäre unentschuldbar grausam, Sophia auf ihn warten zu lassen. Bestenfalls würde sie ihn – aller Wahrscheinlichkeit nach unbeholfen – mit dem vermeintlichen Wahnsinn seiner Schwester erpressen wollen, schlimmstenfalls den Versuch unternehmen – nicht minder unbeholfen –, eine Versöhnung zu erreichen.

Allerdings hatte er nicht damit gerechnet, dass sie beides tun würde.

Er stand am Fenster und blickte in den Nachthimmel, erinnerte sich an eine Bemerkung von Avery, dass es in London keine Sterne gäbe, nur Nebel und Dunkelheit, und musste daran denken, dass Nebel und Dunkelheit nicht nur den Himmel zutreffend beschrieb, als ihm ein Luftzug verriet, dass die Tür geöffnet wurde. Einen Moment später hörte er leise Schritte, aber bevor er sich umdrehen konnte, trat sie hinter ihn, schlang die schlanken Arme um ihn und presste sich an seinen Rücken.

»Ich habe dich vermisst«, schnurrte sie und rieb sich wie eine Katze an ihm.

Er wandte sich um und legte ihr die Hände auf die Schultern, schob sie sachte von sich. »Ich bin immer noch derselbe Mann, den du abgewiesen hast, Sophia. Ich habe immer noch dieselbe Familie. Mein Bruder Louis war ein Zwerg.«

Sie erschauerte leicht, und ihr Mund verzog sich zu einem leicht angewiderten Schmollen. »Das habe ich inzwischen auch erfahren, und ich muss zugeben, dass ich es immer noch schäbig von dir finde, dass du es mir nicht von Anfang an gesagt hast.«

»Es war niemals ein Geheimnis.«

»Nein, aber niemand hat mir davon erzählt.«

»Louis ist vor fünfzehn Jahren gestorben. Es ging ihm nie gut genug, um nach London zu kommen, und niemand hier hat ihn je getroffen. Ich bezweifle, dass sich überhaupt noch jemand an ihn erinnert.« Nur er erinnerte sich. Und seine Mutter und seine Schwester. Und Avery.

»Oh, ein paar auf jeden Fall«, sagte sie. »Ich habe auch erfahren, dass er nur dein Halbbruder war. Sein Makel kann ebenso gut seiner Mutter geschuldet sein, nicht deinem Vater.« Sie lächelte, als böte sie ihm das bestmögliche Geschenk.

»Aber es kann auch aus der Familie meines Vater stammen. Wer will das wissen? Und was ist mit Julia?« Er fragte sich, ob sich irgendjemand an seine Schwester erinnerte und Sophia gesagt hatte, dass die Frau, die sie gesehen hatte, eine Hochstaplerin gewesen sein musste. Er bezweifelte es. Schließlich war Julia nicht gestorben, sondern kurz nach Louis' Tod, und bevor sie in die Gesellschaft eingeführt werden konnte, in ein Kloster eingetreten. Es war ein weltabgewandter Orden, und Julia hatte ihre Familie nur um eines gebeten, als sie dorthin gegangen war – dass sie ihre Entscheidung respektierten und ihr Ungestörtheit gewährten. Das hatten sie getan.

»Und?«, hakte er nach.

Er konnte sehen, wie sie mit sich kämpfte. »Ein Irrtum der Natur«, sagte sie schließlich.

Also hatte die Gesellschaft Julia vergessen – oder sie vielleicht auch gar nicht gekannt.

»Das ergibt Sinn. Sie sind … s-s-so, und du … nun, du bist du.«

Warum hatten ihn die gleichen Worte von Averys Lippen erfreut und leicht belustigt, aber waren ihm aus Sophias Mund unangenehm? Vielleicht weil er in Sophias Äußerung die Verachtung seines Vaters hörte: »Ein schöner Mensch wie du weiß nichts von den Kämpfen, dem Versagen und Rückschlägen, die einen überlegenen Charakter schmieden. Gold ist schön, ja, aber weich und formbar. Niemand würde in der Schlacht Gold vor Stahl den Vorzug geben.«

»Mit Louis' Verstand war alles in Ordnung. Er war nur kleinwüchsig.«

Sie fing an, sich zu ärgern, und zuckte heftig die Achseln. »Was für einen Unterschied macht das schon? Ich wünsche nicht, über ihn zu reden. Oder über … sie. Ich habe es dir nur gesagt, damit du dir keine Sorgen machst.«

Er konnte sich nicht dazu überwinden, ihr zu danken. »Ist das alles?«, fragte er.

Sie runzelte die Stirn und wich seinem Blick aus. »Der Zustand deines Bruders ist vielleicht nicht weiter erwähnenswert, aber ich könnte mir vorstellen, der deiner Schwester durchaus. Ich habe mich erkundigt, aber niemand scheint etwas über sie zu wissen.« Ihr Blick wurde listig. »Ich vermute, das hat einen Grund.«

Ah. Er sollte also erpresst werden. Er wartete höflich.

»Dein Agent war meinem Vater gegenüber höchst großzügig.«

»Das freut mich zu hören.«

»Leider war mein Vater nicht annähernd so großzügig mir gegenüber. Genau genommen war er sogar regelrecht knauserig. Dazu kommt noch, dass er beim Glücksspiel hoch verloren hat.«

»Das tut mir leid zu hören.«

»Ja, nun, aber er ist jetzt nicht wichtig.« Sie kehrte ihm den Rücken. »Da ich jedoch diejenige bin, die am meisten unter der Beendigung unserer Verlobung zu leiden hat, halte ich es nur für fair, dass ich für den erlittenen Kummer entschädigt werde.«

Es war anstrengend, nicht erleichtert aufzuatmen. Ein paar tausend Pfund waren ein geringer Preis, um sein Gewissen zu entlasten. Sophia hatte ihre Karten, die ihr in ihrem jungen Leben zu geteilt worden waren, bisher schlecht gespielt, aber er hatte ihr dabei geholfen.

»Verstehe. Ich bin sicher, da lässt sich etwas arrangieren.«

Sie wirbelte herum, die Augen vor Überraschung weit aufgerissen, ehe sie sie zusammenkniff, als ihr plötzlich eine Idee kam. Sie stellte sich dicht vor ihn. »Ich war vielleicht doch etwas voreilig, unsere Verlobung zu beenden.«

Er musste zugeben, dass ihn das unvorbereitet traf. Er konnte nicht glauben, dass sie wirklich das Risiko eingehen würde, ein Kind wie Louis oder Julia zu bekommen. Aber das würde sie nicht tun, oder? Er erkannte, dass er nie einen Erben bekommen würde, wenn er sie heiratete. Er stand in ihrer Schuld, aber nicht so sehr. Es war am besten, wenn sie das unmissverständlich begriff. »Du hast getan, was du tun musstest.«

Einen Moment lang sah sie ihn an. Sie hatte eine Reihe von Fehlern, aber Dummheit gehörte nicht dazu. Sie verstand sehr deutlich seine Botschaft: Es würde keine Erneuerung seines Antrages geben. Sie nahm das mit mehr Anstand hin, als er angenommen hatte.

Sie lachte leise. »Nein? Auch gut. Baron Nickelboughs Aufmerksamkeiten sind in letzter Zeit sehr auffällig geworden, und er hat seinen Erben bereits.«

»Er kann sich glücklich schätzen.«

Sie lachte noch einmal. »Immer ein Gentleman, Giles. Ich glaube nicht, dass ich das wirklich zu schätzen wusste, als es darauf ankam. Aber ja, das kann er.«

Sie ließ ihre Fingerspitzen über seine Brust wandern. »Wir hatten Spaß, nicht wahr?«

»Spaß, ja.« Das genau war es, was sie gehabt hatten, aber Narr, der er war, wollte er etwas anderes. Mehr. Avery.

»Wir könnten …«

Mit einer Hand in seinem Nacken stellte sie sich auf die Zehenspitzen und fuhr ihm mit der Zunge über die Lippen. Er erstarrte, als ihre Hand seine Brust hinabwanderte, zu seiner Taille und darunter. Er war nur ein Mensch, bei Gott, und sein Fleisch war willig, wo sein Geist sich sträubte.

Sie lehnte sich zurück und betrachtete ihn triumphierend. »Ich wusste es!« Damit warf sie ihm den anderen Arm auch noch um den Hals und zog seinen Kopf nach unten, küsste ihn auf den Mund, während ihre Finger ihn kühn streichelten. Sie schmiegte sich fester an ihn, sodass er sie festhalten musste, wollte er verhindern, dass sie beide umfielen.

Verärgert riss er sich von ihren Lippen los. Alles, was er jetzt noch brauchte, war in einer solchen Lage ertappt zu werden, um sich am Ende doch genötigt zu fühlen, seinen Antrag zu erneuern. Und er würde keine Minute zögern, ihr zu unterstellen, dass sie genau das arrangiert hatte.

Kapitel 29

Avery stand völlig verblüfft und sprachlos da, konnte kaum glauben, was gerade geschehen war. Sie hatte es getan. Das Unmögliche erreicht. Alles, wovon sie je geträumt hatte, würde bald schon ihr gehören.

Sir Isbill hatte sie Mr Donald Fuller vorgestellt, einem anderen Mitglied der Royal Astronomical Society, der selbst ein angesehener Astronom war. Sogleich hatte er ihr zu ihrer hervorragenden Forschungsarbeit gratuliert, die Umlaufbahn und die Wiederkehr des Quinn-Kometen zu berechnen. Ihr Herz war kurz ins Stolpern geraten, als sie ihren Kometen von den Lippen eines anderen so bezeichnet hörte, und sie hatte nur stumm nicken können.

Mr Fuller und Sir Isbill hatten einander – man konnte es nicht anders nennen – zugezwinkert, und Sir Isbill hatte fast beiläufig verkündet, dass er sie nicht nur zur Mitgliedschaft in der Astronomischen Gesellschaft vorgeschlagen hatte, sondern darüber bereits bei der gestern stattgefundenen Versammlung abgestimmt worden war. Der Antrag war angenommen worden. Sie war jetzt Mitglied. Und, hatte Sir Isbill hinzugefügt, während er sich vorbeugte, er hätte den starken Verdacht, dass sie mit ihrem Entwurf für verbesserte Teleskoplinsen und der Entdeckung des Kometen gute – nein, sogar beste – Chancen darauf hatte, für die Hipparchos-Medaille nominiert zu werden.

Und die zweitausend Pfund, mit denen der Preis dotiert war.

Ein kurzes Gespräch über Asteroiden folgte, aber nur zwischen Sir Isbill und Mr Fuller. Avery war zu aufgeregt gewesen, um sich daran zu beteiligen. Sie musste Giles finden und ihm alles erzählen.

Sie schaute sich unauffällig nach ihm um, unfähig, sich ein Lächeln zu verkneifen, suchte die Umstehenden nach seinem goldblonden Schopf ab, konnte ihn aber nirgends entdecken. Daher ging sie, ihn aufzuspüren, lächelte breit in Erwartung seiner Antwort. Er würde sich so freuen.

Aber nach ein paar Minuten verblasste ihr Lächeln. Giles war nicht in dem Zimmer, in dem Erfrischungen gereicht wurden, und auch nicht da, wo ein paar Gäste sich an Spieltischen versammelt hatten. Sie konnte sich nicht vorstellen, dass er gegangen war, ohne etwas zu ihr zu sagen, aber sie hatte in jedes Zimmer geschaut, dessen Tür offen stand.

Was bedeutete, dass er in einem der Zimmer sein musste, deren Türen geschlossen waren.

Sie dachte nicht weiter darüber nach, warum manche Türen zu waren oder ob das hieß, dass sie das auch besser bleiben sollten. Auch wenn sie wusste, dass man die Türen in fremden Häusern nicht öffnete, entschied sie, das zu ignorieren. Sie hatte nur einen Gedanken: Sie musste Giles finden und ihre Freude mit ihm teilen.

Die ersten beiden Zimmer, deren Türen sie öffnete, waren leer. Hinter der dritten Tür jedoch hörte sie Stimmen – eine Frau und ein Mann –, aber das Holz war so massiv, dass sie sie nicht erkennen konnten.

Sie legte die Hand auf die Klinke, aber ein unerwarteter Anflug von Taktgefühl veranlasste sie, die Klinke vorsichtig nach unten zu drücken, statt unangekündigt hineinzuplatzen. Sie spähte durch den Türspalt.

Der goldblonde Schopf war unverkennbar, genau wie die breiten Schultern, an die die schlanke Frauengestalt in seinen Armen sich klammerte. Die Leidenschaft der Umarmung war ebenfalls unverkennbar. Und es war auch nicht zu verkennen, was hier gerade geschah, was in den nächsten Minuten geschehen würde.

Nicht angesichts der Position der Hand der Frau, direkt auf seinem Schritt.

Averys Finger rutschten von der Klinke. Ihr stockte der Atem. Wie aus weiter Ferne hörte sie ein Rauschen in den Ohren. Und dann lief sie fort, ihr Verstand wie erstarrt, während sie eine Stimme in ihrem Kopf hörte, die sie verhöhnte: »Närrin! Närrin! Du wusstest, was er ist! Er hat es dir selbst Hunderte Male gesagt.« Und ihr Herz erwiderte: »Aber ich habe es ihm nicht geglaubt …«

»Quinn? Quinn, alter Freund!« Große Hände fassten nach ihr, hielten sie fest und beendeten ihre Flucht über den Korridor. Blinzelnd spähte sie in Neville Demsforths gutmütiges, leicht besorgtes Gesicht. »Gütiger Himmel. Geht es Ihnen gut? Sie sind ja ganz grau im Gesicht. Soll ich Lord Strand holen lassen?«

»Nein! Nein.« Sie umklammerte seinen Arm. »Ich bin nur verstört. Ich gehöre hier nicht her. Ich fühle mich völlig fehl am Platze, das ist alles.«

Neville wurde sogleich ernst. »Hat jemand Sie beleidigt?«

Sie schüttelte den Kopf. »Nein. Genau genommen ganz im Gegenteil, aber es ist alles ein bisschen viel, verstehen Sie? Ich will einfach nur ich selbst sein, ohne mir Sorgen machen zu müssen, wie andere mich sehen könnten.« Die Worte drängten sich ihr über die Lippen, kamen der Wahrheit viel näher, als es ihr lieb war, aber sie hätte sich keinen mitfühlenderen Zuhörer wünschen können als Neville.

»Das verstehe ich gut. Mutter hat mich Tanzstunden und Unterricht im Verbeugen nehmen lassen, sogar Französisch musste ich lernen, obwohl ich in nichts davon gut bin. Ich bin sicher, alle halten mich für eine Witzfigur und haben Mitleid mit jedem armen Mädchen, das mehr als fünf Minuten in meiner Nähe verbracht hat.« Er blickte sie an. »Sie können das sicher verstehen.«

Darauf konnte sie nichts erwidern, da das Einzige, was sie vor ihrem geistigen Auge sah, diese abgeschmackte Umarmung war, deren Zeuge sie geworden war. Sie unterdrückte einen Schluchzer.

»Nun, nun. Tut mir leid. Damit wollte ich nichts Böses sagen. Bei Jupiter, Sie sind noch übler dran als ich, was?«, fragte er leicht verwundert.

»Vermutlich schon.«

»Kommen Sie. Wir haben beide genug von der Veranstaltung meines Onkels. Lassen Sie uns zu dem Kartenspiel gehen, von dem ich Ihnen erzählt habe. Da ist niemand, der einen verurteilt. Niemand, der an einem herumnörgelt.« Das Letzte sagte er mit einem beredten Blick zu seiner Mutter, die unweit von ihnen stand und mit gerecktem Hals die Menge absuchte.

Avery war es egal, wohin sie gingen, solange es nur fort von hier war. Der Gedanke, Giles gegenüberzutreten, erfüllte sie Entsetzen. »Ja«, sagte sie. »Ja. Können wir gleich los?«

»Natürlich. Es ist nicht weit. Wir gehen jetzt, während Mutter die arme Lucy hinter sich herzieht und Strand sucht.«

Er fasste sie am Ellbogen und wirbelte sie herum. Binnen kürzester Zeit waren sie im Besitz ihrer Mäntel und fort.

Will saß in einer Ecke von Lord Strands Brougham, Belle zusammengerollt auf seinem Schoß. Es war gemütlich, sie so bei sich zu haben. Sie spendete Hitze wie eine Wärmflasche, und wenn er nicht mit einer Aufgabe betraut gewesen wäre, wäre er auf der Stelle eingeschlafen. Es war nicht kalt hier drinnen, wo der Wind ihm nichts anhaben konnte.

Aber er wehrte sich gegen die drohende Müdigkeit, und hielt den Blick fest auf die Eingangstür des Stadthauses gerichtet, in dem Lord Strand und der Mädchen-Mann dieser Quinn, verschwunden waren. Phineas, der unter den anderen Kutschern ein paar alte Bekannte erspäht hatte, war die Straße runter in ein Gasthaus gegangen. Er hatte Will eingeladen, mitzukommen, aber obwohl er sich darüber gefreut hatte, schüttelte er doch den Kopf.

Seine Lordschaft hatte Will aufgetragen: »Behalt alles im Auge«, und genau das versuchte Will zu tun, weil – der Himmel sei sein Zeuge – er niemals etwas tun würde, das Lord Strand auch nur den geringsten Vorwand liefern würde, sich seiner zu entledigen. Oder

Belles. Er hatte lange genug in der Gosse von St. Giles gelebt, um zu wissen, dass es dort keine Zukunft für einen zu klein geratenen Burschen wie ihn gab, der mehr erreichen wollte, als deportiert zu werden oder am Galgen zu enden.

Außerdem hatte er noch eine Aufgabe zu erledigen.

Daher setzte Will sich gerader hin, als er diesen komischen Vogel Quinn aus der Haustür kommen sah. Und er wollte gerade losflitzen und Phineas holen, als er merkte, dass der Kerl gar nicht in Begleitung Seiner Lordschaft war, sondern zusammen mit einem hünenhaften Kerl, der Wills Meinung nach aussah, als würde er sich hinter einem Pflug deutlich wohler fühlen als in einem eleganten Empfangssalon.

Während er zuschaute, lief das ungleiche Paar die Stufen hinab, aber statt in eine der wartenden Kutschen zu steigen, gingen sie die Straße entlang in Richtung Covent Garden.

Will musste sich nicht fragen, was zwei junge Herren an so einem Ort wohl wollten. Er wusste es. Er wusste auch, dass ihre Chancen, es dort zu finden, deutlich schlechter standen, als etwas zu erleben, was sie weder wollten, noch bewältigen konnten. Die Chancen, dass das passierte, standen nämlich wirklich ausgezeichnet.

Unruhig hin- und herrutschend überlegte er, was er tun sollte. Einerseits war er keine Petze. Wenn zwei Grünschnäbel und Möchtegernstutzer sich mal in der Gosse dort unten umsehen wollten, dann ging ihn das nichts an. Andererseits war es klar wie Kloßbrühe, dass Seine Lordschaft Mr Quinn auf eine seltsame Weise zugetan war und es gewiss nicht gerne sähe, wenn er zu Schaden käme, was Will verblüffte, der sich immer für einen guten Menschenkenner gehalten hatte. Seiner Ansicht nach gehörte Lord Strand zu den männlichsten Exemplaren, die die gute Gesellschaft aufzubieten hatte. Immerhin war er imstande gewesen, Wills Vater zu überwältigen, möge seine schwarze Seele in der Hölle schmoren.

Will erwog, Phineas zu holen, aber vermutlich würde ihm das nur eine Maulschelle eintragen und den Rat, sich um seine eigenen Angelegenheiten zu kümmern. Das sollte er vermutlich besser auch tun. Dennoch …

Mit einem Fluch, für den ihm die alte Schachtel Mrs Silcock sicher die Ohren lang gezogen hätte, setzte Will Belle ab und verließ die Kutsche. Er wickelte sich den Schal, den der Lakai Burke ihm gegeben hatte, um Kopf und Ohren und schob die Hände in die Ärmel seines neuen Rockes.

»Bleib hier, Belle«, seufzte er und machte sich auf den Weg die Straße hinunter. »Ich schau nur, wo sie hingehen, mehr nicht.«

Kapitel 30

Wie ein Ameisenhaufen, den ein grausamer Junge mit einem Fußtritt zerstört hatte, wimmelte es in den niedrigen, schmutzigen Räumen des *Crown and Cock* vor Menschen. Müllfahrer und Straßenhändler, Fackel- und Lastenträger drängten sich lärmend durcheinander. Es herrschte ein ständiges Geschiebe und Geschubse unterbrochen von einigen Umarmungen. Manche lehnten unsicher an Mauern, andere hockten dicht nebeneinander auf Bänken, schlugen ihre Krüge aneinander oder sangen laut im Chor. Halbbekleidete Mädchen riefen den Gästen von der Galerie, von der aus man in die verrauchten Hinterzimmer gelangte, unzüchtige Einladungen zu, begleitet von Beifall oder Schmähungen aus der Menge darunter.

»Es ist wunderbar, oder?«, machte sich Neville über das Getöse hinweg verständlich. »So … natürlich und ungezwungen. Kein förmliches Getue wie in der guten Gesellschaft. Das sind echte Menschen, Quinn. Niemand wird Sie hier verurteilen oder etwas an Ihnen auszusetzen finden. Hier ist man frei.«

Ja, dachte Avery zynisch, *frei, alles, was man bei sich hatte und was nicht niet- und nagelfest war, abgenommen zu bekommen.* Und tatsächlich, während sie zuschaute, zog ein Mädchen in schmutzigem Unterkleid einem ahnungslosen Mann in feinen Kleidern ein Taschentuch aus dem Rock, während der eine Schankmagd anglotzte.

Nicht, dass es Avery störte. Ihre Stimmung war düster, ihre Gedanken schwankten zwischen Eifersucht, Abscheu über sich selbst und Wut, dass Giles diese unbekannte Frau begehrte … und nicht sie.

Wie dumm sie war.

Eine fette Frau in einem engen Mieder erschien an ihrer Seite und drückte ihnen schwere Trinkkrüge in die Hand. »Aufs Haus, die Herren«, erklärte sie und hob den Kopf, um auf eine geschriene Bestellung aus der Nähe zu antworten.

Avery stellte den Krug unberührt ab. Neville nicht. Er nahm einen tiefen Schluck, musste husten und lachte, nahm noch einen. »Widerliches Zeug. Regelrecht ekelhaft«, verkündete er, bevor er alles auf einen Zug austrank.

Die Frau musste unwiderstehlich für Giles gewesen sein, dass er ihren Ruf an einem so öffentlichen Ort in Gefahr brachte. Er hatte sich nicht einmal die Mühe gemacht, die Tür abzuschließen. Warum? Es ergab keinen Sinn. Es sei denn, das Verlangen hatte ihn überwältigt.

Kein Mann würde je von Leidenschaft, wie sie sie zu wecken vermochte, zu so etwas hingerissen werden …

Sie wandte den Kopf ab, um die plötzlich drohenden Tränen zurückzudrängen, und als sie das tat, fiel ihr ein grob aussehender Kerl auf, der in der Nähe des einzigen Fensters im Raum saß und verstohlen Neville und sie beobachtete. Da er merkte, dass sie ihn gesehen hatte, nickte er ihr zu und hob seinen Krug zum Gruß. Sein Lächeln reichte nicht bis in seine Augen.

Sie zwang ihre Gedanken von Giles weg und zu den Problemen vor Ort. Hierherzukommen war ein Fehler gewesen.

Sie zupfte Neville am Arm. »Wir sollten gehen.«

Er blickte sie überrascht an. »Gehen? Lieber Freund, wir sind doch gerade erst gekommen. Warum sollten wir gehen wollen? Es ist doch so lustig. Sehen Sie sich den Kerl dort drüben an mit dem Holzbein, der munter auf seiner Fiedel spielt. Haben Sie je einen fröhlicheren Mann gesehen? Nein, und wissen Sie auch warum? Er schert sich nicht um seine Stellung oder seinen Einfluss, seine Titel oder sein Erbe. Oder seine Mutter.«

»Weil er nichts davon hat«, erwiderte Avery und fühlte sich zunehmend unwohler. Sie war sich nicht sicher, was sie gedacht hatte, wohin Neville sie bringen wollte, aber sie hatte sich nichts so … Rustikales vorgestellt. Der Fiedelspieler bearbeitete sein Instrument weniger mit Freude als mit grimmiger Entschlossenheit, sein Lächeln war eine Grimasse. Über der versammelten Menge hing eine Stimmung fieberhafter Verzweiflung, genährt von Unmengen Gin. Ein junger Mann, dem Aussehen nach aus besseren Kreisen, stieß plötzlich einen lauten Schrei aus, und das Mädchen, das rittlings auf seinem Schoß gesessen hatte, sprang auf. Er packte sie am Handgelenk, und Avery konnte sehen, dass sie eine emaillierte Taschenuhr in den Fingern hielt.

Wie aus dem Nichts tauchten ein paar Männer auf. Das Mädchen riss sich los, und die Männer packten den jungen Mann unter den Achseln und schleppten ihn davon. Das alles geschah so schnell und mit so wenig Aufhebens, dass nur jemand, der alles ganz genau verfolgte, davon etwas mitbekommen würde. Es fiel niemandem auf.

Während sie dort stand, schob ihr ein Junge, der nicht älter als neun Jahre sein konnte, eine Flasche hin und zwinkerte ihr zu. »Nehmen Sie einen Zug, Mister. Geht aufs Haus.«

»Nein, danke.« Avery wollte die Flasche zurückgeben, aber Neville nahm sie ihr ab und setzte sie an, nahm einen langen Zug.

»Sind Sie Ellbogenschüttler?«, fragte der Junge, als Neville die Flasche zurückgab. »Sie sehen wie zwei feine Kerle aus. Ich schätze, Sie sind's.«

Wie oft hatte der Junge genau diese Worte schon zu anderen Grünschnäbeln gesagt, die auf der Suche nach einem Abenteuer aus dem Londoner Westend hergekommen waren? Neville blickte sie von der Seite zweifelnd an.

»Ich glaube, er spricht von Würfeln.« Sie wollte Giles nicht sehen. Nie wieder. Aber hier wollte sie auch nicht sein.

»Oh! Natürlich!«, rief Neville. »Natürlich sind wir das.«

»Dann haben Sie Glück. Im Hinterzimmer beginnt gleich ein Spiel.« Der Junge zeigte mit dem Kopf zu einem rauchverhangenen Durchgang.

»Ausgezeichnet«, sagte Neville. »Kommen Sie schon, Quinn. Lassen Sie uns sehen, ob uns das Glück hold ist.«

Es schien lachhaft gefährlich. Und der Himmel konnte bezeugen, sie hatte das Gefühl, als schwebten sie bereits genug in Gefahr. »Ich habe kein Vermögen, Neville. Ich habe überhaupt kein Geld.«

»Ich schieße Ihnen fünfzig Pfund vor.«

Die wachsamen Augen des Jungen wurden mit einem Mal groß, und er und die Flasche waren plötzlich verschwunden.

»Sie verstehen nicht. Wenn ich es verliere, habe ich keine Möglichkeit, es Ihnen je zurückzuzahlen. Gar keine.«

Neville schlug ihr auf die Schulter, stieß sie dabei beinahe um. Er grinste betrunken. »Dann ist es eben ein Geschenk.«

»Das kann ich nicht annehmen …«

»Natürlich können Sie das.« Neville legte ihr einen Arm schwer um die Schultern und zog sie mit sich in das Hinterzimmer.

Es war hier viel dunkler als vorne – es brannten nur etwa ein Dutzend billiger Kerzen –, aber es war ebenso voll. Die Gäste, ein bunte Mischung aus Kaufleuten, Schreibern und Gewohnheitsspielern standen in drei Reihen um den Hazardtisch, die Augen gebannt auf die Elfenbeinwürfel gerichtet, die über den Filz rollten. Als sie liegenblieben, brach etwa ein Drittel der Männer in Jubelrufe aus. Die anderen Spieler murrten oder fluchten oder verfielen in grimmiges Schweigen, während ein paar gutgelaunte Stimmen nach mehr Schnaps riefen.

»Bitte, Neville«, sagte sie leise, nur für seine Ohren bestimmt. »Hier ist es gefährlich. Sehen Sie das nicht? Alles um Sie herum, all diese geselligen lustigen Leute, die Sie so bewundern … das ist nur eine Art Bühne. Die Einzigen hier, die nicht betrunken sind, sind Diebe und Falschspieler. Es ist alles eigens so gemacht, dass junge Männer wie Sie sich gerne hier aufhalten und sich … frei fühlen.«

»Junge Männer wie ich?«, wiederholte er, wirkte entschieden belustigt. »Was ist mit jungen Männern wie Ihnen?« Seine laute Stimme lenkte die Aufmerksamkeit auf sie. Avery kam zu dem Schluss, dass ihre beste Chance darauf, hier unbeschadet wieder wegzukommen, darin bestand, so wenig wie möglich aufzufallen.

»Kommen Sie«, sagte Neville und nahm die Flasche, die am Tisch herumgereicht wurde. »Wo ist der junge Mann, der so mutig die Pferde angefeuert hat? Wir sind hier, um unseren Spaß zu haben, Quinn. Also möge der Spaß beginnen.«

Er füllte sich ein leeres Glas und trank die eine Hälfte mit einem Schluck. Sie betrachtete ihn mit einem unguten Gefühl im Magen und voller Hilflosigkeit.

»Ihr wagemutiger Freund hier hat völlig recht, junger Herr«, sagte ein gut gekleideter Mann und trat mit einem salbungsvollen Lächeln auf den Lippen zu ihnen. »Wir sind alle aus dem gleichen Grund hier: ein bisschen Freude, das eine oder andere Liedchen, ein bisschen Glücksspiel, und dann am Morgen wieder zurück ins gemütliche Bett zu Hause. Wem schadet das schon?«

Sie mochte ihn nicht, und sie vertraute ihm nicht. Er sah vielleicht aus wie einer von Nevilles Standesgenossen, aber sie wusste, das war er nicht.

Leider teilte Neville ihre Vorbehalte nicht.

»Stimmt!«, erklärte er. »Wem schadet das schon? Ich bin es leid, kichernden Mädchen und langweiligen Tattergreisen zuzuhören. Und Mutter. Ich verdiene eine Nacht, in der ich tun und lassen kann, was ich will und mit wem ich es will.«

»Ganz genau.« Der Mann schenkte Neville nach.

»Und wenn Sie sich nicht allein auf den Weg machen wollen, Quinn, fürchte ich, werden Sie hierbleiben und sich ebenfalls amüsieren müssen.« Nevilles Lächeln war beinahe entschuldigend. Beinahe.

Wohin, zur Hölle, war das verflixte Mädchen verschwunden?

Giles hatte über eine Stunde nach Avery gesucht, die ganze Zeit, seit er Sophia mitgeteilt hatte, dass ihr Angebot zwar überaus schmeichelhaft sei, er jedoch kein wie auch immer geartetes Interesse daran habe, irgendeine Form von Beziehung mit ihr einzugehen.

Er hatte sich sofort auf die Suche nach Avery gemacht, wie ein Mann, der frisches Wasser braucht, nachdem er etwas Verdorbenes getrunken hatte. Er erkundigte sich überall, aber das letzte Mal, dass sie gesehen worden war, war schon vor einiger Zeit gewesen, als sie erfahren hatte, dass sie nun offiziell Mitglied der Royal Astronomical Society war. Sir Isbill hatte sie in einem Zustand – wie er es bezeichnete – »euphorischer Sprachlosigkeit« zurückgelassen. Vielleicht hatte sie den Nachthimmel sehen wollen, daher stieg Giles zur Kuppel von Sir Isbills Dach empor und fror sich dabei beinahe die Hände an der Metallleiter ab. Doch sie war nicht da.

Er begann sich Sorgen zu machen.

Ein Lakai erschien neben ihm. »Lord Strand?«

»Ja?«

»Da ist ein Junge an der Eingangstür. Er behauptet, für Sie zu arbeiten, und sagt, er müsse dringend mit Ihnen sprechen.«

Junge? Himmel, das musste Will sein. Vermutlich war der verdammte Köter weggelaufen. Er erwog, ihm durch den Lakai ausrichten zu lassen, er solle nach Hause gehen, aber das schien ihm unangemessen brüsk, wenn er etwas verloren hatte, woran ihm so viel lag …

Er folgte dem Lakai zur Eingangshalle, wo Will neben einem anderen Lakai stand, der ihn mit gerunzelter Stirn betrachtete und mit schwerer Hand festhielt. Will wirkte trotzig, und als er Strand entdeckte, entwischte er dem Lakai mühelos und lief durch die Halle zu ihm.

»Was ist los, Will?«

Der Junge sah argwöhnisch zu den beiden Männern hinter ihm.

»Es ist Mr Quinn, Mylord.«

Strand erstarrte. »Was ist mit ihm?«

»Er und der große Kerl sind zum ›Crown and Cock‹ in Covent Garden gegangen.«

Das »Crown and Cock« war berüchtigt für Falschspiel. »Wann war das?«

»Vor einer Stunde oder so. Ich habe sie gehen gesehen und bin ihnen nach, weil Sie gesagt haben, ich solle ein Auge auf alles haben, und ich dachte mir, Mr Quinn würde zu ›alles‹ zählen.«

»Genau.« Strand zwang sich, den besorgt wirkenden Jungen zu beruhigen. »Bist du ihnen nach drinnen gefolgt?«

»Nein. Ich meine, mir geht's an den Kragen, wenn mich einer der Kumpels meines Vaters da sieht. Ich habe draußen gewartet, dachte, sie haben nur schnell ihren Spaß und kommen bald wieder raus. Aber auch nach 'ner ganzen Weile waren sie noch nicht zurück. Da hab ich mir gedacht, ich komm besser her und sag's Ihnen, bevor sie richtig ausgenommen werden.«

»Mein Mantel«, verlangte Strand von dem Lakai. »Rasch.« Er sah Will an. »Das hast du gut gemacht. Ist Phineas bei der Kutsche?«

»Nein. Er ist in einem Gasthaus die Straße runter. Soll ich ihn holen?«

»Was geht schneller«, wollte Strand wissen, während der Lakai im Laufschritt mit seinem Mantel kam, »mit der Kutsche oder zu Fuß?«

»Zu Fuß«, antwortete Will ohne Zögern.

Rasch warf sich Strand den Mantel über und nahm seinen Hut entgegen. Der Lakai, der nun wusste, dass jede Sekunde zählte, hatte bereits die Tür geöffnet. Strand packte Will an der Schulter, drehte ihn um und schob ihn vor sich her.

»Du holst Phineas, lässt ihn mit der Kutsche dort vorfahren und wartest dann auf mich.«

»Aber wie kommen Sie zum ›Crown and Cock‹, Mylord?«

»Ich laufe.«

Kapitel 31

»Willkommen, Mylord!« Der Wirt der Spelunke, ein kleiner Mann mittleren Alters mit dem kriecherischen Auftreten eines verbitterten Lehrers und den Augen eines Reptils, begrüßte Giles wenige Schritte hinter dem Eingang.

Obwohl er bis zum Letzten angespannt war, setzte Giles die verächtliche Miene eines Gecks auf. Avery war hier. In diesem elenden Loch.

»Erlauben Sie mir, mich vorzustellen«, sagte der Mann. »Ich bin Oliver Uttridge, der Besitzer dieses bescheidenen Etablissements, und es ehrt mich, den Marquis of Strand bei mir unterhalten zu haben.«

Strand war zu klug, um davon beeindruckt zu sein, dass der Mann seinen Namen kannte. Uttridge musste den Eingang von einer verborgenen Stelle im Auge gehabt und alle Neuankömmlinge beobachtet haben. Er wusste den Namen eines jeden Spielers der Gesellschaft, wie oft sie spielten und, noch viel entscheidender, wie oft sie verloren, und am wichtigsten, ob sie ihre Spielschulden umgehend beglichen. Nicht, dass es entscheidend wäre, wenn sie das nicht taten. Es konnte gewisse Vorteile haben, wenn ein Aristokrat bei einem in der Schuld stand.

»Voller Hoffnung oder anmaßend?«, fragte Strand gedehnt.

»Wie bitte, Mylord?«, fragte Uttridge verdutzt.

»Sie müssen entweder voller Hoffnung oder anmaßend sein, wenn Sie behaupten, Sie hätten mich schon unterhalten«, antwortete Strand liebenswürdig, während er sich unauffällig umsah. Er konnte Avery nicht entdecken. Demsforth genauso wenig – und mit seiner Größe und seinen breiten Schultern musste der eigentlich sofort auffallen. »Was von beiden trifft zu?«

»Ah!« Uttridge brachte ein Lachen zustande. »Nennen Sie es Zuversicht, Mylord. Ich bin sicher, wir werden imstande sein, etwas zu finden, was Ihnen zusagt. Oder jemanden.« Der Mann zwinkerte ihm zwar nicht zu, aber wohl nur, weil er es sich im letzten Moment eines Besseren besann. »Sagen Sie mir einfach, welchen Zeitvertreib Sie bevorzugen.«

Wo, zur Hölle, steckte Avery? Spelunken wie diese waren gewöhnlich Lasterhöhlen, in denen manche Räume als Bordell dienten, andere zum Trinken oder Glücksspiel benutzt wurden. Und noch andere wurden für Schlimmeres verwendet …

Er sollte seine Karten geschickt ausspielen, sich Zeit lassen, die Sache raffiniert angehen. Aber das ging nicht. Die Vorstellung, dass sie hier war, der Gnade von weiß der Himmel wem ausgeliefert, trieb ihn zu einer impulsiven Handlung. Das war ihm noch nie passiert. Aber andererseits war Avery zuvor auch noch nie in Gefahr gewesen.

»Genau genommen«, sagte er, »bin ich nicht hier, um die gebotene Unterhaltung zu genießen. Ich bin auf der Suche nach einem jungen Freund von mir.«

Uttridge runzelte die Stirn, sah seine Chance, die Taschen des Marquis zu leeren, dahinschwinden, zusammen mit der Gelegenheit, seinem Etablissement Glanz zu verleihen. »Ach?«

»Groß, blond und fast bäuerisch wirkend. Hat vermutlich einen kleinen dicklichen Kerl mit Brille im Schlepptau.«

Auf Uttridges schmalem Gesicht malte sich flüchtig Wiedererkennen. Er hatte sie gesehen. Strand behielt seine unbeteiligte Miene bei, ließ sich nichts anmerken. Wenn Uttridge klar wurde, wie dringend er sie finden wollte, würde es nur umso länger dauern.

Uttridge hielt die Hände hoch, die personifizierte Betroffenheit. »Mylord. Es tut mir leid. Ich hoffe, dass ausgerechnet Sie von allen Männern es verstehen werden.«

»Was verstehen?«

»Dass selbst wenn ich von einem solchen Paar etwas wüsste, ich Ihnen nicht verraten könnte, wo sie sich aufhalten. Die Gäste, die aus dem Westend zu uns kommen, tun das, um ungestört und unerkannt zu bleiben, nicht um aufgespürt zu werden. Selbst wenn der junge Mann ein Freund von Ihnen ist.«

Er hatte sich verraten. Jetzt würde Uttridge sein Wissen nicht preisgeben. Wenn er denn welches hatte. Avery und Demsforth konnten schon längst woanders hin weitergezogen sein, durch eine andere Tür gegangen. Oder Will hatte sie einfach nur nicht gehen gesehen.

Oder sie konnten auch hier irgendwo sein, bewusstlos oder verletzt, aller Wertgegenstände beraubt. In welchem Fall Uttridge auf keinen Fall wollte, dass Strand das herausfand, da er sich auf Freundschaft mit den beiden berufen hatte.

Verdammt. Furcht begann seine Fähigkeit, die Lage richtig einzuschätzen, zu beeinträchtigen. »Freund«, wiederholte Strand, sagte das Wort, als habe es einen hässlichen Beigeschmack. »Ja. Nun, um bei der Wahrheit zu bleiben, er ist weniger ein Freund, als eine Last.«

Uttridge legte den Kopf fragend zur Seite. Wie alle Männer seiner Profession konnte er gut zuhören.

»Wissen Sie, heute Abend hat er einem … Freund von mir etwas beim Kartenspiel abgenommen. Nichts wirklich Wertvolles, eine Haarlocke. Mein Freund versichert, er hätte es wieder zurückgewonnen, aber er musste kurz den Tisch verlassen. Als er wiederkehrte, war Demsforth fort, hatte seinen kleinen Speichellecker mitgenommen.«

»Mylord können sich glücklich schätzen, so viele Freunde zu haben.«

Gut. Uttridge hatte das Gefühl, er habe die Oberhand. Anderenfalls würde er keinen Spott wagen, selbst wenn er versteckt war.

»Ja, nicht wahr? Wie auch immer, diese Haarlocke gehört einer Dame, die – Sie werden es kaum glauben – eine weitere Freundin von mir ist. Sie hätte sie gerne zurück, bevor ihr Gatte«, er lehnte sich vor, »der seinerseits keinesfalls zu meinen Freunden zählt, davon erfährt. Ich habe mich anerboten, sie ihr zurückzubeschaffen.«

»Wie edel von Ihnen.«

Strand verneigte sich leicht, als nähme er dieses Lob in aller Bescheidenheit entgegen. Uttridge glaubte ihm. Er konnte das in der Miene des anderen lesen. Die Verachtung, die dicht unter der Oberfläche der Dienstbeflissenheit lauerte.

Aber warum sollte er auch zweifeln? Es war genau das, was Lord Strand mit seinen Frauengeschichten, seiner lockeren Moral und laxem Gewissen tun würde: die Locke einer Dame als Liebespfand nehmen, dieses dann im Spiel setzen und damit nicht nur den Ruf der Dame in Gefahr bringen, sondern am Ende sein eigenes Leben riskieren, sollte ihr Ehemann ihre Indiskretion entdecken und ihn zum Duell fordern.

»Da haben Sie es.« Giles zuckte die Achseln. »Ich hoffe, Sie haben nun mehr Mitgefühl mit meiner Suche nach diesem jungen Mann.«

Uttridges Gesicht verzog sich betrübt. »Mitgefühl, ja. Aber Mylord, es ändert nichts an der Lage.«

Ein kalter Finger der Angst fuhr Strand über den Rücken. Uttridges unverständliches Zögern, um Information zu feilschen, konnte nur Schlimmes bedeuten. Er hatte keine Zeit für so etwas. Avery brauchte ihn.

»Nun«, sagte er mit einem Seufzen. »Ich kann der Dame wenigstens glaubhaft versichern, ich hätte es versucht.«

»In der Tat, Mylord.«

Strand drehte sich halb um, als wollte er gehen, dann zögerte er und wandte sich noch einmal um. »Wissen Sie, wo ich schon einmal da bin und es so aussieht, als ob der Rest des Abends nicht annähernd so angenehm verlaufen wird, wie ich es mir erhofft hatte, könnte ich mir doch eigentlich ansehen, welche Zerstreuungen Sie hier zu bieten haben, nicht wahr?«

Uttridges Augen glitzerten vor Gier und Triumph. »Natürlich, Mylord. Ich bin sicher, wir werden etwas für Sie finden.«

»Nichts Großes, denn ich hasse es, von zu vielen Menschen umgeben zu sein. Das macht mich nervös«, vertraute er ihm an. »Nur ein halbes Dutzend Gleichgesinnte mit, sagen wir, ein paar Hundertern zu viel. Hätten Sie da etwas?«

»Aber sicher, Mylord.« Uttridge rieb sich praktisch die Hände. »Im hinteren Teil des Gebäudes gibt es ein Zimmer, das momentan frei ist. Wenn Sie mir folgen wollen, werde ich Sie dorthin bringen und Ihnen dann angenehme Gesellschaft besorgen.«

»Ausgezeichnet.«

Uttridge bahnte sich einen Weg durch die lärmende wogende Menge, immer mal wieder einen Betrunkenen stützend oder ein lachendes leichtes Mädchen, das ihnen in den Weg torkelte, und mit einem harten Blick, der etwaige Taschendiebe in die Flucht schlug und zu anderen Opfern.

Bald befanden sie sich in einem schmalen Gang mit einem halben Dutzend Türen, von denen einige halb offen standen und durch die man Tische mit Würfel- und Kartenspielen sehen konnte. Die anderen waren gegen neugierige Blicke verschlossen. Mit einer Verbeugung öffnete Uttridge eine davon und trat zur Seite.

Strand schlenderte hinein, sah sich mit dem Gehabe eines Kenners um.

»Ich schicke Ihnen ein Mädchen mit Erfrisch…«

Strand wirbelte herum und packte Uttridge am Kragen, zerrte ihn in den Raum. Mit einer geschickten Drehung trat er die Tür zu und schleuderte den anderen gegen die Wand daneben. Seine Hände um Uttridges Kehle gelegt, hob er ihn an, sodass seine Zehen nur noch gerade so die verkratzten Bodendielen berührten.

Jegliche Ähnlichkeit mit einem Lehrer verschwand aus Uttridges Zügen. Seine Lippen öffneten sich, sodass seine gelblichen Zähne zu sehen waren, und sein Gesicht verzog sich vor Wut. Er kratzte verzweifelt an Strands Hand, trat wild um sich, fand aber keinen Halt.

Strand wich seinen Tritten mühelos aus, drückte mit den Daumen dem Mann die Halsschlagader zu. Uttridge würgte, zappelte und wand sich. Furcht trat an die Stelle des Ärgers.

»Lassen Sie mich los«, keuchte er. »Um Himmels willen, lassen sie mich los. Sie bringen mich ja um.«

Giles schüttelte ihn kräftig, nahm wie aus weiter Ferne entsetzt den Blutdurst wahr, der von ihm Besitz ergriffen hatte, die Wut, die ihn antrieb. Aber dieser Kerl hatte Avery. Er schüttelte ihn erneut. »Wo ist sie?«

»Wer?«, krächzte Uttridge. »Ich habe hier keine feine Dame. Nicht heute, niemals.«

Hatte er sie gesagt? Es wurde schlimmer und schlimmer. »Nein, keine ›sie‹. Er! Wo ist der blonde junge Kerl und sein Freund?« Er lockerte den Griff um Uttridges Hals, gestattete es ihm, mit den Füßen Halt zu finden.

Sofort versuchte der ihm das Knie in den Schritt zu rammen. Giles packte ihn am Ellenbogen und drehte ihn ihm auf den Rücken, wirbelte ihn herum und schlang den Unterarm um Uttridges Hals, presste sein Gesicht gegen die Wand. Er zerrte ihm die Hand nach oben zwischen die Schulterblätter. Uttridge heulte auf.

»Still«, befahl Giles barsch.

»Sie werden nie lebendig hier raus kommen«, keuchte Uttridge.

»Jetzt im Moment müssen Sie sich nur Sorgen machen, ob *Sie* aus diesem Raum lebendig rauskommen. Wo sind sie?«

»Gehen Sie zur Hölle.«

Er zog die Hand höher. Uttridge schrie. »Letzte Gelegenheit. Wo?«

»Oben, die Treppe hoch, zweite Tür«, japste Uttridge. »Ich habe nichts damit zu tun, was mit ihnen passiert, wenn sie erst einmal in dem Raum sind. Absolut nichts.«

Strand ließ ihn los und stieß ihn beiseite, sodass er sich, als Uttridge sich umdrehte und mit ausgestrecktem Arm nach ihm ausholte, mühelos ducken konnte. Er blockte einen weiteren Hieb ab und trat vor, täuschte links an und rammte dem Mann seine

Faust in den Magen. Uttridge klappte vornüber, und Strand gab ihm mit einem Schlag auf den Kopf den Rest, sodass der Mann bewusstlos zu Boden ging.

Dann lief er zur Treppe.

Kapitel 32

Avery hockte zusammengekauert in der Ecke der Kammer und verfolgte ohnmächtig, wie der stiernackige Mann, der ihr unten schon aufgefallen war, über Nevilles bewusstlose Gestalt gebeugt stand und seine Taschen durchsuchte. Sie zitterte am ganzen Körper, ihr Herz hämmerte ihr gegen die Rippen, und ihr Atem ging keuchend.

Sie hatte nie zuvor in ihrem Leben solche Angst gehabt.

Die Frau, die Neville gebeten hatte, ihr auf ihr Zimmer zu helfen – Nan? Nancy? –, lag ausgestreckt auf den schmutzigen Laken und beiseite geworfener Kleidung auf einer schmalen Liege an der Wand. Ab und zu goss sie sich etwas zu trinken ein, aber stets, ohne den Blick von ihrem Komplizen zu wenden, zweifellos, um genau zu sehen, was er Neville alles abnahm.

»Sieh auch in seinen Stiefeln nach, Bill. Ich wette, seine Strümpfe sind aus Seide.«

»Halt's Maul«, erwiderte der Mann namens Bill, ging aber zu Nevilles Füßen und schickte sich an, ihm die Stiefel auszuziehen.

Avery schloss fest die Augen, machte sich so klein wie möglich, versuchte unsichtbar zu sein. Ein Teil von ihr war entsetzt über ihre Feigheit, aber ein viel größerer Teil klammerte sich einfach an den Wunsch zu überleben.

Der arme, leichtgläubige, ritterliche Neville hatte Widerstand geleistet und für seine Bemühungen einen Schlag auf den Kopf erhalten, der ihn bewusstlos gemacht hatte.

Avery öffnete vorsichtig ein Auge, und beim Anblick der Platzwunde, aus der immer noch Blut rann, stieg Übelkeit in ihr auf. Der Stiefel löste sich vom Fuß, und Neville stöhnte. Sofort hob Bill den Prügel, um ihm einen weiteren Schlag zu verpassen.

»Nein!«, krächzte Avery. »Nein, bitte. Er ist doch keine Bedrohung. Er ist nicht mal wach. Schlagen Sie ihn nicht noch mal. Bitte.«

Der Mann betrachtete sie. »Hör ihn dir an, Nan. ›Bitte!‹ Dieses kleine Würstchen bittet für seinen Freund hier netter um Gnade, als du es für mich tun würdest.«

»Sein Freund ist auch ein hübscherer Kerl als du«, erwiderte Nan scharf.

Der Mann ließ den Knüppel sinken. »Halt einfach 's Maul« wies er Avery an, »und du kommst mit all deinen Zähnen davon, Bursche.« Er machte sich daran, Neville die Strümpfe auszuziehen. Er lachte humorlos. »Es sei denn, es sind wirklich hübsche Zähne ...«

Avery zitterte und suchte einmal mehr nach einem Fluchtweg aus dem Zimmer. Aber den gab es nicht.

Sobald Neville der armen kranken Nan geholfen hatte, in das Zimmer zu gelangen, war Bill hinter ihnen aufgetaucht und hatte Avery mit hineingeschubst. Der daraus folgende Kampf hatte leider nicht lange gedauert. Binnen Minuten war Neville bewusstlos, und sie war in der Ecke der winzigen fensterlosen Kammer abgeladen worden. Eine kurze Unterhaltung zwischen Bill und Nan folgte, während derer ihr Schicksal diskutiert und kurzer Prozess gemacht wurde. Erstaunlicherweise war es der Mann gewesen, der für Zurückhaltung plädiert hatte.

»Sieh ihn dir nur an. Er macht sich vor Angst gleich in die Hose. Du gibst auch keinen Mucks von dir, was, Junge? Kein Grund, ihm etwas zu tun. Am Ende macht ihn das für immer zum Krüppel.«

Aber was würde passieren, wenn die beiden entdeckten, dass sie eine Frau war? Und wie sollte sie das verhindern? Gar nicht. Ihre

Hände ballten sich in ihrem Schoß zu Fäusten, und sie war sich auf erschreckende Weise ihrer Hilflosigkeit und Verwundbarkeit bewusst.

Vor ein paar Stunden erst war sie außer sich vor Freude gewesen, völlig eingenommen von ihrer eigenen Bedeutung. Sie hatte sich ausgemalt, wie ihr zu Ehren angestoßen und Toasts ausgebracht wurden. Sie hatte sich ausgemalt, sich in Strands sardonischem, aber sanftem Blick zu sonnen. Stattdessen zitterte sie unter Nans erbarmungsloser Miene. Vermutlich unterschied sich ihre Familie nicht sonderlich von Averys.

Auch Avery hätte ohne Schulbesuch, ungebildet und des Lesens und Schreibens unkundig aufwachsen können. Sie hätte auf der Suche nach Arbeit nach London kommen und an einem Ort wie diesem hier landen können, wie es so vielen Mädchen ohne Familie und Kenntnisse erging. Nur das zufällige Zusammentreffen ihres Vaters mit der Pistolenkugel des Straßenräubers hatte ihr Schicksal in eine andere Richtung geleitet als Nans, machte den ganzen Unterschied aus zwischen Männer in sein Schlafzimmer zu locken, um sie auszurauben, und einem Kometen seinen Namen zu geben.

Ihre große Errungenschaft.

Es schien ihr jetzt so schrecklich belanglos.

Jahrelang hatte ihr ganzes Streben dem Ziel gegolten, in der Astronomie eine bedeutende Entdeckung zu machen, etwas, was ihr Ruhm und Ansehen einbringen würde. Denn auf diese Weise konnte sie so etwas wie Berühmtheit für sich erlangen, etwas, was ihr gestattete, sich Giles als … ebenbürtig anzusehen. Da. Hier, in ihrer Verzweiflung, gab sie es zu.

Aber nun kümmerte sie nicht mehr der Komet oder Ruhm oder Stand oder sonst irgendetwas, sondern nur noch, ihn wiederzusehen.

Weil sie ihn liebte. Gütiger Himmel, wie sehr sie ihn liebte. Das hatte sie immer schon.

Sie schloss die Augen, beschwor sein Bild herauf, wie ein Schutzzauber gegen die Angst.

Sie hatte ihr Leben mit dem Blick fest nach oben gerichtet verbracht, sodass sie nicht sehen musste, was direkt vor ihr lag. Weil sie gewusst hatte, dass das direkt vor ihr sich genauso außerhalb ihrer Reichweite befand wie die Sterne. Vielleicht war das der Grund, warum sie ihr so wichtig waren. Giles und die Sterne: verwirrend, faszinierend, wunderschön und unerreichbar.

Sie verkniff sich einen Schluchzer. Es war nicht fair, dass sie sterben sollte, bevor sie die Gelegenheit erhielt, zu entdecken, was Leidenschaft sein konnte. Sie wollte Giles' Arme um sich spüren, drängend und verlangend. Sie wollte, dass Giles sie küsste, dass Giles sie hielt, dass Giles sie ... sie liebte, etwas, was unendlich kostbarer war, als die Entdeckung eines Sterns es je sein konnte.

»Du bist dran, Würstchen.«

Bills Stimme zerriss den Kokon, in den sich Avery zurückgezogen hatte. Entsetzt beobachtete sie, wie er Neville auf den Rücken rollte. Er hatte ihn bis auf Hemd und Unterwäsche ausgezogen.

»Komm schon, je eher wir anfangen, desto eher sind wir fertig.« Er streckte die Hand nach ihr aus und wedelte ungeduldig mit den Fingern, gab ihr zu verstehen, dass sie aufstehen sollte.

Verzweifelt kroch Avery rückwärts, suchte Halt auf den Bodendielen und hielt sich den Rock vorne zusammen, schüttelte heftig den Kopf.

Der Mann seufzte.

»Mann, Bill ... Schnapp dir den aufgeblähten kleinen Mistkerl und mach ihn fertig. Warum fasst du ihn mit Samthandschuhen an?«, rief Nan aufgebracht.

»Sieh ihn dir an. Er ist kein Adeliger. Er ist bloß ein schielendes Landei, das nur aus Versehen in die Gesellschaft von feinen Pinkeln geraten ist. Man kann ihm nicht übel nehmen, wenn er da bleiben wollte.«

»Oh, klar. Natürlich. Niemand kann niemandem was übel nehmen«, erklärte Nan säuerlich.

»Vergiss es«, sagte Bill. »Steh auf, Maus. Lass uns mal sehen, was du da so verzweifelt unter dem Rock versteckst.«

»Bitte«, flehte Avery und wich weiter zurück. »Ich habe nichts, das schwöre ich. Bitte, lassen Sie uns einfach gehen.«

»Mir reicht's jetzt aber wirklich«, sagte Nan, erhob sich vom Bett und stapfte quer durchs Zimmer. Sie packte Avery am Kragen, riss sie auf die Füße und holte mit dem Arm aus. Avery versuchte dem Schlag auszuweichen, aber er traf sie dennoch.

Ihre Brille flog durch den Raum, und Lichter blitzten vor ihren Augen. Ihre Knie gaben nach, und sie kämpfte darum, nicht das Bewusstsein zu verlieren. Sie streckte die Hand aus und griff nach Nans Arm.

»Ach Nan …« Vage bekam sie mit, dass Bill protestierte. Sie spürte, wie sie wieder auf die Füße gerissen wurde, sodass sich ihr der Kragen ihres Rockes schmerzhaft gegen die Kehle drückte. Etwas Warmes tropfte von ihrer Wange. Sie würgte, stolperte und aus dem Augenwinkel sah sie Nan erneut ausholen.

»Lass ihn los.«

Und augenblicklich war Avery frei, fiel auf die Knie, stützte sich mit den Händen auf dem Boden ab. Sie schaute auf, blinzelte gegen die Sterne vor ihren Augen.

Giles stand auf der Türschwelle, aber ein Giles, den sie kaum wiedererkannte.

Alles an ihm sprach von Gewalt, die nur mühsam in Schach gehalten wurde. Er bewegte sich zu bedacht, mit einer gefährlichen Anmut, trat vor und schloss vorsichtig die Tür hinter sich. Sein Blick glitzerte mit kalter, tödlicher Entschlossenheit, während er sich rasch ein Bild von der Lage machte. Sein Körper schien vor Anspannung förmlich zu vibrieren. In einer Hand hatte er eine Pistole, die er direkt auf Bill richtete. Sein Finger ruhte auf dem Abzug.

Bill musste das Gleiche wie sie in seinem Gesicht gelesen haben, denn er wurde leichenblass. »Moment, Sie werden nichts tun wollen, was Sie an den Strick bringt, oder?«

»Ach, nein?« Giles' Stimme klang tödlich sanft.

Nervös leckte sich Bill die Lippen. »Wir geben alles zurück, was wir genommen haben, das schwör ich.«

Giles beachtete ihn nicht weiter, sondern wandte sich an Avery. »Bist du schwer verletzt? Kannst du gehen?«

Sie nickte. »Ja.«

Es gelang ihr, auf unsicheren Beinen durch das Zimmer zu stolpern und sich neben Giles zu stellen. Er blickte zwischen Nan und Bill hin und her. Ein Muskel zuckte in seiner Wange.

»Geh auf den Flur. Warte vor der Tür. Beweg dich nicht, und wenn jemand dich anfasst, schrei.«

»Neville …«

Neville kam gerade zu sich und rollte sich auf Hände und Füße, hob mühsam den Kopf. »Was is' los?«, fragte er benommen. »Wo ist meine Hose?«

»Am liebsten würde ich ihn hierlassen, dafür, dass er dich hergebracht haben.«

»Das kannst du nicht.«

Er schenkte ihr nur einen flüchtigen Blick. »Wie du willst. Jetzt warte bitte draußen.«

Nans Gesicht verzog sich vor Wut. Bill wirkte unwillig, aber stoisch. Wie ein Hund, der in eine Köderbox gesperrt worden war. »Sie hat mich geschlagen. Der Mann hat ihr gesagt, sie solle es nicht tun«, bemerkte Avery noch und verschwand aus dem Zimmer.

Giles wartete, bis er die Tür ins Schloss fallen hörte, dann zeigte er mit der Pistole auf die Schlampe mit den boshaften Augen. Die, die Avery geschlagen hatte. Einzig die tief verwurzelten Lektionen eines ganzen Lebens verhinderten, dass er handelte. Ein Mann schlug keine Frau, egal, wie sehr sie es verdient haben mochte.

»Reiß eines der Laken in Streifen und fessle ihn«, befahl er und nickte zu ihrem Komplizen.

Mit trotzigem Blick ging die Frau zum Bett, tat, was er verlangt hatte, trat dann zu ihrem Gefährten, der sichtlich wütend, aber stumm dastand.

»Dreh ihn um, damit ich sehen kann, was du tust. Jetzt binde ihm die Handgelenke auf dem Rücken zusammen.«

Die Frau fluchte halblaut, tat aber wieder, was er ihr aufgetragen hatte. »Was haben Sie mit den Burschen zu schaffen? Oder besser, was bedeutet Ihnen der Junge?« Sie verzog das Gesicht hämisch.

»Ist er Ihr Süßer? Teilen Sie ihn sich mit dem großen Kerl hier? Hätt ich mir denken sollen. Hat wie ein Mädchen gekrischen, als ich ihm eine gehauen hab.«

»Halt den Mund.« Giles Hand zitterte unter der Anstrengung, nicht einfach abzudrücken. Er erkannte sich selbst kaum wieder.

Sie lachte. »Himmel, mein Hübscher. Sie könnten Besseres haben als diese aufgeblähte kleine Zecke.« Sie zog die Knoten fest und machte einen Schritt zurück, um ihre Arbeit zu bewundern, die Hände in die Hüften gestützt. »So. Was wollen Sie mit mir tun?«

Jede Faser seines Seins drängte ihn, Rache zu nehmen und an beiden ein Exempel zu statuieren, die klare und unmissverständlich Botschaft, dass jeder, der Avery Quinn ein Haar krümmte, dasselbe Schicksal erleiden würde.

Es war ein barbarischer, primitiver Impuls. Nahezu unwiderstehlich.

Er zwang sich, ihn zu ignorieren, erinnerte sich wieder daran, dass er nach einem strikten Ehrenkodex erzogen worden war, von dem er allerdings fast jede Regel schon einmal irgendwann gebrochen hatte. Aber diese nicht. Noch nicht.

»Bring mir noch einen Streifen Leinen und dreh dich um«, sagte er, während er den Abzug losließ und die Pistole wieder einsteckte.

Mit einer bizarren und abstoßenden Keckheit hob die Frau ein Stück Leinen auf und kam mit wiegenden Hüften zu ihm. Sie hatte ihn gerade erreicht, als sie plötzlich eine Hand in eine geheime Tasche steckte und eine Klinge hervorzog. Sie warf sie nach ihm, und das Metall blitzte tödlich.

Ohne eine Sekunde zu zögern, versetzte er ihr einen Kinnhaken. Sie landete bewusstlos auf dem Boden zu seinen Füßen, wie ein Stück Fleisch im Schlachthaus.

Jetzt hatte er alle gebrochen.

Bill zuckte nach vorne, von einem letzten Rest Ritterlichkeit getrieben, den Giles offenbar nicht länger besaß. Sein Gesicht wurde rot vor hilfloser Wut.

Giles musterte ihn genauer. Er hatte Avery bedroht. Hätte er gemerkt, dass sie eine Frau war, wusste der Himmel allein, was er ihr angetan hätte. Bei dem Gedanken zog sich Giles' Inneres zusammen, und seine Hände ballten sich zu Fäusten.

Aber Avery hatte sich für ihn eingesetzt.

»Stehenbleiben.«

Bill nahm sich das Wort zu Herzen, erstarrte und schluckte schwer, als er den Ausdruck auf Giles' Gesicht sah.

Giles durchquerte den Raum, fasste Neville hinten am Kragen und zerrte ihn auf die Füße. Er wankte trunken, und sein Hemd hing locker um seine Beine. Er würde es nie mit eigener Kraft hier heraus schaffen. Und Giles hatte nicht vor, seinen Kammerdiener zu spielen. Neville konnte sich glücklich schätzen, dass er nur den Verlust seiner Kleidung und seiner Wertgegenstände zu beklagen hatte.

Obwohl der Bastard Avery in schreckliche Gefahr gebracht hatte und Giles nicht zu Großzügigkeit aufgelegt war, wollte Avery, dass er gerettet wurde, daher bückte Giles sich, um ihn über der Schulter zu tragen. Demsforth begann zu protestieren. »Kann selber gehen. Brauche Ihre Hilfe nicht, danke«, sagte er undeutlich. »Himmel … lassen Sie mich die Stiefel anziehen …«

Zur Hölle mit dem Kerl. Er wollte Giles aus dem Weg schieben, aber Giles versetzte ihm einen gezielten Schlag ans Kinn, fing ihn auf, als er zusammensackte, und hievte ihn sich über die Schulter.

Und er lächelte dabei.

Kapitel 33

Als er das Zimmer verlassen hatte, legte Giles seine Last ohne große Umstände auf den Boden. Avery hatte ihn am Arm gepackt, sobald er vor die Tür getreten war, und klammerte sich an ihn, als fürchtete sie, sie könnte ihn verlieren. Das würde sie nicht.

Sachte nahm er ihr Kinn und drehte ihr Gesicht, sodass er die Wunde an ihrem Haaransatz besser sehen konnte. Sie war nicht tief, aber sie blutete noch. Irgendwann hatte sie ihre schrecklichen falschen Augenbrauen verloren. Er fasste in seinen Rock und zog sein Taschentuch hervor und wischte ihr sachte das Blut von Gesicht und Hals.

»Wie schlimm bist du verletzt? Aber bitte die Wahrheit, Avery«, verlangte er und arbeitete mit sachlicher Effektivität. »Du zitterst wie Espenlaub.«

»Es geht mir gut«, sagte sie. »Es ist nur Angst, die fürs Zittern verantwortlich ist. Furcht und die Erleichterung jetzt. Oh, Giles, wenn du nicht gekommen wärest …«

»Aber das bin ich.« Er weigerte sich, auch nur einen Moment die grimmigen Bilder zuzulassen, was hätte geschehen können, wenn er zwanzig Minuten später gekommen wäre. Er zerknüllte sein Taschentuch und steckte es sich wieder in die Tasche. »Kannst du gehen?«

Sie nickte. Gott sei Dank hatte sie nicht ihren Überrock abgelegt. Draußen war es kalt. Neville hatte es in der Beziehung schlechter getroffen. Giles war das egal.

»Sicher?«

Sie lachte zitternd. »Nun, ich sollte besser imstande sein zu gehen, oder? Ich kann mir nicht vorstellen, wie du uns beide tragen willst, Neville und …«

»Neville kann zur Hölle fahren.«

Sie schluckte angesichts seines Tonfalls, und in ihren Augen stand Furcht. Verdammt. Er hatte ihr keine Angst einjagen wollen. Er hatte nicht gewollt, dass irgendetwas von dem hier geschah, aber er hatte keine Zeit für Entschuldigungen. Uttridge oder Bill konnten jede Sekunde auftauchen.

Er drängte sich an ihr vorbei und zerrte Demsforth hoch, ging in die Knie und stemmte sich mit der Schulter unter seinen Arm. Mit einem Ächzen zog er ihn auf seinen Rücken und richtete sich schwerfällig auf.

»Er wiegt so viel wie ein verdammter Ochse.« Er deutete mit dem Kopf zur Treppe. »Tu so, als ob du und Demsforth betrunken seid. Stolper, torkele und lalle«, wies er sie an, während er Demsforths Gewicht verlagerte.

»Das wird nicht schwer sein.«

Sie versuchte zu lächeln, aber ihre Lippen zitterten, und das Lächeln verrutschte. Tränen traten ihr in die wunderschönen blauen Augen und rannen ihr über die Wangen.

Sein Hals wurde eng. Sie hätte keine solche Angst kennen sollen.

Es war seine Schuld. Er hätte niemals die Einwilligung zu dieser Scharade geben dürfen. Er hätte begreifen müssen, dass es Folgen hätte, aber er hatte nicht erkannt, wie schlimm sie würden. Oder dass sie ihn bis ins Herz treffen würden.

»Halt den Kopf gesenkt, als ob dir schlecht wäre. Deine Augen verraten dich sonst.«

Er lächelte ihr ermutigend zu, knöpfte seine Weste auf und zog sein Halstuch schief. Dann begann er die Treppe nach unten zu gehen, ein dümmliches Grinsen auf dem Gesicht. »Himmel, was für ein Brocken«, schrie er gutmütig aus voller Kehle. »Gut, dass ich vorbeigekommen bin, sonst würd Hal hier splitterfasernackt nach Hause laufen.«

Sie erreichten den Fuß der Treppe, wo die anderen Gäste beim Anblick des halbbekleideten Hünen, den Giles über seiner Schulter trug, laut johlten.

»Bei dem Spiel wär ich gern dabei gewesen!«

»Ach, Unsinn. Was hättste mit dem Rock des Riesen angefangen?«

»Mir daraus zwei für mich gemacht.«

Lautes Gelächter und grobe Bemerkungen folgten ihnen auf ihrem Weg durch den Raum. Giles nickte, johlte mit und antwortete im gleichen Ton: anzüglich, einfach und voll plumper Vertraulichkeit. Er blieb sogar lang genug stehen, um einen Schluck aus der Flasche einer Schankmagd zu nehmen, während er inbrünstig hoffte, dass er Uttridge fest genug geschlagen hatte, dass der so lange bewusstlos blieb, bis sie von hier fort waren.

Und dann waren sie durch die Tür und auf dem Weg zu der Stelle, wo die Kutsche wartete. Wills Kopf erschien über dem Dach. Sobald er sie entdeckte, sprang er herunter und lief zur Kutschentür, zog sie auf, damit Giles Demsforth auf dem Boden darin abladen konnte.

Nach der überstandenen Gefahr gaben Avery die Knie nach. Sie wankte, schaute ihn flehend an. Ohne zu zögern, fasste er sie um die Mitte, scherte sich nicht darum, wer zuschaute, und hob sie auf seine Arme, stieg mit ihr ein. Er setzte sie neben sich und befahl Will: »Erst fahren wir zu Lord Demsforths Adresse, dann nach Hause. Sag ihm, er soll schnell machen.«

»Jawohl, Mylord.«

Er schloss die Tür. Im dämmerigen Inneren wirkten Averys Augen riesig. Mit einem leisen Schluchzer lehnte sie sich an ihn. Er schlang die Arme um sie und zog sie fest an sich. Sie war völlig verängstigt und zitterte am ganzen Körper.

Er griff mit einer Hand nach der dicken Decke auf der Bank gegenüber, schüttelte sie aus und legte sie ihr um die Schultern. Er drückte sie noch ein wenig enger an sich, in der Hoffnung, ihr etwas von seiner Wärme abgeben zu können. Mit einem Ruck setzte sich die Kutsche in Bewegung.

»Sollten wir nicht Neville vom Boden hochheben?«, fragte sie nach einem Moment flüsternd an seiner Brust.

»Nein.« Er war immer noch wütend, wünschte sich, dass jemand für den Schlag zahlte, den Avery abbekommen hatte. Demsforth war ein ausgezeichneter Kandidat dafür.

Er wollte verlangen, dass sie ihm verriet, was zum Teufel sie sich eigentlich dabei gedacht hatte, mit Demsforth an einen solchen Ort zu gehen, aber jetzt war nicht die rechte Zeit dafür. Er hatte sich kaum unter Kontrolle. Er wollte ihr Elend nicht noch verstärken, indem er sie anschrie.

Und er wollte nicht, dass sie von ihm abrückte.

Das Gefühl ihrer kleinen Hand so vertrauensvoll über seinem Herzen war ein Segen. Ihre warme schlanke Gestalt so dicht an seiner Seite war eine unerwartete Gunst. Ihr Atem sanft auf seine Wange ein süßes Geschenk.

»Aber er friert doch.« Ihre Stimme war leise, aber beharrlich.

Wortlos griff er unter den Sitz und holte eine weitere Decke hervor. Er warf sie Demsforth hin. Sie beugte sich vor und zog sie zurecht, musterte Neville besorgt. »Ich wundere mich, dass er noch nicht wieder zu sich gekommen ist. Du nicht?«

»Nein.« Der verdammte Idiot. Was hatte sich Demsforth nur gedacht? Was hatte sie sich nur gedacht?

Sie richtete sich wieder auf, schmiegte sich in das warme Nest, das sie sich an seiner Seite gemacht hatte. Sein Atem beschleunigte sich, und er dankte stumm seinem Schicksal. »Du machst dir wegen seines Zustandes keine Sorgen?«

»Nein.«

»Aber er kam doch gerade wieder zu sich, eben, oben im … in dem Zimmer, aber jetzt ist er wieder bewusstlos. Findest du das nicht besorgniserregend?«

Sie verschwendete eindeutig zu viele Gedanken an den nichtsnutzigen Jungen. »Nein.«

»Aber warum nicht?«

»Weil ich diese Bewusstlosigkeit herbeigeführt habe«, erwiderte er kurz angebunden, und hielt den Blick fest aus dem Fenster gerichtet.

»Oh.« Sie sagte nichts mehr.

Da die Straßen weitgehend leer waren, dauerte es nicht lange, bis sie vor dem prächtigen Stadthaus der Demsforths anhielten. Will tauchte an der Kutschentür auf und spähte vorsichtig ins Innere. »Mylord?«

»Hol Lakaien, dass sie Seine Lordschaft ins Haus tragen, und sieh, dass sie sich beeilen.«

»Jawohl.«

Eine Minute später erschien ein Paar verwunderter Diener und machte sich daran, ihren jungen Herrn aus der Kutsche zu bergen. Demsforth kam wieder zu sich, sah sich angesichts der unsanften Behandlung mit zusammengekniffenen Augen um. »Was ist passiert? Wo bin ich?«

»Gott sei Dank sind Sie wieder bei Sinnen.« Avery klang restlos erleichtert.

Demsforth schaute sie verständnislos an. »Wer sind Sie?«

Zu spät merkte sie, dass sie nicht mehr ihre Brille trug. Sie wurde rot und wandte den Kopf ab.

»Schafft ihn ins Bett«, befahl Giles und schloss die Tür, klopfte gegen das Dach. Die Kutsche fuhr los.

»Es tut mir leid«, sagte Avery ängstlich. »Hat er gemerkt, dass ich eine Frau bin?«

»Er müsste ein noch größerer Narr sein, als ich ihm zutraue, wenn er das nicht getan hat.«

Wieder verfiel sie in Schweigen, und er verfluchte sich im Geiste für seinen groben Ton. Er musste selbst erst noch die Ereignisse des Abends verarbeiten. Sein Körper war noch ganz verspannt von den Nachwirkungen der überstandenen Furcht. Furcht? Entsetzen. Reines, alles beherrschendes Entsetzen. Er hatte nie im Leben so verdammte Angst gehabt.

Und offenbar konnte er damit reichlich schlecht umgehen.

Die Kutsche blieb schaukelnd stehen, Will kam, um die Tür zu öffnen, und wollte den Tritt zum Aussteigen holen.

»Lass.« Ohne lange Vorrede nahm er Avery wieder auf die Arme und hob sie aus der Kutsche. Auf ihr Aufkeuchen achtete er nicht weiter. Wenn sie glaubte, er gäbe auch nur einen verdammten Deut auf ihre dämliche Maskerade, dann irrte sie sich gewaltig. Er musste spüren, wie ihr Herz an seinem klopfte, während er sie die Stufen hinauftrug.

Die Tür schwang auf, bevor er oben ankam. Burkes erstauntes Gesicht erschien im Türrahmen.

»Aus dem Weg.« Er trat mit ihr in die hell erleuchtete Eingangshalle. Burke war der Einzige, der sich dort aufhielt. Er streckte die Hand aus, um Giles den Mantel abzunehmen, aber der marschierte einfach an ihm vorbei und die Stufen hinauf.

»Soll ich Mr Travers rufen, Sir?«

Das wollte Giles auf keinen Fall: Travers, der ihm Vorträge über die Vernachlässigung seiner Pflichten hielt. Er wusste auch ohne Travers' Hilfe, dass er an Averys Verletzung schuld war.

»Nein. Stören Sie ihn nicht.« Er ließ den Lakai am Fuß der Treppe stehen, der ihm mit offenem Mund nachstarrte. Oben angekommen begab er sich mit seiner Last direkt in Averys Zimmer. Erst dann stellte er sie auf den Boden.

Er versuchte, einen Schritt zurückzumachen, aber sie hielt ihn fest. Überrascht und unsicher blickte er ihr ins Gesicht.

»Du bist jetzt in Sicherheit«, sagte er beruhigend. »Niemand wird dir etwas tun.«

»Sie hätten uns folgen können.«

»Nein. Und selbst wenn, niemand wird dich mir wegnehmen.« Er hatte eigentlich sagen wollen »von hier wegholen«, aber irgendwie waren ihm die anderen Worte über die Lippen gekommen. Die der Wahrheit näher kamen.

Sie betrachtete ihn mit ernsten Augen von der Farbe des mondhellen Himmels, ein tiefes leuchtendes Blau. Sie war blass. Er nahm ihr Gesicht zwischen die Hände, legte ihren Kopf schief, um sich den Bluterguss, der sich unter ihren blutverklebten Locken allmählich verfärbte, anzusehen.

»Tut es sehr weh?«

Sie schüttelte den Kopf. Ihre Augenlider fielen zu.

»Wenn es das tut, musst du es mir sagen. Jetzt ist nicht die richtige Zeit für falsche Tapferkeit, Avery. Ich möchte dich an die Worte erinnern, die du letzte Woche zu mir …«

Sie stellte sich auf die Zehenspitzen, zog seinen Kopf herab und küsste ihn, verblüffte ihn, sodass er wie erstarrt dastand. Dann ließ sie ihn los, sank zurück auf die Fußsohlen, aber sie wich nicht weiter zurück, keinen Schritt. Und sie wandte nicht den Blick von ihm.

Sie starrten einander an.

Ihre Haut war gerötet, sie atmete schwer, und ihm fiel überhaupt nichts ein, was er sagen konnte, kein einziges Wort, denn … Er packte sie fester als beabsichtigt, zog sie in seine Arme und bedeckte ihren Mund mit seinem.

Überrascht stemmte sie sich erst einen Moment gegen seine Schultern, doch dann schlang sie ihm mit einem leisen Laut der Hingabe die Arme um den Hals. Sie öffnete den Mund unter seinem, und er fuhr mit der Zunge hinein, kostete sie, streichelte sie.

Er legte ihr einen Arm um die Mitte, presste ihre zierliche Gestalt an sich. Mit der freien Hand hielt er ihren Hinterkopf. Die kühlen, seidigen Locken glitten zwischen seine Finger, die Wärme der Haut darunter konnte er deutlich spüren. Er plünderte ihren Mund, von einer verzweifelten Sehnsucht getrieben. Ohne sie loszulassen, unterbrach er den Kuss und hob sie auf die Arme und trug sie tiefer in den Raum.

»Küss mich«, sagte sie, presste ihre Lippen auf seinen Hals und grub ihre Finger in seine Schultern. »Begehre mich.«

Begehren? Er verzehrte sich nach ihr. »Gütiger Himmel, Avery«, murmelte er mit belegter Stimme. »Führ mich nicht in Versuchung. Ich bin auch nur ein Mann.«

»Ich will dich nicht in Versuchung führen«, erklärte sie. »Ich will dich *ver*führen.«

Wie oft hatte er in seinem Bett gelegen und hatte, kurz bevor er einschlief, an Avery denken müssen, hatte sie vor sich gesehen, in diesen Augenblicken, die sich seinem Willen entzogen, weil er sich im hellen nüchternen Licht des Tages weigerte, es zuzulassen. Sie war ihm anvertraut, zwar nicht als sein Mündel, aber als eine Verantwortung, die sein Vater an ihn weitergegeben hatte.

Doch sie war auch eine Frau. Die Frau. Die, die seine Gedanken verwirrte und seine Vernunft störte, die er tagsüber beiseite zu schieben vermochte, die aber in der Nacht in seine Träume drang.

»Was heute Nacht passiert ist, hat deine Gefühle verstärkt. Das hier ist einfach eine Reaktion auf die vorhin durchlebte Angst.«

»Eine Reaktion«, wiederholte sie und fuhr ihm mit den Lippen über Kinn und Wangen. Seine Augen schlossen sich, während er sich auf die erstaunlichen Empfindungen konzentrierte. »Die zu einer Erkenntnis geführt hat. Ich will wissen, was andere Frauen wissen.«

Es gab keine anderen Frauen. Es gab nur sie. In seinem Kopf drehte sich alles von dem Gefühl ihrer Hände auf seiner Brust. Sie erforschte ihn unerfahren, öffnete die Knöpfe seiner Weste. »Welche andere Frau?«

Etwas Dunkles trat in ihre Augen, trübte ihren Blick. »Die Frau bei Sir Isbill.«

Sie hatte ihn und Sophia gesehen. Verdammt. »Avery, das war nicht …«

Sie hielt ihm mit den Fingerspitzen den Mund zu, schüttelte den Kopf. »Nein, ich will sie hier nicht haben. Auf keine Weise.«

Sie gab ihm einen leidenschaftlichen Kuss auf den Mundwinkel, sodass ihm der Atem stockte, während sie ihm das Halstuch ganz aufknüpfte, es ihm vom Hals zog und es auf den Boden fallen ließ. Ihre Finger glitten über seine offene Hemdbrust, unter den Stoff und über seine bloße Haut. Jeder Muskel in ihm spannte sich. »Avery.«

Sie stellte sich wieder auf die Zehenspitzen und nahm seine Unterlippe behutsam zwischen die Zähne. »Still.« Sie berührte mit der Zunge seine, sandte einen Blitz heißglühenden Verlangens tief in sein Innerstes.

»Avery«, gelang es ihm zu sagen, »was tust du da?«

Sie blickte ihm offen in die Augen. »Ich verführe dich.«

Ja, bei Gott, das tat sie. Das hatte sie, schon vor Jahren.

Ohne ein weiteres Wort hob er sie auf die Arme und trug sie zum Bett.

Kapitel 34

Sophia North saß in einer Mietdroschke und schmiedete Pläne.

Sie hatte über eine Stunde gewartet, nachdem Strand Sir Isbills Stadthaus verlassen hatte, ehe sie ihm gefolgt war. Sie machte sich keine Sorgen, Lord Vedder zu kränken. Seltsamerweise war es Vedder gewesen, der sie überhaupt erst darauf gebracht hatte, dass sie sich mit Giles versöhnen könnte. Als sie eingewilligt hatte, hatte er ihr einen hübschen Fächer aus Elfenbein und Seide geschenkt.

Dann hatte er ihr lang und breit erklärt, er und ein paar Freunde seien besorgt, dass der »arme Giles« sich merkwürdige Angewohnheiten zulegte, und dass Lord Vedder und seine Freunde daran großes Interesse hätten und sich ihr gegenüber sehr erkenntlich zeigen würden, wenn sie herausfinden könnte, ob er sich an verschiedenen Orten aufgehalten habe. Sie sollte auch, wenn er in ihrer Gegenwart Namen erwähnte, die ihr nichts sagten, diese an ihn berichten.

Sophia gab nichts weiter auf seine versteckten Andeutungen. Wenn Giles sich neue unangemessene Gewohnheiten zugelegt hatte, würde er keinen Deut darauf geben, was die Gesellschaft davon hielt. Vor allem Vedder nicht. Giles war einfach selbstherrlich. Trotzdem war sie nicht abgeneigt, wenn sie dafür, dass sie Sachen über Giles erzählte – obwohl sie sich nicht vorstellen konnte, was das Vedder und seine »Freunde« anging –, ein paar neue Kinkerlitzchen erhielt.

Doch heute Abend hatte sie andere Pläne. Heute wollte sie etwas für sich selbst tun. Sie hatte vor, Strand in seinem Haus aufzusuchen und die Unterhaltung fortsetzen, die sie in Isbills Bibliothek begonnen hatten.

Strand hatte darauf bestanden, dass er ihren Ruf nicht gefährden wollte, indem er sich auf ein spontanes Abenteuer einließ. Sophia war nicht dumm. Sie hatte sehr wohl begriffen, dass es ihm weniger um ihren Ruf als um seinen Familienstand ging, sollten sie entdeckt werden. Es hätte ihn gewiss überrascht zu hören, dass sie, nachdem der erste Kitzel der Möglichkeit, entdeckt zu werden, verebbt war, seine Sorge teilte.

Ihr Besuch hier heute Abend diente zwei Zwecken, wobei der erste bei Weitem der wichtigere war.

Strand hatte versprochen, ihr Geld zu überschreiben, aber er hatte nicht gesagt, wann oder wie, und im Moment war sie mittellos. Sie musste wissen, wann genau sie mit seinem Geschenk rechnen konnte und wie hoch es ausfallen würde. Außerdem musste sie ihn zur Verschwiegenheit verpflichten. Wenn ihr Vater von ihrer Abmachung erfuhr, würde er ihr einfach das Geld wegnehmen und für sich selbst verwenden. Dabei brauchte sie es. Nur eine erkleckliche Summe würde die Spielschulden, die sie angehäuft hatte, zu decken vermögen.

Bis jetzt hatte sie sich keine Sorgen machen müssen, von den Spieltischen verbannt zu werden. Sie war hübsch und lebhaft, diente gleichermaßen als Zier und Ablenkung für die Herren. Die Frage war nur, wann die Summe dessen, was sie schuldig war, ihren Nutzen in dieser Rolle überstieg. Sie fürchtete, dass das bald der Fall sein könnte.

Je weiter sie in Schulden geriet, desto heftiger hatte sie bedauert, dass sie Strand verloren hatte. Er war reich genug, sie mit allen finanziellen Mitteln zu versorgen, die sie je für sich selbst und ihren Zeitvertreib benötigen konnte. Zudem sah er unglaublich gut aus und war ein umsichtiger Liebhaber – etwas, was sie vorher eher mit einer gewissen Verachtung betrachtet hatte, da sie meinte, ein Liebhaber müsse energisch und kühn sein. Aber in den vergangenen Monaten war sie zu der Erkenntnis gelangt, dass energische

Liebhaber einem wehtun konnten und allzu oft Kühnheit Hand in Hand mit Grobheit ging.

Es stimmte, dass Strand oft abwesend gewirkt hatte, während er sie liebte, natürlich nicht körperlich, denn er machte seine Sache gut und achtete auf ihre Befriedigung, aber sie hatte immer den Eindruck, als hielte er etwas von sich zurück, und dieser Teil war, nun … traurig darüber, was sie taten. Es hätte ihr weitaus weniger ausgemacht, wenn sie das Gefühl gehabt hätte, er sei abgestoßen von ihr oder verachtete sie. Genau genommen fand sie die Vorstellung sogar anregend, dass er sie nehmen musste, obwohl es ihm widerstrebte. Aber dass der Liebesakt mit ihr ihn traurig machen könnte, ärgerte und kränkte sie.

Nicht, dass sie zuließ, dass solche Gefühle ihr jetzt etwas anhaben konnten.

Nein, jetzt war kühle Vernunft zurückgekehrt, hatte die Oberhand. Sie hatte nicht vor, Giles zu nötigen, sie zu heiraten. Zwar konnte sie eine ungewollte Schwangerschaft verhindern, aber Missgeschicke passierten immer. Bedlam war voll davon. Und sie hatte nicht übertrieben, als sie erklärt hatte, sie wolle lieber sterben, als genötigt zu sein, irgendeine widerliche Missgeburt zur Welt zu bringen.

Aber sie brauchte Strand auch gar nicht zu heiraten, um in den Genuss der Vorteile einer solchen Verbindung zu gelangen, ohne die Nachteile zu fürchten. Sie konnte Strands Mätresse werden.

Ganz diskret natürlich, und so, dass es ihre Pläne einer Hochzeit mit Lord Nickelbough nicht gefährdete. Eine solche Lösung würde alle ihre Bedürfnisse befriedigen. Sie wäre die Gattin eines Adeligen – sicher, nicht von einem Marquis, aber dennoch eines reichen Mitglieds der Aristokratie. Sie würde sich keine Sorgen machen müssen, dass aus ihrem Bauch irgendetwas Schreckliches auf die Welt kam, und sie hätte die vollen Geldkassen und die Geschenke, die sie als Geliebte des Marquis of Strand genießen würde. Seine letzte Mätresse hatte zum Abschied einen neuen Phaeton mit einem passenden Gespann fuchsfarbener Wallache bekommen.

So kam es, dass Sophia voller Zuversicht an Strands Stadthaus eintraf. Sie war nie zuvor innen gewesen, nicht einmal während ihrer kurzen Verlobung, weil Strand keine Lust hatte, wie er es ausgedrückt hatte, andere zu unterhalten, wenn er es vorzöge, unterhalten zu werden. Es war so prächtig, wie sie es sich vorgestellt hatte, und wieder regte sich in ihr flüchtige Reue, dass es nie ihr gehören würde, und trübte ihre gute Laune. Sie tat es ab. Sie zweifelte nicht daran, dass sie in Zukunft ausgiebig Gelegenheit erhalten würde, es aufzusuchen.

Die Lichter waren zumeist gelöscht, die Fenster dunkel, was ihrem Vorhaben dienlich war. Schließlich konnte sie unmöglich an die Haustür klopfen, sondern würde zum Dienstboteneingang gehen müssen. Lady Caroline Lamb hatte Lord Byron oft genug auf diesem Wege besucht, auch wenn sie sich als Page verkleidet hatte.

Sophia zog die Kapuze ihres dunklen Umhanges hoch, bedeckte ihr leuchtend rotes Haar und stieg aus der Kutsche, gab dem Kutscher Anweisung, eine Stunde zu warten. Sie und Strand hätten dann entweder das Geschäftliche geregelt, oder sie würde – was wahrscheinlicher war – über Nacht bleiben, in welchem Fall es Strands Aufgabe wäre, später ihren diskreten Aufbruch zu arrangieren.

Sie schlüpfte durch die Gartentür auf die Rückseite des Hauses und zögerte. Sie zweifelte nicht daran, dass man sie vorlassen würde, wenn sie an die Tür klopfte. Seine Dienstboten kannten sie gut, und sie war nicht ohne Einfluss. Aber vielleicht war die Tür auch gar nicht verriegelt, eine häufige Praxis, wenn einem Haushalt Waren früh vor Tag geliefert wurden, bevor die Dienstboten ihre Arbeit begannen. Dann könnte sie einfach selbst das Haus betreten und nach Strands Schlafzimmer suchen. Während Ersteres sicher einfacher wäre, besaß Letzteres etwas köstlich Verbotenes. Aber welches Zimmer war seins?

Sie wich zurück und betrachtete mit schief gelegtem Kopf die Fensterreihen im zweiten Stock. Nur hinter zweien brannte Licht. Eines davon musste ihm gehören.

Ah, da. Sie lächelte triumphierend. Diese hochgewachsene breitschultrige Gestalt würde sie überall erkennen … Das Lächeln auf Sophias Lippen verblasste. Denn Strand war nicht allein.

Er stand mit dem Rücken zum Fenster und verdeckte Sophia die Sicht auf seine Begleiterin. Alles, was sie erkennen konnte, waren seine eleganten Hände, die eine Decke hielten, die um die Schultern einer zierlichen Gestalt lag. Er senkte den Kopf und bedeckte ihren Mund mit einer Dringlichkeit und einer Leidenschaft, die er bei Sophia nie gezeigt hatte. Einen Augenblick sah es so aus, als seien Strands Aufmerksamkeiten unerwünscht, denn schmale Hände legten sich auf seine Schultern, stemmten sich dagegen.

Er ignorierte sie.

Sophia konnte den Blick nicht abwenden. Wann hatte sich Strand jemals einer Frau aufgedrängt? Wenn er mit ihr zusammen gewesen war, hatte er sich bei dem leisesten Zeichen von Zögern auf ihrer Seite zurückgezogen. Er war kein Mann, der sich einfach nahm, was er wollte, denn – so hatte sie vermutet – das hatte er nicht nötig. Er hatte nie erfahren, wie es war, etwas zu brauchen. Nun, offensichtlich erfuhr er es jetzt.

Ein paar Sekunden lang blieben die schmalen Hände auf seinen Schultern verkrampft, aber während Sophia zusah, entspannten sich die schlanken Finger, legten sich auf Strands Nacken, und die Frau schmiegte sich an ihn.

Sophia konnte die Spannung in Strands Körper fast sehen, während er um Beherrschung rang, bevor er sich vorbeugte und die kleine Gestalt fast hungrig auf die Arme hob und sich, ohne den leidenschaftlichen Kuss zu unterbrechen, umdrehte und aus ihrem Sichtfeld verschwand.

Sophia starrte mit offenem Mund zu dem Fenster. Sie hatte das Gesicht von Strands Geliebter nicht gesehen, nur die Rückseite ihres Kopfes und eine zierliche Gestalt unter einer Decke, aber sie kannte diese kurzen wirren kastanienbraunen Locken. Sie konnten niemand anderem gehören als Avery Quinn.

Was würde ihr Vedder wohl für diese Information bezahlen?

Und so schnell hatten sich Sophias Pläne für den Abend geändert.

Kapitel 35

Mit zusammengebissenen Zähnen und Augen, hart und glitzernd wie Glasscherben, trug Giles Avery zum Bett und legte sie sanft in die Mitte. Sie sollte nervös sein, müsste wenigstens Vorbehalte haben. Sie war Jungfrau und hatte genug schamlose Geschichten von Mägden und anderen weiblichen Bediensteten gehört, um zu begreifen, dass das erste Erlebnis nicht immer angenehm war.

Aber sie war überhaupt nicht nervös.

Er begann sie geschickt von dem verhassten Rock und dem Hemd zu befreien, zog ihr erst die Schuhe und dann die Hose aus. Nur das schauderhaft aufgeplusterte Korsett ließ ihn innehalten – und damit auch sie.

Sie drehte den Kopf, hatte Sorge, was sie wohl auf seinem Gesicht sehen würde. Er durfte nicht lachen, nicht jetzt.

Das Entsetzen vorhin hatte sie ganz klar erkennen lassen, was sie wollte, wen sie wollte. Wen sie immer schon gewollt hatte. Giles.

Und er wollte sie. Sie erkannte es an dem Feuer in seinen Augen, spürte es in dem Hunger seines Kusses, und damit kam eine erlesene neue Selbstsicherheit, nicht in Bezug auf ihren Verstand, sondern auf ihre sinnliche Ausstrahlung. Doch er konnte diese Sicherheit so mühelos zerstören, wie er sie geweckt hatte. Er konnte sie mit einer dahingesagten Bemerkung, einer verächtlichen Miene vernichten.

Sie schaute sich um. Er schien die Absurdität des Kleidungsstücks nicht zu bemerken, sondern betrachtete die Haken und Ösen, Knöpfe und Schnüre, die es zusammenhielten, mit wachsender Erbitterung. Mit einem gemurmelten Fluch packte er schließlich die Scheußlichkeit mit beiden Händen oben am Halsausschnitt und riss sie mit einem Ruck entzwei. Dann richtete er sich wieder auf, schlug die beiden Hälften auseinander, so vorsichtig und behutsam, als entblätterte er eine Rose, und entblößte ihren Körper.

»Himmel.« Seine Stimme war leise, fast ehrfürchtig, sein Blick sengend heiß. Und bevor sie unter seiner hitzigen Musterung auch nur einen Anflug von Verlegenheit spüren konnte, zerrte er an seinen eigenen Kleidern, streifte sich die Stiefel von den Füßen und zog sich mit vor Hast ungelenken Bewegungen Rock und Hose aus, schälte sich aus seinem Hemd, bis er schließlich nackt vor ihr stand.

Er war groß, aber so perfekt proportioniert, dass seine Größe nicht unbedingt auffiel. Andererseits musste er, um Neville so tragen zu können, wie er das vorhin getan hatte, sehr stark sein. Und so sah er auch aus. Seine Schultern waren breit und muskulös, seine Brust stark und kräftig, verjüngte sich nach unten zu schmalen Hüften. Seine Arme und Beine waren lang und athletisch, und seine glatte Haut hatte einen goldenen Schimmer. Ihr Blick flackerte nach unten, zu dem Waschbrettbauch und tiefer …

Oje.

Ihr wurde bewusst, dass sie ihn anstarrte, und sie errötete. Er hingegen schien das gar nicht zu bemerken. Sein eigener Blick hing wie gebannt an ihrem Körper, glitt mit genüsslicher Langsamkeit über sie. Seine Brust hob und senkte sich in einem harten Rhythmus, seine Nasenflügel bebten leicht, als nähme er ihren Geruch wahr.

Er setzte ein Knie auf das Bett neben sie, und stützte sich mit den Händen rechts und links neben ihrem Kopf ab.

In dieser Stellung war sein Gesicht in Schatten getaucht, das Licht des Feuers im Kamin schimmerte auf seinen blonden Locken und überzog das machtvolle Muskelspiel seiner Schultern mit einem goldenen Schein. Er verströmte Hitze, die die Luft zwischen ihnen erwärmte. Sein steifes Glied ragte über ihren Bauch.

»Himmel«, flüsterte er wieder, und dieses Mal hatte das Wort eine ganz andere Bedeutung.

Sie blickte nach unten, wo ihre Brüste sich, befreit aus ihrem Baumwollkäfig, voll und üppig über ihren Rippen erhoben. »Jetzt siehst du selbst, warum Binden nie funktioniert hätte. Sie passen überhaupt nicht zu meinen sonstigen Proportionen.«

Er strich mit einem Finger ganz leicht über die äußere Rundung der einen Brust. »Dein Busen ist einfach herrlich.«

Er neigte den Kopf und fuhr mit der Zunge ganz langsam um die Spitze, nur ganz am Rand. Sie zuckte zusammen, als berührten Flammen sie. Er schob seinen Arm unter ihre Mitte und hob sie an, während er sie ganz in den Mund nahm. Unter dem Ansturm der unglaublichsten Empfindungen, die das in ihr weckte, als er langsam und rhythmisch, ganz ohne Eile an ihren Brustspitzen zu saugen begann, umklammerte sie seine Schultern. Sie war vollkommen unvorbereitet auf das Verlangen, das sich sengend in ihr ausbreitete.

»Entspann dich, Liebste«, flüsterte er. »Wir haben gerade erst angefangen.«

Liebste. Ihre Augenlider senkten sich.

Er ließ seine freie Hand an ihrem Körper abwärts gleiten und um sie herum zu ihrem Po. »Du bist so weich, so schön. Himmel, wie köstlich zu bist«, murmelte er und zog die Finger sanft über ihre Haut nach vorne, zu dem Lockendreieck zwischen ihren Schenkeln.

Mit erlesener Zärtlichkeit erkundete er sie. Die Liebkosung war mehr als intim, zügellos und unendlich empfindungsreich. Sie versuchte die Beine zu verschränken. »Lass mich, bitte.« Seine Stimme klang so flehend, so ehrfürchtig. Sie zwang ihre Muskeln, sich zu entspannen.

Er glitt mit einem Finger in sie, und sie keuchte. »Du bist so feucht.« Er sprach, als habe sie ihm ein Geschenk gemacht. Er zog seinen Finger nicht zurück, sondern ließ ihn in ihr, reglos, während er den Kopf senkte und sie zärtlich auf den Mund küsste, aufs Kinn und die Seite ihres Halses, ihr Schlüsselbein, ihre Schultern und ihren Busen.

Es erregte und entspannte sie zugleich, verwandelte ihren Körper in warmes Wachs. Dann bewegte er seinen Finger, kam tiefer, dehnte sie. Sie hob die Hüften, und angesichts des Gefühls von ihm zog sich alles in ihr in herrlich zusammen. Hitze erfüllte sie. Sie bog sich seiner Berührung entgegen, und er drang weiter vor, hielt dann aber plötzlich inne.

»Jungfrau«, sagte er in einem seltsamen, verzweifelten Ton.

Sie hörte ihn kaum. Die beinahe schmerzhafte körperliche Anspannung, die in ihr begonnen hatte, steigerte sich. Sie schlang die Arme fester um ihn, ihr Anker in der unerträglichen Aufregung, die sie erfasste. Ihr Becken drängte sich seiner Bewegung entgegen.

»Bitte«, hörte sie sich sagen … Ein Flüstern? Ein Befehl? Ein Flehen?

Ihre Worte schienen das zu lösen, was ihn wie gebannt hatte erstarren lassen. Er legte die Hände auf ihre Hüften und rollte sie über sich, sodass sie rittlings auf ihm saß. Seine Erektion pulsierte an der Innenseite ihres Oberschenkels. Er hielt sie leicht an den Schultern, schaute ihr forschend ins Gesicht.

»Bist du dir sicher?«

Sie starrte ihm tief in die Augen. Er wirkte eindringlich, verzweifelt und … besorgt.

Gütiger Himmel. Giles Dalton hatte Angst, die Tochter eines Wildhüters zu entjungfern. Die Tochter eines Dieners. Bei dem unpassenden Gedanken zog sie unwillkürlich die Brauen finster zusammen.

»Avery?« Er hob eine Hand, strich ihr zärtlich übers Gesicht. »Wir können aufhören. Jederzeit. Wir müssen nicht …«

Sie betrachtete ihn mit einer Mischung aus Bestürzung und Entsetzen. Er durfte nicht denken, dies sei eine momentane Verirrung, dass sie am nächsten Morgen das in der Nacht Geschehene bereuen würde. Das durfte sie nicht zulassen. Egal, wie sehr ihr

Körper sich nach einer Erlösung sehnte, die, wie sie unerklärlicherweise wusste, nur er ihr geben konnte, musste er begreifen, dass dies nicht die Laune eines überreizten Mädchens war. Sie hatte diese Entscheidung als Frau getroffen.

Aber ihr fielen keine Worte ein, die ihn überzeugen würden. Ihr Verstand war wie benebelt, verwirrt von all diesen neuen Empfindungen, seiner leidenschaftlichen Berührung.

Sie konnte nur in gleicher Weise antworten. Sie ließ ihre Hand zwischen ihre Körper gleiten, und umfasste ihn. Er war hart und heiß, samtig glatt über einem Kern aus Stahl. Es war eine Offenbarung, ein wunderbares Wissen: Dieses Körperteil eines Mannes konnte sowohl seidig sein als auch steinhart. Dieser Teil von Giles' Körper.

Seine Lippen verzogen sich in erlesener Qual. Sie hatte vielleicht keinerlei Erfahrung, aber auf ihre Instinkte war Verlass.

Er murmelte etwas, was ein Gebet oder ein Fluch sein konnte, und sie hob sich auf die Knie, sodass die Spitze seines Gliedes genau dort war, wo eben noch seine Finger gewesen waren. Er hatte recht. Sie war feucht, und er drang mit der Kuppe mühelos ein.

Und hielt inne.

Ihre Augen wurden groß. Etwas stimmte hier nicht. Sie wusste, eigentlich sollte er in sie eindringen, aber da war gar kein Platz.

Abrupt umklammerte er ihre Hüften, hielt sie still. Seine Augen waren fest geschlossen, und seine Kiefermuskeln waren angespannt. »Halt still«, verlangte er heiser.

Er bewegte die Hüften ein wenig. Was auch immer er da genau machte, es führte dazu, dass der Teil von ihm, der nicht in ihr war, sich an der Stelle rieb, wo all ihre Empfindungen zusammenliefen. Intensives Verlangen sammelte sich dort, wo er sie berührte. Noch eine kleine Bewegung, und er drang etwas tiefer in sie. Er griff zwischen sie und strich mit dem Daumen über sie. Es war zu viel. Sie schmolz dahin, sank nach vorne.

»Halt still.«

Wie sollte das gehen, wenn doch jede kleine Gewichtsverlagerung so köstlich belohnt wurde? Avery stützte die Hände flach auf seine Brust, grub die Finger in seine Muskeln. Ein Beben durchlief ihn. Sie wackelte kaum merklich mit den Hüften, sodass er noch weiter in sie eindrang.

Ohne Vorwarnung setzte er sich auf. Die plötzliche Bewegung spreizte ihre Beine, und er stieß ganz in sie, bis zum Ansatz. Ihr entfuhr ein Schrei, sowohl vor Überraschung als auch aus Schmerz. Denn den gab es, scharf und heiß, tief, aber wie bei einem Schnitt verblasste er rasch, ließ nur noch einen schwachen Nachhall zurück.

»Es tut mir leid«, flüsterte er und lehnte seine Stirn an ihre. Er atmete schwer. Ein dünner Schweißfilm überzog seinen Oberkörper. »Es wird auch schön, das schwöre ich.«

Er drehte sich mit ihr um, ohne die Verbindung ihrer Körper zu lösen, sodass sie unter ihm zu liegen kam. Er nahm eine ihrer Hände in seine, richtete seinen intensiven Blick auf sie, während er sich langsam aus ihr zurückzog. Unwillkürlich verspannte sie sich, war nicht davon überzeugt, dass dies hier auch nur annähernd so wunderbar sein konnte wie das vorherige Küssen und Streicheln. Er fühlte sich fremd und groß an. Sein Körper überwältigte sie.

»Vertrau mir«, flüsterte er.

Und das tat sie. Sie tat es.

Ihr Blick verschmolz mit seinem, während er sich bewegte, erst langsam, dass sie sich daran gewöhnen konnte, und dann mit mehr Nachdruck. Seine rauchgrauen Augen wichen nicht von ihrem Gesicht, und er verfolgte jede Regung bei ihr, während er seinen Rhythmus, die Tiefe seines Eindringens anpasste, obwohl sich ein neuer Schweißfilm auf Schultern und Brust bildete und sein Gesicht benetzte.

Es baute sich langsam auf, wie eine Feder, die über ein Nervenende strich, bis die Feder nicht mehr genug war. Sie starrte ihn verwundert an, und er lächelte, küsste sie hungrig auf den Mund, ehe er die Hände unter ihren Po schob und sie anhob.

Ihr Atem ging immer heftiger, ihr Körper angespannt in einem Sturm der Vorahnung, was kommen würde. Jeder seiner Stöße reichte tiefer, härter, und sie genoss es. Unerträgliche Lust breitete sich in ihr aus, hielt sie zwischen Schmerz und Ekstase, und jedes Eindringen von ihm brachte sie näher an einen Abgrund, den sie kennen musste, den sie erreichen musste.

»Ja. Mehr. Da, bitte. Gott!«, hörte sie sich rufen.

Er bewegte sich weiter, stark und tief, folgte einem primitiven Rhythmus. Sie genoss seine Inbesitznahme, jede kraftvolle Bewegung seines Körpers. Sie bog den Rücken durch, reckte sich nach dem Felsvorsprung.

»Oh … da. Fast … fast … bitte … da. Da!«

Der Höhepunkt erfasste sie ohne Vorwarnung. Lust raste durch ihren Körper und ließ jedes Nervenende in köstlicher Erfüllung erbeben. Sie schrie auf, gefangen in immer weiter werdenden Wellen purer Befriedigung, halb schluchzend, halb lachend und weinend vor Glück angesichts der Schönheit ihrer Empfindungen. Sie schlang die Arme um ihn, genoss es, ihn zu halten, ihn zu spüren. Genoss seine Kraft, Männlichkeit und Hitze.

»Avery«, hörte sie ihn mit leiser, heiserer Stimme sagen, während sein Körper sich über ihr spannte. »Avery.« Er schloss die Augen, und seine Lippen teilten sich unter dem Ansturm der Gefühle. Einen langen Augenblick durchliefen Schauer seinen Körper, dann entspannte er sich nach und nach. Ermattet ließ er sich neben ihr auf das Bett sinken, zog sie mit sich. Sein Atem ging rau und schwer.

Ein Nachglühen breitete sich in ihr aus, machte ihre Glieder träge und warm. Sie rutschte höher und legte den Kopf an seine Schulter. Seine Arme schlossen sich um sie, hielten sie fest. Sein Herzschlag unter ihrem Ohr wurde ruhiger und langsamer, ein Kontrast zu dem heftigen Heben und Senken seines Brustkorbs. Sie schmiegte ihr Gesicht an seine Brust.

»Ich wollte, dass es für dich schön ist«, hörte sie ihn sagen. »Ich habe versucht, es so lang wie möglich hinauszuzögern, dir noch einen … aber ich … du bist … ich konnte es nicht.«

Nie war sie sich ihrer eigenen Weiblichkeit bewusster gewesen, hatte nie stärker ihre Macht als Frau gespürt. Das machte sie übermütig. Das machte sie herrlich selbstsicher. »Was ist das?«, zog sie ihn auf. »Ein erfahrener Lebemann, dem die Worte fehlen?«

Sie spürte, wie ihm vor Überraschung der Atem stockte. Sie lächelte an seiner Brust. Ohne sich zu gestatten, innezuhalten und zu überlegen, fuhr sie ihm mit der Zungenspitze über die Brustwarze. Sein Arm schloss sich unwillkürlich fester um sie, und er atmete scharf ein.

»Aber vielleicht ist das ja der Schlüssel zu deinem Erfolg«, fuhr sie fort und ließ ihre Fingerspitzen über seine Rippen gleiten. Unter der glatten Haut spannten sich seine Muskeln. »Vielleicht entwaffnet es ahnungslose junge Damen, wenn man den Sprachlosen spielt.«

Er packte ihre wandernde Hand und hob sie an die Lippen, hauchte einen hitzigen Kuss darauf. Nun war sie an der Reihe, scharf einzuatmen.

»Ich würde gerne darauf hinweisen, dass ich überhaupt nichts ›vorspielen‹ muss, um die Gunst irgendeiner Dame zu erringen, aber ich will nicht, dass du mich für eingebildet hältst.« Er sprach in einem langsamen, verführerischen Ton, und sein flüchtiges Unbehagen von eben war verflogen.

»Das tue ich bereits«, erwiderte sie.

»Ich könnte auch darauf hinweisen, dass hübsche Reden oder ein entwaffnendes Nichtvorhandensein davon nicht die wesentlichen Eigenschaften sind, die einen Gentleman einer Dame fürs Bett empfehlen.«

An ihrem Bauch spürte sie ihn wieder hart werden.

»Oh?«, fragte sie atemlos. »Und was könnten diese Eigenschaften sein?«

Mit einer einzigen mühelosen Bewegung rollte er sie unter sich. »Gestatte mir, es dir zu demonstrieren.«

Kapitel 36

Eine knappe Stunde vor Tagesanbruch schlief Avery ein. Giles strich ihr die kurzen Locken aus der Stirn, ließ dabei seine Finger noch einen Moment auf ihrer weichen seidigen Haut liegen. Er zog ihr die Decke über die Schultern hoch. Es war kalt im Zimmer, und er hatte in der Nacht nicht immer wieder Holz nachgelegt, da ihn das viel verheerendere Feuer, das zwischen ihnen beiden brannte, zu sehr gefangen gehalten hatte.

Was sollte er jetzt nur tun? Wie sollte er sich um sie kümmern, wenn er gar nicht wusste, was sie wollte? Zweimal während der langen, leidenschaftlichen Nacht hatte er versucht, die Zukunft anzusprechen und was dies hier bedeutete. Beide Mal hatte sie den Kopf geschüttelt. Beide Mal hatte sie geflüstert: »Diese Nacht gehört mir. Die anderen sind mir egal«, hatte Arme und Beine um ihn geschlungen und seinen Kopf zu sich herabgezogen, um ihn zu küssen und jeden anderen Gedanken zu vertreiben als den, dass er sie wieder lieben musste.

Aber nun stand die Zukunft grimmig und unsicher vor ihnen. Ihm waren die anderen Nächte nicht egal. Keine von ihnen. Ganz und gar nicht egal. Aber er wusste trotzdem nicht, was er deswegen unternehmen sollte.

Ein Teil von ihm wollte sich öffentlich zu der Maskerade bekennen, damit er sie ebenso öffentlich zur Seinen erklären konnte.

Aber das würde sie zwingen, ihre Träume aufzugeben, ihr den Triumph aus den Händen reißen und ihr keine andere Wahl lassen, als alles aufzugeben, was zu erringen sie so hart gearbeitet hatte. Das konnte er ihr nicht antun. Er würde alles in seiner Macht Stehende tun, damit sie die Anerkennung bekam, die sie verdiente.

Was würde außerdem geschehen, wenn er den Betrug einräumte?

Er gab sich keinen Illusionen hin. Die Gesellschaft würde vielleicht einen einzelnen Verstoß gegen ihre ungeschriebenen Gesetze verzeihen – entweder das Täuschungsmanöver oder Averys Herkunft –, wenn sie einwilligte, ihn zu heiraten. Aber er bezweifelte, dass ihnen beides nachgesehen werden würde. War das gemeinsame Leben mit ihm ein angemessener Ausgleich dafür, von der Gesellschaft ausgestoßen zu werden? Und selbst wenn sie bereit war, dieses Risiko einzugehen, wäre sie es auch noch, nachdem sie begriffen hatte, dass sich das Stigma auf ihre Kinder übertragen würde? Würden die Sünden ihrer Eltern ihr Leben überschatten?

Sein Vater hatte recht damit gehabt, dass die Gesellschaft nicht so ohne Weiteres oder bereitwillig jemanden ohne die richtige Herkunft in ihren Reihen dulden würde. Es war gleichgültig, auf welcher Seite des Bettes man geboren war, solange wenigstens ein Elternteil adelig war. Avery besaß keinen Tropfen blaues Blut, sie war so gewöhnlich wie Hinz und Kunz. Und etwas so Besonderes wie ein schwarzer Schwan oder Regen in der Wüste.

Seine Lippen pressten sich zu einer schmalen Linie zusammen. Nein, es gab keine einfachen Antworten, aber, so wahr ihm Gott helfe, gemeinsam würden sie eine Lösung finden.

Er hatte immer gedacht, er fühlte sich zu Frauen hingezogen, die anderen Männern gehörten, weil gerade ihre Unerreichbarkeit sie für ihn unwiderstehlich machte. Es war unverfänglich, sich in jemanden zu verlieben, der diese Liebe nicht erwidern konnte. Dann bestand keine Gefahr, irgendwelchen Erwartungen nicht gerecht zu werden.

Aber jetzt fragte er sich, ob es nicht noch einen anderen Grund gehabt hatte: Er war bereits verliebt.

Jede Frau, von der er gedacht hatte, er könnte sie lieben, hatte auf irgendeine Weise die Regeln der Gesellschaft missachtet. Cat Montrose hatte seine Aufmerksamkeit erst erregt, als sie sich offen gegen das aufgelehnt hatte, was von einer anständigen jungen Dame erwartet wurde. Und dass er sich zu Anne Wilders hingezogen gefühlt hatte, lag in ihrer Stellung als Außenseiterin begründet.

Aber diese Damen waren einfach Kopien nach dem Muster des Originals Avery Quinn. Bis hin zu dem roten Haar.

Er blickte auf sie hinab. Die Erkenntnis überraschte ihn nicht. Warum auch? Irgendwie hatte er es schon immer gewusst. Auf die eine oder andere Weise hatte er sie immer schon geliebt. Die letzten Wochen hatten dieses Gefühl um Leidenschaft und Hingabe, Humor und Respekt bereichert. Aber was nun?

Er strich sich das Haar aus der Stirn. Hier und jetzt war weder der Ort noch die Zeit, zu versuchen vernünftig nachzudenken. Er schuldete es ihr aber, ihre Zukunft nicht nur mit seinem Herzen, sondern auch mit seinem Verstand zu bedenken. Er musste es jetzt richtig machen. Schließlich hatte er bereits so viel falsch gemacht.

Sie bewegte sich leicht, und er stieg vorsichtig aus dem Bett, hatte Angst, dass sie nur aufwachen und die Arme nach ihm ausstrecken musste, damit er nicht mehr imstande war, sie gehen zu lassen, egal, was das Beste für sie wäre. Er durfte nicht länger bleiben. Bis er wusste, was das Richtige war, durfte er nicht riskieren, dass ihre Maskerade aufflog.

Er zog sich Hemd und Hosen an, nahm Rock und Stiefel, und weil er nicht widerstehen konnte, beugte er sich vor und hauchte ihr einen Kuss auf die Schläfe, ehe er ging.

Im Flur vor dem Zimmer war es dunkel, denn es war so früh, dass die Dienstboten noch nicht angefangen hatten, ihren Pflichten nachzugehen. Er gelangte unbemerkt in sein Zimmer, zerwühlte das Bett dort, damit es so aussah, als habe er darin geschlafen, und warf seine Kleidung auf einen Stuhl. Dann zog er sich frische Sachen an, schürte das Feuer im Kamin an und setzte sich davor, wartete darauf, dass der Tag begann.

Giles hatte sie erst vor wenigen Augenblicken verlassen, verspürte aber bereits wieder heftige Sehnsucht nach ihr. Er nahm den Feuerhaken, stocherte in den Flammen und setzte sich wieder. Was, wenn sie die letzte Nacht bereute? Nein. Das war unmöglich. Er kannte sich mit Lust und körperlicher Liebe aus, und allein auf dieser Grundlage konnte er sicher sagen, dass sie Befriedigung gefunden hatte. Was aber das Herz betraf … Er konnte es ruhig zugeben: Darin war er so unerfahren wie jemand, der noch feucht hinter den Ohren war.

Hatte er ihr hinreichend gezeigt, was sie ihm bedeutete? Wie glücklich er war, dass sie diesen Akt mit ihm geteilt hatte? Hatte er es ihr gesagt? Er konnte sich nicht daran erinnern. Er hatte etwas zu ihr gesagt, geflüsterte Zärtlichkeiten, gemurmelte Koseworte. Aber Worte waren ihm als nebensächlich erschienen, wenn er doch so viel beredter Hände und Lippen sprechen lassen konnte.

Was, wenn sie nicht ebenso empfunden hatte?

Er sprang auf und lief im Zimmer auf und ab, hin und hergerissen zwischen Zuversicht und Verzweiflung. Er hatte keine andere Frau so hingebungsvoll geliebt, so ausschließlich und intensiv. Geliebt, nicht nur Geschlechtsverkehr gehabt. Das musste sie gemerkt haben. Wirklich? Aber wie sollte sie? War er deutlich genug gewesen?

Er starrte in die Dunkelheit draußen, schlug die Faust gegen die frostige Fensterscheibe, sodass sie leise klirrte. Er benahm sich wie ein verliebter Schuljunge. Er grinste. Dann konnte er sich auch wie einer verhalten. Er runzelte die Stirn. Für Jungengehabe hätte sie gewiss nur Verachtung übrig. Er stöhnte und wandte sich vom Fenster ab, lief erneut unruhig umher, ehe er sich wieder auf seinen Stuhl fallen ließ.

Die nächste Stunde zog sich in die Länge. Schließlich befand er, dass es spät genug war, um nach unten zu gehen, ohne dass es auffallen würde. Vor seiner Zimmertür nickte er einem Hausmädchen zu, das mit dem Arm voller frischer Wäsche an ihm vorbeilief, ehe er nach unten ging. Zu seinem Erstaunen wartete vor dem

Speisezimmer Burke. Der Lakai richtete sich auf und öffnete Giles die Tür, folgte ihm in den Raum.

Giles setzte sich, blickte zur Tür und versuchte mit schierer Gedankenkraft, Avery heraufzubeschwören. Allerdings hatte er den Verdacht, sie zöge es vor, wenn ihr erstes Zusammentreffen nach dieser Nacht nicht unter den interessierten Blicken des Personals stattfand. Außerdem war sie sicher erschöpft. Aller Wahrscheinlichkeit nach würde sie nicht vor Mittag aufstehen. Die Vorstellung war unbeschreiblich deprimierend.

»Das hier kam letzte Nacht für Sie, Mylord«, sagte Burke und legte einen Umschlag auf den Tisch.

Giles nahm ihn und schlitzte ihn auf. Er zog ein zusammengefaltetes Blatt billiges Papier heraus, öffnete es und las.

Mir ist eine neue Information zu Ohren gekommen, die Person betreffend, nach der Sie sich erkundigt haben. Ich will dafür mehr Kohle als sonst, da sie es wert ist, und verlange fünfzig Pfund dafür, dass ich Ihnen sage, was ich erfahren habe. Kommen Sie morgen früh gleich zum Fox and Whistle in Maiden Court. Ich warte da auf Sie.

Die Nachricht war nicht unterzeichnet.

Nachdenklich faltete Giles den Brief wieder zusammen und steckte ihn in den Umschlag zurück. Alfie Bees hätte ihm nicht geschrieben und eine bestimmte Summe gefordert, solange er nicht wusste, ob seine Information es wert war. Er und Bees hatten wenn schon keine Zuneigung, so doch viel zu viel Respekt voreinander, um etwas anderes zuzulassen. Wenn er sofort aufbrach, konnte er zurücksein, bevor Avery zum Frühstück erschien. Selbst wenn es sich als vergebliche Mühe entpuppte, hätte er wenigstens etwas zu tun, um sich bis nachher zu beschäftigen.

Daher ließ er sich von Burke den alten Mantel und Schlapphut bringen. Den Rest seiner Kleidung änderte er nicht. Das »Fox and Whistle« befand sich in einem Stadtteil, der noch einen gewissen Anspruch auf Achtbarkeit erhob. Außerdem waren die Halsabschneider, die ihn nur für seine Stiefel bedenkenlos umbringen würden, Geschöpfe der Nacht.

Nachdem er genaueste Anweisungen gegeben hatte, dass Mr Quinn unter keinen Umständen gestört werden dürfe, wollte er gerade das Haus verlassen, als es an der Eingangstür klopfte. Er runzelte die Stirn. Es war noch vor sieben Uhr morgens, und nur Händler oder Lieferanten waren so früh am Tag unterwegs, aber die wären zum Hintereingang gekommen. Daher wartete er neugierig, wer sein Besucher war.

Einen Moment später kam Burke. »Mylord, Sir Jameson ist hier.« Sorge verdunkelte die hellblauen Augen des Lakaien. »Er sagt, Sie wollten ihn sehen.«

Überrascht bat Giles Burke, Jameson in die Bibliothek zu führen, bevor er seine Verkleidung ablegte und ging, um seinen unerwarteten Gast zu begrüßen. Er hatte immer angenommen, Sir Jameson steckte hinter dem Verschwinden der Sewards. Jameson musste erfahren haben, dass er nach Jack suchte und wollte ihn vermutlich warnen, das besser sein zu lassen.

Sir Jameson stand eine Enttäuschung bevor.

Giles hatte nicht vor, aufzuhören, bis er wusste, was mit seinen Freunden geschehen war. und sollte er herausfinden, dass Jameson für ihren Tod verantwortlich war, würde er nicht ruhen, bis der Mann vor Gericht gestellt worden war.

Es war ihm gleich, welche Politiker Jameson in der Tasche hatte oder wie lange es dauern würde. Wenn er den beiden irgendetwas angetan hatte, würde Giles das herausfinden und dafür sorgen, dass er bezahlte.

Giles fand den alten Mann vor dem Schreibtisch vor. Er erschrak, wie sehr Sir Jameson sich verändert hatte. Obwohl er sich immer noch gerade hielt, zitterte sein ausgezehrter Körper leicht. Früher hatte sein Profil Giles immer an das geprägte Bild Caesars auf alten römischen Münzen erinnert, hager, arrogant und verächtlich, doch nun sah er mehr wie ein Totenkopf aus. Kantige Knochen ragten unter grauer, papierner Haut auf, und seine Kleidung, die früher immer makellos gewesen war, wirkte leicht unordentlich und zerknittert.

Dennoch wirkte Jameson erfreut, beinahe überschäumend. Das an und für sich war erstaunlich. Sir Jameson zeigte nie Gefühle. Giles hatte immer angenommen, er habe keine. Einmal hatte er Sir Jameson im selben gleichmäßigen Tonfall den Tod eines Mannes befehlen hören, in dem er ein Stück Pastete bei einem Straßenhändler kaufte.

»Strand«, sagte Sir Jameson. »Sehr freundlich von Ihnen, mich zu empfangen. Und auch noch zu so früher Stunde. Es freut mich, dass Sie bereits aufgestanden sind, besonders nach einer … so ereignisreichen Nacht. Das habe ich wenigstens gehört.«

Giles war überrascht. Wie hatte Jameson von Demsforths und Averys Ausflug nach Covent Garden oder seinem eigenen Eingreifen erfahren? Er stellte die Frage freilich nicht laut. Wenn Jameson Giles beunruhigen wollte, stand ihm wiederum eine Enttäuschung bevor. Giles verfügte über zehn Jahre Erfahrung, auf die er zurückgreifen konnte, und er glaubte, dass er in einem Wettstreit in Bezug auf Kaltblütigkeit Jameson durchaus gewachsen war.

»Was bringt Sie so früh her, Sir Jameson?«

Jamesons Augen glitzerten unter schweren halbgeschlossenen Lidern. »Lassen Sie uns keine Spielchen spielen, Strand. Ich bin hergekommen, um Informationen zu erhalten. Informationen, die Sie mir im Gegenzug für mein Schweigen geben werden.«

Giles' Gedanken überschlugen sich, während er sich bemühte, seine Verwirrung zu verbergen. Jameson wollte eine Information, von der er dachte, er habe sie. Worüber? Und was meinte Jameson zu wissen, das es ihm ermöglichen würde, diese unbekannte Information von ihm zu erpressen? Um seine Verwunderung zu kaschieren, schlenderte Giles lässig zur anderen Seite seines Schreibtisches und nahm Platz.

»Bitte. Wo sind meine Manieren geblieben?« Er hob die Glocke, mit der er einen Dienstboten rufen konnte. »Kann ich Ihnen etwas anbieten? Kaffee? Haben Sie bereits gefrühstückt?«

»Ich will keinen verdammten Kaffee!«, platzte Jameson heraus. Ruhig stellte Giles die Glocke wieder hin. Das war seltsam, sehr seltsam.

»Bitte setzen Sie sich doch wenigstens, Sir Jameson.«

Als merkte er jetzt, wie merkwürdig er sich benahm, fasste Jameson sich. Er verzog das Gesicht, eine entsetzliche Parodie seines unergründlichen Lächelns von früher, und ließ sich auf einem Stuhl nieder, zog seine Manschetten gerade und verschränkte die Hände über dem Silberknauf seines Gehstockes.

»Also gut, was wollen Sie wissen?«, erkundigte sich Giles höflich.

Jameson lachte. Das Geräusch war so erschreckend, dass Giles die Brauen hochzog. »Zur Hölle, Sie erinnern mich an mich selbst, wie ich früher war.«

Wieder war es dem alten Herrn gelungen, ihn zu schockieren, aber viel einschneidender als vorher. Konnte das stimmen? War er wie Jameson oder wie Jameson früher einmal gewesen war? Wenn ja, dann helfe ihm Gott.

»Sie sind eiskalt. Sie verziehen keine Miene. Ich habe das auch nie. Aber die Zeit für Spielchen ist vorbei.« Sein Lächeln verschwand. Er lehnte sich vor, richtete seinen irren Blick auf Giles. »Ich will wissen, wo Jack Seward ist.«

Irgendwie gelang es Giles, ihn nicht mit offenem Mund anzustarren. Das war das Letzte, womit er gerechnet hätte. *Das hieß, Jameson war nicht für das Verschwinden der Sewards verantwortlich.*

Ebenso überraschend war, dass Jameson offenbar dachte, Giles wisse etwas über ihr Schicksal. Giles überlegte fieberhaft, versuchte zu entscheiden, was er mit diesem Wissen tun sollte, wie er es am besten zu seinem Nutzen einsetzen konnte … *Nein.*

Gerade eben erst hatte Giles gebetet, dass der Herrgott es verhindern möge, dass er wie Jameson wurde. Und keine Minute später saß er hier und versuchte zu entscheiden, wie er das Wissen zu seinem eigenen Nutzen einsetzen konnte. Er würde nicht wie Jameson werden. Er wollte ein besserer Mensch sein. Der Mann, für den Avery ihn hielt.

»Ich weiß es nicht.«

Jameson versteifte sich. Seine Augen wurden schmal. »Ich hatte schon befürchtet, dass Sie das sagen. Oder weniger befürchtet, als mich damit abgefunden.«

»Ich weiß nicht, wo Jack und Anne sind.« Giles faltete seine Hände auf dem Schreibtisch.

»Anne?« Verblüffung zuckte über Jamesons Gesicht, bevor es sich klärte. »Oh. Die Frau. Es ist mir egal, was mit ihr passiert. Ich will nur Jack. Wir haben noch eine Rechnung offen zwischen uns, er und ich. Eine Rechnung, und die wird begleichen, bei Gott.« Seine Stimme bebte.

»Sir Jameson, selbst wenn ich wüsste, wo Jack sich aufhält, ich würde es Ihnen nicht sagen. Aber Tatsache ist, ich weiß es nicht«, wiederholte Giles.

Jameson stand auf und zeigte drohend mit dem Ende seines Stockes auf Giles. »Lord Strand. Wenn Sie mir bis morgen Abend nicht verraten haben, wo Jack ist, werde ich in der guten Gesellschaft einen köstlichen Skandal anzetteln, indem ich überall verlauten lasse, dass der Junge, den der Marquis of Strand überall als seinen Protegé eingeführt hat und zu einem Mitglied in einer der angesehensten Londoner Vereinigungen befördert hat, in Wahrheit sein Geliebter ist. Sein Lustknabe.«

Giles erstarrte. Diese Unterhaltung hatte plötzlich eine Wendung genommen, die sofortiges Handeln erforderte. Hundert Einfälle für tausend Pläne schossen ihm in rasanter Folge durch den Kopf, während er sich bemühte zu verhindern, dass sein Gegenüber ihm seine Gedanken ansehen konnte.

Jameson wertete sein Schweigen als Schreck. Er verzog hämisch das Gesicht.

»Und wenn das passiert, könnten sie genauso gut tot sein. Sie werden nie wieder irgendwo empfangen.« Er lachte leise. »Und wir wissen alle, wie wichtig Ihnen Ihr Ansehen ist, Lord Strand.«

Giles hatte genau diese Worte schon zuvor gehört, und zwar von seinem Vater. Und so wie damals waren sie auch heute wieder ein Beweis dafür, wie wenig der Sprecher ihn kannte. Aber während diese Worte ihn früher verletzt hatten, kauften sie ihm jetzt kostbare Zeit. Zeit, eine Idee in die Tat umzusetzen, die sich formte, während er den mit sich sichtlich zufriedenen Jameson beobachtete.

»Und?«, wollte Jameson wissen. »Was soll es sein?»

Giles hielt den Blick fest auf seine verkrampften Hände gesenkt, wiegte Jameson in dem Glauben, dass seine Knöchel in panischer Angst weiß schimmerten, während in seinem Kopf ein Plan Gestalt annahm. Er musste sofort zu Travers und mit ihm sprechen, ehe er ging, um sich mit Bees zu treffen.

So sehr er es auch wollte, er konnte seinen Besuch bei ihm nicht aufschieben. Dadurch könnte er Jack und Anne in Gefahr bringen. Wenn Bees Informationen über ihren Verbleib hatte, würde er nicht zögern, sie ein zweites Mal zu verkaufen, und das wäre dann an Jameson. Giles musste ihre Spur aufnehmen, ehe Jameson erfuhr, dass es vielversprechende Hinweise gab, die ihn zu ihnen führen würden.

Aber der Plan, den er gerade erst geschmiedet hatte, konnte in seiner Abwesenheit schon in die Tat umgesetzt werden. Worte in die richtigen Ohren fallen gelassen werden. Er würde Burkes Talent und seine Verbindungen nutzen müssen. Es war riskant, aber sie standen ja bereits am Abgrund einer Katastrophe.

»Sagen Sie es mir sofort und sparen Sie sich die Fahrt«, verlangte Jameson leise.

»Sie irren sich bei Ihrer Annahme bezüglich meiner Person.«

Jameson lachte verächtlich.

»Zum letzten Mal, ich weiß nicht, wo Jack ist.«

Jamesons Augen wurden matt und kalt. Er machte auf dem Absatz kehrt und riss die Tür auf. Über seine Schulter sandte er Giles einen finsteren Blick. »Sie haben bis morgen Abend, Ihre Entscheidung zu revidieren.«

Kapitel 37

»Hier bin ich, Alfie. Was haben Sie für mich?«

Alfie Bees pellte weiter sorgfältig sein hartgekochtes Ei. Ein Strahl milchiges Licht fiel auf den Tisch, an dem er saß, und enthüllte die Spuren, die das ausschweifende Leben in seinem Gesicht hinterlassen hatte.

Alfies stets anwesendes Gefolge saß an einem Tisch ein Stück entfernt, alle mit Bierkrügen in den fleischigen Pranken. Sie nickten Giles zu und blickten flüchtig zu Will, dem Giles aufgetragen hatte, ihm in die Taverne zu folgen.

Der Junge hatte immer noch kein passendes Paar warmer Stiefel, bestand aber darauf, seine Pflichten als Lehrling des Kutschers zu erfüllen, als Giles um die Kutsche geschickt hatte. Zu Fuß zu gehen würde zu lange dauern. Jameson jagte Seward mit Mord im Blick. Giles war entschlossen, jede Spur, die Bees vielleicht gefunden hatte, zu zerstören.

Alfie blickte ihn mit blutunterlaufenen Augen an. »Haben Sie den Zaster?«

»Natürlich.«

Alfie grinste. »Na gut.« Er wischte sich die Fingerspitzen an seinem Hemd ab, griff in die Rocktasche und holte ein schmutziges Stück Stoff hervor. Er wedelte damit leicht in der Luft.

Giles griff danach, aber Alfie schüttelte den Kopf und grinste, legte sich einen Zeigefinger an die Nase. Wortlos holte Giles eine kleine Geldbörse aus seinem Mantel und warf sie Alfie zu. Der fing sie in der Luft auf und gab Giles das Taschentuch. Es war leuchtend rosa, aus feinstem Leinen und mit belgischer Spitze eingefasst. Ein Monogramm, zierlich mit weißer Seide gestickt, bestand aus den Buchstaben AW. Anne Wilder?

»Wo haben Sie das her?«

Aber Alfie ließ sich nicht der Freude berauben zu erklären, wie schlau er war.

»Ich habe in Umlauf gebracht, dass es mir einiges wert wäre, wenn irgendjemand etwas findet, das mit Colonel Seward und seiner Dame zu tun hat. Damit hatte ich kein Glück. Dann habe ich gestern ein paar Sachen durchgesehen, die auf verschiedenen Wegen zu mir gelangt sind.« Er schaute Giles an und grinste. Er hatte unzweifelhaft eine neue Ladung Beute von seinen Taschendieben bekommen. »Und da habe ich dieses hübsche kleine Stück hier gesehen, als mir plötzlich einfiel, dass die Frau des Colonels, bevor sie ihn geheiratet hat, Anne Wilder war.«

»Wer hat es gebracht?«

»Ein Lumpensammler«, sagte Alfie, und sie wussten beide, dass er log.

»Und woher hat der es?«

»Ein Bursche hat es einer Dame auf Hawkes Wharf abgenommen. Sie ging gerade an Bord einer Schaluppe, die Passagiere zu den großen Schiffen weiter draußen im Hafen hinausfährt. War leichte Beute.«

»Wo kann ich diesen Jungen finden?«, erkundigte Strand sich. Solche Burschen waren notorisch unauffindbar, wenn man sie suchte. Das Gespenst des Arbeitshauses oder der Deportation schlug sie in die Flucht.

»Ich glaube nicht, dass Sie das können.« Alfie zuckte die Achseln. »Aber ich könnte ihn suchen. Für noch mal fünfundzwanzig Pfund.«

Strand nickte. »Wie bald wird das gehen?«

Alfie runzelte die Stirn. »Ich bin ja nicht seine Ma. Ich weiß nicht, wo die Burschen schlafen oder wo sie arbeiten. Sie kommen einmal die Woche, und wir machen ein paar Geschäfte.« Offenbar hatte er beschlossen, auf den imaginären Lumpensammler zu verzichten. »Was mich daran erinnert«, er sah an Giles vorbei zu der Stelle, wo Will wartete, »dein Vater sucht nach dir, Junge.«

»Wie traurig, dass er ihn nicht finden wird«, bemerkte Giles und erwiderte Alfies Blick so lange, bis der kleinere Mann wegschaute.

»Natürlich nicht.«

»An welchem Tag treffen Sie sich mit den Burschen?«

»Dienstag.«

»Wenn Sie ihn vorher finden, bekommen Sie fünfzig Pfund.«

Alfie zog die Brauen hoch. »Noch ein Fuffziger? Ich sehe, was ich tun kann.«

Noch bevor sie richtig wach war, spürte Avery, dass Giles nicht mehr da war. Sein großer warmer Körper, der die ganze Nacht über dicht an ihrem gelegen hatte, war fort. Sie blickte auf die Uhr. Es war beinahe zehn Uhr, und sie war allein.

Ihr Herz begann schneller zu klopfen. Was dachte er heute Morgen? Bereute er es, mit ihr geschlafen zu haben? Sie geliebt zu haben? Dachte er so darüber? Oder war es einfach etwas, was ein Lebemann tat? War sie nur eine seiner vielen Geliebten? Wie die Frau, mit der sie ihn gestern Abend gesehen hatte. Hatte er eigentlich vorgehabt, die Nacht in *ihrem* Bett zu verbringen? Und sie hatte sich ihm dann, nachdem er verpflichtet gewesen war, sie zu retten, an den Hals geworfen, sodass er sie einfach als Ersatz genommen hatte?

Nein. Nein, nein, nein.

Da war Zärtlichkeit in ihrer Vereinigung gewesen und Leidenschaft, und er hatte sich aus ganzem Herzen der Aufgabe gewidmet, ihr Lust zu bereiten. Er hatte ihr zugeflüstert, wie schön sie sei, wie begehrenswert, wie sie seinen Körper zum Singen brachte und jegliche Vernunft in alle vier Winde zerstreute. Aber war das nicht bei jedem selbstlosen Liebhaber der Fall? Verriet das irgendetwas über sein Herz?

Sie schwang die Beine über die Seite des Bettes, nahm sich seinen Morgenrock und streifte ihn sich rasch über. Sie hätte sich diese Fragen stellen sollen, bevor sie ihm die Kleider vom Leib riss.

Aber ihr Entsetzen gestern war so intensiv gewesen und es hatte so lange gedauert, und als er dann gekommen war und sie gerettet und von dort fortgebracht hatte, war ihre Erleichterung darüber ebenso intensiv gewesen, so schneidend. Es hatte keinen Gedanken gegeben. Es hatte keinen Plan gegeben. Es hatte keine Vergangenheit und keine Zukunft gegeben. Nur die Gegenwart, überwältigende Erleichterung und die soeben gelernte Lektion, dass das Morgen am Ende nicht kommen könnte, sodass sie besser das tun sollte, was sie heute wollte. Und sie wollte Giles.

Sie wollte ihn noch immer.

Aber sie wusste nicht, was er von ihr wollte.

In vielerlei Hinsicht war Giles ein Rätsel, eine Zusammenstellung nicht zueinander passender Teile: dieses kalte prächtige Haus ohne Seele, sein Ruf als tonangebender Dandy, seine affektierte Sprechweise, sein achtloser Spott und die dandyhaften Allüren. Aber dann waren da seine seltsamen nächtlichen Ausflüge, gekleidet wie ein Bürgerlicher, und sein Geschick mit den Fäusten. Seine Freundlichkeit einem Waisenkind und seinem alten Hund gegenüber. Seine ehrenwerte Entschlossenheit, sich an ihre Abmachung zu halten. Das alles ergab einfach keinen Sinn.

Sie musste mehr wissen.

Sie stand auf, blickte sich nach dem verhassten Korsett um und bemerkte da erst, dass die Tür zu dem kleineren Raum nebenan einen Spaltbreit offenstand. Licht fiel in einem Streifen auf den Teppich. Zuvor war die Tür immer verschlossen gewesen. Giles musste sie aufgemacht habe. Aber warum?

»Mr Travers?«

Travers blickte von dem Buch auf, das er gelesen hatte, und sah Avery auf der Türschwelle stehen. Heute trug sie nicht das schreckliche gepolsterte Korsett. Und auch nicht die Brille, sondern Lord Strands Morgenrock.

»Ah, Avery. Sie sind wach, gut.«

»Was ist mit ihm passiert, Mr Travers? Dass er so geworden ist?«

Er seufzte. Das war es also? Er sollte eigentlich Avery in Lord Strands Plan einweihen, aber ein Blick in ihr ängstliches, angespanntes Gesicht, und er wusste, das würde warten müssen. Er hatte es natürlich gewusst. Nur ein Narr würde nicht sehen, was zwischen den beiden war. Und nicht erst, seit sie in London waren.

Er hatte am Kamin gesessen, eine Tasse heiße Schokolade in der Hand und sich die Füße am Feuer gewärmt. Wie von Lord Strand angeordnet, hatte er den anderen Dienstboten gesagt, Mr Quinn fühle sich nicht wohl, ganz und gar nicht wohl, sodass sie den gesamten Flur nicht betreten sollten, um ihn nicht zu stören. Dann war er ins Zimmer neben Averys gegangen und hatte alles so hergerichtet, dass es aussah, als habe jemand die Nacht dort verbracht, war hin und her gegangen, sodass man hören konnte, dass das Zimmer bewohnt war. Sobald Avery aufgewacht war, sollte er dafür sorgen, dass sie ihre Räume nicht verließ, bis Strand zurück war.

Avery kam herein und setzte sich ihm gegenüber hin. »Was ist mit Strand geschehen? Warum zeigt er den Menschen zwei Gesichter? Hier ist er Lord Strand, ein Dandy und Lebemann. Aber auf Killylea ist er … nicht so. Manchmal, wenn niemand anders da ist, ist er immer noch der Mann, den ich aus Killylea kenne. Warum?«

Travers dachte nach. Eigentlich stand es ihm nicht zu, darüber zu reden. Aber ein Blick in ihre Augen ließ ihn erkennen, dass es ihr zustand, es zu erfahren. Dennoch fiel es ihm nicht leicht. Er seufzte.

»Frankreich hatte sich die Welt unterworfen, oder wenigstens sah es so aus«, begann er. »Der junge Lord Giles war achtzehn und bat seinen Vater, ihm ein Offizierspatent in einem Regiment zu kaufen, das aktiv am Kampfgeschehen beteiligt war. Er wollte für sein Land kämpfen, an der Seite seiner Schulkameraden.

Der alte Marquis lehnte das rundweg ab. Er hatte bereits Louis verloren, und Giles war der Erbe. Er war nicht bereit, das Risiko einzugehen, dass der Name Dalton auf irgendeinem fremden Schlachtfeld ausstarb und war felsenfest davon überzeugt, dass Giles umkommen würde, wenn er in den Krieg zog. Er hatte wenig Vertrauen in seinen Charakter und seine Urteilsfähigkeit. Genau genommen glaubte er, Giles ginge es mehr um die Offiziersuniform, weswegen er ihm anbot, ihm ein Offizierspatent in einer Einheit zu kaufen, die nie englischen Boden verließ, ein elegantes Regiment, dessen Daseinszweck darin bestand, sich schneidig zu kleiden und die Tanzflächen mit gut aussehenden Offizieren zu bevölkern.« Er schüttelte den Kopf.

»Warum dachte er so etwas?«, wollte Avery erstaunt wissen, und Travers mochte sie deswegen gleich noch etwas mehr, dass sie so verwundert war, wie jemand, der Giles kannte, so etwas annehmen konnte.

»Es ist kompliziert. Ich bin mir nicht sicher, wie ich das erklären soll.«

»Versuchen Sie es.«

»Louis' Mutter starb im Kindbett, und Louis war von Anfang an kränklich. Das war der Grund, weshalb der Marquis so rasch wieder geheiratet hat. Er wusste, Louis würde nicht alt genug werden, um das Erbe anzutreten, aber er brauchte einen Erben. Die neue Marchioness war ein junges Mädchen, das im Kloster aufgewachsen war, mit Intelligenz und Charakterstärke gesegnet. Sie war auch, wenn ich das so sagen darf, die schönste Frau, die ich je gesehen habe. Und sie liebte Louis, als sei er ihr eigener Sohn.«

»Das hört sich an, als sei sie eine wunderbare Frau gewesen«, bemerkte Avery und errötete leicht. Sie verglich sich selbst mit diesem Muster an Vollkommenheit, vermutete Travers, und glaubte, sie könne dagegen nicht bestehen. Himmel, wusste sie wirklich nicht, wie schön sie war?

»Zunächst schien es, als werde die Ehe ein Erfolg. Der Marquis überschüttete seine junge Frau mit Geschenken und binnen kürzester Zeit bekam sie zwei Kinder, beide so hübsch wie sie selbst. Aber dennoch liebte der Marquis Louis mehr.

Er sah in Louis keinen abnormal kleinen Jungen mit schiefem Rücken und zu kurzen Gliedern, sondern nur seinen geliebten Sohn. Die neue Marchioness, Giles und Julia liebten ihn ebenfalls, tief und aufrichtig.«

»Sie waren glücklich«, bekräftigte Avery leise.

Travers schüttelte den Kopf. »Die Ehe ging bald darauf in die Brüche. Der Marquis konnte oder wollte seiner Frau nicht geben, was sie am meisten brauchte: Freundschaft. Der Marquis begriff ihre Unzufriedenheit nicht. Schließlich bekam sie von ihm alles: Reichtum, Ansehen, Geld und Freiheit.« Er nahm seine Tasse Schokolade und starrte hinein, ließ seine Gedanken in die komplizierte Vergangenheit zurückwandern.

»Als Louis zwölf war, wurde er bettlägerig. Die Familie unternahm alles, um ihn zu trösten. Die Marchioness saß stundenlang an seinem Bett und las ihm vor, und Julia – nun, Julia hatte immer schon eine sehr religiöse Ader. Sie verbrachte Stunden in der Kapelle und betete. Der Marquis zog sich in sein Studierzimmer zurück …« Travers runzelte nachdenklich die Stirn.

»Und was tat Giles?«

»Er lachte.« Er sandte ihr einen kurzen entschuldigenden Blick. »Nicht über Louis, sondern *für* ihn. Für seine Mutter, für Julia, sogar für den Marquis.«

Avery schaute ihn schief von der Seite an.

»Alle waren so grimmig und traurig. Das Lächeln der Marchioness verblasste, sobald sie das Krankenzimmer verließ, und Julias Gebete wurden immer wieder von Weinen unterbrochen. Ihr Kummer kostete den armen Louis Kraft. Trotz der Tatsache, dass er im Sterben lag, schien immer er es zu sein, der die, die ihn überleben würden, trösten musste. Alle außer Giles.

Giles war der Einzige, bei dem das nicht der Fall war. Er war seine einzige Atempause, ihrer aller Atempause. Er war so lebendig, so gesund, so gut aussehend und kühn. Er brachte Louis mit Geschichten von seinen Missgeschicken zum Lachen und seine Mutter zum Lächeln mit seinen lächerlich übertriebenen Komplimenten. Sogar Julia musste immer wieder über seine Mätzchen lachen. Er schien nie etwas ernst zu nehmen, und irgendwie ermöglichte das den anderen, ebenfalls etwas weniger ernst zu sein.

Es war alles nur gespielt.« Er blickte sie traurig an. »Woran er auch nach Louis' Tod festhielt. Er hatte gelernt, wie gut es sein konnte, ein angenehmer Gesellschafter zu sein. Kurz darauf verließ die Marchioness Killylea, denn sie war nur um Louis' willen geblieben. Sie wollte ihre beiden Kinder mitnehmen, aber der Marquis verwehrte ihr das, und Giles, der zu dieser Zeit schon im Internat war, bat darum, in der Nähe von Killylea bleiben zu dürfen. Er hatte das Land immer geliebt und seine Verantwortung, aus dem Wissen heraus, dass er es einmal erben würde, sehr ernst genommen. Am Ende gab die Marchioness nach, nahm nur Julia mit.«

Er sah auf und bemerkte die Verwirrung auf ihren Zügen. »Der alte Marquis war kein schlechter Mann, Avery, nur nicht besonders klug im Umgang mit Menschen. Er kam besser mit Fakten zurecht als mit den Feinheiten des menschlichen Wesens. Er hat nie hinter die Maske gesehen, die Giles trug, und den feinen jungen Mann dahinter nie erkannt.«

»Aber wie konnte er seinen eigenen Sohn nicht besser kennen?«, rief sie.

»Der alte Marquis erkannte nie, dass nur Giles mit der von ihm gespielten Rolle das Leben auf Killylea in den langen Jahren, in denen sich Louis' Zustand beständig verschlechterte, erträglich gemacht hatte. Er sah nur einen hübschen, selbstsicheren Jungen, der offenbar nur an sich selbst dachte, sodass er von der Trauer um sich herum nichts bemerkte. Er hielt ihn für einen eitlen Geck, sonst nichts.«

»Aber wenn er über Louis' Äußeres hinwegsehen und seine wahren Werte erkennen konnte, warum dann nicht auch bei seinem jüngeren Sohn?«, fragte Avery mit empörter Miene.

Travers betrachtete sie unglücklich. »Das weiß ich nicht. Vielleicht war es zu anstrengend. Vielleicht war es ihm nicht gegeben, einen weiteren Sohn zu lieben.«

»Aber Giles war doch nur ein Kind.«

»Man kann nicht geben, was man nicht hat, Avery.« Er schaute in seine Tasse mit heißer Schokolade. Sie war kalt geworden. »Sie wissen doch, wie der alte Marquis war.«

»Ja. Das weiß ich«, räumte sie ein. »Aber nichts von dem, was Sie mir erzählt haben, erklärt«, sie rang nach den rechten Worten, machte eine umfassende Handbewegung, die den ganzen Raum mit einschloss, »das hier.«

Travers nickte. »Bis zu ihrem Streit wegen der Armee hat Giles, glaube ich, nicht erkannt, wie wenig der Marquis von ihm hielt. Der Vorfall hat ihn zutiefst gekränkt und verletzt, ja beschämt. Und wütend gemacht. Bitte vergessen Sie nicht, er war nur ein junger Bursche. Verurteilen Sie ihn nicht.«

»Verurteilen? Weswegen?«

Er sah ihr in die Augen. »Giles ging nach London und machte sich daran, den Erwartungen seines Vaters gerecht zu werden. Er spielte um hohe Summen und betrank sich. Er gab das Geld mit vollen Händen aus, bei seinen Schneidern und Stiefelmachern, für Pferde, für alles, was ihm gefiel, und für jede, die ihm gefiel.« Er wich ihrem Blick aus. »Er freundete sich mit den liederlichsten Vertretern seiner Klasse an und wurde bald schon ihr Anführer. Er spottete, klopfte Sprüche und duellierte sich. Alles, was er tat, übertrieb er maßlos. Als er einundzwanzig war, befand er sich auf bestem Wege, ein Taugenichts und Wüstling zu werden.«

Er hörte sie nach Luft schnappen.

»Aber dann passierte etwas. Ich bin mir nicht sicher, warum, aber obwohl er einer der berüchtigtsten Lebemänner blieb, änderte sich etwas. Er wirkte zynischer.« Travers schüttelte den Kopf, suchte nach Worten, es zu erklären. »Zur selben Zeit schien er … verletzlicher. Er kam damals häufig nach Killylea, sah aus, als sei er innerlich leergebrannt. Er versuchte sich mit seinem Vater zu versöhnen.«

»Das ergibt keinen Sinn«, erklärte sie mit gerunzelter Stirn.

Er zuckte die Achseln. »Sie haben gefragt, was geschehen ist. Ich habe Ihnen gesagt, was ich weiß. Sie müssen mit ihm reden, wenn Sie mehr wissen wollen.«

Jemand klopfte vom Flur aus an die Tür, und er rief: »Herein!«

»Travers«, flüsterte Avery drängend. »Ich bin nicht im Kostüm.«

»Das ist schon in Ordnung«, sagte er, während die Tür aufschwang und ein atemloser Burke, immer noch in Mantel und Hut, hereinkam, den Arm voller Frauenkleider. Travers trat zur Seite und der junge Lakai ging rasch zum Bett, ließ die Sachen darauf fallen. Er sah Avery und richtete sich auf. Sein Blick wanderte über die Rundungen, die sich unter dem Morgenrock abzeichneten und den eindeutig männlichen Schnitt des Kleidungsstückes.

Sie wurde rot.

»Ah, Miss Quinn, nehme ich an?« Burke verneigte sich tief, aber als er aufblickte, funkelten seine Augen. »Es ist mir eine große Freude, Ihre Bekanntschaft zu machen, Miss. Ich habe schon angefangen, mir Sorgen um meine Männlichkeit zu machen, da Ihr Lächeln immer mein …«

»Das reicht, Burke«, fiel ihm Travers hastig ins Wort.

»Ich verstehe nicht«, sagte Avery, und ihr Blick flog zwischen den Kleidern auf dem Bett und Travers hin und her. »Was geht hier vor? Wo ist Strand?«

»Ich bin hier, meine Liebe«, sagte eine tiefe Stimme. Strand schloss hinter sich die Tür. »Was vor sich geht, das ist ganz einfach. Du musst sterben.«

Kapitel 38

Mr Avery Quinn würde nicht mehr lange auf dieser Welt weilen.

Die traurige Nachricht war keine Überraschung für Lord Strands Bedienstete. Burke hatte mit eigenen Augen gesehen, wie Seine Lordschaft den jungen Mann am Abend zuvor ins Haus getragen hatte. Blut war in Strömen aus seiner Kopfverletzung geflossen. Natürlich war ein Arzt gerufen worden. Mr Travers hatte ihn früh am Morgen ins Haus gelassen und berichtete später am Tag die schlechten Neuigkeiten.

Erstaunlicherweise war es nicht die Kopfverletzung, die laut Aussage des Arztes Mr Quinns jungem Leben ein Ende bereiten würde, sondern irgendetwas Angeborenes. Die Einzelheiten waren etwas vage, da der Quacksalber lange lateinische Begriffe verwendet hatte, aber das war nicht von Bedeutung, fand man gemeinhin, denn tot war nun einmal tot, gleichgültig, was der Grund dafür war.

Die Neuigkeiten machten rasch die Runde in Londons Salons, Kaffeehäusern und Herrenclubs, wo man sich gemeinhin einig war, wie lästig die ganze Affäre für den armen Strand sein musste, der den jungen Mann ja nicht einmal besonders gut kannte. Nur in den heiligen Hallen der Royal Astronomical Society senkte man die Häupter und betete für einen der hellsten Köpfe im Lande und in der Astronomie, wie sich alle einig waren, die die Abhandlung des Burschen gelesen hatten.

Was die Sache doppelt so betrüblich machte, aber dennoch zugleich eine glückliche Entwicklung war, war der Umstand, dass in genau der Nacht, in der Mr Quinn das Missgeschick zugestoßen war, seine Schwester Ava eingetroffen war, um ihren Bruder mit einem Besuch zu überraschen. Burke, der stets abends Dienst an der Tür hatte, hatte sie ins Haus gelassen. Offenbar hatte ihn die junge Dame angewiesen, die anderen Diener nicht zu wecken, daher hatte er sie in das Zimmer neben dem ihres Bruders gebracht.

Was für ein günstiger Zufall. Aber zugleich war alles so traurig.

Und doch gelang es der reizenden jungen Dame, sich während der raschen und betrüblichen Verschlechterung von Mr Quinns Zustand nicht der Verzweiflung hinzugeben, sondern sie behielt die Fassung, sodass es ihr sogar möglich war, mehr zu lächeln, als Tränen zu vergießen. Genau genommen sah sie niemand eine Träne vergießen, so tapfer war sie.

In einem kurzen Gespräch unter vier Augen vertraute Mrs Silcock Mr Travers an, dass sie nie zwei unterschiedlichere Geschwister gesehen hatte, und das nicht nur rein körperlich – Miss Quinn war schlank und wohlgeformt, wohingegen Mr Quinn rund und dick war –, sondern auch dem Wesen nach. Miss Quinn war zurückhaltend, respektvoll und anspruchslos, und fragte Mrs Silcock um Rat bei …, nun einfach allem.

Sicher, Miss Quinn war nicht wohlhabend. Ihre Kleider waren nicht nur unmodern, sondern saßen auch nicht, ein häufiges Problem, wie Mrs Silcock beklagte, bei Näherinnen auf dem Land. Aber sie stammte eindeutig aus einer guten Familie, was ihre meisterhafte Selbstbeherrschung in einer so schweren Stunde eindrucksvoll bewies. Gewiss, ihr Verhalten war nicht immer tadellos – darum gebeten, Tee einzuschenken, erwies sie sich als betrüblich außerhalb ihres Elements –, aber, wie Mrs Silcock nicht zögerte zu ihrer Verteidigung vorzubringen, das Leben auf dem Lande ließ sich eben einfach nicht mit den Gepflogenheiten der Stadt vergleichen.

Wie sich herausstellte, war Lord Strand mit Miss Quinn bekannt. Ein paar boshafte Klatschbasen behaupteten sogar, es handele sich um eine sehr gute Bekanntschaft. Er hatte sie vor ein paar

Jahren im Hause gemeinsamer Freunde kennengelernt, weit oben im Norden, in einem winzigen Dorf. Niemand hatte je von diesem Ort gehört, aber von welchem unbedeutenden Ort hatte man das schon? Und wenn manche darüber spekulierten, dass hier endlich die Antwort lag, warum der Marquis of Strand plötzlich mit einem Protegé aufgekreuzt war, nämlich dass er bei der Schwester gut dastehen wollte, so hielten anständige Leute das für nichts als eine bösartige Unterstellung.

Außerdem machte Miss Quinn, was sie an gesellschaftlicher Erfahrung vermissen ließ, in Bezug auf ihr Aussehen wieder wett. Sie hatte eine üppige weibliche Figur und ein hübsches Gesicht mit strahlend blauen Augen, umrahmt von dichten schwarzen Wimpern unter fein gezeichneten dunklen Brauen. Sie trug ihr Haar *au courant*, ein Gewirr schimmernder kastanienbrauner Locken in einer ganz ähnlichen Farbe wie bei ihrem Bruder. Allerdings vertrat Burke die Ansicht, sie seien in der Tat deutlich dunkler, und nach einer regen Diskussion mussten ihm die anderen Dienstboten recht geben.

Sie zog wirklich alle Blicke auf sich, was die Mitglieder der Herrenclubs interessiert zur Kenntnis nahmen. Und besonders ein Mitglied konnte einfach nicht den Blick von ihr wenden.

Nach all den Jahren, nach all den vielen jungen Damen, die ihre Netze nach ihm ausgeworfen hatten, und der langen Reihe von Halbweltdamen und Balletttänzerinnen, die er in sein Bett geholt hatte, ohne ihnen sein Herz zu öffnen, hatte Amors Pfeil schließlich doch noch das gut versteckte Ziel in Lord Strands Brust gefunden.

Der Marquis of Strand war hingerissen.

Und als Beweis dafür, wie sehr sich alle irrten, die eine ganz andere »Beziehung« vermuteten – es gab da ein besonders unsinniges Gerücht, dass Lord Strand in leidenschaftlicher Umarmung mit Miss Quinn gesehen worden war, unmittelbar, bevor er ihren Bruder gerettet hatte –, benahm sich Miss Quinn stets tadellos und wie eine echte Dame. Sie errötete, wenn Lord Strand sprach, und sie schlug züchtig die Augen nieder, wenn er seinen hitzigen Blick auf sie richtete. Aber ihre Augen leuchteten auf, wenn er einen Raum betrat, und ihr Blick folgte ihm, wenn er den Raum verließ, blieb noch lange auf die Tür gerichtet, durch die er gegangen war.

Mrs Silcock war entzückt.

Avery schleuderte die Frauenzeitschrift gegen die Schlafzimmerwand. Die Wand ihres neuen Schlafzimmers, das sie als *Ava* Quinn bewohnte.

Sie hatte mit dem Gedanken gespielt, ein Buch zu werfen, fürchtete aber, dass der Lärm die Dienstboten anlocken würde. Es war beinahe zwei Tage her, seit Giles den Plan verkündet hatte, der ihren Ruf schützen sollte – ein Ziel, das er mit ermüdender Hartnäckigkeit und Hingabe verfolgte –, und zudem garantieren würde, dass ihr Name für immer mit ihrem Kometen verbunden war. Dadurch würde sichergestellt, dass ihre Forschungsarbeit mit dem angemessenen Respekt betrachtet und zur Kenntnis genommen werde, und es ihr möglich wäre, frei als Frau zu leben.

Dann hatte er sie unterrichtet – direkt vor Travers, verflixt noch mal – dass sie, um all die zuvor aufgezählten Dinge zu erreichen, keine Zeit allein miteinander verbringen konnten.

Und das hatten sie auch nicht getan. Meistens war er ohnehin fort, schien sie zu meiden. Und wenn er im Haus war, schienen stets Diener oder andere Personen in der Nähe zu sein, die sie interessiert beobachteten.

Heute früh hatte Giles ein Treffen der Mitverschwörer einberufen und verkündet, Mr Quinn habe nun lange genug zwischen Leben und Tod verweilt und werde am heutigen Tag verscheiden. Am folgenden Morgen würden Burke und Travers, angeblich auf Avas Wunsch hin, den Leichnam in einem hölzernen Sarg für die letzte Reise zur Familiengruft der Quinns in dem weit abgelegenen Dorf vorbereiten. Er musste mit dem Schiff dorthin gebracht werden, da die Entfernung eine Reise über Land ausschloss.

Sie würden einen leeren Sarg in den Hafen bringen und dann außer Sichtweite auseinandernehmen. Am nächsten Morgen würde Avery eine Kutsche gen Norden besteigen, sich angeblich auf

Heimreise machen. Sie hatten bedacht, dass es vielleicht seltsam aussähe, wenn der Marquis der trauernden Schwester nicht seine eigene Barutsche anböte, verwarfen die Idee aber wieder, da seine Kutsche wegen des Wappens überall auffallen würde. Da der ganze Zweck der Reise darin bestand, Miss Quinns Herkunft zu verschleiern, würde sie sein Angebot in aller Bescheidenheit ablehnen, da es einfach zu großzügig sei.

Was alles gut und schön war, was Pläne ganz allgemein anging, aber was dann? Das hatte Giles nicht gesagt. Er hatte keinen Tag weiter als bis dahin geplant.

Es machte Avery wahnsinnig.

Das einzige Mal, als sie ihn allein erwischt hatte, war auf dem Korridor auf dem Weg zum Dinner gestern Abend gewesen. Er war zur Seite getreten, sodass sie das Speisezimmer vor ihm betreten konnte, hatte sie dann aber am Handgelenk festgehalten, lange genug, um ihr zuzuflüstern: »Bald ist alles vorüber, und wir können neu beginnen.«

Was sollte das bitte heißen?

Sie hatte versucht empört zu sein, aber als sie in seine warmen grauen Augen aufgeblickt hatte, hatte sie gewusst, sie würde in seinen Armen dahinschmelzen, wenn er jetzt nach ihr greifen würde. Was kein gutes Licht auf ihre Selbstbeherrschung warf, nahm sie an. Aber sie liebte ihn so sehr.

Jede Nacht ließen ihr die Erinnerungen an den Liebesakt mit ihm keine Ruhe. Sie wiederholte im Geiste jedes Wort, das er zu ihr gesagt hatte, hörte wieder jedes Flüstern, jedes Seufzen, während sie nach irgendeinem Fingerzeig suchte, was er vorhatte.

Mr Travers' Geschichte über den Marquis und Giles war erhellend gewesen. Giles hatte die gute Gesellschaft davon überzeugt, dass er genau der Tunichtgut war, für den sein Vater ihn hielt. Aber er hatte insgeheim dafür gezahlt, in diese Rolle geschlüpft zu sein. Es war ein Wunder, dass er sich nicht selbst dabei verloren hatte.

Doch das hatte er nicht.

Er war ein ehrenhafter Mann. Zu ehrenhaft. Sie runzelte die Stirn. Ehrenhaft genug? Was hatte er damit gemeint, »wir können neu beginnen«? Die Liebe? Ein neues Leben, getrennt von einander? Zusammen?

»Miss Quinn? Miss Quinn?«

Sie schaute auf. Ein Hausmädchen stand unsicher auf der Schwelle.

»Es tut mir so leid, Miss«, sagte sie. »Ich habe geklopft, aber Sie haben nicht geantwortet, und ... Nun, ich hatte Sorge, dass Sie vielleicht auch ...« Sie warf einen betroffenen Blick in Richtung der Tür, hinter der angeblich Avery seine letzten Atemzüge tat.

»Oh, nein, nein. Bitte machen Sie sich deswegen keine Sorgen. Avery hatte schon immer eine schwache Konstitution. Man kann ihm ja förmlich ansehen, dass mit ihm etwas nicht in Ordnung ist.«

Dis Hausmädchen nickte zustimmend.

»Während sich die Frauen in meiner Familie durch Langlebigkeit auszeichnen, haben die Männer leider ...« Avery seufzte und schüttelte kummervoll den Kopf. »Was wollten Sie?«

»Oh, ja. Tut mir leid, Miss. Lord Neville Demsforth ist im Empfangssalon, und ich hätte nie die Tür geöffnet, aber es war niemand da, der es sonst getan hätte. Burke und Travers sind nämlich fort.«

»Was will er denn?«

»Er möchte Mr Quinn sehen.«

Averys Augen wurden groß. »Was? Aber ... das ... das ist unmöglich.«

»Das habe ich ihm auch gesagt, Miss. Aber er weigert sich zu gehen, bis er nicht wenigstens mit Ihnen gesprochen hat. Oh, Miss, ich weiß, es steht mir nicht zu, aber er sieht so elend aus. Seine Augen sind rotgerändert und traurig. Ich wusste nicht, was ich tun soll, da Lord Strand fort ist, aber nachdem Mr Quinn ja Ihr Bruder ist, dachte ich, Sie könnten vielleicht mit ihm sprechen.«

Oje. So etwas hatte sie befürchtet. Dies war der Grund, warum sie darauf bestanden hatte, dass der erfundene Arzt die Schuld an Mr Quinns Tod einer angeborenen Schwäche zuschrieb, und nicht irgendetwas, was in der Spelunke geschehen war. Aber dennoch fühlte sich der arme Neville offenbar verantwortlich für Quinns Zustand. Sie konnte ihn nicht so leiden lassen. Irgendwie musste sie ihn davon überzeugen, dass es auf keinen Fall seine Schuld war.

»Natürlich«, sagte sie und folgte dem Mädchen aus dem Zimmer nach unten in den Salon.

Neville saß auf der Kante des Diwans und starrte unglücklich zu Boden. Als er sie hereinkommen hörte, sprang er auf und verbeugte sich. »Miss Quinn, es ist zu freundlich von Ihnen, mich zu empfangen.« Er schaute auf und starrte sie einen Moment lang an, während ihm Tränen in die blauen Augen stiegen.

»Sie sehen ihm ein wenig ähnlich«, erklärte er leise. »Nun, nicht wirklich, aber es gibt eine gewisse Familienähnlichkeit. Er hat auch rötliches Haar.«

»Sie müssen Lord Neville sein«, begrüßte sie ihn und trat zu ihm, nahm seine Hand. »Wie geht es Ihnen? Avery spricht so herzlich von Ihnen.«

»Wirklich?«, fragte Neville, offenkundig erfreut.

»O ja, sehr herzlich. Bitte, setzen Sie sich doch.« Sie ließ sich auf dem Sofa nieder und deutete auf den Platz neben sich.

Errötend gehorchte der große junge Mann. Sie lächelte sanft. »Avery hat mir erzählt, dass Sie sich mit ihm angefreundet haben. Dafür ist er Ihnen sehr dankbar. Wie Sie sich vorstellen können, schließt er nicht so leicht Freundschaft.«

Der liebe Neville runzelte die Stirn bei der Andeutung, es gebe etwas an seinem Freund, das nicht liebenswert sei. »Ich schätze seine Gesellschaft sehr.«

»Ja«, erwiderte sie schlicht. »Das weiß ich.«

Die Steifheit wich aus Nevilles Miene, und sein Gesicht verzog sich schmerzvoll. »Ich fühle mich für all dies hier verantwortlich. Er wollte nicht gehen, wissen Sie. Und als wir dort waren, wollte er nicht bleiben. Aber ich habe darauf beharrt.« Tränen rannen ihm über das Gesicht, und er wischte sie weg, zu elend, um verlegen zu sein.

»Und als das Mädchen mich gebeten hat, ihr die Treppe nach oben in ihr Zimmer zu helfen, hätte ich mich weigern sollen. Avery hat gesagt, wir könnten ihr nicht trauen. Aber ich habe nicht auf ihn gehört. Wenn ich es getan hätte, würde er jetzt mit Ihnen hier bei uns sitzen.« Er ließ den Kopf hängen.

Sie streckte die Hand aus und bedeckte seine mit ihrer. »Nein, Lord Neville, das würde er nicht. Er hat gewusst … Wir wussten schon eine lange Zeit, dass er nicht alt werden würde. Er hat den Quinn-Somatotyp.«

Er sah sie verwirrt an.

»Das ist eine Art körperliche Konstitution«, erläuterte sie. »Kein Mann aus meiner Familie, der diesen Körperbau und diese Verfassung hat, erlebt sein zwanzigstes Lebensjahr.«

»Ehrlich?«

Sie nickte ernst.

Einen Moment lang dachte sie, er werde das als traurige, aber unausweichliche Tatsache hinnehmen und erleichtert sein. Aber er schüttelte den Kopf und drückte ihr die Hand so fest, dass sie sich zusammennehmen musste, nicht zusammenzuzucken. »Ich bin dennoch überzeugt, dass mein Tun seinen gesundheitlichen Verfall beschleunigt hat. Er hätte vielleicht noch ein paar Wochen länger gelebt.«

Sie entzog ihm ihre Hand und legte sie ihm auf die Wange. »Mein lieber Lord Neville, verstehen Sie es nicht?« Er blickte ihr tief in die Augen, und sie versuchte ihn mit schierer Willenskraft dazu zu bringen, ihr zu glauben. »Avery ist schon einundzwanzig. Er hat alle anderen bereits überlebt, schon um Monate. Jeder Moment ist ein unerwartetes Geschenk, und genauso sieht er das auch.«

»Ehrlich?« Er bedeckte ihre Hand mit seiner Pranke und drückte sie sachte gegen sein Gesicht.

»Ehrlich.«

»Sie sind so freundlich und sanft«, stellte er fest. »Sie haben mir eine Last von der Seele genommen.«

Sie seufzte zufrieden. Sie hatte es geschafft. »Es bestand nie die Notwendigkeit, dass Sie sich damit belasten.« Sie zog ihre Hand zurück.

»Ich habe nur noch ein letzte Bitte an Sie, meine liebe Miss Quinn«, sagte er.

Sie legte den Kopf fragend zur Seite. »Bitte, gestatten Sie mir nur ein paar wenige Minuten.«

»Ein paar wenige Minuten?«

»Mit Ihrem Bruder.«

»Oh. Oh, ich denke nicht …«

»Bitte«, verlangte er, bemächtigte sich wieder ihrer Hand und ließ sich vor ihr auf ein Knie nieder. »Ich flehe Sie an. Ihre Worte waren so freundlich, und ich will sie mehr als alles auf der Welt glauben. Wenn ich nur hören könnte, wie er mich mit seiner eigenen Stimme von aller Schuld losspricht, würde mir das alles bedeuten, Miss Quinn.« Er schaute ihr aufrichtig in die Augen. Er war so riesig, dass er, selbst wenn er vor ihr kniete, mit ihr auf Augenhöhe war.

Verflixt. Verflixt. Verflixt. Wie konnte sie ihm das abschlagen? Sie konnte es nicht. Sie würde einfach ihre Verkleidung für einen letzten Auftritt als Mr Quinn anlegen müssen. »Aber ich werde nicht mit Ihnen hineingehen können«, warnte sie ihn. »Zu viel Aufregung ist schlecht für ihn.«

Glücklicherweise schien Neville nichts an dieser Erklärung seltsam vorzukommen. »Selbstverständlich«, sagte er und sprang auf.

»Ich gehe nach oben und bereite ihn vor. Wenn es soweit ist, schicke ich Ihnen das Hausmädchen, das sie nach oben zu seinem Zimmer bringt«, erklärte sie. »Sie müssen mir versprechen, nicht länger als fünf Minuten zu bleiben.«

»Ja, das verspreche ich. Und«, fügte er hinzu, »werde ich Sie vielleicht danach noch einmal sehen?«

Sie schüttelte den Kopf. »Ich muss mich wieder um ihn kümmern, sobald Sie gegangen sind.«

»Dann lassen Sie mich Ihnen jetzt sagen, dass ich mich privilegiert fühle, Sie kennengelernt zu haben, Miss Quinn. Ich würde sagen, es war mir ein Vergnügen, aber leider verbieten die Umstände diese Formulierung.«

Sie betrachtete ihn mit leichter Verwirrung. »Danke. Ich werde das Hausmädchen zu Ihnen senden, sobald ich nach Avery gesehen habe.«

Damit eilte sie aus dem Zimmer und bedeutete dem Hausmädchen, ihr zu folgen. »Ich habe Lord Neville erlaubt, meinen Bruder zu sehen, aber ich muss ihn erst noch darauf vorbereiten. Sobald er sich soweit dazu imstande fühlt, werde ich die Glocke in seinem Zimmer läuten. Dann holen Sie Lord Neville und bringen ihn zum Zimmer meines Bruders. Warten Sie draußen, bis Sie hören, dass sie fertig sind, und geleiten Seine Lordschaft im Anschluss nach draußen.«

»Ja, Miss. Aber … wo werden Sie sein, Miss?«

Avery verdrehte die Augen. »Ich muss mich hinlegen.«

Der Raum war dämmerig und unerwartet kalt, was Neville wunderte. Jedes Krankenzimmer, in dem er bislang gewesen war, war furchtbar heiß gewesen. Nicht, dass er in vielen gewesen sei. Er war schrecklich robust.

Er ging auf Zehenspitzen zum Bett, wo er Averys dicken Bauch unter den Decken sehen konnte. Jemand – vermutlich seine Schwester – hatte ihm Kissen in den Rücken gestopft. Er drehte den Kopf, als Neville näherkam. Sein Gesicht lag im Schatten, aber Neville konnte die dunkle Braue erkennen und ein schwaches Lächeln.

»Ava sagt, Sie gäben sich die Schuld an meinem Zustand«, flüsterte Avery schwach. »Sind Sie deswegen gekommen, mich zu sehen? Das ist Unsinn. Vollkommener Unsinn. Mit Ihnen habe ich die schönsten Augenblicke meines Lebens erlebt, und Ihre Freundschaft hat mich vor der Einsamkeit in dieser großen kalten Stadt bewahrt. Ich will nicht, dass Sie auch nur einen Moment damit verbringen, sich mit Selbstvorwürfen zu quälen wegen etwas, was schon immer von vornherein feststand. Ich gebe Ihnen jedenfalls keine Schuld.«

Es war eine hübsche kleine Ansprache. Aber sie war überflüssig. »Ich weiß«, erklärte Neville.

»Ach ja?«

»Ja, Miss Quinn hat es mir erzählt. Das ist nicht der Grund, weshalb ich jetzt hier bin.«

»Ach nein?«

»Nein.« Er stellte sich neben das Bett und nahm eine von Averys Händen. Sie war klein und bewies Miss Quinns Behauptung, ihr Bruder sei schon immer schwächlich gewesen.

»Ich bin gekommen, um Sie zu beruhigen und Sie von der Sorge zu befreien«, sagte er lächelnd zu seinem Freund. »Sie müssen sich um die Zukunft Ihrer Schwester nicht die geringsten Sorgen machen.«

»Nein?«

»Nein. Denn ich werde sie heiraten.«

Kapitel 39

»Was geht hier vor sich?«, verlangte Giles zu wissen, während er unangekündigt in ihr Zimmer stürmte. »Das Hausmädchen behauptet, Demsforth sei hier gewesen, um *Mr* Quinn zu sehen.

»Einen Moment, bitte.« Avery stand am Waschtisch und schrubbte sich den letzten Rest Leim von der Stelle zwischen den Brauen.

Er war hereinmarschiert, um ihr darüber einen Vortrag zu halten, niemandem den kleinsten Anlass zu geben, an ihrer Geschichte zu zweifeln. Er sollte nicht mit ihr in einem Zimmer sein, nicht nur, weil es sich nicht ziemte, sondern weil er nicht vorhatte, ihr sein Herz zwischen Tür und Angel und in geflüsterten Worte auszubreiten. Er musste ihr jedoch einschärfen, wie wichtig Diskretion war. Mr Quinn musste vollkommen vor der Gesellschaft verborgen sein. Niemand durfte Vergleiche ziehen zwischen den Phantom-Geschwistern, wenn die Erinnerung an das eine Gesicht noch frisch in Erinnerung war, wenn er den anderen sah.

Nicht dass bei Neville Demsforth zu befürchten stand, dass er die Verbindung herstellen würde, weil er ein ahnungsloser Esel war. Giles hatte ihm noch nicht verziehen, dass er Avery in Gefahr gebracht hatte, und das würde er vermutlich auch nie. Aber Avery schien den Jungen zu mögen, daher würde er sich ihretwegen bemühen, tolerant zu sein.

Er würde, stellte er fest, eine Menge um Averys willen tun. Auch, sie ohne ihn nach Killylea zu schicken, obwohl sich alles in ihm dagegen sträubte. Er betrachtete sie hungrig, sah sich an ihr satt und hatte die geplante Gardinenpredigt vollkommen vergessen.

Die Kleider, die Burke bei einem diskreten Gebrauchtkleiderhändler erstanden hatte, waren zwar vielleicht nicht der Gipfel der Mode und passten auch nicht unbedingt perfekt, da sie vorne am Busen ein wenig zu eng saßen und die Röcke ein wenig zu lang waren, aber sie waren sehr weiblich. Und glücklicherweise waren sie, da Ava Quinn bei ihrer Ankunft nicht gewusst haben konnte, dass sie bald Trauerkleidung benötigen würde, auch nicht trostlos und schwarz. Das, was sie gerade trug, war irisblau mit elfenbeinfarbenen Spitzenärmeln. Es war lachhaft und reich verziert und so ganz anders als alles, worin er sie je gesehen hatte, und er war einfach hingerissen.

»Avery.« Er hatte gar nicht gemerkt, dass er ihren Namen gesagt hatte, bis sie antwortete.

»Ja?«

Er räusperte sich. »Das Hausmädchen sagt, Demsforth sei da gewesen, um mit Mr Quinn zu sprechen«, wiederholte er.

Sie blickte ihn über die Schulter an. »Ja«, sagte sie beiläufig. »Er will mich heiraten.«

»*Was?*«

»Neville will mich heiraten.« Sie richtete den Blick wieder zurück zum Spiegel. Offensichtlich zufrieden drehte sie sich zu ihm um. »Es ist im Grunde genommen richtig lieb, wenn man darüber nachdenkt.«

»Nein, ist es nicht. Es ist nicht *lieb*. Es ist anmaßend. Dieser unerträgliche Grünschnabel! Wie kann er es wagen, dir einen Heiratsantrag machen, wenn dein Bruder auf dem Sterbebett liegt?«

»Das ist ungerecht. Er hat mir keinen Antrag gemacht, er hat einfach meinen …« Sie unterbrach sich, um die Augen zu verdrehen. »Er hat einfach *mich* davon unterrichtet, dass er vorhabe, um meine Hand anzuhalten.«

»Warum?«

Sie erstarrte. »Warum?«

»Ja. Warum? Er ist doch nicht mehr als ein grüner Junge, und er hat dich gerade erst getroffen. Warum sollte er dich heiraten wollen?«

Sie reckte das Kinn. Zu spät erkannte er seinen Fehler. »Nicht, dass nicht jeder Mann froh wäre …«

»Bitte, erspare mir deine unnötigen Erklärungen.«

Er runzelte die Stirn. Er machte keine Ausflüchte. Er hatte das ernst gemeint. Jeder Mann konnte sich glücklich schätzen, Avery zu heiraten. Das war jedoch leider nicht das, was er sagte. Was er sagte, war: »Dagegen verwahre ich mich.«

»Ich wette nicht annähernd so sehr wie ich mich gegen deine Worte.« Ihre Unterlippe bebte.

Er kam auf sie zu. Sie hob eine Hand, hielt ihn auf. »Nein. Ich weiß, dass ich schwerlich die erste Wahl als Schwiegertochter irgendeiner Dame der guten Gesellschaft bin, oder auch nur die zweite. Oder überhaupt irgendeine Wahl. Und die Aufrichtigkeit nötigt mich, zuzugeben, dass ich vermute, dass sich Lord Nevilles Beweggrund zumindest zum Teil auf diese Tatsache zurückführen lässt. Wie kann er seiner Mutter am besten eine lange Nase drehen, als einen Niemand zur Braut zu nehmen?«

»Avery, bitte«, warf er verzweifelt ein, streckte die Hand nach ihr aus. Der Schmerz in ihrer Stimme, während sie ihre Mängel aufzählte, tat ihm weh. Sie hatte keine Mängel. All die Eigenschaften, die die Gesellschaft so hoch schätzte, Herkunft und Erziehung, waren schlicht Illusion, geschaffen, um ein falsches Gefühl von Wichtigkeit zu nähren.

Sie schüttelte den Kopf, weigerte sich, seine Hand zu nehmen. »Nein. Bitte. Lass mich ausreden.«

Er biss die Zähne zusammen, konnte ihr diesen Wunsch nicht abschlagen.

Sie holte tief Luft. »Ich glaube allerdings nicht, dass ich das einzige Motiv hinter diesem beabsichtigten Heiratsantrag bin. Oder auch nur der wichtigste, denn da spielen andere Faktoren mit hinein.« Sie schaute ihn an, um zu sehen, ob sie seine volle Aufmerksamkeit hatte. Die besaß sie.

»Wenn er mich heiratet, wird das wohl die Reste der Schuldgefühle besänftigen, die er vielleicht wegen seiner Beteiligung an … meinem Tod hat. Obwohl ich denke, dass es mir gelungen ist, ihn in der Hinsicht zu beruhigen. Ich werde ihm zudem erlauben, sich ehrenhaft zu verhalten und ein heldenhaftes Opfer zu bringen.«

»Dich zu heiraten ist kein Opfer!«, widersprach Giles entschieden, unfähig sich zu beherrschen. Er wurde mit einem kleinen Lächeln belohnt.

»Danke«, sagte sie. »Ich finde das auch. Und ich würde dem armen Neville auch einen schlechten Dienst erweisen, weil ich denke, dass es noch einen weiteren Grund gibt, weswegen er mich heiraten will, in der Tat der wichtigste überhaupt.«

»Und welcher wäre das?«

»Er fühlt sich zu mir hingezogen.«

»Was du nicht sagst. Was für eine Unverschämtheit von dem blonden Riesenhornochsen. Ich hätte nicht übel Lust, ihm das freche Fell nach allen Regeln der Kunst über die Ohren zu ziehen.«

»Das kannst du nicht«, wandte Avery ein, aber er glaubte einen Anflug von Dankbarkeit in ihrem Ton zu hören.

»Wenn er dich noch einmal beleidigt …«

»Was heißt hier beleidigen? Er bietet mir die Ehe.«

Verdammt. Da hatte sie natürlich recht. »Ich nehme an, dass du als Mr Quinn das rundweg abgelehnt hast, richtig?«

Ihre wunderschönen indigoblauen Augen weiteten sich. »Nein, natürlich nicht.«

»Was meinst du damit, ›natürlich nicht‹?«, fragte er mit zusammengezogenen Brauen. Finster zusammengezogenen Brauen. »Warum nicht?«

»Warum nicht?« Sie starrte ihn an, als habe er den Verstand verloren, was natürlich zutraf.

Sie warf angewidert die Hände in die Luft. »Weil«, sagte sie mit einem erbitterten Blick, »ich angeblich ein junger Mann ohne großen Namen oder Vermögen war, der im Sterben lag und sich anhörte, wie ein anderer junger Mann, dieser jedoch mit Titel und Vermögen, ihm mitteilte, dass er seine ebenfalls mittel- und bedeutungslose Schwester heiraten wolle. Natürlich habe ich nicht Nein gesagt. Hätte ich das, hätte das doch seinen Verdacht geweckt.«

»Was hast du geantwortet?«

Ihr Blick wich seinem aus. »Ich, äh, habe ihm gedankt.«

Er blickte sie genauer an. »Gütiger Himmel, Avery, du hast doch nicht am Ende eine Zuneigung zu Neville Demsforth gefasst?«, fragte er ungläubig und lachte.

Dabei war ihm eigentlich gar nicht nach Lachen zumute, sondern viel eher danach, sie in die Arme zu ziehen und zu küssen, bis sie ihm sagte, sie liebe nur ihn und niemanden sonst. Aber er lachte, um ihr zu zeigen, wie albern es wäre, allen Ernstes Demsforths Antrag in Erwägung zu ziehen. Denn das durfte sie nicht. Sie durfte nicht daran denken, irgendjemand anderen als ihn zu heiraten.

Ihre Miene wurde unergründlich. Einen langen Augenblick betrachtete sie ihn einfach. Er trat unruhig von einem Fuß auf den anderen.

»Habe ich nicht?«, murmelte sie schließlich.

»Nein.«

Er benahm sich schlecht. Das wusste er. Aber er schien nichts dagegen tun zu können. Was war mit seiner so hoch geschätzten Selbstbeherrschung passiert? Warum konnte er nicht vernünftig bleiben, es würdevoll hinnehmen, so tun, als achtete er, was auch immer sie sagen würde? Weil er ihr nichts vorspielen konnte. Wann immer er es versuchte, bekam seine Maske viel zu rasch Risse, enthüllte seine wahren Gefühle und den Mann dahinter.

Die Erkenntnis raubte ihm den Atem und alarmierte ihn. Was, wenn sie nicht mochte, was sie dort sah? Zum ersten Mal in seinem Erwachsenenleben wusste jemand, wer er hinter der Fassade war, die er der Welt zeigte.

»Warum sollte ich ihn nicht heiraten?«, wollte sie von ihm wissen. Sie kam durch das Zimmer auf ihn zu, die Brauen nachdenklich zusammengezogen. »Eines Tages wird Neville ein beachtliches Vermögen erben.«

»Aber bis dahin wirst du mit seiner Mutter leben müssen.«

Sie nickte, ohne ihm ins Gesicht zu sehen. »Stimmt. Aber er steht an dritter Stelle in der Erbfolge für das Herzogtum Higgstinton.«

»Aber die, die zwischen ihm und der Herzogswürde stehen, sind von so widerlich robuster Konstitution wie Demsforth selbst.«

»Wirklich? Wie enttäuschend.« Sie seufzte. »Dennoch bin ich davon überzeugt, dass er ein anspruchsloser Ehemann wäre, der nie auf die Idee käme, mich bei meinen Forschungen zu stören. Warum also sollte ich ihn nicht heiraten?«

Mehr hielt er einfach nicht aus. Er hatte gewartet und geplant und versucht, sich von ihr fernzuhalten, bis dieses ganze Durcheinander entwirrt war, aber jetzt fiel alles wie ein Kartenhaus in sich zusammen, sodass ihm nur eines übrig blieb. Er durchquerte den Raum und zog sie in die Arme. »Weil du mich heiraten musst«, sagte er, legte ihr die Hand um den Hinterkopf und küsste sie fest auf den Mund.

Mit atemberaubender Schnelligkeit schlang sie ihm die Arme um den Hals, schmiegte ihre weichen Formen an seinen Körper. Sie öffnete den Mund in berauschender Einladung. Er fuhr ihr mit gespreizten Fingern durchs Haar, genoss das seidige Gefühl. Er küsste sie leidenschaftlich und plünderte ihren köstlichen Mund, betört vom Entgegenkommen ihrer Lippen, ihrer Zunge. Erst nach langer Zeit fand er die Kraft, den Kopf zu heben, und selbst dann musste er sie einfach noch einmal hungrig küssen.

Er lehnte die Stirn an ihre, sein Atem ging schnell. »Du musst mich heiraten.«

Sie hob die Hand und strich ihm über die Wange, ihre Augen so wunderschön und unergründlich wie ein sternenübersäter Samthimmel. Er nahm ihre Hand und hauchte einen zärtlichen Kuss auf jeden Fingerknöchel und dann noch einen auf die Innenseite ihres Handgelenks, wo ihr Puls heftig klopfte.

»Warum?«, flüsterte sie. »Ich gehöre nicht in deine Welt. Das werde ich nie.«

»Ich gehöre da auch nicht hin«, erwiderte er und hoffte mit aller Kraft, dass sie ihm glaubte. Später würde er es ihr erzählen, alles oder nichts, was immer sie wissen wollte. Er würde nichts zurückhalten, er wollte, dass sie jeden Aspekt des Lebens mit ihm teilte, das er mit ihr führen wollte, dass sie genau wusste, was davor gewesen war. Aber nicht jetzt. Jetzt musste er sie davon überzeugen, ihn zu heiraten. »Mein ganzes Leben bin ich wie ein Besucher gewesen, der die Rolle spielt, in die er schlüpfen muss. Außer bei dir. Bei dir bin ich zu Hause. Zu dir gehöre ich.«

Sie blickte ihm tief in die Augen. Er hatte sich noch nie so entblößt gefühlt, so verletzlich. So sicher. »Und darum sollte ich dich heiraten?«, fragte sie flüsternd.

Er dachte an all die Antworten, die er ihr geben konnte, überlegte, ihr eine Liste zu Füßen zu legen, eine Liste von allem, was ihn ihr empfehlen könnte: sein Reichtum, seine Referenzen, seine Titel und seine Besitztümer, das Versprechen, sie bei ihren Forschungen zu unterstützen, mit ihr überallhin auf der Welt reisen, ihr ein Teleskop bauen zu lassen, wenn es das war, was sie wollte. Aber schließlich gab er ihr die einzige Antwort, die ihr etwas bedeuten würde.

»Nein, sagte er. »Heirate mich, weil ich dich liebe.«

Und das war genug.

Kapitel 40

Wieder einmal herrschte dichter Nebel in London. Der schwefelgelbe Dunst war so dick, dass man nicht über den Hof der Poststation sehen konnte, wo Avery auf die Kutsche wartete, die sie fortbringen würde. Sie hockte auf der Kante einer harten Holzbank gleich an der Tür. Mehrere Mitreisende saßen an einem Tisch in der Nähe, hielten dampfende Tassen Kaffee oder heiße Schokolade in den behandschuhten Händen.

Sie zitterte, zog sich den warmen Angora-Umhang höher um den Hals. Giles stand vor dem Fenster, das nach vorne auf den Hof hinausging und an dem sich die Feuchtigkeit im Raum niedergeschlagen hatte. Etliche der anwesenden weiblichen Gäste des Gasthofes sandten ihm verstohlen faszinierte Blicke zu. Daraus konnte sie ihnen keinen Vorwurf machen. Er passte nicht hierher. Sein dunkelblauer Rock betonte die Breite seiner Schultern und bildete den Rahmen für sein gutes Aussehen. Seine kräftigen schlanken Hände steckten in narzissengelben Handschuhen, und trotz der Pfützen und des Matsches draußen glänzten seine Stiefel.

Er merkte, dass sie ihn musterte, und lächelte ihr leicht zu, ehe er sich wieder zum Fenster wandte, als bereitete es ihm Schmerzen, sie anzusehen. Sie hatten sich auf der Fahrt hierher bereits verabschiedet, hatten sich steif und förmlich gegenüber gesessen.

Obwohl er sie nicht berührt hatte, waren die Sehnsucht und die Liebe in seinen Zügen unübersehbar.

Letztendlich war alles so lachhaft einfach gewesen. All ihre Befürchtungen, ihre Sorge um sein Ansehen und seine Stellung, ihre Entschlossenheit, ihre astronomischen Forschungen fortzuführen, ihre Sorge, dass er es eines Tages bereuen könnte, jemanden geheiratet zu haben, der so wenig mit in die Ehe brachte … all das hatte sich in dem Moment in Luft aufgelöst, als er flüsterte: »Weil ich dich liebe.«

Sie hatte ihm sofort versichert, dass sie ihn ebenfalls liebte. Von ganzem Herzen.

»Es sind nur sechs Monate«, sagte er mit einem Mal, den Blick weiter auf den Schneeschauer gerichtet, der sich aus dem eisigen Nebel gebildet hatte.

»Ich weiß.« Sie zögerte. »Der Himmel allein weiß, dass ich schwerlich ein Quell der Information in Bezug darauf bin, was sich gehört, aber ich dachte immer, der Anstand verlangte, dass nach dem Tod eines nahen Angehörigen ein Jahr Trauer einzuhalten ist, bevor man heiraten darf.«

»Zur Hölle mit dem Anstand«, sagte er. »Sechs Monate. Es sei denn …« Er blickte vielsagend zu ihrem Bauch.

Sie lächelte. »Das bin ich nicht.«

Er erwiderte ihr Lächeln, obwohl seines fast unwirsch wirkte. »Das wäre ein guter Grund gewesen. Es werden die verflucht längsten sechs Monate meines Lebens werden.« Er runzelte die Stirn. »Du schreibst mir?«

»Vermutlich mehr, als du lesen willst.«

»Niemals.«

Und dann wurde das Gepäck auf die Kutsche geladen, und der Postmeister forderte die Passagiere zum Einsteigen auf. Um sie herum erhoben sich ihre Mitreisenden, nahmen ihre Körbe und Taschen und verabschiedeten sich von den Freunden und Verwandten, die sie herbegleitet hatten.

Giles rührte sich nicht von der Stelle. Er verschränkte die Hände hinter dem Rücken und neigte den Kopf. »Ich hasse das, das weißt du, nicht wahr?«, bemerkte er in normalem Unterhaltungston.

»Ja. Aber du bist derjenige, der darauf besteht, dass wir uns dem fügen, was die Gesellschaft erwartet. Ich würde auf der Stelle mit dir durchbrennen, wenn du willst«, bot sie ihm an. Und sie meinte es ernst. »Gleich jetzt.«

Seine Lippen öffneten sich, und er machte einen Schritt auf sie zu, ehe er jäh wieder stehenblieb. Er presste die Lippen fest aufeinander.

»Nein«, sagte er so leise, dass sie sich anstrengen musste, ihn zu hören. »Nein. Hierbei werde ich nicht vorschnell handeln. Hier geht es nicht um mich, Avery. Es geht noch nicht einmal um dich, sondern um unsere Kinder. Die Dutzenden von Kindern, die wir haben werden. Am Ende sind ein oder zwei darunter, die sich tatsächlich darum scheren, was die gute Gesellschaft denkt. Sie sind vielleicht auch auf sie angewiesen. Auch wenn der Himmel allein weiß, weshalb. Aber es ist schon Seltsameres geschehen.«

Sie liebte ihn dafür. »Dutzende Kinder?«

Er grinste. »So ungefähr.«

Sie erwiderte sein Grinsen und hielt ihm beide Hände hin. Er ergriff sie, half ihr auf die Füße. »Ich muss los. Sonst fahren sie ohne mich.«

»Das würden sie nicht wagen.« Über so viel Arroganz musste sie lächeln, auch wenn sie wusste, dass er recht hatte.

»Ich möchte auch niemanden aufhalten, der dringend irgendwohin will«, sagte sie. »Denn ich würde, ohne zu zögern, jeden erschießen, der mich auch nur fünf Minuten länger von dir fernhält.«

»Ich hatte ja gar keine Ahnung, dass du so ein blutrünstiges kleines Ding bist.«

»Das bin ich, wenn es um dich geht. Nun komm mit nach draußen und sag mir Auf Wiedersehen.«

Er nickte, als traue er seiner Stimme nicht, und hielt ihr die Tür auf. Dann folgte er ihr zur Kutsche, wo der Postmeister wartete. Giles hatte ihr einen Sitz in Fahrrichtung am Fenster und zusätzliche Kissen besorgt. Er half ihr beim Einsteigen und schloss die Tür hinter ihr.

»Jeden Tag«, rief sie aus dem Fenster und verspürte mit einem Mal Angst, jetzt, da die letzten Sekunden gekommen waren.

Er antwortete nicht, und das Letzte, was sie von ihm sah, war, wie er im milchig gelben Schein der Laterne auf dem Hof stand und Schneeflocken auf seine breiten Schultern und die blonden Locken fielen. Er stand da, schaute ihr nach, bis die Kutsche um die Ecke bog und er aus ihrem Blickfeld verschwunden war.

Sie lehnte sich zurück, seufzte. Die Kutsche kam nur langsam voran, holperte knarrend und ächzend durch die engen gewundenen Gassen zu den breiteten Straßen in St. James. Vor dort aus würden sie die North Road nach Chester nehmen, und sie würden schneller fahren können. Am ersten Postgasthof sollte sie umsteigen und in anderer Richtung weiterfahren, nach Hause nach Killylea, wo sie auf Giles warten würde.

Nach Hause. Wie wunderbar das klang. Wie sehr sie das Rauschen des Meeres vermisste, die Brandung, die sich an den felsigen Klippen unten brach, die Schreie der Möwen im Wind, die salzige Luft und den kristallklaren Himmel. In sechs Monaten würde Giles nachkommen, zu ihr, und sie würden nie wieder getrennt voneinander sein.

Sie waren etwa eine Viertelstunde unterwegs, als die Kutsche mit einem Ruck stehenblieb, was dem Mann, der ihr gegenübersaß, einen Fluch entlockte. »Was ist denn jetzt?«

Draußen waren laute Stimmen zu hören, dann wurde die Tür geöffnet. Ein dünner aristokratisch aussehender alter Gentleman in einem schwarzen Mantel, einen Schal um den Hals, spähte ins Innere. Er entdeckte sie, und seine adligen Züge verzogen sich vor Mitgefühl.

»Miss Quinn?«

»Ja?« Ihr Herz klopfte schneller.

»Ich bin von einem gewissen Lord Strand geschickt worden, Sie zu holen.«

»Mich holen? Warum?«

Er betrachtete sie kummervoll, und seine Miene zeigte Mitleid. »Ich war auf dem Heimweg von meinem Kontor. Da war ein Unfall, der Gentleman ist auf die Straße getreten, ohne zu schauen, und …«

Sie beugte sich vor. »Was für ein Gentleman?«

»Lord Strand. Er ist verletzt. Er hat mich gebeten, Ihre Kutsche zu finden. Ich fürchte …« Er schüttelte den Kopf. »Wenn Sie mitkommen könnten …«

Sie kletterte bereits aus der Kutsche. »Bringen Sie mich zu ihm«, verlangte sie.

Er vermisste sie schon jetzt. Aber, sagte er sich, wenigstens konnte er die Monate dafür verwenden, alte Geschäfte abzuschließen und herauszufinden, was mit Jack passiert war, und dann offiziell und dieses Mal endgültig aus dem Dienst für die Krone scheiden. Seine Kutsche blieb vor seinem Stadthaus stehen, und er stieg aus.

Giles entdeckte den Jungen sofort, der aus seinem Versteck unter dem Winterbeerenstrauch über die Straße zu ihm gelaufen kam.

»Lord Strand?«, rief er.

Will sprang von seinem Sitz vorne auf der Kutsche. »Was willst du von Seiner Lordschaft?«, fragte er den anderen scharf. »Hier wird nicht gebettelt oder gestohlen. Mach, dass du weiterkommst.«

»Stehl ja gar nicht«, protestierte der Junge.

»Was willst du, Bursche?«, fragte Strand.

»Der Herr hat gesagt, ich soll Ihnen das hier geben.« Er reichte Giles einen teuer aussehenden Pergamentumschlag und zeigte Will ein höhnisches Grinsen.

Eine unangenehme Vorahnung beschlich Giles. Er steckte seine Hand in seine Tasche und drückte dem Jungen einen Schilling in die Hand. Der tippte sich mit zwei Fingern an die Mütze und verschwand.

Stumm öffnete Giles den Umschlag und faltete das Blatt darin auseinander.

Friedhof von St. Anne. Miss Quinn ist bei mir.

Er riss die Kutschentür hinter sich wieder auf und sprang hinein, klopfte gegen das Kutschdach und rief: »Zur Kirche St. Anne. Schnell!«

Kapitel 41

Die Kirche St. Anne befand sich im Niemandsland zwischen den Stadthäusern von St. James und dem Elend von Covent Garden. Als wolle sie keinen ihrer Nachbarn beleidigen, verzichtete die Kirche auf den Schmuck, der andere Gotteshäuser in reicheren Gegenden zierte, ohne dabei jedoch so schäbig wie die in ärmeren Stadtteilen zu wirken. Nicht ein einziges Licht brannte in dem kleinen sauberen Gebäude.

Giles hatte die Kutsche einen Block entfernt um die Ecke warten lassen, in der Hoffnung, sich ein Bild von der Lage verschaffen zu können, bevor er seine Anwesenheit bekanntmachte. Er wusste, dass die Chancen darauf schlecht standen. Jameson war nicht zwanzig Jahre lang Mitdirektor des Geheimkomitees gewesen, weil er unvorsichtig war.

Wie er ganz richtig vermutet hatte, erwies sich eine rasche Sichtung der Kirche als ergebnislos. Hier war niemand. Stattdessen fand er sie in einem Mausoleum, in der Mitte des Totenackers seitlich der Kirche. Es war riesig und aus Marmor errichtet, etwa dreißig Fuß lang und halb so breit. Die Bronzetür stand offen, und Licht fiel daraus auf die Grabsteine in der Nähe, die wie trunken schief aus dem gefrorenen Boden ragten.

Ein unbemerktes Anschleichen war witzlos, und er hatte zudem keine Waffe bei sich. Angst und Verzweiflung trieben ihn an, er war in aller Eile hergekommen, ohne daran zu denken, etwas zu seiner Verteidigung mitzunehmen. Er holte tief Luft und trat ins Innere.

Eine einzelne Laterne auf dem Boden war die einzige Lichtquelle. Avery stand am anderen Ende des Mausoleums, ein reichverzierter Sarkophag aus Granit trennte sie von ihm. Sir Jameson hielt sie von hinten, drückte ihr den Lauf seiner Pistole gegen die Schläfe.

Sie stand sehr aufrecht. In ihrem Blick lag nicht nur Angst, sondern auch Zorn. Und Mut, bei Gott.

Die Flamme in der Laterne flackerte, ihr schwaches Licht zuckte über Jamesons ausgezehrte Züge. Die Hand, die die Pistole hielt, zitterte. Sein Finger, sah Giles, lag auf dem Abzug. Er musste ihn dazu bringen, die Waffe zu senken, bevor er abdrücken konnte, ob nun absichtlich oder aus Versehen.

»Ein Mausoleum, Sir Jameson?«, erkundigte sich Giles gedehnt und blickte sich wie der Besucher einer Kunstausstellung um. »Ich hätte Sie nicht für jemanden gehalten, der eine Neigung zum Melodramatischen hat. Ich kann nicht umhin zu glauben, dass der Besitzer etwas dagegen einzuwenden hätte, dass Sie die letzte Ruhestätte seiner Vorfahren derart missbrauchen.«

»Nicht im Geringsten. Das ist mein Großvater mütterlicherseits, müssen Sie wissen«, bemerkte Jameson beiläufig und nickte zu dem Sarkophag. »Allerdings entschuldige ich mich für die bedrückende Umgebung. Über die Jahre habe ich jedoch festgestellt, dass dies hier der perfekte Rahmen für solche Sachen ist.«

»Und um was für eine Sache handelt es sich?«

»Befragungen. Geschäfte. Gelegentlich Exekutionen.«

Averys Gesicht wurde im Licht der Laterne blasser.

»Und was ist dies?«

»Das bleibt abzuwarten.«

»Lassen Sie Miss Quinn gehen.«

»Ach, Miss Quinn, also?« Ein quietschender Laut stieg aus Jamesons Kehle auf. Giles begriff, dass es ein Lachen war. »Sie ist Ihre Hure, Strand. Nicht mehr und nicht weniger. Und bitte«, fügte er höhnisch hinzu, »sparen Sie sich das beleidigte Getue. Ich weiß, dass sie in genau der Nacht in Ihrem Bett war, in der ihr Bruder verwundet wurde. Sie wurden gesehen. Ich dachte zuerst, Sie seien mit dem Jungen zugange. Wenn das der Fall gewesen wäre, wäre es für mich weitaus günstiger gewesen.«

»Sie meinen, um die Information leichter von mir zu erpressen.«

Jameson nickte. »Genau. Jetzt bin ich gezwungen, zu weitaus härteren Methoden zu greifen.« Sein Lächeln verschwand so rasch, als habe jemand eine Flamme gelöscht. »Wo ist Seward? Wo ist mein geliebter Adoptivsohn?«

Er war verrückt, begriff Giles. Vollkommen irre.

»In den Niederlanden«, antwortete Giles ohne Zögern. »In Overflakkee.«

Die Pistole richtete sich auf ihn. Das Schwarzpulver blitzte in der Pfanne auf, im selben Moment, als sich ein brennender Schmerz in seiner Seite ausbreitete. Avery schrie auf, zuckte nach vorne. Jams riss sie zurück. Giles blickte auf das Loch seitlich in seinem Mantel.

»Verdammt«, sagte er, »das ist mein Lieblingsmantel.«

»Das nächste Mal ist Miss Quinn an der Reihe. Und ich werde ich nicht vorbeischießen.« Jameson drückte Avery den Lauf der Pistole von unten gegen das Kinn. »Halten Sie mich für einen Narren?«

Giles glaubte nicht, dass die Kugel ihn lebensgefährlich verletzt hatte, aber von dem Blutverlust wurde ihm schwindelig. Seine Knie drohten einzuknicken. »Nein!« Er hielt beschwichtigend eine Hand hoch. »Nein.«

Giles verstand nicht, wie Jameson wissen konnte, dass er log, aber das war egal. Das Einzige, was zählte, war, dass er nichts hatte, was er für Averys Leben eintauschen konnte. Er hätte sogar Seward aufgegeben, wenn er sie dadurch hätte retten können. Es gab nichts, was er nicht geopfert hätte, um sie zu beschützen.

»Dann sagen Sie es mir«, wütete Jameson, und Speicheltropfen flogen aus seinem Mund. »Sagen Sie es mir, damit ich den Mistkerl umbringen kann!« Der letzte Rest von Beherrschung oder Raffinesse war von ihm abgefallen wie bei einer sich häutenden Schlange. Er bebte vor Zorn, seine Züge waren wutverzerrt. »Sagen Sie es mir!«

Er riss den Arm herum und richtete die Pistole wieder auf Giles, aber plötzlich packte Avery ihn am Handgelenk, zog es mit einem Ruck zu sich und grub ihre Zähne hinein. Jameson schrie auf, und Giles machte einen Satz nach vorne, konnte aber nicht mehr tun, als sich auf den Sarkophag zu stützen.

Die Waffe entglitt Jamesons Griff, und Avery ging auf die Knie, versuchte sie zu erreichen. Sie war jung und behände. Jameson hatte keine Chance. Er versuchte es nicht einmal. Sie sprang wieder auf, hatte den zweiten Lauf feuerbereit und zielte mit der Waffe auf Jamesons Brust.

Giles schnappte nach Luft, zog sich an dem Steinsarkophag hoch.

»Gut, und was nun, meine Liebe?«, fragte Jameson und hielt sich den verletzten Arm. »Wollen Sie etwa einen alten Mann kaltblütig erschießen? Das kann ich mir nicht vorstellen. Das glaube ich nicht.«

Der Ärger wich aus ihren Zügen, Panik und Unsicherheit ersetzten sie.

»Giles?«

»Es geht mir gut. Ziele unter allen Umstände weiter auf ihn.« Es ging ihm nicht gut, er spürte, wie das Blut ungehindert aus der Wunde strömte. Nicht mehr lange, und er würde das Bewusstsein verlieren.

»Ich würde sagen, Miss Quinn, die Zeit für Ihren Liebhaber läuft ab. Sie sollten besser nach ihm sehen, bevor er seiner Verletzung erliegt. Ich versichere Ihnen, ich habe keine weiteren Waffen. Ich gehe einfach.«

»Bleiben Sie, wo Sie sind«, befahl sie. Ihre Stimme bebte, aber die Waffe blieb fest auf Jameson gerichtet. Das hatte ihr Vater ihr gut beigebracht.

Sie blickte Giles besorgt an. »Was soll ich tun?«

Sie sollte Jameson erschießen, dachte Giles. Er sollte ihr sagen, dass sie ihn erschießen musste. Wenn nicht, würde Jameson verschwinden, und sie würden ihn nie finden bis zu dem Tag, an dem er beschloss, wieder aufzutauchen. Sie würden nie in ihrer Wachsamkeit nachlassen dürfen, sondern wären zu einem Leben verdammt, bei dem sie ständig auf der Hut sein mussten.

Aber das konnte er ihr nicht sagen. Er kannte die Albträume nur zu gut, die es mit sich brachte, wenn man einen anderen Menschen umbrachte, egal, wie notwendig es gewesen war. Er würde nicht zulassen, dass Avery sie erlitt.

»Lass ihn gehen, Avery.«

»Ja«, sagte Jameson, »Sie wollen keine Mörderin sein.« Er begann sich an ihr vorbei in Richtung Ausgang zu bewegen.

»Nein!«, rief sie. Sie war zum gleichen Schluss gekommen wie er, erkannte Giles.

Jameson blieb stehen, leckte sich die Lippen.

»Es ist in Ordnung«, sagte eine ruhige Stimme hinter Giles. »Sie können die Waffe sinken lassen, Miss Quinn. Wir haben alles unter Kontrolle.«

Giles wandte den Kopf. Sir Robert Knowlton trat ein.

»Sie?« Avery zog verwirrt die Stirn kraus. Aber sie senkte die Waffe nicht. Sie hatte rasch und gründlich gelernt, vorsichtig zu sein.

»Ja, Miss Quinn. Ich.« Knowltons Stimme war ruhig, aber er nahm die Augen nicht von der Pistole. »Das kleine Täuschungsmanöver im Kaffeehaus unweit von Strands Haus tut mir leid. Ich wollte herausfinden, wer genau Sie sind. Und was. Ich bin Ihnen gefolgt, und als Sie in die Buchhandlung gingen, habe ich im Kaffeehaus gewartet. Es war sehr freundlich von Ihnen, dann selbst dort hinzukommen.

Wissen Sie, Lord Strand und ich arbeiten schon lange zusammen. Als ich hörte, er habe ein Protegé, war ich natürlich neugierig. Man kann gar nicht zu vorsichtig sein, wenn der eigene Agent plötzlich mit jemandem auftaucht, von dem niemand je etwas gehört hat. Aber während unserer reizenden Unterhaltung und nachdem ich erkannt hatte, dass Sie eine junge Dame sind, habe ich meine Befürchtungen als grundlos abgelegt.«

»Agent?«, wiederholte sie.

»Ich sehe, Strand hat Diskretion bewiesen. Sehr erfreulich. Aber, ich glaube, das ist nicht länger nötig. Ja, meine Liebe, Lord Strand hat in Diensten der Regierung gestanden, schon seit vielen Jahren. Unter meiner Leitung.« Er blickte zu Jameson, der sich nicht weiter um sie kümmerte, sondern sich gehetzt umschaute, als machte er Pläne, die er sogleich wieder verwarf, auf der Suche nach einem Ausweg, den es nicht gab. »Unter anderem.«

Knowlton lächelte Avery zu. »Sie sehen also, Sie können die Waffe senken. Sir Jameson ist nicht länger in einer Position, Sie zu bedrohen. Und das wird er auch nie wieder sein. Er hat einen Adeligen des Königreichs angeschossen, wissen Sie, auch wenn ich bezweifle, dass er dafür vor Gericht stehen wird.«

Was bedeutete, das Knowlton nun der alleinige Kopf des Komitees war. Strand kam ein düsterer Verdacht. »Wie haben Sie uns so rasch gefunden?«

Von der Anspannung in Strands Stimme beunruhigt, richtete Avery die Waffe nun auf Knowlton. Jameson schlich zur Wand, der Pistolenlauf wandte sich wieder ihm zu, folgte seiner Bewegung. »Bleiben Sie, wo Sie sind.«

Zum ersten Mal verriet Knowltons großväterliches Gesicht Anzeichen von Unbehagen. Er räusperte sich und deutete hinter sich. Eine kleine Gestalt huschte herein. Will.

Knowltons Miene war bedauernd. »Will hier arbeitet schon eine Weile für mich, hält mich über Mr Bees' Treiben auf dem Laufenden.«

Giles starrte den Jungen an, wunderte sich über den Stich, den ihm seine Unehrlichkeit versetzte. »Heißt das, der Hund … Das Ganze war ein abgekartetes …«

»Nein!«, rief Will. »Das war echt. Erst nachdem ich mit Belle zu Ihnen gekommen bin, hat Sir Knowlton davon erfahren und hat mich gebeten …« Er brach ab, sichtlich unglücklich.

»Hat dich gebeten, ihn über mich auf dem Laufenden zu halten.«

Der Blick des Jungen wich seinem aus.

Giles machte ihm keine Vorwürfe. Die machte er Knowlton. »Sie haben das alles geplant, nicht wahr? Sie wussten, Jameson verliert den Verstand. Sie wussten, er dachte, ich könne ihm sagen, wo Seward ist. Sie haben ihn wahrscheinlich sogar in dem Glauben bestärkt. Wie. Vedder?« Er konnte sehen, dass er recht hatte.

»Und dann haben Sie sich zurückgelehnt und gewartet. Sie wussten, es wäre nur eine Frage der Zeit, ehe er etwas tun würde, was ihn aus dem Spiel wirft, sodass Sie der alleinige Direktor der ganzen Organisation sind.«

Knowlton stritt das nicht ab. Er sagte nur ohne das geringste bisschen Häme: »So ist es am besten. Aber bevor Sie noch zu viel Blut verlieren, schlage ich vor, Sie sagen Ihrer tapferen jungen Dame hier, dass ich Jameson in Gewahrsam nehmen darf.«

Er wartete nicht, dass Giles einwilligte, sondern trat zu Jameson und nahm ihn am Arm. Aller Kampfeswille schien den alten Mann verlassen zu haben. Er ließ das Kinn auf die Brust sinken und schlurfte nach vorne. Giles traute ihm keine Sekunde.

»Seien Sie vorsichtig«, sagte er.

»Machen Sie sich keine Sorgen. Mr Burke ist draußen, Will hier hat darauf bestanden, dass er mitkommt. Und meine Männer warten am Friedhofstor.« Was auch immer er in Averys Augen las, es schien ihn zu bestärken, denn mit einer leichten Verneigung in ihre Richtung zog er Jameson zu sich und schob ihn vor sich her aus dem Mausoleum.

»Oh«, machte er noch und blieb am Ausgang stehen. »Und bitte, Giles, hören Sie auf, nach Jack zu suchen. Ich verspreche Ihnen, er und seine junge Frau sind wohlauf und in Sicherheit. Hätten Sie gewusst, wo sie sind, hätten Sie ihren Aufenthaltsort gewiss preisgegeben, um Miss Quinn zu retten. Was genau der Grund ist, weshalb Sie ihn nicht kennen. Und auch nie erfahren werden.«

Und damit verschwand er.

Giles sah Avery in die Augen. »Lass die Waffe sinken, du blutrünstiges Weibsbild. Es ist vollbracht«, sagte er und spürte gleichzeitig, wie der Boden unter seinen Füßen wankte und seine Knie nachgaben.

Das Letzte, woran er sich später erinnerte, war der Anblick ihrer Füße, als sie über den Boden des Mausoleums zu ihm lief.

Himmel, die Frau war wirklich schnell.

Epilog

Ein Jahr später

Nach einiger Beratung verlieh die Royal Astronomical Society die Hipparchos-Medaille von 1819 posthum an Avery Quinn und entschied sich, die Auszeichnung an seiner Stelle seiner Schwester zu überreichen. Da sie noch in Trauer war, wartete man das erforderliche Jahr ab, bevor man sie zu der Zeremonie einlud. Es war eine feierliche Angelegenheit, umso mehr aufgrund der Tatsache, dass die Preisverleihung im Buckingham Palace stattfand.

Aber es lag auch Aufregung in der Luft, da bestimmte Mitglieder der Gesellschaft den Palast überredet hatten, eine spezielle Übergabe vorzubereiten, von der die neue Marchioness of Strand köstlicherweise nichts wusste.

Sie traf in Begleitung ihres Ehemanns in der Nacht zuvor in London ein. Ein paar der wichtigtuerischeren Mitglieder der Royal Astronomical Society rümpften die Nase angesichts der unziemlichen Hast, mit der der Marquis sich die Hand seiner Braut gesichert hatte, schließlich war es nicht mehr als sechs Monate nach Mr. Quinns vorzeitigem Ableben gewesen. Aber diese Personen waren in der Minderheit, denn die meisten anderen waren wie alle Sternengucker heimliche Romantiker, wie Sir Isbill behauptete, das allseits anerkannte Oberhaupt, wenn auch nicht länger der Vorsitzende der astronomischen Gesellschaft.

Außerdem hatte sich herausgestellt, dass Lady Strand selbst Astronomin war. Lord Strand hatte der Gesellschaft einiges von den Forschungsarbeiten ihres Bruders zur Verfügung gestellt. In diesen Papieren hatte Avery Quinn ganz offen seiner Schwester einen Teil seiner Arbeiten zugeschrieben – wobei Sir Isbill insgeheim der Ansicht war, dass es eher der größte Teil davon war. Was der Grund war, weswegen sich der Gentleman mit dem ausgeprägten Gerechtigkeitssinn auch so nachdrücklich und hartnäckig für die große Ehre eingesetzt hatte, die der bislang ahnungslosen Dame zuteil werden sollte.

Was ihn anging, so dachte er, dass die Eltern Quinn so seltsam sein mussten wie ihre Kinder brillant waren. So hatten sie die beiden Kinder auf den gleichen Namen getauft: Avery, und den Hund der Familie auch noch, wenigstens behauptete Lord Strand das. Ava war offenbar ein liebevoller Spitzname.

Sir Isbill ließ von seinem Platz neben dem Vertreter Seiner Majestät, einem angenehm freundlichen älteren Herr namens Knowlton, den Blick über die Versammlung schweifen. Er entdeckte seinen Neffen Neville ein Stück weiter hinten. Langsam schöpfte er Hoffnung für den Jungen.

Anfang des Jahres hatte sich der Junge gegen seine Mutter durchgesetzt und seinen Vater dazu gebracht, ihm ein Offizierspatent in einem sehr angesehenen, aber unmodischen Regiment zu kaufen. Ganz hinten, vor der offenen Tür zum Saal sah er einen Jungen mit einem Hund stehen. Der Bursche wirkte sehr zufrieden mit sich. Und der Hund auch. Sir Isbill seufzte. Das königliche Hofprotokoll war auch nicht mehr das, was es einmal gewesen war. Dann aber fiel ihm wieder das Mitglied der Königsfamilie ein, das anwesend war, und er musste einräumen, dass es eigentlich keine Überraschung war.

Hinter ihm auf einem Podest thronte der übergewichtige Prinzregent auf seinem Sessel und sah sehr zugänglich aus. Und vor ihnen allen saß Lady Strand neben ihrem Gatten, lauschte höflich der Ansprache des neuen Vorsitzenden, in der sich dieser lang und breit über die Geschichte der Gesellschaft ausließ. Lord Strand machte sich nicht die Mühe, den Anschein zu erwecken, als höre er zu. Seine Aufmerksamkeit galt seiner Frau, was kein Wunder war, denn sie war wunderhübsch.

Ehrlich, überlegte Sir Isbill, wie kam es eigentlich, dass die unwürdigsten Gecken immer die wunderbarsten Frauen abbekamen? Nicht, dass Strand dumm wäre. Nein, gewiss nicht. Er war sogar regelrecht brillant, aber er hatte nie seine Möglichkeiten ausgeschöpft, war es offenbar zufrieden gewesen, sein Leben als Stutzer zu vertrödeln. Nun, vielleicht würde Lady Strand das ändern.

Der Prinzregent begann seine Rede. Sir Isbill richtete seinen Blick auf Lady Strand, denn er wollte ihre Reaktion sehen.

Sie drehte sich zu ihrem Ehemann um, und ein atemberaubendes Lächeln trat auf ihre Lippen. Ihre Hand ruhte kurz auf ihrem Bauch, bevor sie an seinen Arm zurückkehrte. Schönheit und Klugheit. Sir Isbill musste zugeben, dass er ein bisschen betört war.

Er blickte hinüber, als der Prinzregent sich erhob und zu Lady Strand ging. Die gesamte Versammlung sprang auf. Offenkundig überrascht tat die Marchioness es allen anderen nach, versank dann in einem tiefen Knicks, verweilte so. Lord Strand strahlte. Der Prinzregent lächelte. Es war weithin bekannt, dass er eine Schwäche für schöne Frauen hatte, egal, wie bedauerlich intelligent sie waren.

»Mögen Sie Überraschungen nicht auch so gerne?«, hörte ihn Sir Isbill über Lady Strands gebeugten Kopf flüstern, ehe er das lange Seidenband mit dem königlichen Orden daran hervorzog und ihr über den Kopf streifte. »Mit großer Freude ernennen Wir hiermit Lady Avery Dalton, Marchioness of Strand, zur Dame des Ordens des Britischen Reiches.«

Er hielt ihr die Hand hin. »Dame Avery, erheben Sie sich.«

Anmerkung der Autorin

Wo soll ich anfangen? Ich habe es genossen, Giles' lange und abwechslungsreiche Geschichte zu einem Ende zu bringen. Er hat mir die letzten Jahre über die ganze Zeit auf die Schulter getippt und sein Happy End eingefordert. Ich bin zuversichtlich, dass er der Meinung ist, dass sich das Warten gelohnt hat.

Sowohl die Last als auch der Spaß beim Schreiben von historischen Romanen, besonders historischen Liebesromanen, kommt von der Entscheidung, wo man von den Fakten abweicht. Es ist nochmal schwieriger, wenn die Fakten genauso faszinierend sind wie die Fiktion. Der in Deutschland geborene Astronom William Herschel war einer der Gründungsmitglieder der Royal Astronomical Society, eine Organisation, die ein paar Jahre nach meiner fiktionalen Royal Astronomical Society entstand. Aber seine Schwester Caroline war es, die ich wirklich interessant fand.

Nach einem Anfall von Fleckfieber wurde die Dame nie größer als vier Fuß, und man ging davon aus, dass sie nie heiraten würde. Man glaubte ebenfalls, sie würde ein Hausmädchen werden. Stattdessen wurde sie die Assistentin ihres Bruders, machte eigene Entdeckungen, katalogisierte Sterne, stellte Teleskope her und war die erste Frau, die ein Gehalt für ihre wissenschaftlichen Arbeiten erhielt. 1828 zeichnete die Royal Astronomical Society sie mit ihrer goldenen Medaille für ihre Arbeit aus. Bis 1996 sollte keiner anderen Frau diese Ehre wieder zuteilwerden.

Was das Geheimkomitee angeht: So sehr ich es auch versucht habe und trotz meines festen Glaubens, dass so eine Organisation existiert hat, konnte ich keinen Hinweis darauf finden. Was ich entdeckt habe, war, dass England nach dem Krieg mit Frankreich einen Überfluss an Agents Provocateurs und Spionen hatte, die auf heimatlichen Boden zurückkehrten. Ich fand dies zwar faszinierend, aber dieses Buch ist eine Liebesgeschichte, und ich wollte die Leser nicht mit einem Ausflug in die Politik ablenken. Um mehr über die Aktivitäten dieser Spione zu erfahren, empfehle ich, über die Cato-Street-Verschwörung und das Peter-Loo-Massaker zu lesen.

Und das eisige Wetter? Fakt: 1819 war einer der sechs kältesten Winter in Londons Geschichte. Schnee fiel regelmäßig und in ziemlich großen Mengen. Die Tatsache, dass ich dies jetzt schreibe, mitten in einem ziemlich kalten, ziemlich schneereichen und furchtbar langen Winter in Minnesota, ist purer Zufall.

Und zu guter Letzt: Während ich alles daran setze, auf Wahrhaftigkeit im Gebrauch meiner Sprache zu achten, haben einige Wörter einfach keine sinnvollen Synonyme und dort, wo ich aus Gründen der Klarheit einen anachronistischen Begriff verwendet habe, bitte ich Sie um Nachsicht.

Minnesota, 2013
Connie Brockway

Danksagungen

Ich liebe meinen Job, und dafür habe ich viele Leuten zu danken: meinen Freunden bei Montlake Publishing, dafür, dass sie meine Vision unterstützt und meinen Spaß am Schreiben neu entfacht haben, mit einem speziellen Dank an Kelli Martin, Nikki Sprinkle und Jessica Poore. Meinem Ehemann David dafür, dass er sich (fast) nicht beschwert, wenn er wieder einmal für Wochen mit Hilfe des Pizzadienstes überleben muss. Meinen Freunden Lisa, Terri, Christina, Mary – auf dass wir alle ein langes und erfülltes Leben haben!

3835573R10208

Printed in Germany
by Amazon Distribution
GmbH, Leipzig